김석범 한글소설집

혼백

 트리콘 세계문학 총서 5

김석범 한글소설집

혼백

김동윤 엮음

보고사
BOGOSA

책을 엮으면서

김석범 선생님을 처음으로 직접 뵌 것은 2001년 4월 2일 제주에서였습니다. 당시 4·3유적지 순례를 겸해 제주작가회의가 주관한 '4·3문학에서 통일문학으로' 심포지엄에 참석했던 선생님은 「나의 문학과 4·3」을 주제로 기조강연을 하셨습니다. 행사 후 뒤풀이로 마련된 술자리에서 구수한 제주어로써 이웃 마을 어르신처럼 말씀하시던 기억이 새롭습니다. 그것이 벌써 20년 전의 일이 되었습니다. 그 이후로는 제주에서 몇 차례 뵈었고 도쿄에서 인사드린 적도 있습니다. 그러나 개인적으로 만나서 오랫동안 대화를 나눈 적은 없었습니다.

김석범 선생님의 작품은 대하소설 『화산도(火山島)』 제1부(이호철·김석희 옮김, 실천문학사)와 작품집 『까마귀의 죽음』(김석희 옮김, 소나무)이 1988년에 처음 한국어로 번역되었습니다. 1989년 봄에 군복무를 마친 저는 그 직후에야 비로소 읽을 수 있었습니다. 현기영·오성찬·현길언 등 국내 작가들의 4·3소설과는 꽤나 이질적으로 읽혔습니다. 우선, 자연스럽게 읽히지가 않아 당혹스럽기도 했는데, 그것은 번역소설에서 기인하는 생경함 혹은 낯설음과는 다른 차원이었습니다. 그다지 역동적인 서사는 아니면서도 묘한 끌림이 있었던 것으로 기억됩니다.

하지만 김석범 선생님 소설의 참맛을 알게 된 것은 12권으로 완역된 대하소설 『화산도』(김환기·김학동 옮김, 보고사, 2015)를 모두 읽고 나서였습니다. 그것은 한국에서 '일대 문화사적 사건'으로도 일컬어졌거니와 저에게도 4·3문학 연구 방향을 전환하는 계기가 되었습니다. 희생담론에서 벗어나는 방식으로 4·3문학을 갱신해야 한다고 말하던 때였기에 안목을 넓혀주는 획기적인 지침이 되었습니다.

그 이후 김석범 문학을 본격적으로 공부해가면서 1960년대에 발표된 한글소설의 존재를 알게 되었습니다. 그래서 지인들의 도움으로 장·단편 네 편의 작품을 접할 수 있었습니다. 「꿩 사냥」·「혼백」·「어느 한 부두에서」 등의 단편소설은 제주4·3평화재단의 고은경 연구원이, 미완의 장편 한글 『화산도』는 재일 연구자인 강신화 선생님이 구해서 제공해 주었습니다.

이들 김석범 한글소설을 읽고서 저는 또 다른 느낌으로 선생님을 만날 수 있었습니다. 그랬기에 더 많은 독자들이 그 작품들을 만날 수 있었으면 좋겠다는 생각을 가졌습니다. 논문의 말미에 "앞으로 이 텍스트들이 여러 연구자들에게 더욱 다각적이고 심층적으로 조명되고 일반 독자들에게도 널리 읽히기 위해서는 세 편의 한글 단편과 미완의 한글 『화산도』를 함께 묶은 '김석범 한글소설집'을 간행하는 작업이 필요하다"고 쓰기도 했습니다.

이제 비로소 그 결실을 맺게 되어 무척 기쁩니다. 이 책을 엮으면서 저는 연구자와 일반 독자를 모두 염두에 두고 작업했습니다. 작가의 의도에 최대한 부합하는 선에서 잘 읽힐 수 있도록 교정·교열했습니다. 김석범 선생님을 대신하여, 작가가 기 발표작을 모아 작품집에 수록하면서 최종적으로 어루만진다는 자세로 임하고자 했습니다.

현재의 한글맞춤법을 기준으로 하되, 비표준어라고 해서 무조건 배제하지는 않았습니다. 대화뿐만 아니라 지문에서도 방언(북한어 포함)을 살리려고 노력했습니다. 설명이 필요한 부분은 각주로 처리 했습니다(따라서 각주는 모두 엮은이의 것임). 그리고 원전에 많이 사용 된 문장부호인 '줄표(—)'의 경우는 줄이거나 다른 것으로 바꾸기도 했습니다. 다만, 뒤에 해설로 실은 논문에서는 인명을 빼놓고는 원문 대로 인용함으로써, 그 원전의 맛을 다소나마 느껴보도록 했습니다.

이번 작업 과정에서 저는 김석범 선생님이 국내 작가 못지않게 한글을 구사했음을 알 수 있었습니다. 아주 풍부하고 자연스럽고 아름답게 부려 썼음을 체감할 수 있었다는 것입니다. 저는 이번에 사전을 정말 많이 찾아보면서 작업해야 했는데, 주로 다음국어사전 (『고려대 한국어대사전』)을 활용했음을 밝혀둡니다.

귀한 자료를 전해준 강신화, 고은경 두 분께 거듭 감사드립니다. 고은경 연구원은 작품 입력 작업까지 도와주었습니다. 도쿄대학에 서 김석범 문학을 연구한 조수일 박사의 도움도 컸습니다. 한글소 설집 간행에 대한 선생님의 승낙을 얻어주었으니 얼마나 감사한지 모릅니다. 책의 간행을 맡겨주면서 짬을 내어 작가의 말까지 써주 신 김석범 선생님께는 큰절을 올립니다. 출판을 맡아준 보고사에도 감사드립니다. 많이 읽히는 책이 되었으면 좋겠습니다.

2021년 여름
김동윤

작가의 말

얼마 전 『김석범×김시종: 4·3항쟁과 평화적 통일독립』(보고사, 2021)에 수록된 김동윤 씨의 「통일독립의 열망과 경계인의 의지」를 접했다. 그런데 그 글의 부제가 '김석범의 한글 단편소설 연구'였다.

그 부제 표기가 잘못이 아닌가 싶어 우선 책장을 몇 차례 넘기면서 해당 항목을 찾은 후에야, '아아, 그렇구나!' 몇 십 년 전의 잊어버린 시절의 내 작품임을 알 수 있었다. 부끄러운 일이지마는 옛날 1960년대 초기, 조총련 관계 조직에서 사업하던 시기에 한동안 한글소설을 썼던 것임을 떠올렸다. 아득한 느낌이었다.

타자에 의한 잊어버린 자기 작품의 발견이다. 옛날에 쓴 변변치 못한 작품들. 노망이 난 것도 아닌데, 갑자기 실어증이 걸렸는지 한동안 자기 머릿속에 그 몇 편의 단편들을 떠올리지 못한 것이 사실이다. 부끄러운 일이다.

한편으로 글쓴이에 대한 감사의 마음이 우러나왔다. 김석범의 한글 단편소설의 작품 소개를 통해 몇 십 년 만에 기억을 되살리면서 옛 작품들의 모양새를 알게 되었다.

그런데 이번에는 미완의 장편인 한글 『화산도』까지 포함하여 『김석범 한글소설집』을 엮는단다. 설마가 사람을 잡는다는 말이 있는데, 설마 김석범 한글소설들이 한 권의 책이라는 옷을 입고 치장해서 나설 줄을 누가 알았으랴.

김동윤 씨 고맙습니다. 보고사 여러분 감사합니다.

2021년 8월

김석범

차례

책을 엮으면서　　**5**

작가의 말　　**8**

꿩 사냥　　**13**

혼백　　**23**

어느 한 부두에서　　**35**

화산도 제1장　　**64**

제2장　　**120**

제3장　　**195**

[**작품 연구**] 김석범 한글소설의 양상과 의의　　**285**

꿩사냥

신작로 옆 보리밭에 한 자락의 바람이 스쳐 지나가자 엉성한 보리 줄기들이 설레며 몸부림친다.

그 밭을 가리고 어린이 키만 한 높이로 쌓아올린 길가의 돌담 너머로 한라산의 웅대한 산록이 한눈에 안겨 온다. 새끼 봉우리들이 옹기종기 제가끔 산용(山容)을 가다듬고 섰다. 산 능선을 따라 더듬어 올라가면 안하에 흰 구름을 들어 잡아 창공을 뚫고 솟은 험준한 절경이다.

하늘은 가없이 높이 개고 질펀한 들판은 태양빛 바다에 담뿍 물들어 푸르스름한 빛깔이 한창이다.

머리를 돌이키면 까마득한 수평선에서부터 해안선을 안고 육박한 부동의 바다다.

돌담 옆 나무그늘 밑에 지프차 한 대가 멎어 있었다. 사위는 괴괴하다.

통역관 '양(梁)'*은 담배만 연신 피우면서 번쩍이는 유리 조각을

---

* 읽기의 편의를 위해 따옴표로 묶어 '양'으로 표기함. 원문은 '량'으로 표기되어 있음.

뿌린 양 물결치는 바다를 보고 있었다.

"……오늘은 참 이상한데요. …어떻습니까, 이왕이면 산으로 들어가 봅시다. 캐플린 케러*?"

산이란 한라산을 두고 하는 소리다. 케러는 육중한 몸집 위에 박힌 고개를 절레절레 흔들고 눈망울만 흘긴다.

꿩이 들판이나 신작로 복판에로 나올 리 만무한데 케러는 그것을 바라는 터이니 안타깝기 짝이 없었다.

'관광지'로서 적합할 뿐더러 또한 꿩의 '명산지'란 소문을 듣고 꿩 사냥을 하러 제주도로 드나드는 미국 놈들이 많았다.

꿩은 숲속 깊숙이 남몰래 보금자리를 틀고 새끼를 치며 그들의 생활을 영위한다. 꿩이란 숲속에서도 사냥하는 사람의 지척에서 자취를 감추기가 일쑨데 하물며 신작로 길가에서 찾는다니, '양'은 케러 이상으로 마음이 초조해졌다.

4일간의 휴가를 얻어 서울에서 달려온 풋내기 꿩 사냥꾼 캐플린 케러는 제주도에 당도하기만 하면 그저 집 지붕이며, 바닷가며, 신작로 복판에 이르기까지 가는 곳곳에서 꼬리를 쳐든 꿩 무리의 마중이 있을 것을 기대한 모양이었다.

이러하여 사흘째 되는 오늘에야 케러는 허리에 찬 권총에다 따로 기다란 엽총을 걸머지고 한 바퀴 떠돌아다녔다.

아침에는 바다에 절벽을 깎아 떨어뜨린 듯 우뚝 솟은 ××봉에서 꿩을 쫓았다. 한나절 걸려서 두어 마리 찾긴 찾았으나 헛총을 쏘고

---

* 원문에 '캬프링 캐러', '캐프링 캐러'로 된 것을 '캐플린 케러'로 통일하여 표기함.

놓치고 말았다.

그래서 케러의 길잡이를 떠맡은 '양'으로선 은근히 걱정이 되어 방금 한라산 가까이까지 안내를 하고 돌아온 길이었다.

그런데 지프차가 한라산의 삼림까지 당도했을 때 웬일인지 케러는 차에서 내리려고 하지 않았다.

모처럼 차를 몰아 온 '양'은 의아쩍어 사연을 물었다.

케러는 "난 산에는 안 간다!"고 했다.

"산으로 안 가면 꿩을 잡지 못하는데요……"

"산은 한라산뿐인가, 나는 한라산엔 안 간단 말이다!"

하여튼 케러는 한라산을 무조건 꺼리는 것 같았다. 케러는 '양'의 물음에는 아랑곳하지 않고 한라산 '빨갱이' 이야기를 난데없이 끄집어내었다. 그러고는 '양'더러 간청하다시피 자꾸만 한라산 '빨갱이'에 관한 이야기를 하라고 졸라대었다.

막상 알고 보니 케러의 머릿속에 제주도 이름이 박혀진 것은 꿩보다 한라산 '빨갱이'인 까닭이었다.

'양'은 속으로 웃음을 참지 못하면서도 시치미를 뚝 떼고 한라산 '빨갱이'들이 없어진 지가 벌써 옛날이라는 것을 차근차근 일러 주었다. 그는 고개만 끄떡이었다. 표면상 일시 '소탕'된 사실은 자기도 잘 안다는 것이다.

그러나 인민 항쟁의 불길이 그렇게 쉽사리 소멸될 것이 아니라는 것을 뻔히 아는 그는 이 이상 산중으로 들어갈 엄두도 못 낸다고 했다. 도무지 '양'도 어쩔 수 없어 해변 신작로에로 되돌아오고 만 것이었다.

"난 산에는 안 간다!" 케러는 돌담 너머로 다시금 한라산을 바라보면서 같은 말을 뇌까리곤 한다. "바다로 둘러싸인, 같은 섬인데 말이다……."

"참 딱하구만요." '양'은 아니꼬웠다. 꿩 습성도 모른 게 꿩 사냥한다고……. "산에만 가면 지금 한창 새끼를 치는 때라, 장끼 한 마리에 암컷이 줄줄 수 마리씩 따라다니는데요. 꿩이란 원래 그런 겝니다. 제주도 꿩은 겨울철이나 아니면 해변에서 보기는 드문데요. 그러니 다시 한번 산으로 가봅시다, 그려."

"…드물긴 뭐 드물어! 아침에도 날아가는 걸 보지 않았는가!"

"글쎄, 지당한 말씀인데… 그건 놓치고 말았구, 어떻게든 잡아야 하지 않소…"

그러나 이 말은 입속에서만 중얼거렸지 상대방에는 들리지 않았다.

둘이는 엔간히 지쳤다.

지프차로 울룩불룩한 언덕길을 사정없이 마구 몰았던 것이다. 차체의 진동으로 골통이 팅팅 댕기는 것 같았고 가솔린 냄새에 자꾸 구역이 났다. '양'은 쉴 새 없이 운전을 한 탓으로 온몸이 노그라진 데다가 눈이 어질어질하였다. 더군다나 이 케러는 외고집을 부리며 자기 혼자서 서두르려는 성격이라 '양'은 그저 구경만 하고 보내는 셈이었다.

하여튼 지프 찻간에는 토끼 한 마리 없다. 조바심을 진정하려는지 술은 생판인 케러는 초콜릿이며 껌만 입에 담고 총대를 연신 어루만지다가 한라산을 향하여 공포를 쏘아댄다.

'양은 서먹서먹 위스키를 권해 봤다. 과연 케러는 상을 찡그리고 '횟!' 휘파람을 날쌔게 불더니 '양에게 턱짓을 했다.

지프차는 용수철에서 튕긴 장난감 모양으로 별안간에 내닫는다. 속력을 내어 산록에 솟아난 새끼 봉우리를 향하여 질주한다.

'양은 적이 마음이 느긋해졌다. 거기까지만 다다르면 결국은 산기슭 숲속에 발을 디디고야 말 것이니 꿩 대여섯 마리야 문제없을 것이다. 그러면 캐플린 케러를 비행장까지 배웅하는 데도 생색을 낼 수 있으며 응당 그에 따르는 보수도 바랄 수 있지 않은가.

'양은 케러와는 초면이었다. 직책이 통역관이어서 임시 안내역을 맡게 되었다. 그러고 보니 미국 장교의 비위를 거스를 하등의 이유가 없었고, 만만하게 보이는 이 자를 되도록 달래어 그 호주머니 속을 적당히 긁어내는 일도 또한 상책이 아닐까……

"에잇!" 갑자기 케러가 외쳤다.

무엇을 발견이나 한 듯 창밖으로 얼굴을 쑥 내밀었다.

소나무 동산 비탈에서 꿩 한 마리가 푸드덕 요란스런 소리를 내며 날아갔다.

새파란 하늘을 파닥거리면서 직선으로 날아가는 꿩 동체는 태양 빛을 받아 금청색으로 아름답게 번쩍인다.

케러는 지프차에서 뛰어내리자마자 총을 겨누었다. 허나 그땐 벌써 꿩은 숲속으로 사라진 뒤였다.

케러의 얼굴에는 대뜸 실망과 분노의 빛이 어리었다. 헌데 그는 분에 못 이겨 새삼스레 공포를 쏘아 보려는 심산인지 총을 겨눈 채 좀처럼 거두려고 하지 않는다.

'양'은 의아쩍어 꿩이 날던 하늘과 케러의 얼굴만을 번갈아 살핀다. 이내 '양'은 가슴이 덜컥 내려앉는 것을 느꼈다.

케러의 표정 때문이었다. 그는 확신을 갖고 어떤 과녁을 맞추고 있었다. 한쪽만 부릅뜬 눈망울에는 살기가 깃들어 입을 열듯이 도리어 일그러진 웃음을 띠운다.

사냥꾼의 과녁을 비추는 눈초리에는 청결하고 인간의 고상한 긴장마저 항용 엿볼 수 있는데, 케러의 그것은 전혀 달라 뵈었다.

동물에 흔히 보이는 본능적인 잔인성이 엉켜 있었다. 어디서인지 어슴푸레 떠오르는 표정이다.

'양'은 무의식중에 자기 기억을 더듬기 시작했다.

"앗!" 살인자의 눈초리였다.

자기 주위에서 노상 목격한 바 그대로의 사람을 죽이는 순간의 표정이었다.

총구를 댄 건너편 수십 미터 가량 떨어진 산비탈 길을 때마침 나무를 하고 돌아오는 두 사람의 그림자가 비틀거리며 보인다.

케러는 눈을 깜빡하지도 않고 앞만 노리고 있다.

'양'은 자기의 눈을 의심하였다.

사태가 막다른 꼴로 된 것을 깨달았을 때 상대방을 만만히 여기던 자기를 뉘우쳤다.

그는 찡하는 귀울림과 함께 현기증이 일시에 엄습하자 전신에 소름이 끼치는 것을 느꼈다. 멀거니 보고만 있을 수는 없었다. 험한 낭떠러지에서 뛰어내리는 듯 그는 지프차 바깥에로 떨쳐 나갔다.

눈치를 알아차린 케러는 삽시에 승냥이 같은 모진 눈초리로 '양'

을 쏘았다. 그러자 '양'은 그 자리에 뿌리박힌 듯 굳어지고 말았다.

"꿩이야, 꿩! 진짜배기 한라산의 꿩이야! 사람만 한 큰 꿩이야, 헤잇!"

순간 사위의 그윽한 정적을 깨뜨리고 총성이 울렸다.

'양'은 눈을 감았다. 그러나 눈앞에서 선지피를 쏟으며 쓰러진 겨레의 몸부림치는 모습을 그의 눈시울은 감히 가리지는 못하였다. 그것은 여자였다. 청천벽락을 당한 젊은 나무꾼은 그만 당황하여 나무를 등에서 벗어던지고 여자 몸을 껴안았다.

케러는 두 번째 총을 겨눈다.

있을만한 일이다. 아니 통역관을 하면서 '양'은 이런 장면을 몇 번이고 겪어 보기도 하였다. 비록 자기가 순수 동포들에게 손을 댄 바는 없다 할지언정 결국 그런 짓을 돕는 편에 서 왔음은 사실이다. 그래도 오늘처럼 꿩 사냥 대신에 사람 사냥을 한다니…… 대낮에 과자를 입에 담은 채 웃음을 띠우면서…….

'양'은 목전에 벌어진 광경을 외면하여 하늘에 시선을 건네었다. 이글거리는 태양 주변에서 온 하늘이 감돌기 시작하였다.

그러더니 별안간에 산이며, 바다며, 천지가 검붉은 광채로 충만하여 자기를 에워싸 들고 점점 어두컴컴하여진다. 그는 기를 쓰고 자기 몸을 가누었다.

드디어 두 번째의 총성이 울리고 말았다. 그러나 방아쇠를 당기는 바로 그 순간 '양'에게 가로막힌 총부리는 허공을 쏘았다.

케러는 아가리를 벌려 한바탕 껄껄대었다. 그러고는 먼지를 털 듯 손바닥을 탁탁 마주치고 즈봉에 손을 문질렀다. 더러운 물건이나 만지고 난 뒤에 몸단속을 하듯이…….

케러는 몸소 운전대에 올랐다.

"한 마린 놓쳤지만… 참 큼직한 꿩이야. 염려할 것 없소. 이 섬엔 과연 꿩보다 까마귀가 많다 보니 처분하는 덴 염려할 건 없다니깐… 허, 허, 허…"

지프차는 어느 때 없이 마구 내닫는다. 케러는 천연스레 차 전면을 응시하고 담배만 연거푸 피운다. 한 대 피우고 절반이 연기로 변하기 전에 또 한 대 붙인다.

"나의 사랑하는 친구 미스터 양!" 묵묵히 쪼그려 앉은 '양'더러 말을 던진다. "날씨가 좋소. 너무나 날씨가 좋단 말이오. 미스터 양은 영예로운 미국 시민이 아니겠소. 우리는 항상 친구들을 우리와 똑같은 미국 시민으로 생각하고 있소. 특히 통역관 친구들이야말로 근대적 신사면서 동시에 미국 시민의 자격이 충분하오!"

"고맙소. 나도 그리 생각하오."

그 이상 말을 계속하지 않았다. 도무지 말이 안 나온다.

목구멍에 납덩어리가 막힌 듯 '양'은 가쁜 숨을 몰아쉬었다.

하늘은 무한히 넓고 높았다.

그러나 그에게는 심해처럼 어두웠다.

목에 막힌 납덩어리가 고스란히 삼켜지기에는 지금 옆에서 태연스레 차를 내모는 이놈을 때려죽이는 대가가 필요하다. 그러나 '양'의 목에서는 의연히 고된 숨결만 내보낸다. 그는 처음 진정으로 비굴감을 느꼈다. 그러면서 이 비굴감을 항거에로 이끌려는 새로운 힘이 가슴속에 깊이 소용돌이치고 있었다.

지프차는 일로 성내(제주읍)로 향한다. 찻간엔 얼마 동안 무거운 침묵이 지배한다.

눈을 감아도 차창 바깥의 풍경이 — 자기 고장의 자연이 아니라 주마등같이 한낱 환상 속의 화폭인 양 — 스쳐 지나가는 것이 망막에 들어박힌다.

바다, 하늘, 그 사이에 줄기차게 다리를 뻗어 자리 잡은 이 땅, … 지금 그의 마음을 위탁할 곳이란 이런 것들밖에 없었다.

그는 자기 고향의 산천을 앞두어, 죽음에 직면한 사람이 순식간에 일생을 한 폭의 그림으로 그려내듯, 자기의 걸어온 반생을 살폈다.

'양'은 눈을 뜨고 하늘을 우러러보았다. 뚫어지도록 우러러보았다. 넓디넓은 하늘은 38선 너머로 멀리 퍼지고 있을 것이다. 웬일인지 오늘 새삼스러이 북쪽 하늘을 쳐다보는 자기의 심정을 '양' 자신도 분간하지 못하였다. 다만 쓰러진 자기 아내를 껴안고 복수에 떨리는 젊은 나무꾼의 분노가 타 번지는 표정만이 그의 머릿속을 뒤흔들었다.

신작로를 따라 지프차가 줄곧 성내로 질주한다.

양편 창가에서는 흰 담배 연기만이 연해 연방 산산이 흩어져 나온다.

혼
백

"허허… 참, 내가 울다니 ―"

자기 딴에도 좀 어이가 없는 듯 나는 입속말로 몇 번이고 뇌까렸다.

양손을 호주머니에 찌르고 머리를 갸웃하니 수그려 번창한 상점가를 걸어가던 나는 통행인에 마주 부닥치고 말았다.

"이 짜식, 조심해! 조심을 하란 말야!"

"아아 미안합니다!"

일본 맘보 스타일 청년이었다. 외투 대신 점퍼를 몸에 두른 허름해 보이는 나를 만만히 쳤던 모양이다. 그는 한쪽 어깨를 치켜 올리더니 주춤 섰다.

"미안하오 ―"

길을 비켜선 나는 앞길이 바빠 마음 팔릴 겨를이 없었다. 미안하다는 말이 거듭 떨어져서야 상대방은 눈망울을 흘겨 지나갔다. 나는 걸었다. 그래도 정신을 가다듬지 못하고 길바닥에 시선을 떨군 채 걸어갔다.

밤을 불태우는 네온 빛을 반사하여 얼럭덜럭 번갈아 이동하는 사람 물결, —나의 눈에는 아랑곳없었다. 그저 눈물방울이 글썽글썽 엉기었다.

"허허… 참, 내가 울다니…"

이렇게 중얼대는 나의 눈시울에 선참으로 떠오르는 건 높은 천장에서 느른하게 드리워진 발가숭이 전구였다. 누렇게 때 묻은 뽀얀 전구 빛깔은 설비가 지질하고 어두컴컴한 촌 화장장엔 어울리었다.

어머니를 여의고 울지 않는 자식이란 없건만 나는 기어이 눈물 한 줄기 보이지 않았다. 마지막 숨을 거두는 그 순간에도 나는 어머니의 얼굴을 물끄러미 지키고 있었다. 시체를 화장터로 모시고 갔을 적에도 역시 그랬다.

그날은 소각함(燒却函) 아궁이에 관을 밀쳐 담았다. 향냄새가 그윽한데 화장하는 인부가 말했다.

"이젠 마지막이올시다. 좋습니까? 예, 좋습죠, 그럼 문을 닫습니다." 그리고 필요 없는 말을 덧붙였다. "예, 여러분 참 욕보셨습니다. 수고들 하셨습니다. 그럼 안녕히들" —이내 제격 철이 철을 받아 무는 소리가 났다. 인부 말마따나 마지막 순간이었다.

며칠 후엔 녹슨 빨강 철문을 열어 뻐끔한 아궁이 속에서 관을 끄집어내야 한다.

화장장은 침침하였다. 드나드는 손님들을 대하는 체면인 양 어둡고 침울하였다.

바깥엔 연 사흘째 비가 내린다. 안은 냄새가 좀 메스꺼울 뿐, 공기는 건조하여 습기라곤 전혀 없었다. 꺼멓게 끄슬린 사방 벽들은 뙤약볕에 달아오른 것처럼 후끈후끈 열을 품었다. 마구 역증이 솟을 듯, 그러면서 어쩐지 아늑하다. 나는 나를 에워싸 드는 모든 물건의 표면에 부드러운 보풀이 인 것을 감촉하고 군데군데 죽은 사람들의 숨결이 아직 남아 있음을 보았다.

며칠이 지났다. 뼈를 찾으러 갔다. 소각함에 희끄무레 쌓인 잿더미를 앞에 두고 나는 역시 눈물을 보이지 말자고 마음을 다잡았다. 바삭바삭 부서지는 뼛조각을 나무젓가락이 있음에도 손수 자기 손바닥에 얹어 놓았다. 그리고는 적이 손을 웅크리었다.

여기저기서 흐느끼던 소리가 일시 멎어 깊은 숨을 들이마시더니 별안간 귀청을 때리는 울음이 터졌다. 어머니의 늙은 벗들이다. 노파들은 합장하여 염불을 하였다.

"아이구 잘덜 갑서, 죽어설랑 고향 산천 찾아 갑서. 아이구 한 번 제 고향 구경도 못 하구, 불쌍한 할머니우다. 혼백이랑 어서 고향으로 찾아 갑서……."

생전에 어머니와 친히 사귀던 한 할머니가 울먹이며 처량한 노래를 부르듯 하더니만 그냥 주먹으로 향대를 두들겨 엎드리고 말았다.

어머니하곤 퍽이나 다정한 처지였다. 어머니와 거의 같은 시기에 고향땅을, 한 동리를 등지고 일본에 나왔다. 그리하여 기나긴 세월을 이역살이에 보내고 있는 것이었다.

"울어선 안 된다, 안 돼! 고까짓 일에 울다니……."

어둔 밤을 환히 뚫고 뻗친 상점가의 잡담에 휩쓸리면서 나는 자기를 타이르듯 말하였다. '신세이' 한 갑을 사서 한 대 피워 물었다. 경음악이 흘러나온다. 이웃 다방에서였다. '야키도리' 냄새가 코를 쑤신다. 아마 근처에 '야다이'가 벌려 있는 모양이다. 백 원이면 소주 두 잔에 '야키도리' 두어 꼬챙인 차릴 수 있으리라. 허나 시간이 바빴다. 냄새가 따라오는 그 '야다이' 장사는 옛날 내가 하던 일이었다.

나는 후 한숨을 내쉬고 한 모금 깊이 빨아 하염없이 길 가는 군중을 쳐다보다가 황급히 걸음을 떼었다.

"고향 구경도 못 하구…" 연방 들려온 다방의 경음악 흐름에서 공교롭게도 화장터에서의 그 할머니의 울음소리가 귓전에 되살아났다. 그 할머니 말이 옳다. 남의 나라 구경이 아니요, 제 나라 제 고향 '구경'을 못 하고 원한 깊은 일본 땅에서 한줌의 재로 사라지다니. 남몰래 어언간 파묻혀 버린다니……

이것은 오늘따라 새삼스레 머리를 스치는 생각은 아니었다. 어머니의 병세가 위중하다는 걸 알아차린 때로부터 노상 이런 생각에 사로잡혔다. 그것은 또한 어머니의 속절없는 소원이기도 하였다. 무리죽음을 당한 고향 섬 사람들 중에는 전멸된 마을 사람들과 더불어 씨 멸족으로 세상에서 종적을 감춘 어머니의 동생네 식구들이 들어 있었다. 그리운 자기 고향에 둥지를 틀고 나선 미국 놈과 ㄲ나풀에 대한 어머니의 미움은 옛 고장을 등지고 나온 옛 조선 사람의 심정이었다.

나는 남의 뒷손가락질을 받다시피 자식 도리를 못 다했다. '민생'으로 병원에 맡겨 두고는 이렇다 할 요법도 강구치 못한 뿐더러 문병마저 꼭꼭 가질 못했던 것이다.

삼십 줄에 들어선 사내대장부가 겨우 구한 일터에서 일만 원 남짓밖에 안 되는 수입으론 나날의 생활은 고사하고 도무지 남 보기에 무색하였다.

어머니가 돌아가시자 이웃 사람들의 말들은 한결 자자해졌다. 이유는 간단하다. 에미가 죽어도 울 줄 모르고 화장터에선 무심히 눈만 부릅뜨고 아궁이를 보고 있었다는 것이었다. 나를 훈계하고 면박 주는 사람도 있었다. 나는 고개를 푹 꺾어 아무 말 없었다. 그도 그럴 것이 그런 짓밖엔 못 했으니까.

모친을 여의고 우는 것이 법이라면 우는 데도 자격이 필요하다. 옛날은 메마른 눈물을 억지로 짜내곤 대성통곡함도 법이었으리라. 대관절 임금 사백 원짜리 '마찌' 공장 직공이 생전에 어머니 봉양을 못 드리고 이제야 웬 눈물이겠느냐. 오랫동안 병원 한 구석에 에미를 처박아 두고 지금에야 허울 좋은 눈물로 제 신세타령이겠느냐 말이다.

나는 이웃 사람들의 나무람을 못마땅히 여기진 않았다. 아닌 게 아니라 한땐 나 대신 흘린 눈물의 정신적 대가나 청하는 심술부림인가 싶기도 하였다. 그러나 오히려 그것은 어머니에 대한 동정으로 나온 말들이었으며, 또한 그리 생각하는 게 옳았다. 이유가 단순하기에 더욱 그랬다.

이럴 즈음. 드디어 귀국이 실현되었다. 귀국의 실현은 나를 형언할 바 어려운 감격에 몰아넣었다. 충격을 주었다. 고향이, 조국이 나의 눈앞에 엄연히 다가선 것이었다.

첫 배 출항의 테레비 방송이 있는 걸 알았다. 나는 공장서 손도 채 닦지 못하고 근처 단골 식당으로 뛰쳐나갔다.

……바다가 보였다. 새하얀 선체에 눈이 부시었다.

"저 숱한 사람들은 태반이 남선(南鮮) 사람이라지……"

"음, 신통한 일이죠, 제 고향도 아닌데다가."

"아마 북선(北鮮)의 발전이 대단하구 살기가 아주 좋기에 그러는 거지……"

일본 사람끼리 주고받는 말이다. 날 보고 생색냄은 아닌 걸 알면서도 이 말이 사뭇 고마워 더욱 가슴이 북받쳤다.

"고향 구경도 못 하구……" 이건 조국 구경도 못한다는 말에 다름이 없다. 제풀에 어머니 생각이 떠오름을 어쩔 수 없었다. 어떤 동무는 나라와 동포를 위하여 부지런히 일을 하건만, 그날살이에 딸리고 떠도는 나……. 어디 인기척 없는 방이라도 금시 있으면 나는 달려가고팠다. 혼자 이리저리 뒹굴고 '다다미' 바닥에 얼굴을 비비대어 목청껏 무언가 외치고 싶었다.

그래서 지금 시전* 정거장을 향하여 허둥지둥 상점가의 잡답을 헤쳐 나가는 데도 사연이 있는 터였다.

오늘 저녁에 마련된 그 할머니의 귀국을 축하하는 모임에 참석하기 위해서이다. 시간이 바쁘다. 그날 벌이에 조금씩이라도 보태려고 밤일에 탐냄에서가 아니다. 요즘 모처럼만에 나가기 시작한 총련(總聯) 분회 일 때문도 아니다. 또한 나를 깨우쳐 주고 장차 분회 활동가로 나서려는 데까지 맘먹게끔 이끌어 간 분회장 영감과 이야기하느라고 늦은 것도 아니다.

나는 환송회에 참석할 것을 미리 속셈하여 제 시간에 일을 마치

---

* 市電. 도시(시내) 전철.

고 돌아왔다. 그리고 작업복을 벗어 던지고 상의에 점퍼를 덧입고 나왔다.

그 할머니의 집은 시전을 타서 대여섯 정거장의 거리로 떨어져 있었다.

나는 상점가 어귀에 자리 잡은 문방구점에 들러 흰 봉투를 샀다. 돈을 얼마간 담았다. 꾸겨진 지폐를 보니 피뜩 전당포에서 헛잠 자는 외투가 기한에 찬 것이 생각났다. 그러자 바람이 한결 세차게 볼을 에인다.

별안간 어깨가 으쓱해지며 오한이 엄습하였다. 나는 점퍼 깃을 당겨 올렸다. 섣달 삭풍이 쐬익 몰아친다. 나의 귓전에서 아직 공장의 '로꾸로'(녹로*) 기계 소리가 맴돌며 계속 울리는 것 같았다. 팽팽 회전하는 차가운 철선이 연기를 올려 나사못으로 끊어 떨어지는 순간의 삐걱거리는 광경이 웬일인지 신경질적으로 눈앞에 삼삼해졌다.

이윽고 나는 상점가에 들어섰다. 추위는 덜해졌다. 나는 점퍼 깃에서 손을 호주머니에 찌르고 걸어갔다. 무슨 생각에 골똘히 잠겨서인지 고개를 수그리고 걸었다.

얼마만큼 갔을까⋯⋯. 나는 완전히 시간을 잊었다. 나중에 이때의 자기의 의식 상태를 되살펴 보곤 하는데 도저히 헤아리기가 어려웠다. 단지 호주머니에 담은 봉투를 만지던 손가락의 감촉만이 다소곳이 남아 있을 따름이다.

---

* 轆轤. 둥근 모양의 물건을 만들기 위해 사용되는 기계.

이를테면 한낱 공백 — 시간의 흐름이 흡족하게 차있음을 감촉할 수 있는 기묘한 공백 — 이라 하겠다. 나는 자기도 모르게 길을 외껴* 들어간 것이다.

우뚝 앞길을 가로막고 바싹 다가선 무언가 크나큰 사물을 눈앞에 발견했을 때 주변에 사람 그림자 하나 없었다. 가슴이 덜렁 내려앉았다. 사위는 괴괴하고 어두컴컴하다. 삽시에 추위가 옷깃을 스치자 몸부림치며 등때기에 기어든다. 속까지 빳빳하게 얼어붙는 것 같았다. 나는 두 눈을 부릅뜨고 화장장의 소각함 아궁이를 뚫어 보듯 어둠 속에 묵묵히 서 있는 건물을 향하였다. 갑자기 몸을 뒤트는 재채기가 터져 나왔다.

병원이었다. 자기의 눈을 의심하였으나 그것은 ××병원임에 틀림없었다. 순간 나는 눈을 비벼 반사적으로 왼켠에 시선을 던졌다. 과연 거개는 눈 익은 다리가 제자리에 그대로 있었고, 강물은 어두운 수면을 고요히 옮기고 있었다. 두루 주변을 살펴보았다.

"음, 병원이로군 병원, 어머니가 살아 계시던 병원이로군."

나는 간신히 손가락을 뻗어 병원 문설주를 쓰다듬었다. 찬바람에 얼어 든 콘크리트 문설주는 냉정하게 서 있을 뿐, 나는 문 철책 너머로 이층 방을 찾았다. 안타까운 눈길로 더듬어 살펴보았다. 어머니가 계시던 그 방에는 커튼이 드리웠는데 사람 그림자가 움직여 보였다. 네모진 밝은 창문 가득히 무엇을 챙기는지 활발한 분위기를 자아내고 있었다.

---

* 차례를 틀리게 섞바꾸다. (북한어)

저기에, 저 방에 사람이 살아 있군……. 완연히 젊은 여성이다. 우리 동포나 아닐까? 어둠을 뚫고 느닷없이 광명을 내뿜는 유리창이 더없는 풍만을 담은 귀여운 물건처럼 느껴졌다. 나는 가슴이 흐뭇해지며 어쩐 셈인지 설움이 돋우어 오르지 않았다. 나는 어머니를 불러 보았다. "어머니… 어머니이 —"

하건만 몇 마디 소릴 채 내지 못하여 콱 목메었다. 꾹 입을 다물었다. 제풀에 눈물이 떠밀린다. 나는 일단 얼굴을 훔쳤으나 되레 큰 설움이 치받칠 듯싶어 더는 서둘지 않았다.

구름장 하나 없는 겨울 밤 하늘은 우러러볼수록 가없이 깊어만 가고 싱싱한 냉기를 온누리에 내뿜고 있었다. 그 복판 높이 달린 영롱한 달은 꼭 구슬 알을 닮았다. 눈물 속에서 밤 풍경이 산산이 부서졌다. 나는 한참 동안 병 문설주에 우두커니 몸을 기대었다.

도대체 어이 된 까닭인가. 여느 때 어머니의 영상은 어렴풋이 눈앞을 아른거리기만 해도 의식적으로 외면하던 나였다. 얼핏 생각이 스치는 정도에도 가슴이 뭉클해지게 마련이었다. 그러기에 나는 어머니의 초상마저 고리짝 깊숙이 묻어 놓은 채 들여다보려고도 하지 않았다.

나는 머리를 마구 내저으며 눈앞에서 어머니의 영상을 지워 버리려고 하였다. 허나 뭉게뭉게 영상은 떠오를 뿐 이젠 배겨 내기가 난감하였다.

표정을 분간하기 어려울 만치 여윌 대로 여윈 주름투성이 얼굴에서 아련히 억지로 띠운 어머니의 미소를 찾아보던 일. 그때 자식을 자래운 그 품에 머리를 파묻어 우는 나를 보듬고 늙은 목숨의 죽음이니 슬퍼할 것 없노라고 달래시던 어머니……. 병실에서 어머니를 찾다 못하여 이층 옥상 '모노호시'*로 나가 본즉 구석 양지쪽에 봄 햇살을 고스란히 맞으며 혼자 맥없이 쪼그려 앉았던 일…….

"아이구, 무사 왔니…… 바쁜데 일이나 볼 일이지…… 밥을 먹고 왔니?"

고독한 노모의 모습이었다. 어머니의 미소에 응하듯 나는 만면 에 웃음을 띠긴 하건만 말머리가 떨며 막힌다. 그저 잠자코 옆에 나란히 다가앉으며 그 마디마디 굵은 가난에 쪼들려 온 손가락을 어루만지곤 할 뿐이었다. '모노호시' 난간 너머로 가없는 하늘이 새 파랗게 퍼졌는데 그날따라 푸른 염색을 한 양으로 그 짙은 빛깔에 눈이 시었다.

다시 입을 떼는 건 사람 자식이 아니란 적이 몇 번이면서도 어머 니는 으레 나의 결혼을 걱정하였다. 죽을 때도 어머니는 그 걱정을 안고 죽었다. 에미 도리를 못한 탓으로 며느리를 못 본 것이라 여긴 어머니의 원한은 그 병과 더불어 마지막까지 생전의 어머니를 쫓아 다닌 것이었다.

"뭣 하러 여기에 찾아왔담! 네 어머니가 어디 계신다구 이제사 여기에 찾아왔단 말이냐!"

대뜸 숨결이 가빠 감을 느꼈다. 나는 콘크리트 문설주를 한 번 더 쓰다듬고 그 자리를 떠났다. 단단히 발자국을, 마지막 발자국을 남기고 병원 앞을 떠났다.

---

* ものほし(빨랫줄).

발을 돌리자 별세계를 이룬 상점가와 병원 앞길이 교차하는 모퉁이가 눈에 안겨 들었다. 뭇 사람들의 입김으로 법석거리는 그 거리를 향하여 길을 꺾어 되돌아갔다. 나는 가슴속 깊이 설움을 묻어버리고 이렇듯 되뇌던 것이다.

"허허…… 참, 이건 또 웬일이란 말이냐? 응, 내가 울다니……"

그래 시간이 한결 바빠진 건 다름 아닌 어머니가 부르신 탓이라 할까. 나는 걸음을 다우치다가 방금 '신세이'를 살 적에 거스름돈을 잊어 먹은 게 생각났다. 육십 원…… 나는 잠시 망설였으나 마침내 웃으면서 담배 점으로 향하였다. 뒤에선 오가는 전차 소리가 요란히 들려오기 시작한다.

"……너도 울어 볼 줄 아는군…… 제법이야, 하하하."

더는 퍼뜨리지 않는 한줄기의 눈물을 머금고 나는 소박한 기쁨을 간직하였다. 나는 이렇게 혼잣말을 계속하였다.

"글쎄, 난 좀 더 일본에 남아야겠구…… 미안하옵니다만 할머니여, 당신 혼자서 조국 '구경' 마시구, 우리 어머니도 함께 데려다 주세요."

그러나 금시 떠오른 이 생각은 그릇된 것 같았다. 나는 고개를 절레절레 흔들면서 호주머니 속의 담뱃갑을 불끈 힘들여 쥐었다.

나의 뇌리에는 시방 사람 좋은 분회장 영감과 그 할머니의 웃음꽃 피는 얼굴이 포개어졌다.

그리고 항상 미소를 띠우시던 어머니의 어진 얼굴이 속속들이 자리 잡아 마침내 들어앉았다.

어느 한 부두에서

달음박질하다시피 하여 겨우 언덕배기에 이르렀을 때 소녀는 휙 머리를 돌이켜 아래쪽 바다를 바라보았다.

등에 진 책가방과 그 자그마한 가슴팍에 소중히 안긴 아름드리 채롱이 가쁜 숨결로 하여 들먹거리고 있었다.

채롱을 땅에 내려놓은 소녀는 무거운 짐을 벗을 때 항용하는 마음 놓인 표정을 지어 제법 늙은이처럼 후유 숨을 내쉬면서 땀을 훔쳤다. 그의 눈길이 닿은 곳, 아래쪽 부둣가엔 검은 배가 한 척 멎어 있었다. 굴뚝 언저리에 연기가 서성거리는데 배는 수이 움직일 기색이 없다. 사람들이 뱃머리에 아무렇게나 걸터앉아 담배를 피우고 있었다.

봄 햇살 속에 뿌옇게 잠긴 배의 모습이 한동안 소녀에겐 오직 어린이들만 위해 시중하는 동화 세계의 배처럼 보였다. 햇빛 눈부신 하늘 아래, 배를 포근히 안아 보석 알 깔린 양 반짝거리는 바다 물결이 아름다웠다.

소녀는 손을 가벼이 흔들며 '안녕히'라는 시늉을 하고 방긋 혼자 웃으면서 걸음을 떼었다. 언덕길을 빠져나가면 바로 '국도(國道)'이다. 소녀는 조심스러웠다. 뭇 차가 쉴 새 없이 오가며 그의 양손엔 묵직한 채롱이 안겨져 있다. 교통 신호기가 있으면 좋을 만한 곳이다. 아무튼 조심스레 좌우켠을 살펴 가며 재빨리 '국도'를 건넜을 적에 소녀의 얼굴은 한결 웃음빛이 돌았다.

연방 달리듯 잰걸음으로 골목 어귀에 다다른 소녀는 조선 할머니와 마주쳤다. 할머니랄 정도로 지긋한 여인은 아니었으나 동네에선 꽤 연로해 보이며 식당 주인 노릇을 하는 데서 어느덧 그리 불리게 되었다.

오늘따라 유달리 채롱을 안은 소녀를 발견한 식당 할머니는 "아유 그게 뭐냐?" 하고 깍듯이 인사만 하고 지나가려던 소녀의 손목을 잡아 말을 걸었다.

"가재미*예요."

"가재미? 어서 좀 보자꾸나." 하고 고개를 내뽑아 채롱을 들여다 볼 때까지의 식당 할머니의 음성은 부드러웠다. "아이쿠, 이걸 어떻게 했니, 응, 너 바다에 갔다 왔군?"

"예."

"네가 낚았냐?"

"아니에요."

"그럼 어떡했나, 옳지 어디 길가에 있는 걸 가져온 게구만."

물론 어린이를 맞대어 하는 말이니 농담일 수도 있겠지만 그러나 식당 할머니의 어딘가 심술궂은 웃음으로 보아 거짓 나온 말도 아

---

* '가재미'는 '가자미'의 방언. 대화에서는 방언을 살리고, 지문에서는 표준어로 고쳤다.

니다.

소녀는 또렷또렷한 눈을 슴벅이었다.

"아닙니다. 길가에서 안 가져왔어요. 이건 조선의 가재미랍니다. 저 바닷가에서 아저씨네가 주셨어요."

식당 할머닌 눈이 휘둥그레지더니 "허엇 참" 하고 혀를 끌끌 찼다.

거저 얻어 왔다는 솥가마만 한 채롱의 쟁반만큼의 가자미에 식당 할머니는 은근히 탐이 나는 모양이다.

"정말이에요. 배 타는 아저씨가 선옥이 착하다구 주었답니다."

"배 타는 아저씨? 그렇다면 저 한국 사람이 주더냐? 으음, 한국 아저씨하구 무슨 인연이 있기에 애가 또……" 하고 식당 할머니는 이맛살을 의아쩍게 찡그려 새삼스레 선옥이를 위아래로 훑어 보더니 그 얼굴이 여느 때보다 훨씬 늙게 보였다. 소녀에겐 못마땅한 표정이다.

"식당 할머니, 나 가겠어요" 하는 걸 한마디 달래고 나서 식당 할머니는 길바닥의 채롱에 손을 쑤셔 놓고 하나, 둘 하고 뒤지었다.

손이 움직일 땐 그 사내처럼 마디진 손가락에서 겹으로 된 금가락지가 번쩍거렸다. 소녀도 덩달아 하나, 둘 하면서 젊은 어머니 손가락에서 한시도 벗어날 줄 모르는 골무를 생각한다. 어떨 땐 내직* 바느질을 팽개치고도 가락지처럼 끼운 채 저녁쌀을 씻곤 하였다. 선옥이도 소꿉질하느라고 몇 번이고 가락지처럼 끼어 본 일이 있는 골무였다.

---

* 內職. '집에서 하는 일'의 뜻으로 쓰인 것 같다.

"이크, 열한 마리나 들어 있군!" 식당 할머니는 정말로 감탄한 것 같았다. 감탄하는 표정에서 우리가 흔히 볼 수 있는 것처럼 할머니의 얼굴에서도 이때만은 심술기가 꺼졌다. 그는 선옥이네 집이 있는 안쪽 골목을 얼른 바라다보며

"으음 정말 많구나, 많다." 하고 이번엔 거꾸로 소녀를 재촉했다. "빨리 집에 가져가거라!"

소녀가 "예!" 하고 채롱을 껴안았을 땐 못마땅하던 생각도 잊었다. 사시장철 바다 위에서 생활하는 뱃사람들이 준 것만 해도 가슴이 부풀어 오를 지경인 걸 말썽거리 식당 할머니마저 눈이 휘둥그레져서 수효를 세 준 것이 소녀에겐 자랑스러웠다. 열한 마리! 많기도 많다만 그 숫자가 아주 맘에 들었다.

"어머니, 이제 왔어요!"

집에 들어가자마자 소녀는 큰 소리로 외쳤건만 아무 대답이 없다.

소녀는 심드렁하니 부엌문을 열어 큼직한 바케쓰를 수도에 갖다 대고 수도꼭지를 틀었다. 가자미에 물을 주자는 것이다. 널빤지 못지않게 넓죽한 가자미는 물속에 가라앉아 보기 좋게 포개진다. 소녀는 마지막 놈의 꼬리를 물 위에 접어 올려 휘돌리다가 놓아 주었다. 등덜미에 조그맣게 새끼 개구리 같은 눈이 연달아 박힌 꼴이 보매 아주 우스꽝스러웠다.

눈도 감지 않고 가자미는 죽어 갔구나! 하나, 둘…… 셈을 하면서 소매를 걷어올린 소녀는 물장난에 골몰하였다.

기둥 시계가 다섯 시를 쳤다.

그때서야 선옥이는 오늘 여느 날보다 퍽 늦어서 돌아온 것임을

깨달았다.

선옥이는 인기척 없는 방문을 열어젖히고

"어머니, 어머니!" 하고 다시 불렀다. 방안엔 내직 일감들이 너저분하게 널려 있을 뿐이다.

소녀는 가방을 내동댕이쳤다. 그러고는 조심스레 솥뚜껑을 가자미가 들어 있는 바케쓰에 얹어 놓고 밖에 뛰쳐나갔다.

선옥이가 제 시간에 돌아오지 않으면 어머니는 곧 지레 걱정을 하고 분회 사무소를 찾아가기가 일쑤였다. 거기엔 전화가 있고 하여 학교에 연락하기가 편했다.

허기야 전화만 걸 바에는 말썽거리 식당 할머니 댁에도 있고, 좀 나가서 골목길 모퉁이에 자리 잡은 담뱃집의 공중 전화통에다 십 원 짜리 하나 넣고 댕그랑 소리 나면 되는 일이다. 게다가 분회 사무소에 가기보다는 훨씬 거리가 가깝다.

그러나 분회 사무소에도 전화는 있다. 전화뿐만 아니다. 어머니회도 하거니와 거기에 있는 모든 것이 조선 사람에겐 포근하고 미더운 감을 안겨주기 때문에 일이 나면 어머니는 분회 사무소로 달려가게 마련이었다. 그래서 선옥이도 어머니 따라 분회 사무소로 달려가는 것이었다.

사무소는 '국도'를 건널 필요 없이 그 길섶을 따라 가면 되었다.

봄날 저녁 바람이 설렁거리는 거리를 잔달음질을 하노라니 이마빼기에 후줄근하게 솟아난 땀을 소녀는 손등으로 문지르며 하늘을 우러러보았다. 그때 어슬핏한 서녘 하늘이 느닷없이 훤해진 건 해 지는 무렵에 비끼는 마지막 노을빛이었다. 그것은 발밑에서 짙은 땅거미가 피어오르고 있음을 멀리 하늘에서 기별해 주는 듯했다.

찬거리 장만한 손바구니를 팔에 낀 아낙네들이며, 퇴근 시간이어서 공장들에서 쏟아져 나온 사람들이 제각기 걸음을 재촉하였다.

땅거미는 이제 선옥이 가슴에까지 스며들기 시작하며 그 어두움 속에 어머니 얼굴이 훤하게 떠올랐다. 웃음 머금던 얼굴이 별안간 굳어져 물끄러미 선옥이와 자기 손가락의 골무를 번갈아 지켜본다.

어머니 얼굴을 외면한 선옥이는 아버지를 생각하지 않을 수 없었다. 자기는 곧잘 욕을 하면서, 어머니가 이따금 짜증을 내어 선옥이더러 욕을 하기만 하면 사뭇 정색하여 꾸짖는 아버지였다.

헌데 이맘때는 지부 사무소에 있거나 혹은 어느 동포 집을 방문하고 있을 아버지마저 어머니 편에 선다고 이맛살을 찡그리곤 했다. 암만 해도 이번엔 어머니와 아버지의 책망에서 놓여나올 것 같지 않았다.

그도 그럴 것이 학교가 일찌감치 필했으면 바로 집으로 돌아가는 게 착한 학생의 행동인데 선옥이는 그렇지 못했다. 뿐더러 어머니가 심부름 갔다 오라던 것을 감쪽같이 잊어 먹은 게 가장 죄스러웠다.

"애야, 오늘 학교 갔다 오면 그 집에 꼭 다녀와야 해. 어머닌 바빠서 일손 뗄 시간이 없단다. 그런 줄 알고 바로 돌아와야 된다."

아침에 어머니 하던 말이 귓전에 되살아났다.

방금 집을 나올 때까지도 선옥이는 제가 무슨 잘못을 저지른 생각은 아예 없었다. 그러나 막상 어머니를 찾아 저녁 길로 나서 보니 면바로 어머니 대할 엄두가 날 것 같지 않았다.

소녀의 어린 마음에도 분회 사무소보다 시간은 좀 늦었을지언정 어머니 심부름 갔다 오는 편이 오히려 욕도 덜 먹거니와 제가 맡은 책임을 감당해 내는 길이라고 짐작되었다. 그러자 소녀는 어쩐지 어머니 그리운 마음과 함께 몹시 서글퍼졌다.

그래서 소녀는 자기 마음을 알아줄 이는 학교 선생님을 두고는 없을 것 같은 생각이 들었다. 그 선생님은 키가 호리호리하고 날씬한 몸매에 얼굴이 썩 고와서 언제나 어머니처럼 친절했다. 그 여선생은 흰 저고리, 검정 치마 따위의 되레 수수한 옷차림새가 그 말쑥한 얼굴에 기풍을 돋우어 줄 수 있는 그런 됨됨이었다.

그 선생의 첫 담임으로 지금 한 돌을 맞는 선옥이지만 그전까지는 간호부를 꿈꾸던 것이 학교 선생이 되겠노라고 우쭐거린 것도 선생을 사모하는 맘에서였다.

"선생님 —" 하고 한번 불러 보고는 선옥이는 혼잣말처럼 나직이 뇌었다. "선생님 말씀대로 그랬습니다. 배 타는 아저씨들이 너무 반가이 해 주었습니다. 저도 모르게 놀다가 시간 가는 줄 몰랐습니다. 선생님……"

— 선생님 말씀대로 그랬습니다……. 그러면 그렇지, 어린이들 속이 어른 못지않게 자기 변명하는 솜씨를 갖추긴 어려운 일이다. 어린이들이 동경하여 마지않은 예쁘고 마음씨 상냥한 선생님이 미더워하는 학생인 선옥이가 어머니의 명을 거역할 리 없다. 그리하여 그는 지금 어린 속을 태우며 어머니를 찾아가는 것이다.

방과 후 소제를 마치고 교문을 나선 때를 대충 두 시 반으로 치더라도 세 시 반엔 능히 집으로 갈 수 있었을 것이었다.

시모노세키 시 가까운 이 고장은 보잘것없는 소항구 도시였다. 그런데 옛날의 군항 물림으로 해변에 콘크리트의 부두가 플랫폼처럼 기다랗게 들이대어 바다를 막아섰다.

선옥이가 발견한 '한국선(韓國船)'이 멎은 곳은 바로 언덕 밑에 열린 부둣가였다. 부두는 이 부근에서 잘라졌다. 반대쪽 부두 끄트머리를 내다보면 그대로 해변 길에 잇닿아 부둔지 길인지 모호하게 보인다. 언덕 위를 내닫는 '국도'는 내리막길을 한참 가서 해변 쪽으로 굽이치고는 부두에 잇닿은 자그마한 길을 한데 합쳐 줄창 뻗어졌다.

선옥이는 '국도'에서 해변 길로 에돌아 오느라고 제딴은 수고를 한 셈이었다. 그가 이 길을 택한 것은 바다 구경에 재미를 붙인 까닭뿐만 아니다.

남조선과의 교역에서 일본의 문어귀에 위치한 시모노세키 시에 가까운 이 고장 바다엔 필연 '한국선'이 드나들었다. 이 부두에 배가 멎은 일은 그닥 없으나 부두를 지척에 두고 '한국선'이 자주 지나가는 걸 볼 수 있었다.

그래서 오늘도 선옥이는 어깨 너머로 앞가슴에 드리운 새빨간 댕기 달린 머리채를 매만지며 으레 바닷가에 나타났다.

선옥이는 타 본 일은 없었으나 배가 무척 마음에 들었다.

바다 냄새 머금은 바람 부는 부둣가를 걸으면서 바라보면 간혹 큰 기선이 있고, 허술한 똑딱선이 오락가락한다.

멀찌감치 영화에서 본 일이 있는 귀국선을 닮아서 선체가 새하얀 큰 배가 멎어 연기만 내뿜고 있다. 그러나 배 아랫도리가 잠긴 부분의 바닷물이 흰 물결을 연방 일으키는 걸 보니 배는 움직이고 있는 것이 분명했다.

멀리 떨어져 있기에 그렇게 보이는지 시치미를 뚝 떼고 있다가 선옥이가 좀 멈춰 서면 배는 벙긋 웃어 보이며 앞서 나간다.

이럴 때 선옥이는 신이 났다. 잔달음질을 하다가 갑자기 발을 멈춰 보곤 하면서 배와 자기를 견주어 본다.

그때였다. 선옥이의 시야를 가로막아 대뜸 바다 위에 검은 그림자가 나타났다. 배 한 척이 소리 없이 눈앞을 지나가려는 것이었다. 건너편 흰 배를 찾을 틈도 주지 않고 쑥 미끄러지듯 지나가려는 배의 갑판*엔 사람들의 그림자가 보였다.

앗! 소리를 지르며 선옥이는 깜짝 놀랐다. 뱃고물 깃대에 나부끼는 깃발은 확실히 '한국기(韓國旗)'였고 흰 글발 박힌 배 이름도 조선 글자였다.

선옥이는 고개를 곧추세우고 배 위의 사람들을 뚫어지게 쳐다보았다.

"아저씨!"

선옥이는 죽을힘을 내어 냅다 달리면서 외쳤다.

"아저씨! 한국의 아저씨 안녕하십니까?"

별안간 손을 높이 들고 배를 뒤쫓아 가는 그 모습이 흡사 무슨 발작이나 솟구쳐 저도 모르게 줄달음치는 사람 같았다.

빨강 댕기가 춤추는 머리채며 헝클어진 이마 머리칼이 바람에

---

* 원문에는 '덱기'로 되어 있다. 이는 'deck'의 일본어 'デッキ'를 한글로 적은 것이다.

휘날리며 책가방이 등에서 야단을 치고는 밑바닥을 선옥이 등어리에다 대고 막 두들겼다.

배는 선옥이를 아랑곳하지 않았다. 꿈에 나타난 아까운 물건이 자기를 멀리하여 마침내 놓쳐 버리는 순간의 아쉬운 감이 선옥이 마음을 우벼대었다. 소녀는 그럴수록 목청을 돋우어 손을 더욱 높이 흔들었으며 마구 뒤따라갔다.

"아저씨 안녕하십니까? 아저씨 수고하십니다!"

소녀의 목소리가 오후의 한산한 부두에 맑은 음향을 울리었다.

산도 이만하면 메아리쳐 응하는 법이다. 무심하다면 배가 너무나 무심했다. 이럴 때 소녀의 눈은 배 위의 사람들을 분간할 줄 몰라 하며 오직 움직이는 배 전체가 눈에 박혀 들어올 뿐이다. 소녀는 영채 돌아 유난히 빛나는 새까만 눈을 한 곳에 박아 직선으로 뻗어진 부두를 줄달음질친다.

한가로이 고기 낚던 낚시꾼들이 영문을 몰라 한동안 쳐다보고는 번거로운 듯 눈길을 낚싯대에 돌렸다.

눈에 땀이 배어선지 손등으로 눈두덩을 문질러가며 소녀는 뜨뜻한 봄 햇볕이 내려 비치는 콘크리트 부두 바닥을 휩쓸어 가는 양 달렸다. 눈앞 바다에선 조금씩 소녀를 떨구어 배가 앞서 나간다.

어지간히 정신이 아찔해질 즈음이었다. 뱃고물 갑판엔 서너 사람의 선원들이 모여들었다. 그들은 부두 쪽에 시선을 보내느라고 하면서 눈만 휘둥그레져 영문을 몰라 하는 얼굴을 하였다. 그때, 옆의 사람 어깨를 탁 쳐서 한 선원이 무언가 고함을 지른 성싶더니 황급히 뱃머리 쪽으로 뛰어갔다. 그때서야 갑판에서 사람들이 손을 들기 시작했고, 저마다 떠들기 시작했다.

"이것 참! 영 몰랐네. 어허이 안녕하십니까, 학생 안녕하시오?"

한 선원은 "엉! 거 누구더냐?" 하고 딴전을 쓰듯 쏘아붙였다.

"아저씨, 난 조선 학생입니다."

바다를 사이에 두고 한껏 건네는 또랑또랑한 소녀의 말대꾸에 그 선원은 기가 차는 모양이었다.

"됐다 됐소! 조선 학생 안녕하십니까?"

입을 다물고 웃음을 몰라 하던 무뚝뚝한 바닷사람들의 얼굴은 진작 희색이 만면해졌다.

달려가던 소녀는 그 자리에 멈칫 섰다. 그러고는 가쁜 숨을 모아 쉬고 배를 향하며 한결 높이 손을 흔들며 외쳤다.

"아저씨 안녕히 가십시오, 조심히 잘 가십시오!"

소녀가 갑자기 발을 멈춘 것은 몇 걸음 더 내디디면 그 아래는 바닷물이 물결 부딪치는 부두 끄트머리여서 더는 갈 수 없었기 때문이다.

헌데 이삼십 미터 가량 떨어진 배가 부두 쪽으로 쑥 밀고 들어오는 것같이 보였다.

배 꽁무니에서 추진기가 일으키는 물결이 샘물 터지듯 소용돌이치기 시작했을 땐 벌써 배는 부두에 접근하고 있었다.

배는 임시 착안(着岸)을 하였다.

배에서 한 선원이 냉큼 내려오자 선옥이의 양손을 덥석 부여잡고 그의 머리를 마구 쓰다듬었다. 목구멍까지 나온 말을 간신히 삼키려는 모양으로 한참 동안 말없이 고개만 연신 끄덕이며 소녀의 얼굴만 지켜보았다. 아까 다급하게 선미 갑판에서 뛰쳐나간 사람이 그 선원이었다.

　가루를 뿌린 양 하얗게 마른 콘크리트 부둣길을 배를 쫓아 마구 달려오는 소녀가 영락없이 조선 학생임을 알았을 때, 이 선원이 아니었던들 그 가슴에 이는 감동으로 하여 그저 지나치지는 못했을 것이다.

　메마른 가슴을 안고 이국땅에 드나드는 그들이었기에 외딴 부둣가에서 한 포기의 꽃마냥 솟아난 조선의 어린이가 그지없이 반갑던 것이다.

　그래서 뱃머리는 자연히 돌려지지 않을 수 없었다. 부둣가에서 누구나 할 것 없이 기름때 묻은 셔츠에 까맣게 탄 얼굴을 한 선원들이 흰 이빨을 드러내 웃으면서 제각기 선옥이와 악수를 청했다. 그러더니 귀여워 못 견뎌하면서 인형을 다루듯 머리며 자그마한 턱이며를 만지작거려 보았다.

　"선옥이…… 이름도 좋다. 꼬마 선생님, 저 기관장만 아저씨가 아닐 걸세, 응 나한테두 아저씨 하구 불러 주었잖아, 하하……."

　기관장이란 아까 선참으로 배를 내린 선원을 두고 하는 말이었다. 기관장은 손등으로 모자 차양을 비스듬히 올려 이마의 땀을 훔치며 소녀의 양 어깨를 붙잡고 물었다.

　"음, 학생은 몇 학년이나 됐소?"

　올 봄엔 4학년이 된다는 소녀의 대답에 선원들은 설마 하며 쉬이 믿어지지 않는 모양이었다. 사실인즉 여기서 조선 소녀를 만날 줄이야 꿈엔들 생각 못 했던 그들이다. 게다가 일본에서 자란 어린것이 또랑또랑한 음성으로 제법 어른들과 어울려 우리말을 주고받고 하는 데는 반가움보다 놀라움이 앞섰다. 교과서를 낭독하듯 판에 박은 가락마저 되레 소녀를 더욱 앳되게 보이게 했으며 그들로 하여금 못내 귀여워 여기게 할 따름이었다.

선옥이는 배에 올라갔다. 이백 톤짜리 철선은 그리 큰 편은 아니었으나 선옥이는 꿈을 손으로 어루만지기라도 한 것 같았다.

소녀는 높뛰는 가슴으로 배 구석구석을 구경하고 돌았다. 조타실에선 기관장과 나란히 가슴을 펴고 망원경으로 하늘과 바다가 잇닿은 까마득한 수평선을 바라다보았다.

소녀는 고개를 갸우뚱하니 당돌하게, 만날 바다 위에서만 사는 아저씨들은 육지가 그립지 않느냐고 물었다. 선원은 히죽이 웃어 보이며 상대방을 어른 취급하듯 정색하여 담배를 꺼냈다.

"허기야 그럴 법도 해, 누군들 땅을 그리워하지 않는 사람은 없거든." 이렇게 혼잣말처럼 하고 나서 말머리를 돌렸다.

"하지만 우리네 한국의 뱃사람들에겐 육지보다 바다가 좋단다. 바다는 언제 가도 싫증 안 나는 제 집 같아서 말이지, 게다가 바다는 넓고 푸르거든."

그래서 자기 말에 어리둥절해 하는 소녀에게 옛날 고향에서 소학교 선생을 한 일이 있다던 그 선원은 남조선의 어린 형제들은 세상 없이 불쌍하다고 말하였다.

"한국에서는, 소학교에 다니는 것도 운이 좋아야 한다." 하며 선원은 그 '운이 좋은' 소학생들의 어머니는 태반이 거지 행세를 하지 않을 수 없는 실정에 대하여 이야기하였다.

— 한 가난한 어머니가 병으로 드러눕게 되었다. 어머니 대신 구걸 길로 나서려는 어린것들을 어머니는 죽는 한이 있더라도 차마 그대로 둘 수 없었다. 어린것에만은 바가지를 들리지 않겠다고 어머니는 바싹 기를 썼다. 그러나 어린 학생은 꼬박 사흘을 굶은 채 등교하였다. 교실에서 선생님과 아침 인사 나누려고 일어선 학생은 그대로 마룻바닥에 쓰러져 정신을 잃고 말았다.

그런가 하면 학교에서 주는 한 조각 옥수수떡을 먹고 굶주린 창자가 못 삭여내어 배탈이 난 꼬마가 그래도 하나 더 달라고 졸라 남몰래 매일과 같이 책보에 간직해 두었다가 집에 누워 계신 어머니께 바쳐온 이야기들을 해 주었다.

"좀 들어 보렴, 한국에선 '선생님 우리네 집에는 왜 밥이 없습니까?' 하고 철없는 꼬마들이 물으면 선생님도 목이 메어 대답 대신 눈물만 흘리고 만단다, 우리 한국에선…… 그런데 선옥이는? ……" 선원은 말을 덧붙여 선옥이는 행복하다고 하였다.

잠시 서로들 말이 없었다. 이윽고 소녀가 "아저씨 선생님을 왜 그만 두었나요?" 하고 물었다. "글쎄……" 어딘가 마음에 짚이는 모양으로 "선옥이는 머리가 좋아서 질문이 좀 어렵군. 어른들에겐 아이들이 모를 사정이 다 있는 법이거든, 선옥인 모르는 게 좋아." 하고 선원은 소녀 어깨에 커다란 손을 얹으며 툭툭 두들겼다. 그러고는 바다를 향하여 한바탕 웃었다.

어느 누가 시간을 정한 것은 아니었건만 갈 시간이 되었을 땐 벌써 정이 든 선원들의 마음은 소녀와 심드렁하게 작별할 수 없게 되었다.

선원들은 한결같이 마음을 조이었다. 그래 가난뱅이 배 살림이라 줄 게 없노라고 하면서 그들의 찬거리로 마련해 둔 것을 통틀어 가져온 것이 가자미 열한 마리였다.

— 애야, 오늘 학교 갔다 오면 그 집에 꼭 다녀와야 해 — .

놀긴 놀아도 좀만 정신을 차렸더라면 일찍이 돌아오는 것쯤이야 그리 어려운 일은 아니었다. 어둠이 짙어 가는 하늘을 쳐다보며 선옥이는 입에서 신물이 나도록 뉘우쳤다.

버스로 서너 정거장 떨어진 곳에 어머니가 갔다 오라던 내직 일 맡겨 주는 집이 있었다. 그런데 문지기를 하느라고 하필 사람 꼴만 눈에 띄면 함부로 덤벼드는 개가 한 마리 그 집 현관을 지키고 앉았다. 낮이면 좀 거리를 두고 달래 보기라도 하지만 이맘때는 밤 어둠을 타서 어데서 뛰어나올지 모를 일이었다. 아무튼 자지러지게 짖어댈 것만 생각해도 선옥이는 선뜻 마음이 내키지 않았다.

그렇다고 어찌할 도리가 없었다. 가로등이 점점 훤히 눈에 띄는 길을 따라 분회 사무소로 그대로 걸어갈 엄두도 안 났다.

개 짖는 집 이웃의 구두 점방에 선옥이의 맘에 딱 들어맞는 빨강 가죽 구두가 한 켤레 진열돼 있었다. 부드러운 윤을 내는 뾰족 구두가 가죽신을 신어 본 일 없는 선옥에겐 마냥 곱게 보였다. 선옥이는 진열대 유리창에 이마빡을 대고 빨강 구두와 꿈을 속삭이는 일이 아주 즐거웠다. 밤이면 전등을 빛에 반짝거리면서 선옥이더러 빨리 오라고 기다리고 있을는지 몰랐다.

선옥이는 발길을 돌려세워 오던 길을 다시 걷기 시작하였다. 개가 짖든 벼락이 떨어지든 제 갈 길을 가고야 말리라고 맘먹은 사람처럼 소녀는 재게 걸음을 다우쳤다.

가로등에 비긴 소녀의 파리한 얼굴은 까딱하면 울상이 될 지경으로 질렸다.

시간이 더 오래되면 어머니가 퍽이나 걱정하리라 생각하니 어느새 어머니를 어려워하던 맘이 가셔지는 게 묘했다.

저녁 바람은 싸늘하게 볼을 스쳐 지나갔다.

소녀는 왠지 모르게 뒤통수를 끌리는 양 뒤를 돌아다보았다.

소녀의 시선이 박힌 저쪽 가로등 밑에서 사람 그림자가 얼씬하였다.

"선옥아!" 그림자가 불렀다. 연달아 다른 소리가 "선옥이!" 했을 땐 벌써 두 그림자는 소녀를 향하여 달리고 있었다. 소녀도 온몸에 날개가 돋친 양 막 달려가고 있었다.

어머니와 여선생이었다. 소녀는 어머니 품에 머리를 파묻고 그냥 울음보를 터뜨리고 말았다.

"어머님, 잘못했습니다. 용서해 줘……"

어린것이 왈칵 설움이 치받쳐 엉엉 우는 통에 두 사람은 어리둥절했다. 하마터면 눈물이 쏟아질 뻔하던 어머니도 정신을 가다듬고 되레 딸을 달래지 않으면 안 되었다. 소녀의 몸은 온통 땀투성이였다. 어머니는 손수건을 꺼내 입을 쩍쩍 다시며 얼굴부터 닦았다.

두 사람은 양편에서 지켜 주듯 소녀의 손목을 잡고 걸어갔다.

걸어가는 족족 어머니는 어딜 갔다 왔느냐고 행방을 따져 보았으나 소녀는 묵묵히 걸음을 떼어놓을 뿐이었다.

연락을 받고 뛰어온 여선생은 그대로 갔다간 무안을 볼 것만 같았다. 그래서 여선생은 눈치 차리느라고 몇 발자국 뒤떨어져 걸어갔다. 그러나 마찬가지였다.

"선옥이……" 여선생은 말소리도 언제나 부드럽고 정이 깃들어 있다. "선생님 있으면 말하기가 싫어?"

빗질해 주듯 손가락으로 학생 머리채를 만지작거리며 묻는 여선생의 말에 소녀는 머리만 절레절레 흔들었다.

동네 어귀에 당도하여 가자미 소문에 번쩍 귀가 뜨인 어머니는 집에 들어가서 과연 놀랐다.

"정말로 한국 뱃사람이 주더냐?" 어머니는 자제심을 잃고 발끈 성난 사람처럼 말했다.

"그래요." 소녀는 외마디 말로 잡아떼었다.

"한국 사람이 우리 집에 가재밀 주다니…… 선생님 이게 정말이죠, 네 선생님?"

소녀의 입에서 한국 선원에게서 가자미를 얻었다는 말이 떨어졌을 때 실상 여선생의 마음은 기쁨으로 하여 설레었다.

방금 골목길에 접어들어 식당 앞을 지나자 공교롭게 식당 할머니와 마주쳤다.

마침 동네 아낙네와 지저거리던 식당 할머니는 선옥이녤 만나 반색해 하면서 오늘 선옥이가 큰 벌이를 했는데 그걸 아느냐고 물었다. 그 말투에 어딘가 모르게 비꼬는 기색이 완연했다.

그때의 식당 할머니의 어조가 선옥이 어머니의 속을 꽉 상하게 한 모양이었다. 그도 그럴 것이 한국 사람에게서 얻었단다 하면서 그게 정말일까 하는 기색을 웃음 머금은 얼굴에 나타냈기 때문이었다. 설령 그것이 농담일지라도 낮에 선옥이더러 한 말을 어머니가 알았다면 무슨 일이 터지고야 말았을 것이었다.

여선생은 선옥이의 말을 곧이들었다.

"그럼요, 어느 누구도 선옥이더러 거짓말한다는 사람이 없잖습니까? 네, 누구보다 어머니가 제일 잘 아시잖아요."

여선생의 어조는 좀 엄하게 들리었다. 그때서야 어머니는 무안한 듯이 자기 딸 얼굴을 살짝 훔쳐보더니 잠잠하였다. 마음이 놓이는 성싶었다.

시방 여선생이 티끌만큼의 의심도 품지 않은 데는 학생을 믿는 마음과 함께 그럴만한 이유가 있었다.

어린이와 나날을 보내며 청춘을 구가하는 젊은 여선생은 설레는 바다를 좋아했다. 꼬마들과 어울려 우리 노래 부르며 해변을, 백사장을, 부두를 거닐어 다닌 적도 한두 번이 아니었다.

가난한 가정에서 자라 소학교 시절엔 민족 교육을 받지 못한 여선생은 옹색한 학생들에게 한결 마음이 쏠리었다.

그는 교실에서도, 운동장에서도 바다에 대하여 이야기하고 배에 대하여 이야기했다. 그 바다는 한 많은 현해탄이기도 했고, 행복의 뱃길 트인 동해바다이기도 했다. 배에 대한 이야기엔 가난에 대한 이야기가 따랐다. 옛날, 나라를 잃었던 어두운 시대에는 마음 착한 조선 사람들은 모두가 가난했다고들 말해 주었다.

훤한 이마 아래, 쌍꺼풀진 눈을 호수 물처럼 그윽이 빛내며 그는 귀국선에 대해 이야기했으며, 또한 이슬 머금은 눈으로 죄인 취급

당하는 '밀항자'에 대하여 말했다.

이렇게 하여 그는 부둣가에서 '한국선'이 지나가는 걸 보거들랑 뱃사람은 모두 다 같은 조선 아저씨이니 본체만체하지 말고 깍듯이 인사드려야 된다고 학생들더러 타일러 왔다.

남의 나라에 멋대로 도사리고 앉아 주인 행세 부리는 원쑤와 그 놈의 끄나풀을 내쫓기 위해서도 한겨레인 조선 사람끼리 의좋게 지내야겠다는 당연하다면 너무나 당연하고 한편 안타까운 마음이 한시도 그의 가슴에서 떠난 일이 없었다.

철둑을 달리는 기차를 보고도 무심결에 손을 내젓는 꼬마들이다. 하물며 눈앞에 한겨레를 태운 배가 지나간다면야 꼬마들의 마음인들 거저 지나칠 수 없을 게 아니냐. 이러한 사소한 일부터라도 실현해 나가는 것이 조국의 후대들을 맡아 키우는 자기의 의무로 그는 간직하였다.

열한 마리의 가자미에 깃든 이야기 — 여선생은 한참 동안 부엌간에 우두커니 서 있었다. 물론 떠들썩거릴만한 일은 아니리라. 허나 선옥이 어머니와 번갈아가며 물에 잠긴 가자미 몸뚱어리에 손이 닿았을 때, 그의 가슴은 불시에 뭉클해지며 사뭇 북받쳐 올랐다.

고기들에게 말이 없다고 하여 그들에 담긴 조선 사람의 불행과 불행에서 벗어나려는 소원을 찾아볼 길이 없단 말인가. 어딜 간들 조선 사람의 숨결만 닿는 곳이라면 거기에는 반드시 어떤 형태이거나 조선 사람의 소원이 이처럼 흔적을 남겨 놓을 것이라고 생각하였다.

"선옥 동무, 참 수고했습니다……"

어머니 심부름을 다 못해 시무룩해 서 있는 소녀 얼굴을 다정스레 바라보며 말을 건네려니까 목이 메었다. 가슴에 이는 감동을 억제하려면 할수록 되레 부풀어 오를 뿐이었다.

말똥말똥한 눈으로 선생을 쳐다보며 고집스레 꾹 아랫입술을 다문 채 입을 떼지 못하고 있던 선옥이의 볼에 뜻하지 않은 한 줄기의 눈물이 흘러내리었다. 여선생은 억지로 웃어 보았으나 왈칵 눈물이 쏟아져 그냥 소녀의 몸을 부둥키고 말았다. 외면해 선 어머니의 눈에도 눈물이 고이었다.

얼굴을 들어 어머니께 사과드리며 저고리 고름으로 선옥이의 눈물을 훔쳐 주던 여선생의 머리를 그때 어떤 생각이 번개처럼 때렸다. '한시도 시간을 지체할 수 없다! 배에 가야 한다, 빨리!' 아까부터 길가에 무엇을 떨어뜨리거나 한 것처럼 어느 한 구석에서 옴찍거리던 게 이 생각이었다.

이제 곧 배에 가서 뱃사람들과 만나는 편이 좋다고 여선생은 새삼스레 다지었다.

그리하여 곧 선옥이 아버지한테 연락하기로 의논이 되었다.

지부 사무소에 있을는지 알 수 없었으나 우선 전화를 걸어 보았다. 마침 선옥이 아버지가 나왔다. 이야기를 듣고 난 그는 옛 친구 소식에 접한 거나 다름없이 기뻐하였다. 부둣가에만 갈 게 아니라 이왕이면 거저 보낼 손님이 아니니 집에 모시고 한 상 차리는 것이 좋을 성싶다고까지 하였다.

그러나 얼결에 생각이 나서 바삐 서둘렀을 뿐, 한편으로 걱정이 퍽 컸다. 선옥이가 배에서 돌아온 지 두 시간은 되었다. 임시 착안을 한 배가 여태껏 한 자리에 머물러 있을 리 만무하다.

여선생은 소녀와 그의 어머니를 집에 남기고 소녀 아버지하고 약속한 언덕 밑 부둣가로 급히 떠났다.

어둠이 감싼 골목길을 만나는 사람마다에 공손히 절을 하며 부랴부랴 떠난 여선생의 뒷모습을 바라보고 동네 사람들은 가자미가 이 골목에 찾아든 사연이 심상치 않음을 적이 느끼는 모양이었다.

마음을 조이며 귀가 초롱같이 밝아진 선옥이는 동네 어귀에서 나는 인기척을 어머니보다 훨씬 먼저 알아맞히었다. 부엌문을 열어젖히고 행주에 손을 닦기가 바쁘게 어머니와 소녀는 밖에 뛰어나왔다.

아니나 다를까, 뱃사람이 성큼성큼 걸어오고 있었다. 소녀는 눈앞에 갑작스레 뱃길이 터져 뱃사람들을 태운 밤의 바닷물이 골목길로 막 밀려오는 것 같은 착각에 사로잡혔다. 그들을 데려온 아버지며 여선생의 말소리가 들리지 않았더라면 선원이 소녀의 손을 잡아 흔들 때까지 그 착각에서 깨어나지 못했을 것이다. 단념하다시피 하여 마음을 조이던 소녀에겐 그만큼 뱃사람들의 방문은 의외의 일이었다.

임시 착안일수록 배를 일단 부두에 대면 축항 당국과의 수속 문제들이 있어 함부로 출항치 못함을 그들은 몰랐던 것이다.

아무튼 바다 냄새 머금은 밤바람이 갑자기 불어들기 시작한 것 같은 골목길을 사람들은 오는 길에 친해진 모양으로 서로 웃음 섞인 말을 건네곤 하면서 들어왔다. 손님을 안내하는 아버지의 얼굴도 또한 개선장군처럼 밝았다.

　이리하여 그날 밤 선옥이네 집은 뜻하지 않은 잔치가 벌어졌다. 비록 돼지를 못 잡았다 할지라도, 가령 탁주 대신 맹물 한 잔 대접 받았다 할지라도 뱃사람들의 마음엔 길이 두고 잊힐 수 없는 일이었다.

　골목에 사는 동포들이 모두 반가이 여겨 제각기 술과 안주를 마련해 가지고 선옥이네 집에 모여 앉았다.

　민단에 소속한 말썽거리 식당 할머니도 양손에 무언가 들고 털털거리며 들어왔다. 허기야 식당 할머니가 들어온 데는 그럴만할 이유가 없지는 않았다. 적어도 이 골목에 한국 사람들이 찾아왔는데 자기가 혹시 빼돌려지는 형편이 되어선 체면이 못 설 지경이었다.

　이럴 즈음, 어려워하는 선옥이 어머니를 타일러 여선생이 어느 집보다 맨 먼저 찾아가서 청을 드렸다. 게다가 식당 할머니가 은근히 바라던 가자미를 나누어 주었으며 그 식당에서 막걸리랑 오늘 저녁에 필요한 물건들도 좀 장만해 들인 까닭도 있었다.

　두 칸 방의 작은 방은 내직 일감이며 갑작스레 잡동사니가 널려, 사람들은 단칸방에 모여 앉은 셈으로 되었다.

　'호루몬' 굽는, 좀 노릿하지만 고소한 냄새가 방에 차서 사람들의 시장기를 자극했다.

　낮은 천장에 연기가 자욱하며 갈 길을 찾고 있다. 반쯤 열린 문틈으로 골목에 새어 나간 전등 불빛 속에서 흡사 김이 무럭무럭 떠오르듯 파란 연기가 모대기고 있었다. 이따금 화목한 웃음소리가 골목까지 들려왔다.

부엌일은 어머니와 여선생이 도맡아 하는데 선옥이도 한몫 끼겠노라고 서둘러대었다. 게다가 이웃 아낙네마저 비좁은 부엌에 드나들었다.

이럴 때면 넉넉지 못한 집일수록 있는 걸 털어놓다시피 하며 즐거움을 함께 나누려는 심정이 한결 더해지는 것 같다.

나이가 마흔 안팎으로 되어 보이는 기관장과 같은 또래의 선옥이 아버지는 서로 말이 통하는 성싶었다. 서로들 초면에 나이 값이나 하느라고 점잔 빼려는 태가 없어 무던해 보였다. 허기야 사나운 바다와 싸우는 인간이 점잔만 빼다간 자기 신체 망쳐 먹게 마련이며, 선옥이 아버지 역시 점잖은 체만 하다간 동포들과 어울려 일을 못해낼 것이었다.

선원들의 웃통을 벗겨 주면서 선옥이 아버지는 사양하는 사람을 모처럼 모시고 온 판인데 이제 술상 앞에서 점잔 뺀다면 제 처지야말로 꼴불견이라고 농을 피워 가며 한 사람씩 술을 쳤다.

한 여나문 사람이 육조 단칸방을 차지하고 나니 온통 어른들 판이어서 어린 선옥이가 참견할 바는 못 되었다. 헌데 어느새 선옥이는 좌중의 주인공 자리에 떳떳이 앉아 있었다. 보매 한복판에 상을 끼고 아버지와 맞대 앉은 기관장의 무릎이, 말하자면 자리 아닌 자리가 비어 있어서 손님이 선옥이를 불러 제 무릎에 앉힌 것이었다.

상을 주런이 둘러앉은 사람들은 제작기 이야기판을 벌여가며 잔을 주고받고들 하였다.

함께 앉은 기관장과 나머지 두 사람의 선원은 가끔가다가 벽에 붙인 김일성 원수의 초상을 힐끔 쳐다보며 알은체를 아니 했다. 고향 이야기며 남조선의 형편 이야기를 하다가도 직접 정치적 문제에 말이 언급되거나 하면 버릇처럼 얼른 사위를 살펴보며 말끝을 흐지부지하게 얼버무려버렸다.

"여보슈, 배 타는 양반, 나도 한국 사람인데요, 당신네들 만나서 무척 기쁩네다. 어서 드시구 이 못난이에게두 한 잔 쳐 줍시다그려."

벌써 얼근해진 식당 할머니가 앉은뱅이처럼 팔을 방바닥에 짚고 궁둥이를 놀려 자리를 뱃사람들 쪽으로 옮겨왔다.

그때, 넌지시 벽의 초상을 건너다보고 있던 기관장이 섬뜩하여 돌린 얼굴엔 순간 당황해 하는 빛이 어리었다.

"뱃사람은 제 집 찾을 줄을 모르는가 봅네다. 한국 양반이 한국 사람네 집을 팽개치구서 총련에 간다문 어떻게 되겠소……" 하며 입을 헤벌쭉하며 허허 웃는 통에 덩달아 방안에서 웃음이 일어났다. 웃음이 터진 것은 이때 식당 할머니 말에 항용 나타나는 퉁명스러움이 없었고, 술이 얼근한 눈이 웃는 것으로 보아 이 말이 뱃사람들을 환영하는 할머니의 말로서는 안성맞춤이었기 때문이다.

헌데 기관장은 가벼운 웃음을 띠었을 뿐, 식당 할머니더러 술을 쳐 주며 "아주머니 참 반갑습니다. 그저 물 밖에 나온 고기나 다름없어 알아볼 도리가 없었습니다." 하고 어이 된 셈인지 불쑥 말을 이었다. "그런데 말이죠, 일본 땅 부둣가에서 우리 한국 사람을 환대해 주는 학생이 있었는데 말이죠, 그 학생 귀여워하는 맘을 우린들 어떻게 하겠소."

"원, 이 양반아, 뭘 그렇게 어려워들 하슈, 나도 압네다. 민단 사람하구 총련 사람의 꼬락사니가 다를 게 뭐 있소. 농담입네다. 농담…… 다 같은 조선 사람끼린데 뭐……"
하고 뚝 시치미를 떼더니 순간 젊은 여자처럼 무안을 탄 얼굴이 되어 선옥이의 손을 붙잡는 것이었다.

그렇게 "아가, 가재미 고맙다. 고마워" 하면서 선옥이와 눈길이 마주치자 손수건을 꺼내더니 소녀의 손에 볼을 대고 비볐다. 기관장은 영문을 몰라 무릎에 선옥이를 앉힌 채 떠해 하는 표정을 지었다. 과연 "이크, 내가……소갈머리도 없이 너를 함부로 나무랐구나…… 나도 옛날엔 널 닮은 딸애가 있었단다……" 하면서 식당 할머니는 주르르 떨어지는 눈물을 훔쳤다.

가자미는 여선생 몫으로 한 마리, 그리고 또 한 마리 남겨 놓고는 동네 사람들에게 골고루 나눈 뒤였다.

어머니를 따른 선옥이가 아름드리 채롱을 소중히 안고 한 집, 한 집 돌아다녔다. 선옥이가 손수 물이 촐촐 떨어지는 가자미 몸뚱어리를 양손으로 가져 주며 그 집 그릇에 옮겨 놓았다.

식당 할머니네 집엔 여선생이 따라 갔었다. 몇 시간 전에 만진 감촉이 손가락 끝에 고스란히 남아 있는 큼직한 가자미를 손바닥에 얹어 놓았을 적에 식당 할머니의 흡족한 얼굴에 이윽고 죄스런 빛이 떠올랐던 것이다.

─이리하여 모처럼만에 경사를 만난 사람들처럼 골목길 한구석에 베풀어진 이 자리를 쉬이 파하고 뜨려는 사람은 없었다.

어지간히 시간이 간 모양으로 선옥이는 제 어머니 품에서 잠든 어린이처럼 기관장 무릎에 안긴 채 포근히 잠들었다.

어디선가 밤하늘을 꿰뚫고 뱃고동 소리가 길게 울렸다.

그날 밤 이슥하여 깊은 잠에 잠긴 선옥이가 모르는 동안에 배는 떠났다.

부둣가까지 배웅하러 나온 사람들과 악수를 나누고 배는 밤 바닷길을 타서 떠나갔다.

선장이며 배에 남은 선원들 가운데는 총련 사람들 집에 간 사실이 드러나지나 않을까 하여 난처해하는 기색이 돌았다. 심지어 선장쯤 되면 상륙 허가를 준 것을 이제 와서 후회하고 있을지도 모를 일이었다.

그러나 배는 선원들의 이러저러한 상념들을 한 도가니 속에 익혀 가며 줄곧 부산으로 향하였다.

배가 산더미 같은 파도가 노호하는 현해탄 바다 골짜기에 일엽편주마냥 들이덤빈 게 곧 이튿날 3월 16일 아침이었다.

그리고 뱃사람들은 파도 사나운 현해탄 한복판에서 잡음 섞인 전파를 통하여 부산 등지에서 전날부터 수만 명의 군중이 '한일 회담'을 반대해 일어섰음을 알았다.

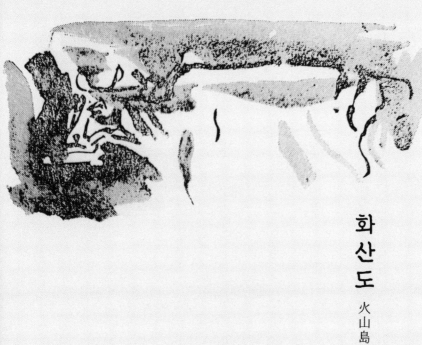

화산도

火山島

제1장

1

K봉은 한길에서 봉우리를 바라다보면 그닥 높은 산이 아니었다. 솔숲을 들쓴 언덕들이 꼭대기에서 겹겹이 누워 내렸으며 한길 근방 산기슭은 군데군데 용암이 노출하고 봄이면 어린이 키만큼 잡초가 무성해지는 풀밭들이었다. 화산탄이며 구멍이 송송 난 현무암의 돌멩이들이 아무렇게나 나뒹굴고 있는 골짜기 비탈에는 바위틈에 굳건히 뿌리박은 상록수가 섰으며 진달래도 으레 철을 따라 피고는 하였다.

신작로 다리 밑으로 큰 내가 산 변두리를 굽이돌아 나오는데 깡마른 냇바닥은 흙덩이 대신에 바위들이 드러나 여기저기 푸른 물이 고여서 못이 되었다.

날이 저물어 가는 한길에는, 마을 어귀로 빠져나가는 길목에도 사람 그림자가 없었고, 까마귀만 점점이 날아가고 있었다. 한길 건너편에 질펀하게 벌어진 허허벌판은 까마득히 한라산의 웅대한 산기슭에 안겨들었다. 산기슭엔 고스란히 눈이 묻어 있다.

그러나 바다 쪽은 쳐다보기만 하여도 정신이 아찔아찔한 깎아지른 절벽이었다. 절벽 아랫도리는 두고두고 헤아릴 수 없는 시간을 흘러내린 풍파의 침식 작용으로 기암괴석을 새겨 놓은 바위들인데 항시 바닷물에 씻겨 있었다. 바람도 파도도 거칠었으나 바닷물은 정말 고왔다. 한 길 물속을 헤엄치는 고기떼의 색깔을 훤히 가려 낼 만치 맑은 물인데 절벽 그늘 바다는 언제나 고파(高波)를 일궈 물세가 사나웠다. 비가 몹시 오는 날이면 돌고래 떼가 몰려들어 물결을 타고 나뒹굴었다.

K봉은 한라산을 주봉으로 하여 옹기종기 솟은, 이 고장서 '오름'이라고 부르는 이백 여 새끼봉우리들의 하나지만, 꼭대기에서 허허바다를 일망하면 물결 새에 얼씬하는 조각배라도 찾아낼 만했다. 예로부터 이 고장을 마지막 근거지로 삼아 몽고 침략자들과 고려 통치배(統治輩)들을 반대하여 싸운 삼별초군(三別抄軍)의 고사도 그렇거니와 봉우리마다 적선(敵船) 발견의 봉화가 오르면 칠흑의 야밤중에도 동네 사람들은 무기를 들고 한결같이 집집을 뛰쳐나갔다고들 한다.

산기슭 풀밭이 한쪽으로 기울어진 비탈을 내려가노라면 분지 모양으로 생긴 좁은 골짜기가 나타난다. 땅이 오묵하게 패어서 말이 골짜기지 흡사 산간에 운동장이라도 닦아 놓은 것같이 편편했으며 신작로로 가는 오솔길에는 자동차 바퀴 자국이 박혀 있었다.

비탈에 소나무가 듬성듬성 섰는데 그 소나무 가지들에서도 까마귀가 한참 날개를 파닥거리곤 하였다. 저물어 가는 해를 탓하듯 아쉬운 소리로 깍깍 우짖으며 한길 쪽으로 날아가는데 이제야 떼를 따라 제 둥지를 찾아가는 것이 분명하였다.

서녘 하늘에 비낀 저녁노을이 산등성이로 가로막힌 산기슭 풀밭에서는 골짜기로부터 땅거미가 피어올랐다. 이 근방은 인가는 없고 사람들이 나드는 흔적으로 임자를 가릴 겸 돌담을 쌓아올린 보리밭들이 어둠 속에 누워 있었다.

정적을 깨뜨리고 어데서 총소리가 났다.

연거푸 울리는, 다짜고짜로 퍼붓는 일방적인 총소리다. ― 모르면 몰라도 경관들을 싣고 신작로를 막 내닫는 트럭 위에서나 아니면 그런 요란스런 헛총소리 나기란 만무했다.

명순이는 꿈결에 총소리를 들었다. 그로 말하면 꿈결이라기보다 몸을 쑤셔대는 아픔이 총소리로 갑자기 되살아난 듯한 감각이었을 것이다.

명순이는 땅바닥에 누워 있었다. 평평한 골짜기 한 구석에 정확히 말하면 정신없이 쓰러져 있었던 것이다. 어둠 속으로 울퉁불퉁 돌더미마냥 희읍스름하게 비치는 건 여기저기 나자빠져 있는 사람들이다. 아무도 말이 없고 움직이지 않았다. 그 중에서 한 사람 간신히 몸을 굼지럭거리기 시작했는데 그것이 명순이었다.

축 늘어진 몸을 움죽거리는 게 고작이고 몇 번이고 의식을 다시 잃을 뻔했으나, 아무튼 명순이는 총소리가 나는 통에 살아난 것만은 사실이다. 그대로 누워 있었다면 얼어 죽거나 그렇지 않으면 새벽녘에 까마귀 떼에 쪼여 젊고 귀여운 체구에다가 흉한 날짐승의 부리 자국을 남기게 마련일 터였다. 이를테면 정체 모를 총소리는 깊은 잠의 심연에서 그를 건져내고 그에게서 앗아간 의식을 도로 가져다 준 셈이다. 인간의 운명이란 이상야릇하기도 하다. 만약 그 총이 경관들이 쏜 것이라면 놈들은 총을 맞추지는 못 하려니와 이미 죽은 명순이를 살려낼 필요야 없지 않았겠는가.

그의 몽롱해진 머리는 그래도 제 몸뚱어리에서 뻗어 나온 수족이 움직임을 감촉할 수 있었다. 정신이 겨우 돌아오기 시작한 것이다.

명순이는 눈을 멀겋게 떴다. 눈을 떠보니 귓속에서 무언가 윙윙거릴 뿐 조용하다. 그는 으스스 오한이 일시에 엄습하여 상반신을 일으켜 세우려 했다. 그런데 깊은 눈 속에 아랫도리가 파묻혔을 때와 마찬가지로 한쪽 다리가 돌인가 무언가에 짓눌리고, 팔은 팔 대로 푹푹 힘이 빠져서 운신을 못 할 지경이었다.

'웬일까?' 영문을 몰랐다. 겨우 머리를 들어 사위를 둘러다 보았으나 어두컴컴하였다. 가만히 한 점을 응시하고 있노라면 거뭇거뭇한 바윗돌 그림자가 안개 속에 돋아난 윤곽처럼 어렴풋이 부풀어 올랐다.

파도치는 소리인 양, 솔숲 스치는 바람 소리인 양, 심한 귀울림이 윙윙거렸다. 명순이는 그저 골짜기로 스며드는 희미한 광명을 따라 고개를 돌렸다. 머리 위로는 하늘이 널리 트였고, 벌써 황혼이 깃들어 밤은 지척에까지 다가와 있었다. 그러나 두 손으로 이마를 덮은 헝클어진 머리칼을 밀어 올렸을 때 갑자기 왼쪽 팔죽지가 쑤셔대었다. 발은 발대로 어디 바위틈에 물려서 그런지 영 빠져나올 길이 없었다.

그는 발버둥치다시피 하여 발을 억누르고 있는 것을 밀어젖혔다.

뻣뻣한 채로 그것은 다리에서 벗겨 떨어졌다. 그때서야 명순이는 발목을 잡아당기던 압박감이 무언가 심상치 않음을 느꼈다. 그때까지만 해도 그것이 무슨 물건 틈에 접힌 감각이나 다름없어서 차마 제 다리에 머리를 걸친 채로 죽은 사람 몸뚱어리인 줄은 몰랐다.

겨우 손더듬이로 그게 머리가 풀려 산발한 여자의 두부(頭部)임을 알아차렸을 때 그는 벌떡 뛰다시피 하여 앗! 소리를 지르고 말았던 것이다.

명순이의 놀람은 마땅했다. 분명히 집단적으로 학살당한 사람들의 시체를 발견한 것이며 더구나 가슴팍에서 쩍쩍 손바닥에 들어붙는 핏덩이를 감촉했을 때의 충격은 이만저만이 아니었을 것이다. 만약 청천벽력 같은 충격이 머리를 때리지 않았다면 명순이는 그 자리에 누운 채로 또다시 까무러치고 말았을는지도 모른다.

그는 황급히 제 몸뚱어리를 쓰다듬기 시작하였다. 온몸이 어디라 없이 사뭇 쑤셔대긴 하는데 다리에는 총 맞은 자국이 없었다. 정말 없었다. 상처는 바로 그 손으로 다리를 쓰다듬고 있는 팔죽지에 있었다. 한쪽 손을 갖다 대기가 무섭게 끓는 물 끼얹은 것 같은 아픔이 엄습하여 오래 상처를 만지지 못하였다. 아직 핏자국이 진득진득하여 말라붙지 않은데 손바닥이 찰싹 가 닿은 것이었다. 그 부근만 옷소매가 헐어지고 구멍이 나 있다. 총탄이 스친 찰과상인지 어디서 입은 상처인지 분간하기는 어려웠다. 그러나 이제 와서는 그까짓 상처는 그에게 있어서 대수로운 문제가 아니었다.

─이젠 많은 사람들 가운데서 자기 혼자만 살아남았음이 틀림없었다. 그것은 놀라울 일이었다. 다음 순간 그는 본능적으로 자기

가슴을 부여잡았다. 앞가슴이 헤쳐져 속옷 아래 싸인 팽팽한 젖가슴을 누른 손바닥에 똑똑히 심장 높뛰는 소리가 울린다. 연신 떨리는 손에 힘을 넣어가지고 그는 옷고름을 잡았다.

'아 옷고름이 풀렸구나, 옷고름이 풀어졌구나……' 이렇게 입속말로 중얼거리며 명순이는 옷고름을 매었다. 단단히 매었다. 땅바닥은 온통 자갈밭이어서 엉덩잇살에 돌멩이가 들어박혔다. 명순이는 하늘을 향한 채로 자빠졌던 제 모양이 그지없이 부끄러운 것으로 여겨졌다. 이 몸이 어둠 속에 가라앉기 전만 해도 밝은 태양이 축남이 없이 비춰주었을 게 아닌가.

허나 혼자서 부끄럼을 타는 그 마음은 되레 그에게 힘을 돋우어 주었다. 옷고름을 매고 있노라니 그는 딴 사람이 되기나 한 듯 새 힘이 몸속을 마구 솟구쳐 올라옴을 느꼈다.

그는 갑작스레 땅 위를 걸어 보고 싶었다. 첫걸음을 걷는 사람 심정으로 그는 제 발로 걸어 보고 싶었다.

듬성듬성 서 있는 소나무들 사이로 밤하늘이 어렴풋이 넘겨다보이는 비탈을 향하여, 숨을 크게 몰아쉰 명순이는 비칠거리며 걸어갔다. 대지에 두 발을 디디고 서니 한없이 마음이 흐뭇해지며 든든함을 느꼈다. 비탈에 한 손을 짚고 나서 그는 곧장 더듬어 오르기 시작하였다.

하늘을 향하여 그 윤곽이 어둠 속에 허물어진 비탈 꼭대기를 내다보며 올라갔다. 이젠 한 치라도 위로 솟아 나가면 좀 밝은 세상을 만나기나 하듯 어둠을 헤집고 죽자사자 톺아 올라갔다. 처음엔 팔에 힘이 없는데다가 발이 미끄러지면 영락없이 곤두박을 치며 넘어지곤 하였다. 앞을 분간하기 어려웠다. 이마와 무르팍을 뾰족한 돌부리에 채이곤 하여 그때마다 확확 목구멍을 태우는 심한 갈증을 이겨 내면서 몸을 치올리려 모진 애를 썼다.

이렇게 하여 힘겨운 작업을 감당해 내노라니 차차 의식을 뒤덮던 흐리멍덩한 안개가 사라지는 것이었다. 그러면 안개가 걷히고 시원스레 트인 벌판 한가운데서, 그것이 바로 귀청에서 기관총 소리며 자동차 엔진 소리며 사람들의 아우성 소리와 비명 지르는 소리들이 마구 뒤섞여 메아리치곤 하였다.

이젠 모든 연유를 똑똑히 깨달은 명순이었다.

"아이쿠, 나는 살아났다, 살아났단다!" 그의 입에서 처음 터져 나오는 말이었다. "세상에 이런 일이 어데 있담!"

이제는 볼을 에는 바람마저 그의 힘을 돋우어 줄 따름이었다. 정말 집단 학살에서 남몰래 혼자 살아남은 것은 기적적인 소생이라 아니 할 수 없었다. 명순이는 금세 폭발하듯 한 생명을 간직하면서, 그런 자기를 억제하려 들었다. 소용돌이치는 가슴을 가까스로 억누르며 조심조심 기어 올라가다가도 바스락! 하는 소리에 숨을 죽였다.

다시금 꿈결에서처럼 귓속 멀리서 총소리가 자지러지게 울렸다. 비탈에 바싹 몸을 들이대었다. 무언가 모르게 목이 터지도록 고함을 지르고 싶은 심정이다. 입술을 지그시 깨물며 사위를 살피었다. 그러자 총소리는 즉각 멎었다. 환각이었다. 호젓한 느낌이 싸늘하게 등어리를 스쳤다. 발밑에서 돌이 굴러 떨어지는 소리밖에 바스락거리는 소리라곤 다시는 들리지 않았다.

머리 위에는 소나무 가지를 핥고 산허리를 지나가는 바람 소리만
이 황량하다. 멀리 암벽에 부닥치는 파도 소리가 울려 왔다. 어느새
뭇별이 자란자란 허공에 박혀 반짝이고 있었다. 옷소매로 땀이 솟
은 이마를 문지르며 명순이는 한동안 생전 처음 만나기나 한 것처
럼 속삭이는 아름다운 별들을 우러러보았다. 마음이 한없이 부풀어
설레었다.

보리밭 돌담 밑으로 다가서자 명순이는 숨을 크게 들이마시고
담 틈새기로 밭 안을 들여다보았다. 똑똑히 알 수 없으나 사람 그림
자는 안 보인다.

이 근방은 소위 도깨비 잘 나는 곳으로 유명했건만 웬일인지 그
것을 무서워하는 마음이 안 들었다.

이 고장 사람은 새벽녘은 이슬을 맞고 저녁은 어둠이 주변에 기
어들 무렵까지 밭에서 김을 매기도 하고 해서 농사를 지어 왔는데
요새 와서는 그런 모습을 보기가 드물게 되었다. 자칫하면 돌아가
는 길에 경관이나 '서청(西靑)' 테러단을 만나 봉변당하기가 일쑤였
기 때문이다.

으스름한 비가 올락 말락 하는 초저녁 보리밭이나 고구마밭에서
김을 매다가 난데없이 '셍이(참새) 도채비'를 만나 사람들이 겁을 집
어먹는 일도 있었다. 도깨비 놈들이 제법 사람 행세하노라고 관을
메고 영장을 치르기에 야단법석이 난다. 씻씻 참새 우짖는 것 같은
소리를 흉내 내며 관을 멘 채로 곡을 하고 밭 여기저기를 춤을 추면
서 돌아다닌다는 것이었다.

명순이에겐 믿어지지 않는 이야기들이었으나 어렸을 적부터 그

러한 환경 속에서 자란 터였다. 웃어른들에게서 이러저러한 경험담을 자주 들었고 또한 자기 눈으로 새파란 도깨비불이 축축한 날씨에 산허리를 감돌고 있음을 두어 번 목격한 일도 없지 않아 있었다.

명순이는 '셍이 도채비' 생각이 머리 한 구석을 피뜩 스쳐 지나갔으나 웬일인지 공포심이 일지 않았다. 보통 같으면 산골에서 밤을 만나 더구나 발밑에 영장밭*이 벌어졌으니 조마조마한 마음으로 그런 생각이 떠오르게 마련이다. 아까 담 틈새기에서 살펴본 것도 혹간 부지중에 잠재의식이 머리를 추켜든 탓인지도 모른다. 그러나 사경에서 소생한 사람만이 가질 수 있는 생명에 대한 굳센 충족감이 그로 하여금 허깨비를 눈앞에 얼씬거리지 못하게끔 했을 것이었다.

그렇다면 그에게 전혀 공포심이 없었을까? 인기척 없는 밤 산골에서 송장이 나뒹굴고 있는 사형장을 겨우 벗어나긴 했으나, 한 처녀의 마음에 공포심을 자아낼 만한 무시무시한 분위기는 연신 그를 둘러싸고 있었다. 그것은 도깨비 따위가 아니라 이제 와서는 생사람에 대하여 두려워하는 마음이었다. ― 생사람 탈을 쓴 원쑤 놈에게 다시 붙잡히는 날에는…….

"나는 살았다, 살아났단다!" 입속에서 되뇌던 그는 자기가 버선도 꿰어 신지 못한 채 맨발로 서 있음을 처음 알았다. 발바닥을 찌르는 칼날같이 얼어붙은 땅 위에 발가락을 오그려 그는 서 있었다. "이 몸을 소중히 여겨야 한다, 소중히 여겨야 해. 나는 다시 살아났단다. 굳세게 살아야지, 굳세게 싸워야지."

---

* '장지(葬地)'의 제주어(濟州語).

명순이는 마음을 굳게 먹었다. 밤하늘을 쳐다보며 불현듯 볼을 적시는 더운 눈물을 씻었다.

돌담 아래 밭길을 갈팡질팡하면서 내내 풀밭이 잇닿은 곳까지 이르고야 말았다. 별빛은 총총했으나 아직 초저녁임을 얼마 전에 비탈에서 하늘을 우러러본 기억으로 능히 짐작할 수 있었다.

명순이는 밤이 더 이슥할 때까지 돌담 아래 기대어 숨어 있기로 결심하였다. 그는 말하자면 이미 이 세상에서 자취를 감춘 사람이나 매일반이었다. 남몰래 살아났으니 남몰래 들키지 않도록 하여 가야 한다. 시간이 이르면 이를수록 위험하다. 그는 밤이 깊어 모든 사람들이 잠들고 난 뒤에 떠나자는 심산이었다.

그는 그때서야 치맛자락을 더듬어 잡아서 찢었다. 그러고는 저고리를 벗고 나서 팔죽지에 입은 상처를 살펴보듯이 하여 붕대를 감은 양으로 감았다. 팔을 놀리지 못할 만큼 천 한끝을 이빨 사이에 악물고 상처 자국을 세게 동여매기 시작하였다.

2

용석이가 성내에 도착하니 시간은 오후 세 시가 좀 넘었다. 그가 일 보기에 어련무던한 시간이었다.

관덕정(觀德亭) 옆에 버스가 멎자 순경이 둘이 몰려드는 것이 차창에서 보였다. 눈알을 굴리고 차 내리는 사람들을 흘겨보던 한 놈이 용석이가 등에 짐을 지고 버스 발돋움에 덜커덕 발을 디디고 나서자 다가섰다.

"거 무슨 짐이냐?"

"예, 보리쌀 팔레 갑네다."

"장보러 가나?"

"예, 그렇수다."

머지않아 춘삼월이라지만 계절풍이 쉴 새 없이 휘몰아치고 한라산 기슭은 아직 눈이 묻어서 날씨가 추웠다. 그래도 용석은 허름한 핫저고리 한 장 걸치고 등에다 보리쌀 가마니를 지고 있었다. 굽실하고 그는 순경 앞을 지나갔다.

오늘은 마침 장날이어서 장판으로 들어서면 약간의 손해를 보더라도 단번에 팔아버릴 생각이었다. 용석이가 물건을 팔기 위해서 등짐 지고 온 것만은 사실지만, 그 성격이 좀 달랐다. 즉 장터에서 물건을 파는 장사치에게 다시 도매로 쌀을 팔아넘기려는 작정이었다.

짐에 억눌려 허리를 꾸부정하니 농청 청년들이 좋아하는 대야마냥 큼직한 도우리찌*를 덮어 쓰고 걷는 모양이 영락없이 장보러 가는 농촌 젊은이였다.

관덕정 앞 광장엔 오가는 사람들로 법석이었다. 성내서도 복판을 차지한다는 이 근방은 수도깨나 나는 모양으로 물 '허벅(항아리)'을 지고 다니는 아낙네들이며 어린이들의 모습은 보기 드물었으나 길 가는 여인들은 누구나 할 것 없이 짐을 지거나 양손에 들거나 하여 빈 몸으로 가는 사람은 없었다.

————————

* 챙이 짧고 덮개가 둥글넓적한 모양의 모자.

허기야 서울 종로 유행을 좇느라고 눈이 뒤집힌 특수한 층도 없지 않아 있었다. 눈앞에서 사람이 굶주리고 죄 없이 학살을 당하건 말건 제 상관 없노라는 층이 이런 사회에서는 사람의 그림자나 마찬가지로 따라다니는 법이다.

일반 주민들은 성내서 생활을 한대야 소위 고관, 부잣집 부인이 아니고선 한시인들 생계를 위한 투쟁을 멈출 수 없는 어려운 형편에 처해 있었다.

지게꾼이 이리 갔다 저리 갔다 하여 전보다 부쩍 불어난 것 같은 인상을 주는데 아마 최근 육지에서 출입하는 편이 갑자기 많아진 탓인지도 몰랐다. 따라서 그 짐이라면 일반 사람들과는 하등 인연을 맺지 못하는 것들이라 해도 과언이 아니다. 없는 사람이 돈 주고 지게꾼 부릴 필요도 없거니와 엔간한 짐이면 제 지겟가지에 얹어 나르면 되었다.

버스 정거장 앞에는, 관덕정 마당 건너편에 경찰서, 도청, 소방대, 그리고 우편국 건물들이 나란히 서 있었다.

용석은 광장을 가로지르며 걸어갔다. 흘끔 사위를 살피고 시장으로 직접 나갈 것인가, 그러지 말고 먼저 우편국에 들러 전화만 해 두고 갈 것인가 하여 순간 망설였다.

버스간에서 자기가 생각던 바에 따르자면 차를 내리는 즉시로 곧장 시장으로 가야만 했었다.

그런데 막상 차를 내리고 보니 경찰 정문 양쪽 기둥에 보초가 서 있을 뿐 그닥 위태로운 분위기가 아니었다. 오직 그의 마음을 몹시 괴롭힌 것은 광장을 건너올 적에 눈에 똑똑히 박혀든 경찰서 건물이다. 좌우 울타리 앞에 보루를 쌓아 놓은 정문 안의 경찰 구내에 지프차며 트럭이 멎어섰다. 현관문이 열리고 안에서 성큼성큼 나온 미군 장교에 뒤따른 경위쯤 하는 성싶은 경관이 영 다정스런 듯이 말을 건네고 있었다. 미군 앞에서 허세를 부릴 배짱도 없는 자들이니까, 그 꼬락서니는 다름 아닌 보기에 무색할 정도의 아양부림에 지나지 못했다. 그 건물 속에 숱한 애국자가 갇혀 있으며 귀여운 누이동생 명순이가 그 가운데 섞여 있을 것이었다.

경찰이랑 도청이랑 관공청 건물은 ― 그것들은 기껏해야 이층, 대체로 일층짜리 목조 건물에 불과했으나 ― 한결같이 'UN조선임시위원단 입국을 환영한다' 따위의 횡막(橫幕), 혹은 이층 창턱에서부터 드리운 종막(縱幕)들이 바람에 휘감기어 퍼드덕거리곤 하였다. 전봇대며 집집의 벽마다 '서북청년회', '대동청년회' 등의 이름으로 같은 내용의 삐라들, 'UN 제2차 총회 결정을 전폭적으로 지지 찬동한다!'느니 또한 '공산주의 빨갱이를 박살하라!'는 등의 난폭하게 쓰인 글발이 나붙어 있었다.

용석은 결국 시장 쪽을 향해 걸어가고 있었다. 멍석을 깔고 일일이 낱되로 파는 일도 아니기에 사람만 잘 만나면 쉬이 벗어 넘길 수 있는 짐이었다.

장터에 들어서니 먹고 살기 위한 판가리 싸움이라 할만치 사람들은 제가끔 부산을 떨며 법석이고 있었다.

어느 얼굴에도 장사꾼이라기보다 생활에 쪼들린 사람의 삶을 위한 긴장된 빛이 어리어 있었다.

비좁은 시장터는 그나마 길 양쪽 땅바닥에 그냥 자리와 멍석 따위를 깔고 상품을 벌여 놓았으니 혼잡하지 않을 수가 없었다.

면포, 미군이 입다 남은 초록색 양복 등이 있는가 하면, 고기잡이에 쓰는 어구, 채롱, 아기구덕(죽제 요람(竹製搖籃)) 등의 죽제품, 그리고 빗, 담뱃대, 초신, 망석, 참기름, 동백기름에 이르기까지 땅바닥에 즐비하게 늘어놓고 흥정들 하고 있었다. 그중에도 망건, 탕건, 양태 따위를 포개 놓고 손을 기다리는 얼굴이 쑥 빠진 노파가 세운 무릎 위에 깍지 끼고 묵묵히 앉은 모습도 보였는데, 사람들은 거들떠보지 않고 지나갔다.

백미 장수 앞에는 손가락 틈에서 자꾸 새어 떨어지는 쌀을 손바닥에 건져 보기만 하고 엄두를 못 내는 아낙네들이 많았다. 한 되, 두 되 하고 사가는 건 추측하건대 귀한 손님을 맞거나 그렇지 않으면 오늘 밤 제사에 메 짓기 위하여 '곤쌀'*을 구하는 사람들일 것이다.

이 밖에도 해산물이 있고, 과자들이랑 떡들이 있었으나 장사하는 사람들 자체가 모두 다 가난한 사람들이었다. 파는 사람, 사는 사람치고 가난하지 않은 사람이 거의 없을 정도니 사람들은 북새를 놓을 뿐, 좀처럼 시원스레 장사가 되지 않았다.

이 가난뱅이 장수들의 물건이란 농사짓는 한편으로 밤늦게까지 근근이 만들어낸 이 고장 사람들의 수공품이다. 예로부터 소위 '지척민빈(地瘠民貧)' 한 곳이라 장돌뱅이들도 물론 끼여 있겠지만 거개가 바다에서 '저승길이 오락가락'하는 깊은 물속을 '혼백상자 등

---

* 원문에는 '고은 쌀'로 되어 있다. '백미(白米)'의 제주어로는 '곤쌀'이 더 정확한 표기임.

에다 지고' 해녀 노동을 하거나 밭을 붙이는 한편, 일가 총동원되어 가제품*을 만들어 팔지 않으면 입에 풀칠하기가 난감한 처지의 사람들이었다. 그들은 가난은 하여도 근면하기에 서로가 돕고 남에 신세 지는 일 없이 살아 왔다. 그러나 해방이 된 지 벌써 이 년 반, 착취는 더욱 심해지고 그들은 죽도록 일에 매달리지 않을 수 없게만 되었다.

사람들 틈에 끼여 깡통을 손에 든 어린것이 하나 쥐새끼처럼 나타나더니 눈 깜박이는 사이에 어디론가 사라졌다.

용석은 쌀 팔 생각보다 그런 데 먼저 정신이 팔리곤 하였다.

"대관절 누구네 집 자식일까?"

그는 이마에 솟은 땀을 씻으며 뇌었다. 이제까지는 암만 가난하다 치더라도 이 섬에는 거지가 없었다. 옛날부터 삼다도(三多島)로서뿐만 아니라 삼무도(三無島. 거지가 없고 도둑이 없으므로 도둑을 막는 대문도 없다는 뜻)로 알려졌으며 이 고장 사람들은 이것을 자랑으로 삼아 왔다. 따라서 부랑아가 맨발로 헤매 다니는 꼴이란 상상도 못할 일이었다.

허기야 그것은 그 소년뿐만의 일이 아니었다. 산지 축항에 배가 대는 날이면 제 살길 찾느라고 깡통을 허리춤에 찬 채로 양손에 물건을 들어 팔러 다니는 어린것도 있고, 재빨리 도구를 벌여 놓고 구두 닦기에 신이 나는 아이들도 있었다.

그것을 모르는 용석이가 아니었다. 그러나 일찍이 당하지 못하던

---

* 한자로는 '家製品', 즉 가내 수공업 제품의 뜻이겠으나, 사전에는 없는 단어임.

일이라 눈앞에 그런 꼴을 직접 보게 되니 속이 퍽 상하는 것이었다.

"놀고먹는 배부른 자식들이 있는데 왜 이 땅 백성들은 이렇게들 고생을 해야 하느냐? 게다가 무고한 사람들이 개새끼들한테 맞아 죽어야 한다니!"

용석은 치밀어 오르는 분을 참으려 입술을 강물었다.

보리와 좁쌀 파는 데 찾아들었다. 거기서는 사람들이 웅성거리고 쌀더미 꼭대기가 자꾸 허물어져 가는 판이었다. 주인은 나이가 마흔 남짓의 이마가 훤하고 쌍꺼풀진 눈에 정기가 도는 부인이었다.

"아이구, 당신은 장돌뱅이 보구 물건을 사 갑네까?" 하며 여인은 딸인 듯싶은 소녀더러 한마디 던지고 나서 손님들을 외면하여 뒤쪽으로 물러섰다.

"쌀 좀 봅시다." 말이 떨어지기가 바쁘게 여인은 가마니 속을 쑤시고 난 손바닥에 담뿍 쌀을 건져내고 남은 손 손가락으로 뒤졌다.

"참 쌀이 고웁수다. 정성들여 가래(맷돌)를 잘 갈았습네."

거래는 간단히 되었다. 그러고 보니 정직한 여인이었다. 여인 말마따나 정말 늙은 모친이 정성들여 맷돌을 돌린 것이었다.

어느 알맹이를 추려 내더라도 골고루 반으로 깨끗이 쪼개졌으며 퍽이나 옹골차게 보였다. 이 고장에선 일차 방아에서 찧은 보리쌀을 또다시 맷돌로 갈아서 반으로 쪼개야 했다. 더 깨끗하게 하고 밥 짓기에 편하게 하자는 것이었으나 그보다도 식량을 절약하고, 말을 바꾸면 식량의 분량을 많게 하기 위한 것이었다.

몸이 가뜬한 용석은 기분이 좋아서 빨리 북새판에서 빠져나오려니까 누군가 어깨를 툭툭 두드렸다.

흠칫하여 뒤돌아본즉, 김동진이 반 놀람 섞인 표정으로 반가이 웃으며 서 있었다.

"이것 참 몰라보게 됐군. 영 딴사람인 줄 알았네. 그래 좀 따라 와 봤지."

하며 악수를 청하였다. 그러고는 시침은 뚝 떼는 체하더니 새삼스레

"참 오래간만에요, 용석 동무!" 하고 용석의 어깻죽지를 탁 치면 서 또 한 번 웃는 것이었다.

숨을 돌린 용석은 반색하여 동진의 손을 잡아 흔들면서 재빨리 눈짓을 했다. 동진 역시 반사적으로 고개를 끄덕였으나 눈짓의 의 미를 똑똑히 알아먹어서 그런지 모를 일이었다.

용석은 선참으로 무슨 말이든 간에 한마디 꺼낼 필요가 있었다.

"신사님하구 나란히 서 있으면 짝이 안 맞을 건데." 하며 이번엔 용석이가 허허 웃어 보였다.

"아니, 신사라구? 거 정말 고마운 말씀이야. 노동자하구 어느 편 이 귀중한 사람인지 한번 어깨 겯고 나가나 봅시다그려. 응, 거야 신사가 양반이겠지, 응, 그렇잖은가? 하하……"

동진은 농조로 하는 말에도 정을 담으면서 대꾸했다. 이윽고 그 는 새삼스레 용석의 차림새를 아래위로 훑어보기 시작했다. 의아한 감에서 과연 한마디 하려는 기색인 걸, 눈치를 차린 용석이가 아무 말 말라는 듯 다시 눈짓을 했다. 그때서야 동진은 알았다는 시늉으 로 다시 고개를 끄덕이는 것이었다.

"자, 갑시다. 오늘은 옛 친굴 만났으니 내가 한턱 안 내고선 어디 배겨내겠나?"

"그런데 길가에서 인사가 영 안됐네만 내 좀 실례해야겠소."

용석은 갈려 설 작정으로 동무의 얼굴을 면바로 대하며 손을 내밀었다. 동진을 중절모를 형사처럼 깊숙이 눌러 썼었다. 길쭉한 주게턱 얼굴에 그것이 어울렸으며 좀 멋있게 보였다. 굵직한 눈썹 밑에서 새까만 눈이 일순 딱해하는 사람 좋은 표정을 지었다.

"이 사람 참, 거 무슨 수작인가 말이야." 하며 동진은 상대방이 내민 손을 뿌리쳤다.

"아니, 실은 바쁜 일이 기둘려서 그러네."

"일 있는 걸 억지로 막을 사람은 아니오. 허지만두 잠깐만 가서 식사나 하구서 갈리자. 너무 섭섭하잖은가, 모처럼의 상봉이니 말이지. 왜 사람이 그리 옹색하오?"

둘이는 걸어가고 있었다. 동진은 외투 호주머니에서 담배를 꺼내 먼저 용석이더러 권했다. 바람이 세어서 성냥이 잘 그어지질 않았다.

담배를 깊이 빨아 당겨서 그런지 콧구멍에서 두 줄기의 연기를 내뿜으며 동진은 하늘을 쳐다보고 외면하듯 말하였다.

"바쁜 일이 있는 모양인데 내사 그걸 알 일도 아니지만두 무언가 모르면서두 짐작은 하겠네. 그런데 동문 내가 신문사에 있다구 못 믿어 하는 거 아니오?"

"천만 뜻밖의 말을 하는군. 우리가 모르는 지간도 아닌데 하필 토라진 소린 왜 하는가?"

용석은 동진의 얼굴을 쳐다보며 다정스레 말을 덧붙였다.

"아직 신문사에 있다면 수고가 이만저만이 아닐 걸세."

동진은 제주에서 하나밖에 없는 어느 지방 신문의 기자를 하고 있었다. 최초에는 중립을 표방하여 나섰으나 본질적으로 반동적인 신문이었다.

"수고야 별로 없네만…… 그럭저럭 지내는 편이지. 일에 재미가 없어서 야단이야. 문제는 북치면 춤추는 놈이 한둘쯤은 있어야겠는데 말이야." 마음이 가라앉은 듯한 미소를 얼굴에 머금고 동진은 말을 계속하였다.

"나도 오늘 취잰 마쳤네. 내 취재란 게 무엇인지 알아먹겠는가? 장구경이나 하구, 시세나 알아 보구, 때론 정치색이 없는 어리벙벙한 문화 관계 기사를 쓰구…… 대강 그런 거라네."

동진은 반가움에 겨워 무람없이 혼자 투덜거리었다.

"자, 우물쭈물 말구서 같이 가세. 오래간만에 할 얘기도 있구."

용석은 어쩌나 싶어서 순간 주저하였다. 절친한 사이는 아니었으나 성내서 사업을 하고 있을 무렵에 가근히* 사귄 믿을 수 있는 벗이었다. 전화만 한 통 걸어 놓으면 시방 급작스레 시간적으로 구속당할 일도 아니고 보면 상대방이 무안을 타도록 억지로 팽개칠 성질의 것도 아니었다.

그런데 우편국에 들러서 전화를 한 통 걸어야겠는데……, 이렇게 목구멍까지 나온 말을 용석이는 꿀꺽 침과 함께 삼켜버렸다. 어차피 오래 머물러 있을 수가 없게 된다면 기왕 여기서 갈리는 편이 낫겠다고 생각하였다. 우연한 상봉이었다 할지라도 이번의 목적은

---

* '가근하다'는 다정하고 친하다는 의미의 제주어.

다른 데 있는 것이다. 고지식하다 싶어도 이대로 갈려 서는 게 무난한 일이었다.

"미안합네만 딱한 사정이 있어 그러는 거요. 이 자리에선 선뜻 말을 다 못하겠네만 또 언제나 만날 때가 있잖겠는가?"

"정말루 그러는가? 그러면 하는 수 없지." 순간 동진의 얼굴에 서운한 빛이 나타났다. 연신 고개를 끄덕이면서 물었다.

"언제 가나?"

"오늘 못 가면 내일은 가야지."

"알았네, 내일이래두 맘 내키거들랑 전화 한 통 하라구."

동진은 처음으로 엄한 표정을 하더니 덥석 용석의 손을 잡았다. 굳은 악수였다.

용석은 우편국 쪽을 향하여 걸어갔다. 웬일인지 동진이와 갈리고 나서 갑자기 가슴을 허비기 시작하는 섭섭한 감을 금할 수가 없었다. 이럴 때도 있는 법이려니 하며 그는 머리를 설레설레 저었다.

작년까지만 해도 우편국에 외딴 전화실이라곤 없었고, 전화 거는 말을 곁에서 엿들으려면 들을 수가 있었다. 도리우찌 모자를 고쳐 쓰는 척하고 용석은 차양을 눌러 당기며 우편국 현관 층대를 올랐다. 안은 카운터를 사이에 두고 대여섯 사람이 국원들과 주고받고들 하는데 마침 전화통은 비어 있었다. 사람들 얼굴을 훔쳐보았으나 아는 사람은 없었다.

전화통 카운터 건너편에서 부산스레 수판을 놓고 있는 젊은 여자더러 전화를 부탁하였다. 그는 눈을 치뜨더니 유심히 용석이 얼굴을 쳐다보는 것만 같았다.

"여보십시오, 북소학교지요, 양성규* 선생 계십네까? 옛? 저요, 저는 고태만이라 합네다."

양성규를 부르러 갔다. 그동안 용석은 귀에다 수화기를 바싹 들이댄 채 태연스레 유리창 너머로 비치는 바깥의 광경을 보고 있었다. 관덕정 광장엔 사람들이 오가고 하는데 평복에다 장총을 어깻죽지에 걸치고 서넛이 담배를 피우며 뭉쳐 가는 게 '서북청년단'이 틀림없었다. 경찰이나 관공청엔 벌써 삼팔선을 건너 도망쳐온 패들이 요직을 차지하고 있었다. 그들은 따로 어용 단체를 조직하고 빨갱이 타도의 선봉대임을 자처하고 나섰다. 따라서 총을 메지 않더라도 그들의 옷차림이며 걸음걸이에는 살뚱스러운 깡패 티가 있어 멀리서도 알아볼 수가 있었다. 여기가 제 땅인 양 어깨를 추켜 거드름 빼며 웅성웅성 일도 없이 떼를 지어 걸어 다니고들 했다.

"여보시오, 오래간만에요. 내 양성규올시다. 그간 잘 있었어?" 수화기에서 울리는 소리다. 한마디 인사하는 척하고 말을 계속하였다. "지금 시간이 네 시가 쪼끔 넘었는데 말이지, 학교로 들러도 좋은데 우리 집에서 만납시다. 이제 막 떠나면 네 시 반까진 집에가 있겠소."

학교는 우편국에 가까웠으나 양성규네 집은 학교와 정반대되는 방향에 있었다. 따라서 학교로 들러도 좋다는 말은 곧이들을 필요도 없거니와 이제 바로 집으로 찾아간다면 양성규보다 용석이가

---

* 원문에는 '량성규'로 되어 있는데, 두음법칙을 적용하여 양성규로 바꿨다. 리병희, 리상근, 리승만, 류해도 등도 모두 같은 방식으로 바꿨다.

먼저 갈 수 있었다.

그 집은 남문통 길목으로 들어간 어느 골목에 자리 잡고 있었다. 때문에 관덕정 광장을 건너가는 편이 지름길임을 알면서도 용석은 일부러 옆길로 에돌아 칠성골로 빠졌다. 관공청으로 둘러싸인 그 광장은 되도록 걸어 다니지 않는 편이 좋았고, 용석이 역시 마음이 내키지 않았다.

성내서 상점가로 알려진 이 거리는 여러 상점들이 쭉 늘어서 있었다. 동진이가 다니는 신문사가 이 거리에 있었음을 용석이는 그 앞을 지나갈 때까지 미처 생각을 못 했었다. 감쪽같이 잊었었다. 용석은 신문사 앞을 급히 외면하여 사람들 틈에 끼어들어갔다. 신문사라고 한대야 목조 일층의 빈약한 건물이며 벽 게시판에 나붙은 신문만이 간신히 자기주장을 하고 있을 정도였다. 통행인은 많았으나 발을 멈추고 신문을 들여다보려는 사람은 그리 없었다. 동진이가 이 신문사에 그대로 남아 있는 데는 그럴만한 무슨 이유가 있을 것 같았으나, 신문 자체로 말하면 보잘것없는 존재였다.

동진이가 자기를 발견하여 어데서 뛰어나오지나 않을까 은근히 걱정하면서, 어느덧 동문 다리가 보이는 냇가에까지 나왔다.

앞이 트인 냇가는 차디찬 맑은 수면을 거칠게 핥고 막바람이 기승을 부리었다. 멀리 바라다 보이는 한라산은 산 중복에 두툼한 잿빛 구름을 받아 자태를 감추고 있었다. 산기슭은 온통 눈에 덮였고 근방에 솟은 산천단의 봉우리에도 눈이 내렸다. 이 새끼 봉우리들은 똑똑히 보지 않으면 흰 일색으로 배경에 파묻혀 산용이 자꾸 허물어지곤 하였다.

'아, 며칠 후엔 산천단을 거쳐서 저어기 관음사까지 올라가야지. 그때까지는 꼭 명순이를 구출해내야겠는데……'

용석이는 살을 에는 바람에 옷깃을 접어 세우며 이렇게 혼자 뇌까리었다. 그의 머릿속은 한라산 중턱에 깊숙이 자리 잡은 관음사(觀音寺)에 남몰래 올라가야 할 공작 임무와 경찰에서 신음하는 누이동생에 대한 생각으로 가득 차 있었다.

3

양성규는 관덕정 근방 어느 조그마한 사무소를 하나 빌려 사법서사를 하는 팔촌 형네 집에 기숙하고 있었다.

막다른 골목에 자리 잡은 그 집 돌담 너머로 감나무 한 그루가 서있는 것이 곧 눈에 띄었다. 대문은 이전에 출입이 잦았을 때나 다름없이 닫혀 있었다.

'이 집터가 영 숨막힐 지경이군, 놈들이 덤벼드는 날이면 내빼기가 좀 곤란하겠는데……'

막다른 집이 아니더라도 양쪽에서 왈칵 덤벼들기만 하면 그게 그것인데 용석은 그저 이렇게 느껴졌던 것이다.

부질없는 생각을 하면서 그는 문패만 흘겨보고는 대문을 밀었다. 짐짓 꾸민 것인지 그 태도는, 생소한 집을 찾는 사람 같지 않았다. 빗장을 지르지 않은 대문은 더 두드릴 나위 없이 '삐꺽' 두 갈래로 열리었다. 대문간으로 들어서니 행랑방 벽에 낯익은 자전거가 비스듬히 세워 있는 것이 눈에 띄었다. 양성규는 벌써 돌아와 있음이 분명했다.

용석은 자기가 문을 열었으니 닫을까 말까 하다가, 멋대로 여닫는 것도 무람없는 짓 같아서 망설이던 차에 옆방에서 반색한 얼굴로 양성규가 나왔다. 용석은 집주인께 인사도 채 못 하고 그냥 방으로 올라갔다.

문을 닫고 방안에 들어서자마자 둘이는 덥석 포옹했다. 아무 말이 없었다.

"자, 어서 앉게, 앉아. 참 잘 와 주었네. …명순 동무도 무사히 있다네."

이윽고 양성규가 입을 떼었다. 그는 앉으라는 말만 해놓고 자기는 의연히 선 채로 용석의 손을 부서져라 쥐면서 두어 번 크게 흔들었다. "으음, 손이 얼음덩어리로군!"

아내의 소상을 치르고 미구(未久)에 제삿날이 다가올 만큼의 홀아비 생활을 하는 그였건만 방안은 곧잘 정리가 되어 있다. 이마빡이 홀랑 벗어진 그는 용석의 나이보다 서너 살 더 먹은 편이지만 일견 곱절이나 늙게 보였다. 삼십 안팎이래도 누구 의심할 사람은 없을 것 같았다.

용석은 누이동생 명순이가 무사하다는 말을 똑똑히 들었으나 건성으로 하는 인사말만 같아서 더 파고들 엄두가 안 났다.

"성규 동무는 점점 늙다리가 되려는 거야?"

하며 용석은 농을 피우며 지금까지의 긴장을 풀려다가 대뜸 가벼운 후회감을 느꼈다.

"허허, 사람두 첫인사가 그 정돈가 말이야. 머리만 쳐다보지 말구 단단히 사람을 보라구."

양성규는 벙그레 웃었으나 대견스럽게 이걸 보아랄 듯이 제 이마 빡을 손바닥으로 탁탁 치는 시늉을 했다. 그는 그게 또한 자랑거리였던 것이다.

용석의 후회감은 산들산들한 봄바람처럼 마음을 건드렸는데, 그것은 양성규가 얼핏 보기에 그 나이답지 않아 늙수그레하지만 여전히 건전하다는 것을 알아챈 데서 오는, 우정이 뒤섞인 흐뭇한 감정이었다. 때로는 매우 부드럽게, 때로는 날카롭게 빛나는 가느다란 눈의 표정을 중심으로 한 듯한 얼굴 표정은 언제나 긴장한 사람만이 간직할 수 있는 생동한 빛을 내뿜었다.

그는 규율적인 생활을 하면서도 성미가 호탕하여 더구나 우정에 두터운 위인이었다.

용석이가 방바닥에 벗어 놓은 도리우찌 모자를 옷걸이에 걸치고 성규는 방을 나갔다. 동무를 위하여 더운 세숫물을 떠 오자는 것이었다.

혼자 방에 남은 용석이는 책상 위에 꽂혀 있는 몇 권 안 되는 책들 중에서 손이 닿는 대로 한 권을 꺼냈다. 거의가 함수론이니, 적분이니 하는 따위의 용석이와는 영 인연이 먼 수학 전문서들이었다.

용석은 음! 하고 새삼스레 감탄 어린 소리를 내며 무심히 책갈피를 펼치었다. 수학은 생판인 용석은 그의 실력을 가늠하기가 어려웠지만 그래도 능히 고등학교 교단쯤은 설 만하다고 짐작이 갔다. 그러나 고지식하게 소학교에만 매달려 있는 양성규였다.

용석은 꼬불꼬불한 수학 기호에 눈초리를 던지면서 머릿속에선 그 어떤 생각을 이어 가고 있었다. 아까 한라산이 바라다 보이는 냇가로 에돌아오는 길에서 구름에 뒤덮인 산 모습을 우러러보다가 불현듯이 떠오르던 옛 생각이 있었다.

그것은 어린 시절에 있었던 이야기였다. 마을 소학교에 다니던 5학년 때, 용석이는 나이가 햇수로 열셋이고 동급생인 양성규는 열여섯이니 영락없이 5학년 때 일이었다. 양성규는 5학년을 마지막으로 그 일이 발생한 직후 학교를 내쫓겼기 때문이다. 양성규는 그 후에도 독학으로 훌륭히 공부를 해내고 나중엔 일본 동경에까지 가서 입학 자격을 꼬치꼬치 묻지 않는 실력주의로 이름난 어느 물리 학교에 다녔지만, 당시는 자기 동생 또래의 코흘리개들과 같은 책상에서 공부를 했던 것이었다.

그날은 화창한 봄날이라 모두들 운동장에 나가 한껏 뛰놀고들 하였다. 수업 시작종이 울리자 학생들이 차던 볼을 성규가 받아서 또 한 번 창공 까맣게 차올리고 땅 위에 떨어지려는 것을 꼬마가 달려들어 박치기를 하며 교사(校舍) 쪽으로 뛰어갔다.

그런데 맨 꽁무니를 따라오는 게 성규였다. 그는 뛰기는커녕 심드렁하니 볼을 이리저리 굴리면서 몰아오고 있었다.

그 시간엔 '창가(唱歌)' 수업이 있었다. 소학생들이건만 내내 품었던 이 시간에 대한 불만으로 하여 모두들 제법 상을 찡그리고 입을 삐쭉거리며 내키지 않는 표정을 일부러 해보였다.

"저것 봐라, 똥단지가 간대를 쥐고 들어온다." 성규가 말했다.

운동장에서 종소리 나는 교사 쪽을 바라다본즉 담임을 하는 일본인 교원 오오이가 당시는 칼을 못 차던 대신 '자유자재'로 쓸모 있는 간대를 움켜쥐고 복도를 지나가는 것이었다. 오오이는 상판대기는 꽤 매끈하게 생겼는데, 워낙 표독스런데다가 치뜨면 흰자위가 거의 드러나는 험한 눈을 가지고 있었다. 게다가 얄팍한 입술이 실그러질 때면 생도들은 불시에 몸을 부르르 떨곤 하였다.

오오이는 '창가' 시간이면 으레 군가만 가르쳤으며 특히 "와가 오오기미니 메사레따루……이자 유께 쯔와모노 닛뽕당지(日本男兒)"라는 군가를 사뭇 좋아하여 제가 솔선 부르는 값으로 학생들이 따르지 않으면 막 성화를 내어 함부로 매질까지 했다. 그럴 것이 당시는 일본이 중국에 쳐들어가서 한바탕 침략 전쟁을 벌여 놓고 마구 기세를 피우던 때였다.

교실에선, 이윽고 지긋지긋한 군가 반주 소리가 울리었다. 오오이는 흰자위가 거지반 드러난 눈을 부릅뜨고 풍금 너머로 학생들을 쏘아보고 있었다.

그는 갑자기 풍금 타던 손을 멈추고 일어서며 말했다.

"오늘은 날씨가 썩 좋다! 그러니까 큰 소리로 제국 군대처럼 힘차게 노래 불러라!"

총 기립한 학생들은 반주에 맞추어 군가를 부르기 시작했다.

첫 번째가 무사히 마친 다음 일본 교원은 다시 되풀이하라 한다.

"힘 있게! 용감하게!" 똥단지의 외치는 소리.

"와가 오오기미니 메사레따루…"

이렇게 노래가 오오이의 비위를 맞추면서 곧잘 나가는데 어떻게 된 셈인지 마지막 맺는 가사를 영 딴판으로 외우는 바람에 일이 터지고 말았다. 마지막은 "닛뽕 다양지!" 하고 억양을 한결 높이며 외치듯 목청을 돋우어야 하는 걸 "닛뽕 단지(日本男兒)" 대신에 "일본 똥따안지(똥단지)!" 하는 노랫소리가 순간 교실을 뒤흔들었다.

노랫소리는 딱 멎었다.

영문을 몰라 멍하니 서 있던 오오이의 얼굴은 차차 새빨개져서 다음엔 붉으락푸르락하며 입술이 경련을 일으켰다.

"머, 머, 뭣! 일본 똥단지라구!"

움켜쥔 간대를 땅! 하니 교탁에 곧추세우고 안간힘을 내어 으르렁대었다.

"칙쇼(개새끼들)! 똥단지라고 한 놈 이리 나와!"

무서운 침묵이 흘렀다. 교실은 긴장하였다. 그러나 총 기립한 채 학생들은 제각기 입을 다물고 아닌 보살을 했다.

"음, 과연 조선 놈은 비겁들 하구나……어데 두고 보자!"

실토를 안 하면 전체 학생을 돌려보내지 않을 뿐더러 응당 전교적인 처벌이 적용될 것이다. 이렇게 '죄'를 전체에 들씌우려고 했다.

그때 당당히 똥단지 앞으로 나간 것이 양성규였다. 입술을 꽉 다물고 의젓한 태도로 교탁 쪽으로 쑥 나가는 서슬에 용석이는 자리를 팽개치고 그 뒤를 따랐다. 아홉 명의 학생이 나갔다.

그들의 정수리에 매서운 간대의 빗발이 내리쳤다. 성규에겐 한 사람 몫의 사나이 대접을 해 주노라 하면서 두 볼을 번갈아 휘갈겼다. 그들은 밤 여덟 시까지 벌을 섰었다.

교실 창 너머로 어둠 속에 잠겨드는 운동장이며 포플러 나무 그림자가 호젓하였다. 더구나 봄 날씨에 흰히 트이며 보이던 한라산 그림자가 봉우리에서부터 저녁 하늘에 빨려들기 시작했을 적에 혹 하고 울음보를 터뜨릴 뻔하던 감정을 용석은 이제껏 잊지 않고 있었다.

집에 돌아가는데 한 시간이나 걸어야 할 도중 밤길이 무서워서, '그승개'(밤길을 걷다가 환각으로 나타나는 현상. 즉 눈앞의 한길에 두 다리를 하늘만치 벌리고 서서 그 밑으로 지나가려면 꽝하는 소리가 터져 사람이 즉사한다는데 그것을 이 고장서 그승개라 했다)가 무서워서, 참을 길 없는 울분에 치가 떨리면서 밤길을 걷던 그때 일이 지금도 눈에 선했다.

성규는 곧 퇴학을 당했다. 그때 성규는 5학년까지 다녔으면 그만이지, 똥단지 같은 녀석한테 더 배울 게 뭐야, 나는 자진하여 퇴학하겠다, 하며 조금도 어려워하는 기색을 보이지 않았다.

그가 소학교 교원에 애착을 느끼는 까닭은 그런 데에 있는 것일까? 오늘의 믿음성이 가는 그는 물론이지만 지나간 일이기에 그때의 양성규 소년은 더없이 반가웠다. 용석은 어린 시절의 마음이 이제 어른 된 마음에 옮아와 제풀로 입가에 미소가 도는 것이었다.

헌데 펼치던 책에 무언가 끼워 있어서 갈피가 뻣뻣하게 서더니 한 장의 사진이 나타났다. 그는 사진을 무심결에 집어 들었다. 어데서 본 적이 있는 사진이었다. 방안은 어스레하여 아직 밝은 빛이 비쳐드는 문가로 갔다.

누르스름하게 퇴색한 그 사진에는 양성규는 물론 사망한 그의 처며 용석이와 명순이의 오누이, 그리고 나머지 모모한 사람들 가운데 명순이를 지켜보듯 그 등위에 정기준이가 길쭉한 삼각형 얼굴에 미소를 담고 서 있었다. 눈여겨보면 명순이는 좀 수줍어하는 기색이 있을 뿐 공교롭게도 그 웃는 표정이 흡사 정기준의 그것과 닮았다. 분명히 뒤에 정기준이가 서 있음을 의식하는 웃음이었고, 보매 사람들 마음을 즐겁게 해 주는 사진이었다.

아무튼 2년이 지나갔건만 그때로 말하면 두 젊은이가 아무 거리낌 없이 사랑을 인정할 수 있던, 말하자면 아직 행복스런 시대였다. 동시에 사랑을 품은 채로 헤어지고만 이제 와서는, 그 행복스런 모습마저 되레 뿌리 깊은 사랑의 상처를 들추는 그것으로밖에 못되었다. 한 편에 누이동생을 두고, 또 한 편에 둘 없는 친구를 두고 용석은 더더구나 가슴이 아팠다. 새파란 청춘의 몸으로 사랑을 잃은 명순이는 지금 감방에서, 놈들의 채찍질 밑에 몸부림치고 있는 게 아니냐!…….

그러나 사진을 훔쳐 본 순간, 용석의 가슴을 덜컥 내려앉힌 것은 두 사람의 관계가 아니라 정기준 개인이었다.

그는 보아서 안 될 것을 본 사람처럼 적이 당황해 하며 사진을 책갈피에 얼른 끼워 놓고 말았다.

바깥에서 성규가 기침을 하며 대문에 빗장을 거는 소리가 났다.

방에 들어오는 성규를 용석은 죄스런 마음으로 기다렸다. 성규가 방문을 열고 무언가 하면서 들어왔을 때 시침을 뚝 뗀 용석은 건성으로 그걸 들었고, 책상 위에 갖다놓은 책을 의식하면서 시선을 딴 데로 돌리고 있었다.

용석은 성규의 조카뻘이 되는 여학생이 날라다 준 뜨뜻한 물에 두 손을 담근 채, 설마 여기에서 정기준의 사진을 보게 될 줄이야…… 하고 곰곰이 생각하는 것이었다.

허나 한편으로 실없이 그깟 일에 조바심치던 자기가 언짢게 여겨지는 것이었다. …… 성규가 제 사진이 찍혀 있는 걸 간수해 두었던들 그게 무슨 잘못이겠는가 말이다. 사람이 좀 더 대범해야지, 대범해야 돼.

그러면서 그는 가슴에서 이는 물결을 쉬이 진정하지 못하고 있었다. 누이동생은 정기준의 사진을 마음 한구석 깊숙이 간직하듯 하고 갖고 있을는지 모를 일이었다. 허지만 용석은 한 장도 없이 불태워 버린 터여서 뜻밖에 그 사진을 대하니 마음이 설레던 것이었다.

왜 그럴까? 용석이가 적잖게 관심을 품은 그 정기준이란 지금 미군정청에서 앞잡이 노릇을, 통역을 하는 청년인데 실은 비밀 당원이었다. 애초부터 횡적인 연계가 끊겨 있는 그는 용석을 통해서만 조직에 연계되어 있는 동지였다.

툇마루에서 세수를 마친 모양으로 이번은 방안에 물을 조심조심 가져 들어왔다. 그는 웃통을 벗어제끼고 젖은 수건으로 물을 닦았다.

"구들 때는군?"

어느덧 장판 바닥은 온기가 돌고 있었다.

"내복을 갈아입게."

"일없소."

전등불이 켜졌다. 용석은 알몸뚱이 상반신의 그림자가 문창호지에 비칠까 봐 비켜섰다. 그러곤 방바닥에 엉거주춤 앉아서 다시 저고리만 걸쳐 입었다. 그는 등을 구부리고 저고리 왼쪽 앞도련을 접어 실머리를 더듬어 뽑았다. 실이 제풀에 끌러졌다.

이래서 심지마냥 돌돌 말은 종잇조각을 꺼내고 양성규에게 넘겨주었다. 그 신임장을 펼쳐 본 양성규는 덤덤히 말했다.

"수고했네…… 전등불이 켜지는 통에 깜짝 놀라셨는가 보다. 하하……"

"절차는 밟아야 하니까. 아닌 게 아니라 전등불이 휜해지는 바람에 놀라긴 놀랐소. 허허, 참 전등불에 질겁을 하다니……"

용석이는 일어서서 또 한 번 웃통을 벗어 던지고 기지개를 켰다. 두 팔을 쭉 뻗치고 높은 산에서 마음껏 만세라도 부르려는 듯이 숨을 크게 내쉬면서 기지개를 켰다.

둘이는 서로 웃었다.

"시장하지? 잠깐만 기다리세."

"응, 조끔 시장기가 나는군."

두어 번 갈았는데도 시꺼메진 세숫대야 물에 전등불이 비치고 댕강 떠 있었다. 밤이면 늘 호롱불 밑에서 생활을 하여 어둠에 익숙해진 용석이었으나 오랜만의 전등불빛이 마음에 들었다.

누이동생 얘기는 나중에 하리라 마음먹은 용석은 우선 요즘 성내 정세에 대하여 물어 보았다. 모든 문제에 앞서 정세를 알아야 했다.

성규는 물끄러미 그런 용석이 얼굴을 지켜보다가 질문조로 대꾸했다.

"삐라는 보았겠지?"

"삐라? 놈들 삐라 말인가?" 용석이 머리에 낮에 거리거리 나붙어 있던 삐라가 떠올라 왔다.

"그래. 내일 아침이면 신통하게도 놈들 게시판의 삐라는 갈기갈기 찢어지고 우리 편 삐라가 대신 그 자리에 나붙게 되네. 그러면 개놈들과 깡패를 동원하여 우리 삐라를 깡그리 없애버리려고 발광치는 판이거든. 아무튼 경계가 심한 것만은 사실이지. 동무도 알다시피 본토에서 자꾸 무력을 투입시키고 있지 않는가."

짐작을 못 하는 바는 아니었으나 여기서는 삐라 활동만 보더라도 훨씬 첨예한 정세 속에서 진행되고 있었다. 용석은 문득 그 삐라가 성내 네거리 게시판마다에 떳떳이 나붙어 있는 광경을 이 눈으로 보았으면 싶었다.

적들 코앞에서 'UN조선위원단은 물러가라!', '망국 단선 절대 반대!', '미군은 조선에서 철퇴하라!', '북조선과 같은 민주개혁을 즉시 실시하라!', '조선 통일 독립 만세!' 등 인민의 피의 목소리가 맺힌 삐라들이 놈들을 조소하는 광경이란 얼마나 통쾌하며 벅찬가!

"성내에 있는 동지들은 정말 수고를 하는구만⋯⋯." 용석은 숨을 몰아쉬면서 말했다. "이 집은 놈들의 주목을 당하고 있지는 않나?"

"안심하게, 함부로 나들지 않아. 형님 덕분이지. 그보다두 오늘은 북소학교 선생 양성규가 옛 친구 고태만이와 만났을 따름이지." 하면서 그는 웃었으나 눈은 날카로운 빛을 뿜었다. 고태만은 용석의 별명이었다. "허기야 항상 조심을 해야지. 시방 조카가 길목의 친구네 약방에 공부하러 가 있소. 망을 보러 가 있단 말이야."

그때 문밖에서 "아지바니!" 하는 소리가 들렸다. 이 집 안주인이 저녁상을 날라 온 모양이었다. 성규가 문을 열었다. 용석이도 덩달아 그 자리에 일어섰다. 전등 불빛 속에 얼굴이 훤히 비친 안주인과 마주 대하게 되니 용석은 무안하기 짝이 없었다.

"아이구 참, 고생을 합네다. 뭐 새삼스레 인사허실 거야 없잖습네까. 방금 우리 아지바니한테 오신 얘기를 들었습네다만 인사가 늦어져서…… 어서, 변변치 못하우다만……"

용석은 거꾸로 집주인 인사만 받고 할 말이 없어졌다. 체면이 못설 지경이었다. 안주인은 황황히 그 자리를 물러섰다.

둘이는 밥상을 끼고 앉았다. 주전자에 막걸리가 들어 있었다. 꼭한 사발씩 차려졌다. 둘이는 눈웃음을 마주치며 꿀꺽꿀꺽 단숨에 술을 들이켰다.

용석은 도당(島党) 조직부에 소속하고 있었다. 그리고 양성규는 성내지구위원회의 책임을 지고 있었다. 도당 조직이 그 아지트를 은밀히 성내에서 이전시킨 지 이미 오래었다. 성내는 적 권력 기관의 집중 지대이며 또한 반동 깡패들의 소굴이었다. 그래서 조직은 아지트를 안전한 곳으로 설정하면서 투쟁을 계속했고, 적들은 한사코 그 종적을 밝혀내려고 눈이 벌게져 있었다.

용석이가 성내로 온 기본 임무는 금명간 한라산 중턱에 자리 잡은 관음사 근방까지 같은 관할 지구인 성내에서도 사람을 파견시키기 위해서였다. 앞으로 성내를 포함한 이 방면의 새로운 투쟁 근거지가 관음사 근방에 설정될 예정이었다. 때문에 며칠 후면 정한 시일에 관음사에서 장용석이와 만날 사람을 양성규가 추천해야 했다.

또 하나는 명순이를 위해서 왔다. 어떻든 명순이를 하루속히 구출하여 그의 목숨을 건져내야 했다. 그러나 기실 명순이와 같은 처지에서 신음하는 사람은 부지기수였던 것이다. 마을 우편국원이면서 식량 보급 활동을 하다가 잡혀 들어간 명순이도 그렇거니와, 많은 사람이 해방된 조국과 삶의 보람을 찾기 위하여 피를 흘리고 싸워 왔다.

3월 초에 남조선 점령 미군 사령관 하지가 발한 5·9(후에 5월 10일로 연기했다) 남조선 단독 선거 실시의 포고는 조국의 통일 독립과 새 제도를 지향하여 싸우는 조선 인민에 대한 공공연한 도전이었다. 적어도 용석은 그렇게 생각하였다. 백일하에 서슴없이 정체를 드러낸 도전 행위였고 조선 사람 얼굴에 침을 뱉는 참을 수 없는 모욕이었다. 때문에 5월 단선을 반대하는 투쟁은 그대로 조선 인민의 완전한 해방과 행복을 쟁취하는 투쟁으로 되었다.

미국은 1945년 12월의 모스크바삼상회의에서의 조선 문제에 대한 결정을 실현하기 위한 '소미*공동위원회' 사업을 파탄시켰다. 조선 인민의 의사를 짓밟은 미국은 전 조선에 대한 침략의 전제로써 우선 남조선을 그의 식민지로 꾸려야 했으므로 조선 문제를 억지로 '국련**'에, UN 제2차 총회에 상정할 것을 결정시켰다. 또한 'UN조선임시위원단'이라는 자기들의 대리 기관 설치를 가결시켰다. 이것이 1947년 가을에 있었던 일이다.

전체 조선 인민의 반대에도 불구하고 1948년 정월, 미국은 그의 달러 호주머니에 매달린 졸개 나라들 즉 호주, 캐나다, 중국(장개석

---

* 소련·미국.
** 국제연합(國際聯合), 즉 UN.

정권) 등 8개국으로 구성된 'UN조선임시위원단'을 서울에 파견해 왔다. 이른바 그들의 감시 하에 '남북 자유' 선거를 실시한다는 오만 무례한 태도로 조선 인민에 임하겠다는 것이었다.

"과연 정세는 험악하게 되었소." 밥상을 물려 앉은 성규는 담배를 붙이면서 생각에 잠긴 목소리로 말했다.

"그냥저냥 낙관만 해온 건 아니지만, 그러나 놈들의 배짱이 그런 줄까지는 나는 솔직히 말하여 몰랐네."

"단선 음모 말인가?"

"음모? 음모가 아냐. 음모 단계는 이미 넘었어……."

양성규는 우뚝 일어섰다. "이걸 좀 보게." 하면서 옷걸이의 외투 호주머니에서 신문을 끄집어내고 용석이에게 내밀었다.

"오늘 온 건데 학교에서 읽다가 가져왔네."

그것은 어제 일자가 찍힌 어느 중앙지였다. 여느 때면 여기가 섬 땅이라 삼사일 지체하여 도착하게 마련이었으나, 요행 비행기 편을 만나서인지 빨리 배포된 것이었다.

성규가 가리킨 것은 소위 'UN조선임시위원단'에서 가능 지역 선 거안(可能地域選擧案)을 가결했다는 톱기사였다.

"이젠 뱃속을 속속들이 드러낸 셈이니까 뭐 주저주저 할 건 없지 않겠나. 하지 요 녀석이 또다시 포고문을 내지 않았나. 이젠 곧장 실천 단계로 돌진한다는 거지.

그게 지난달 26일이었지. UN 소총회 결정이 있었던 게. 네놈들 이 건방지게 UN조선위원단이 접근할 수 있는 지역에서 임무를 수 행한다구?"

엔간한 술엔 잠길 줄 모르는 술독 같은 성규는 한 잔 술에 독기가 돌 리 만무했으나 가시 돋친 소리로 말을 했다.

"그놈의 미국안이 국련을 통과하자 대번에 꼬리를 흔들고 '한위'* 에서 가결하거든. 북조선이 놈들의 입국을 거부했다는 허울 좋은 구실을 내걸고 있는데, 허허 참 그러지덜 말구 생각이 있으면 한번 쳐들어가 보면 어떨까?

그러니까, 나는 이렇게 생각하네, 그네들의 논리란 것이 우격다 짐 격으로 형성된다는 거야. 논리의 파탄을 강압으로, 무력으로 논리 이외의 힘으로 밀어내어 미봉책을 꾸밀 수밖에 없게 된다는 걸세.

북조선이 거부해서 못 붙인다면 —아냐 실은 만만치 못해서 그 런 거거든— 왜 남조선 인민이 한사코 거부 반대하는데 물러설 차 비를 못 할까?"

성규는 그 신문을 찢어서 담배꽁지를 풀어 새로 말기 시작하였 다. 그리고 나서 신임장을 천천히 불살랐다. 비스듬히 벽에 몸을 기댄 채 용석은 타오르는 연기를 바라보고만 있었다.

"마음을 단단히 먹어야겠네. 군이 오기 전에 나는 새삼스레 그런 생각을 거듭했었소. 놈들이 공세가 격화되면 될수록 우리는 마음을 다잡아서 대중 속에 발을 붙여야겠소.

생각을 해보게. 우리 조선 민족의 운명이 몇 만 리 떨어진 미국 지배 계급의 머릿속에서 장난감 취급하듯 멋대로 결정돼 있단 말이

---

* UN임시한국위원회.

야. 이젠 영 우리 민족을 두 동강으로 잘라버리자는 속심을 털어놓지 않았나? 길잡이 이승만을 내세우고 남북 협상을 한사코 반대케 한 것도 놈들이 미리서부터 닦아 놓은 코스란 거야.

우리는 미국 놈의 본질을 똑똑히 알아야겠소. 적어도 나는 새삼스레 오늘 통감했단 말이오."

실상 이승만은 벌써 해방되던 이듬해 아직 삼팔선이 채 굳어지지 않은 1946년 6월, 남조선 일대를 돌아다니면서 소위 '반탁' 운동을 벌이고 있을 적에 전라도 정읍에서 남한만이라도 단독정부를 수립해야 한다고 강조하여 공식 견해를 발표했다. 뿐만 아니라 1947년, 제2차 '소미공동위원회'가 재개되기 훨씬 전인 2월에, 미국에서 이승만은 남조선만의 과도정부 수립을 전문으로 하는 남조선정책에 대해 발표함으로써 미국이 장차 조선 문제를 국련에 상정하는 길닦이 노릇을 서둘고 있었던 것이다.

누가 양성규를 두고 미국에 대한 환상을 가진 사람으로 인정하련만 그것은 너무나 벅찬 정세를 앞두고 성규가 자기를 더한층 채찍질하는 마음에서 한 말이었을 것이다. 용석은 그런 양성규가 그지없이 미더웠다.

자기 자신을 포함해서 해방 직후에 미군을 해방군이라 간주한 청년들이 얼마나 많았던가.

1945년 9월 8일 미군 인천 상륙에 뒤이어 동월 15일경 제주도에 군대를 거느리고 들어왔을 때도 청년들은 그것을 일제를 타도한 해방군으로 맞아들였다고들 하지 않는가?

일본 북해도 광산 징용에서 풀려나와 고향으로 돌아온 무렵의 용석이 자신도 그랬고, 또한 일본에서 귀국한 정기준이가 미군정청에 통역으로 가게 된 동기에도 그런 생각이 뒷받침되고 있었던 것이다.

일제의 쇠사슬에서 갓 풀려서 환희에 들끓던 눈에는 '카이로선언'에 서명한 나라인 미국이 일제를 타승(打勝)했다는 것밖에 보이지 않았을 것이었다.

"나도 동감이야. 오래간만에 만나서 이렇게 뜻을 같이하는 말을 나눌 수 있는 건 얼마나 기쁜 일인가.

성규 동무, 정말 우리는 어수선한 시대에 살고 있소. 이대로 두다간 삼팔선이 놈들 때문에 정말 막히고 말겠소. 이제 목숨을 바쳐 싸울 때가 도래한 것 같아…… 정말로—"
하며 용석은 웃어 보였으나 표정은 심각했다.

"성규 동무 이런 사실을 아는가? 미군정청 차관을 하던 찰스 하리스 준장*이란 놈이 있었는데 미국이 아직 조선에 상륙하기 일주일 전에 하지가 하리스를 불러놓은 자리에서 조선에 대한 정책을 분부하고 그 내용을 문서를 가지고 설명했다는 사실이야.

그때 하지는 미군의 기본 태도를 밝히면서, 우리는 조선을 해방시키기 위해서가 아니라 점령하기 위해서 간다. 조선은 일본 제국이 일부였으므로 응당 미국의 적이며 항복 조건에 절대 복종해야 된다……"

조선이 미국의 적이라는 말에 성규는 말허리를 꺾듯 번쩍 얼굴을

---

* 원문에는 대장(代將)으로 되어 있음.

들었다. 그러나 곧 정색하여 볼을 실룩거리며 말을 중단 말고 계속 계속하라고 턱짓을 했다.

"미국 군대는 조선 인민이 항복 조건을 준수하느냐 안 하느냐 이 것을 감시하기 위하여 조선에 상륙한다. 때문에 초기엔 일본 행정 기구를 다치지 말고 그를 통하여 공작할 필요가 있으며 그동안 일 본의 통치 기구를 조선에서의 합법 정권으로 인정한다.

그리고… 으음… 이런 명령을 내렸단다. ―하지는 하리스더러 조선인에 대해서 일체 개혁에 관한 약속을 하지 말라, 오직 항복 조건에 조선인이 자진하여 복종하도록 잡도리를 잘 해야 할 문제가 있을 따름이다!"

용석도 자기가 좀 흥분해진 것을 느꼈다. 시장한 판에 들이킨 술 이라 볼이 화끈거리고, 방바닥에서 따뜻한 온기가 피어올랐다.

용석은 방금 마친 이야기의 반응을 성규에게서 찾아내기나 하듯 그의 얼굴을 뚫어지게 바라보았다. 책상에 세운 팔에 턱을 고이고 묵묵히 듣고 있었던 그는 연신 볼을 실룩거리고만 있었다. 용석은 벽에 비스듬히 기대어 앉았던 상반신을 어느새 곧추세우고 있었다.

"으음……" 성규는 고개를 끄덕이었다. 쉬이 말이 안 나오는 모양 이었다.

"그런데……" 투박한 목소리로 성규가 물었다. "어느 기록에 나와 있는 건가?" ―어디 근거가 있어서 하는 소리겠지, 이렇게 반문하 는 말투였다.

"문건에서 찾아낸 것도 아니지, 그렇다구 어디 발표돼 있는 것도 아니야… 허지만 최근에 내가 어, ……" '어데서'라고 하려다가 피뜩 정기준이의 얼굴이 그 말에 감겨드는 바람에 '어'까지 하고 말꼬리를 얼버무리고 말았다. "최근에 들은 틀림없는 이야기라네."

이때만 해도 용석이 머리에 또다시 정기준이가 떠올랐고, 그림자처럼 명순이가 그 뒤를 따라다녀서 머리가 뒤숭숭해졌다. 이 이야기는 정기준이가 서울에 출장으로 갔을 때 어느 미국 신문사 특파원이 중앙 군정청 고관에게서 캐치한 것을 한잔하던 차에 일러주었던 것이었다.

"물론 틀림없겠지." 성규는 싱그레 웃으며 더는 캐묻지 않았다. "용석이가 하는 말인데."

그러면서 일어서더니 바지 호주머니에 양손을 찌르고 좁은 방안을 서성거리기 시작했다.

"그럴 거야. 그럴 거란 말이야. 해방 직후에도 우리는 놈들의 그 배짱을 똑똑히 인식하지 못했단 말이야. 하지가 상륙해서 발표한 포고문만 보더래두…… 그 소련 사령관의 조선 인민에 대한 포고문을 갔다 댈 필요도 없이 벌써부터 놈들은 제국주의 본성을 나타내고 있었단 말이야. 그걸 설마하고…… 제국주의의 음모와 그 진의를 파악하지 못하구 한편으로 '카이로선언'과 '포츠담선언'이란 게 있구 해서 설마, 그럴 리야, 결국 그놈들을 믿은 셈이지…… 결국 얼마 없어서 설마가 사람을 죽이는 현상이 꼬리를 물고 일어나지들 않았던가 말이야.

그런데 용석이…… 놈들이 우리 민족을 어떻게 보고 함부로 덤벼들려는 건가, 조선 민족을 걸레처럼 비틀어 짜보려는 건가 말이야!"

성규는 오늘 용석이와 만난 후로 처음 소리를 내어 껄껄 웃었다.

용석은 팔짱을 끼고 상반신을 좌우로 연신 내저으며 앉았다. 성규의 그 호탕한 웃음소리는 그가 함부로 허튼소리를 하는 위인이 아님을 잘 알고 있는 용석의 가슴에 알찬 실감으로 와 닿았다.

4

양성규가 밖으로 나간 뒤에 용석은 좀처럼 마음을 가라앉히지 못하였다. 명순이 문제가 영 시원스럽지 못하고, 마치나 병마개가 막힌 채 병목에서 아물거리는 상태였기 때문이다.

아직 목숨이나마 붙어 있음은 오늘 현재로 경찰에 갇힌 채로 있다는 데서 짐작이 갔으나, 그렇다고 해서 언제 어느새 트럭으로 실어낼지 그까지는 알아볼 도리가 없는 노릇이었다.

그래도 성규는 내일 돌아갈 때까지는 전망이 설 것 같으니 너무 걱정일랑 말라고 하면서 밤거리로 나갔다. 관음사에 사람을 보내는 문제는 대강 합의를 보고 그 일로 다급하게 성규가 나간 것이었으나, 명순이 문제만은 실은 두 사람의 마음을 몹시 괴롭히고 있었다.

"함부로 나다녀도 괜찮았나? 조심해서 다녀오게."

"아직 여덟 신데 염려할 것 없네. 이맘쯤은 팔자 좋은 놈들이 요릿집에서 지랄발광 다하고 있는 시간이라네. 통행금지 시간이 되면 놈들은 이번엔 불야성을 이루기 시작하네. 자네가 명순이 때문에 쓰려는 돈도 죄다 그런 데로 흘러 쏟아진다 말이야."

성규는 이부자리를 펴 놓으면서 한 시간쯤이면 돌아올 터이니 먼저 푹 쉬도록 하라고 타이르듯이 말하였다.

그리고 만약의 경우에 안마당 구석을 막아 쌓은 돌담을 넘어서 내빼라고 했다. 거기에는 골목이 굽이치고 몇 갈래로 뻗어 나가고 있었다.

'자아식, 푹 쉬라구?' 용석은 혼자 웃으면서 머리 밑에 깍지를 끼고 방바닥에 누웠다. 한가운데 전등불이 댕강 달린 가무족족한 천장이 저절로 눈에 안겨 왔다. 궁금하였다. 옛일이 생각났다. 어느 병든 가난뱅이가 한번 소고기를 실컷 먹어 봤으면 싶었다. 병들어도 먹지 못했으니 몸이 성한 때엔 더할 나위가 없었다. 그 가난뱅이는 밤낮으로 천장만 쳐다보고 있었다. 그러던 차에 천장 바닥에 '착!' 하는 소리가 나더니 빨간 주먹만 한 소고기 덩이가 붙어서 떨어지지 않았다는 것이다. 그 가난뱅이가 정기준이었다.

빗물이 밴 듯싶은 자국이 지도를 그린 천장 바닥은 가만히 보고 있노라면 마룻바닥이 거꾸로 올라가 붙은 것 같아서 웬일인지 사뭇 을씨년스럽게 느껴졌다. 그런 느낌이 든 것은 명순이가 지금 갇혀 있을 감방 바닥이 느닷없이 천장에 들어박혔기 때문인지도 몰랐다. 위에서 내려다볼 수 있는 감방 바닥에는 시꺼먼 머리 부분만의 사람 무더기가 빼곡히 차 있는데 그걸 헤집고 싱글벙글 웃는 명순이의 해쓱해진 얼굴이 얼른거리었다.

용석은 방바닥을 탁 치고 일어났다. 그대로 누워 있다간 숨이 막힐 지경으로 몸이 뻐근해지며 방바닥에 막 잠겨들 것 같았다. 그는 머리를 쓸어 올리며 천천히 문을 열었다. 캄캄한 안마당 건너편 방에서 불빛이 덧문 새로 새어 나오고 있었다. 하늘은 별 하나 없고 거센 바람만 스산했다. 불빛은 용석이가 서 있는 방에서 한 폭의 광명이 마당을 향하여 쏟아져 있을 뿐이었다. 그 한가운데를 그의 그림자가 도려내어 있었다. 가만히 자기 그림자를 보고 있던 그의 귀에 개 짖는 자지러진 소리가 들려왔다. 뜸해서 멀리 있는 것 같던 개가 질겁한 소리로 짖어댄다.

그는 소리를 죽여 덧문을 조용히 닫고 아무렇게나 나딩굴어져 누웠다. 손에 잡히는 대로 신문을 집어 들어 훑어보았으나 막막하였다. 금세 칼이라도 번쩍 잡아들고 경찰서에 달려가고 싶었으나 홍길동이가 아닌 그로선 별 재주가 없었다.

'오늘이 닷새째라…… 닷새……'

명순이가 시골에서 잡힌 즉시로 성내로 이송된 지 5일째가 되었다. 용석은 집에 붙어 있지 못했고 집에 드나드는 것조차 삼갔다. 작년 여름에 민전이며 기타 산하 단체들이 일제히 완전한 비합법으로 들어가게 된 후로는 용석이도 성내를 떠났었다. 그때는 남조선 일대에 미증유의 대 검거 선풍이 일었다. 수도 경찰청장뿐만 아니라 하지 자신이 공공연하게 검거를 강화한다고 발표하고 애국자에 대한 투옥과 학살이 계속되었다. 그것은 조선 문제를 UN에 상정시키기 위한 사전 대책임은 두말할 나위가 없다. 검거는 이 고장에도 크게 파급되어 왔다. 그러나 그 전도적인 검거 선풍이 몰아쳤을 적에도 용석은 용케 놈들의 손에 안겨들지 않았던 것이다.

명순이가 체포되던 이튿날 밤, 그는 어머니를 동네 농군 박 서방의 집에서 만났다. 딸을 잃은 어머니는 땅이 꺼져라 한숨만 쉬며 안절부절못하였다. 요즘 놈들에게 붙잡히면 곧 저승길로 내닫는 일이나 마찬가지로 생각하는 어머니는 아버지가 없는 처지인 걸 설마 그럴 수야 있겠느냐고 하소연하다시피 하였다.

……너도 지금 목숨 바쳐 험한 길을 택하여 나선 걸, 나도 나라를 위한 마음인 줄 잘 짐작하기 때문에 서슴없이 너를 따라 가마. 그렇지만 이제 이 판국에 딸자식 얼굴 바로 못 보고서 어찌 저승길에야 그냥 보낼 수 있겠느냐. 다시 잡혀 들어가는 날에는 타고난 제 팔자라 생각하여 나도 더 할 말은 없다. 제발 이번만은 나를 잡아가면 갔지 걔를 살려내야 한다…….

쉰 고개를 넘어 이젠 늘그막 길에 들어선 어머니는, 아버지가 남겨 놓은 오막살이집이라도 팔 생각을 해서 너 요령껏 해 봐야 될 것이다. 이렇게 말하였다.

허기야 돈만 있으면 무슨 문제든 간에 해결 못 하는 일이 없는 세상이었다. 따라서 돈이 없으면 될 일도, 천만 번 정당한 일도 안 되었다.

배를 한 척 팔아서 사람은 꺼내긴 했으나 그로 말미암아 생업을 망쳐 먹은 사람도 있고, 귀여운 자식을 살려 줍서 하고 쌀 한 가마니, 두 가마니 등에 지고 머나먼 길을 종일 걸어서 성내 관청 출입을 하는 시골 할머니도 있는 것이었다.

때문에 놈들은 생트집을 잡아서 죄 없는 사람을 함부로 체포하며 사람 목숨과 돈을 저울에 달아 놓고 흥정을 하는 판이었다.

용석은 누이동생을 뜻을 같이하는 동지의 한 사람으로 보고 있었기에 어머니 못지않게 가슴이 아팠다. 더구나 어머니께 일러바칠 수 없는 고민을 혼자 가지고 있었다.

썩을 대로 썩어 빠진 미군정 치하의 남조선에서, 특히 제주도에서 소위 사법권에 의한 정당한 재판이란 있을 수 없었다. 그러니 검찰 측에 속하는 경찰 취조가 정당할 리 만무했으며, 무턱대고 잡아가서는 막 때리고 죽이고 하는 판이었다.

이런 판국인데 유독 자기 누이동생인 명순이만을 위하여 서둘러 댄다는 건 차마 자기 스스로 입 밖에 내놓기가 거북스러웠다. 그런 용석의 속은 모르면서 박 서방이랑 동네 사람들은 바늘만한 구멍이라도 있으면 찾아서 한 사람이라도 건져내야 한다고들 하였다.

이래저래 생각만 하고 그날 밤을 꼬박 새운 용석은 이튿날 조직에 제기하여 승인을 얻게 되었다.

이래서 성내로 가는 인편을 이용하여 미리 양성규에게 연락을 해 두었다. 동시에 관음사 공작 임무를 지니고 박두한 장날에 맞추어 변장을 한 용석이가 성내에 들어오게 된 것이었다.

—내일 돌아갈 때까지는 전망이 설 것이다. 성규는 이 말을 남기고 나갔지만 도무지 전망이 설 것 같지 않았다.

성규는 우선 팔촌 형을 통하여 변호사는 붙여 놓긴 했으나 결국 돈 문제였다. 빈 주먹으로 권력을 움직일 수가 없었던 것이다.

"경무부장이란 놈이 눈치를 알아차리고 변호사 코앞에다가 자기 엄지손가락을 내밀었다네. 제기랄, 개자식 같으니……"

경무부장이란 경찰서의 담당부장을 두고 하는 말이었다. 그가 소위 '빨갱이' 목숨을 손아귀에서 쥐락펴락하였는데 그의 상사가 경찰서장이 아니라 감찰관 벼슬을 하는 자였다. 더구나 이 고장에서는 예외로 제주 감찰청장을 달리 두지 않고 감찰관이 겸임했으므로 본토보다는 같은 감찰관의 벼슬이 한층 높은 셈이었다.

감찰관하고 경찰 경무부장은 둘이 다 서북패 출신이며 단짝이었다. 따라서 경무부장의 엄지손가락질은 단순한 금액의 표시가 아니라 자기의 상사인 감찰관까지 치올라 가야 한다는 뜻이었다.

또한 변호사라고 해 봤던들 그네들의 속심은 뻔한 것이었다. 도대체 재판이란 있을 수 없고, 간혹 형식적 재판을 한대야 변호사는 앵무새처럼 공허한 법률 조문을 외울 뿐 끝내 피고의 변호를 도맡기는커녕 나중에 가서는 단두대에 올라선 사형수를 설교하는 교회사의 역할을 놀게 마련이었다. 이를테면 변호사가 피고의 이익을 대변해 주는 게 아니라 원고인 검사 측의 변호를 하는 웃지 못할 해괴망측한 현상이 벌어지고 있었던 것이다.

"그래, 가망성이, 집 한 채 갖고선 가망성이 없단 그 말이군!"

"글쎄, 돈을 덜 쓰는 방법을 찾을 수밖에 없단 말이야……"

성규의 얼굴은 고뇌로 일그러졌다.

"이제라도 군대만 있으면 경찰을 모조리 까부시고 싶군! 이놈의 복수를 언제 하겠나!"

성규는 말이 없었다. 그는 가만히 용석의 얼굴을 들여다보다가

"알 만하네. 하지만 주관적으로 판단하고 덤빌 순 없는 법이니까 어떻게 힘을 합쳐서 요령껏 해 볼 따름이 아닌가?" 이렇게 말을 하였다.

적아간의 역량 관계라든가, 주·객관적 조건을 깊이 타산함이 없이 목표만을 섣부르게 공략하려는 경우가 없지 않아 있었다. 물론 용석은 오히려 그런 경향을 경계하는 사람이었으나, 그가 지금 놓여 있는 가정적인 형편이 그로 하여금 필요 이상으로 주관에 빠뜨

리게 하는 요소를 내포하고 있었던 것이다.

따라서 용석의 말은 단순히 부앗김에 나오는 헛방놓는 소리로 해석할 수가 없었다. 앞으로의 봉기를 앞두고 앙심에 불타는 행동력을 품은 말이었다. 그래서 기미를 알아챈 성규가 군소리를 한마디 덧붙인 셈이었다.

과연 이 말은 용석의 비위를 거스른 모양이었다.

"주관이니, 객관이니 다 집어치우게. 난 그런 까다로운 소린 듣기 싫어!"

성규는 대꾸를 안 했다. 할 필요가 없었다. 성규 역시 딱했었다. 가령 놈들이 요구하는 금액이 차례진다 할지라도 우선 선뜻 살 사람도 없는 집을 저당에라도 넣어야 하며, 그것은 또한 성규로선 도저히 인정할 수가 없었다.

그래서 이리저리 궁리하던 끝에 정기준이 생각까지 해보았다. 옛날은 친히 사귄 벗이었건만 지금은 간혹 가다가 길가에서 만나기나 하면 고개를 까닥하는 인사 정도로 지나가곤 하였다.

소문에 의하면 명순이와 기준은 아직도 정이 통하고 있지만 서로 사상이 다른 까닭에 어느 쪽이든 한쪽이 수그러들 수밖에 없다든가, 또 어떤 때에는 기어코 정기준이가 명순이를 차버렸다느니, ……그러면서 은근히 명순이를 탐내고 있다느니, 이런 잡소리가 들려오곤 하였다. 아무튼 옛날에 결혼까지 하려던 그 관계를 아는 성규는 정기준이가 이 사실만 알게 된다면 꼭 한몫 끼고 나설 것이며 그가 움직이면 십 분의 구까지는 가망성이 있다고 생각한 것이었다.

그러나 일은 설상가상으로 허사로 돌아갔다. 기실 기준이에게 부탁한다는 자체는 성규로선 아주 기분이 좋지 못한 일이었다.

부득불 도청에 있는 동무를 통하여(미군정청은 도청 건물을 차지하고 있었다) 알아보니 그는 일주일 예정으로 서울에 출장 갔다는 것이었다.

그런데 그때 양성규 자신은 인정하고 싶지 않은, 자기 맘속에서 어떤 유다른 감정이 새로 움트고 있음을 발견하였다. 허사로 되고 만 그 일이 어쩐지 그의 마음을 되레 가라앉혀 주는 게 묘했다. 기준이에게 부탁할 필요가 없어진 안도감에서 오는 감정인지도 몰랐으나 단지 그뿐만이 아니었다.

누구에게도, 물론 용석이한텐 절대 그런 눈치를 엿보이지 않았으나 성규는 자기 마음이 어느새 명순이에게로 기울어져가 있음을 그때 처음 느꼈던 것이었다. 설마…… 그럴 리야……. 자기 자신을 의심하는 그 밑바닥으로부터 확실히 여느 때와 다른 감정이 꾸물거리는 것이었다.

용석이와 반역의 길에 들어선 기준이 사이는 벌써 삐개지고 말았으며, 정기준이와 명순이가 결합될 리 만무하게 된 이상……더는 생각할 엄두를 못 내는 성규였다. 자기도 모르게 속 깊이 잠재하던 생각이 머리를 치켜드는 바람에 성규는 놀라지 않을 수가 없었다.

그래서 성규 마음에는, 이번 참에 어쨌든 자기 힘으로 명순이를 구해냄으로써 생색을 써 보려는 속된 부분이 있었던 것만큼은 사실이었다. 성규인들 완벽한 인간이 아니었다. 그는 자기 내부에서 맴돌이치는 속된 마음을 곁눈질하면서 입을 꽉 다물고 말았었다.

돈으로 사람 목숨을 흥정하는 판인데 가진 것 없이는 참견을 못

할 형편이었다. 그렇다고, 집이라도 팔자는 용석의 생각은 어림도 없는 일이고 해서, 최소한도 내의 금액을 공작을 하기 위하여 어느 유력한 실업가에 말을 가져갔다. 담임 생도의 학부형이고 믿음성이 있는 사람이었지만 팔촌 형을 동행하여 자기는 간접적인 입장에서 말을 걸게 된 것이었다.

대체로 북소학교에는 소위 유력자의 자제들이 많아서 '명문교'적인 존재가 되어 있었다. 그들 '있는 계급' 특히 관청에 들어붙어서 벼슬깨나 해 먹는 자들은 애들을 중학교에 진학시킬 무렵에 와서는 (양성규는 6학년 학급을 담임하고 학년 주임을 하고 있었다) '장래를 위해서'라는 사대주의적인 생각으로 본토의 중학교에, 되도록 서울 등지에 보내려고 서로들 겨루다시피 하였다. 그러나 암만 출세욕에 눈이 뒤집힌 그들도 차마 소학생을 육지에 '유학'시킬 수는 없는 법이라 이름난 북소학교에 애들을 보낸 것이었다.

육지에 유학시킨다는 경향은 특히 서북 패들을 중심으로 한 본토 출신 반동 관료배들이 쳐들어 온 후에 나타나기 시작한 것이었다.

성규는 성산(成算)이 있어서 내일이란 말을 했건만 용석은 쉬이 믿어지지 않았다. 그런 불안감을 씻지 못하면서 그러나 모든 희망을 또한 거기에 걸고 있었다.

성규는 정기준이에 대한 이야기는 일체 하지 않았다. 한편 꿈에도 그런 줄 모르는 용석은 그도 역시 입 밖으로 말은 내놓지 않았으나 아까부터 정기준 생각에 골똘하고 있었던 것이다. 정기준이 이 불행한 소식을 듣기만 하면 목숨을 바쳐서라도 명순이를 구출해 낼 것이며, 또한 그가 서둘기만 하면 문제는 그리 까다롭지 않게 해결될 것은 틀림없었다.

그러나 죽는 한이 있더라도 그건 안 되는 소리였다. 정기준이 생각은 아예 말아야 했다. 정기준이 사업에 조금이라도 의심을 품게 하거나 지장을 주는 일은 허용되지 않았다. 차라리 누이동생이 희생될지라도……정기준이를 명순이와 바꿀 수는 없는 일이었다.

용석은 몸을 이리저리 뒤척이면서 이런저런 생각과 맞대어 싸웠다. 식은땀이 이마에 솟았다. 생각만 같으면 만리장성이라도 단숨에 이룩할 수 있어도 현실은 그러지 못했다. 그렇다고 명순이의 운명을, 그의 목숨을 이렇게 요정(了定)하듯이 단정할 수 있을까? 결론은 하나밖에 없는데도 그는 갈피를 잡지 못하였다. 그럴수록 아무쪼록 성규의 공작이 성공할 것을 비는 마음만이 간절해졌다.

용석은 방안에 가만히 앉아 있지 못하여 몇 번이고 와락 밖으로 뛰쳐나가고 싶었다. 그래서 관덕정 근방을, 경찰서 주변을 그저 헤매고 싶은 충동에 사로잡혔다. 밤새 설한풍 휘몰아치는 밤거리를, 명순이가 갇혀 있는 경찰 둘레를 헤매고 싶었다. 몹시 비가 내려치면 빗발을 맞으면서 얼음 구멍에서 뽑아낸 것처럼 덜덜 떨면서라도 그 주위를 걸어 다녔으면 얼마나 속이 후련해지랴 싶었다.

잠에서 갓 깨어난 용석이 머리맡에서 책장 서랍을 뒤지는 기척이 났다. 머리를 돌린 용석은 벌써 옷을 갈아입고 책상머리에서 학교로 나갈 차비를 하는 성규를 보았다.

"내가 영 잠꾸러기가 됐나?" 잠을 덜 잔 사람의 목 쉰 소리로 용석이가 말했다. "벌써 이런 시간인 줄 영 몰랐소."

그러나 시간은 여섯 시 반이 채 못 되었다. 뜬눈으로 밤을 지새우

다시피 하여 잠을 이루지 못한 용석은 그래도 일찍이 잠을 깬 셈이었다.

"피곤하지만 일어나게. 집사람이 없으니까, 나하고 같이 아침을 하는 편이 나을 것 같네."

"벌써 학교로 가나?" 옷을 걸쳐 입으면서 용석은 의아쩍은 표정으로 말했다. "매일 이래요?"

"지금 학기말이라서 바쁘거든. 오늘 낮 시간에 못 하니까, 미리 가서 서둘러야지. 애들의 성적표를 작성해야 하구, 육지로 과거 보러 가시는 도령님들의 추천서도 써주어야 되겠네."

"과거 보러 가시는 도령들이라? 하하, 그런 의미에선 성규 선생 나리 은연한 권력자이시군. 믿음직도 해!"

"이 나라가 가난한 백성들 위한 나라가 아니라네……. 좌우간 돈 있는 놈들이 하는 짓이니까 얼마든지 솟아날 구멍은 마련돼 있는 법이야. 그렇지만 애들이 불쌍하지. 졸졸 따라갈 수밖에 없는 애들한테 무슨 죄가 있나?"

그는 용석을 말리고 제가 손수 이부자리를 걷어치우는 통에 더 계속할 경황이 없다는 듯이 말을 끊어버렸다.

"동무가 집을 나가기 전에 형님께 인사를 여쭤야겠는데, 어젯밤에도 어찌나 미안한지 낯 들 수가 있어야지."

"이것저것 어렵게 생각 말게. 형님이 계시면 좋을 텐데 간밤에 안 돌아오셨다는구먼, 어데 촌의 친구 집 제사 보러 가신 모양이지……."

"오늘 사무소엔 안 나가시는가?" 문득 명순이를 생각해서 나온 말이었다.

"전날 밤에 술독에 들어앉았었어도 할 일은 다 해치우는 사람이지, 그렇잖구 어떻게 이 세상을 식구 거느리구 살아가겠나."

둘이는 식사를 마치고 대문간으로 갔다. 성규는 자전거 뒤꽁무니에 낡아서 보풀 생긴 가죽제 손가방을 비끄러매면서, 아침결엔 삐라 때문에 놈들이 발광을 치는 판이니까 밖으로 안 나가는 게 좋고, 한숨 푹 자고 피로를 풀어 두는 편이 좋을 게라고 했다.

아무튼 그 뒤로 용석은 한 시간쯤은 잤을 것이다. 그는 눈을 비비며 햇빛이 비치는 문을 열어 보았다. 아침에 찌푸리던 날씨가 어느새 개고 구름 틈 사이에서 새파란 하늘이 눈부시게 얼굴을 내밀었다. 깊고 맑은 호수 같은 하늘이었다.

오늘은 토요일, 수업을 오전 중에 마쳐 놓으면 점심께 돌아온다던 사람이 한 시가 넘어도 기별이 없었다.

친구가 없는 집에 혼자 손님인 체하고 남아서 집안사람에게 신세짐은 퍽 괴로운 일이라 하겠다. 안방에서는 손님 걱정을 한 모양으로 한 사람 몫의 자그마한 밥상에다 안주인이 또다시 식사를 날라 왔다. 용석은 계면쩍어 어쩔 바를 몰라 했다. 그렇다고 밥상을 그대로 물릴 수도 없고 해서 방으로 받아 들였다. 감상이 아니라, 어쩌면 김이 무럭무럭 피어나는 밥이며 국을 보니 눈물이 핑 돌 뻔했다.

용석은 밥상을 그대로 방 한구석에 옮겨놓고, 성규만 오는 걸 기다렸다. 대문이 삐걱거리고 곧 문간을 넘는 자전거 덜커덕하는 소리가 나서 성규가 돌아왔을 때는 방구석의 음식은 이미 식었다.

방 바깥에서도 유다른 인기척이 나더니 나이가 용석이 또래의 얼굴이 거무스름한 건장한 청년이 같이 따라와 있었다. 그 청년은 보매 무뚝뚝하고 첫인상이 그리 좋지 못했다. 굵직한 눈썹 아래, 항상 부릅뜨기만 하고 감을 줄 모르는 듯한 그 눈은 깜박하지 않고 사람 얼굴을 쏘아보았다. 순간 용석은 흠칫해졌으나, 이 사내는 밤에도 눈을 부릅뜬 채 잠을 자는 건가? 하고 속으로 픽 웃음이 솟았다.

방에 들어와 외투를 벗은 그는 작업복 차림이었다.

"걱정이 대단히 많으시겠습니다."

서로 통성명을 하고 나서 한참 있다가 그 청년은 생각의 실마리를 더듬어 잡은 듯이 불쑥 말하였다. 명순이 문제를 알고서 하는 소리였다. 그런데 의외에도 무뚝뚝한 표정과 태도와는 어울리지 않을 만큼 나지막하고 온순한 목소리를 가지고 있었다.

"어디 우리 동생뿐이겠습니까."

'이 사람은 겁쟁이거나, 아니면 여간 용감한 사람이 아니겠는 데…….' 용석은 속으로 이렇게 생각하고 있었다.

"허기야 그렇습죠만." 그는 좀 싱겁다 할 정도로 말꼬리를 흐리지 않고 딱 잘라버렸다. 얼굴만 얼른 보일 작정으로 온 그 청년이 반시간쯤 해서 돌아갈 동안에 한 말이란 그것뿐이었다. 필요 없는 말은 아예 하기가 귀찮은지 하여튼 말수가 적은 사람이었다. 자동차 회사의 화물부에서 트럭 운전수를 한다는 그는(나중에 성규한테 들어서 알았다) 갈릴 때에도 "그럼 다시 만나겠습니다." 하고 심드렁하게 한 마디 했을 뿐이고 말 부족한 것은 악수로 채우자는 듯이 굳게 손을 잡는 것이었다. 그러니까 어느 쪽으로 보면 인상이 흐리멍덩하기도 하고, 한편으론 뚜렷한 인상을 용석이 가슴에 남겨놓고 간 청년이었다.

용석은 그날 네 시 차로 성내를 떠났다. 성규는 되도록 이틀만 더 묵은 뒤에 월요일에 떠날 수 없느냐 하고 만류했으나 그럴 순 없었다. 2일간이란 기간은 성규가 지금까지 서둘던 일의 전망이 확실히 설 것을 예측하고 하는 말이었다. 허기야 용석으로 말하면 자기가 남아서 문제 해결에 도움을 줄 수 있는 것은 아니었으나 하루 이틀 머물고 갔으면 하는 마음은 더할 나위 없이 간절했던 것이다.

그러나 앞일이 바빴다. 더구나 모든 것을 성규에게 부탁을 했고, 맡긴 이상 한시라도 빨리 이곳을 떠나고 싶은 심정에 사로잡혔던 것이다.

누이동생 목숨까지 맡기는 심정이었다. 그 집을 떠나는 순간 용석은 굳은 악수를 했다. 성규는 더욱 굳게 손을 잡으며 잠시 놓아주질 않았다.

용석은 혼자서 거리에 나왔다. 어제와 오늘 이틀 사이가 너무나 동안이 뜬 감을 주었다.

사람들은 묵묵히 걷고 있었다. 놈들의 플래카드가 눈에 띄었고, 게시판엔 하지 명의의 5월 9일에 단선을 한다는 3월 1일부 포고문이 나붙어 있었다. 얼핏 보기에 오늘은 어제의 평범한 연속이며 달라진 것이라곤 없었다. 그러나 어디라 없이 어제와 오늘 사이엔 큰 거리가 있는 것같이 용석은 느껴졌던 것이다.

관덕정 광장으로 뻗은 거리를 걸어가면서 김동진 생각을 했다. 그 내리막길은 어제 이맘때에 걸어오던 길이었다. 사람이라면 응당 전화라도 걸어 놓고 성내를 떠나야 했을 것이었다. 용석은 우편국에 들르지 않았다. 그대로 돌아가는 게 좋다고 생각하였다. 동서로 신작로가 곧이 뻗어진 관덕정 광장에 들어섰을 때 동문 다리 쪽에서 경관을 만재(滿載)한 트럭이 흙먼지를 뿌옇게 말아 올리며 서쪽을 향하여 눈앞을 스쳐 지나갔다. 어제와 오늘 사이에 달라진 것이 무엇일까? 어젯밤에 그토록 싸다니고 싶던 경찰서 건물 주변에 몇 대의 트럭이 운전대에 사람을 앉힌 채 멎어 있었다. 경찰 정문에서 어제 본 그놈과는 얼굴이 다르지만 그러나 같은 미군 장교가 나오고 있었다.

경찰서 앞거리를 등짐을 지고 한 할머니가 걸어가고 있었다. 조선 땅에 그것도 최남단의 섬 땅에 양코배기가 뻔뻔스레 둥지를 틀고 앉은 이 사실은 사람의 상식을 가지고서는 선뜻 믿어지지 못하는 일이었다. 그러나 상식이나마 통하는 세상은 이미 멀어졌다. 8·15 해방의 들끓던 기쁨도 놈들 때문에 오래 지탱하지 못했던 것이다.

무거운 구름이 걷히고 높이 트인 푸른 하늘이 어제와 달랐다. 용석은 걸음을 멈추고 뒤돌아서서 한라산을 바라다보았다. 험한 절정에로 백설을 이고 더듬어 올라가는 능선이 옅은 노을빛을 받아 아름다웠으며 활개를 쭉 뻗고 유유히 솟아 있음이 그지없이 미더웠다.

제2장

1

일제시대에 동네 구장을 하던 신 약국네 집 뒷마당에 사람들 몇이 모여 있었다. 달빛이 으스름한 밤이었다. 거기에 오막살이가 하나 서 있고, 집 둘레를 두른 돌담이 무성한 대밭을 부분적으로 가리고 서 있었다. 오막살이에는 명순이 모친 강씨의 얼굴도 보였다.

"공연히 속만 태우지 마시구요. 어서 불이나 때 주어요."

박 서방의 말에 명순이 어머니는 멈췄던 손을 내뻗어 댓가지며 가랑잎들을 모으고 아궁이에 쑤셔 넣었다. 솥에 가득 부어 놓은 참기름이 부각부각 피어오르고 있었다. 더운 기름 냄새가 속이 뭉클해질 정도로 풍기었다.

"너무 걱정 말아요. 명순이는 그냥 성내에 있는 게 틀림없습니다."

박 서방은 강씨를 안심시키느라고 밑천 없는 말을 거듭하였다. 발밑에 널려 있는 댓가지의 키를 대충 맞추어 가면서 하는 그의 투박스러운 말투가 되레 듣는 사람에게 정다운 느낌을 주었다.

"명순이 총 맞아서 죽었단 소리, 어느 놈이 합디까? 제 눈으로 똑똑히 봤다구 장담치는 놈이 있으면 내가 한번 그놈 꼬라지를 똑똑히 봐야 쓰겠소. 거짓말을 해도 유분수지."

유분수라는 말에 한결 힘을 넣으며 박 서방은 말했다.

"옳거니, 뜬소문에 정신 팔릴 법은 없소. 용석이 같은 훌륭한 제 오라비가 있는데 무슨 군걱정을 한다는 거요. 제발 걱정일랑 덜 하시는 게 좋다니까요."

사람들이 죽창 만드는 걸 유심히 지켜보다가 '두장배기' 약국이 점잖게 말을 건네었다. '두장배기'란 신 약국의 별명인즉 네모지고 넓적한 얼굴이 보통 사람보다 곱절이나 크다는 데서 사람들은 그렇게 불렀다.

약국네 집 한구석이 지금 죽창을 만드는, 다시 말하면 임시 '무기 제조소'로 마련되어 있었다. 자칫하면 목숨이 날아갈 위험한 일임에도 불구하고 '두장배기' 약국은 덤덤히 청을 들어 줌으로써 그 얼굴값을 했고, 필요한 협력은 아끼지 않고 해 주었다. 약국은 처음 대밭이 가깝기에 죽창 만드는 데 편의를 도모하기 위하여 그러는가 보다 하고 생각했었다. 헌데 청년들은 오히려 가까운 게 탓이라고 하며 역부러* 먼 곳의 대를 베어 오곤 하는 판에 약국은 세상없이 기특한 생각이 들어서 턱을 몇 번이고 끄덕였던 것이다.

철창이며 죽창 등의 무기 제조는 원래 산간 부락에서 시작된 것이다. 물론 경찰들의 세력이 거기까지는 쉽사리 미치지 못했기 때문이다. 그래서 해변 측에서는 비교적 경찰 세력이 약한 지역, 그러

---

* '일부러'의 제주어.

니까 인민의 세력이 강하고 경찰이 함부로 손톱을 박지 못하는 지역에서만 철창보다는 간단한 죽창의 제조부터 시작한 것이다.

흙으로 만든 풍로 위의 솥은 지금 기름이 끓고 있는데, 이렇듯 아궁이에 불을 지피면 일은 최후 고비에 들어섰다. 그럼 동네 군데군데를 지키는 보초원을 제외하고는 노인은 돌아가고 분공(分工) 맡은 청년들만 남아서 그날 밤 작업을 계속하였다.

박 서방은 잘 드는 칼로 잘라서 날이 선 대나무 끝을 호롱불 언저리에 가져가 식칼 날이라도 만지듯이 엄지손가락을 살짝 대보았다. 그러고 나서 빙그레 혼자 웃음을 웃었다. 죽창을 만들려면 우선 댓가지를 말끔 깎아 버린 다음 1미터 반 정도로 잘라야 했다. 끝과 날귀가 골고루 서도록 한꺼번에 자르는 일이 어려웠다. 퍼렇게 날이 설 때까지 칼을 갈아서, 그야말로 잡념을 일소하여 온 정신을 집중시키고 숨을 죽인 채 얼른 동강 쳐 버리는 것이다. 칼이 막히면 그 자국은 두 번 다시 못 쓰는 것이다. 그러니까 사람들은 대막댕이* 하나라 하여 얕보지 않고 원쑤 놈 모가지 갈기는 셈치고 칼을 휘두르면 그놈의 칼이 멋들어지게 들어간다고들 했다.

"간밤에 꿈자리가 하도 어지러운 게 좀 근심이 되어서……"

명순이 어머니는 손으로 바닥에 흩어진 불쏘시개 감을 쓸어 모으고 장작과 함께 아궁이에 쑤셔넣으면서 입을 떼었다. 기름은 철철 방울을 튕기기 시작한다.

"꿈이라니요?"

---

* '대막대기'의 제주어.

"그 애가 꿈에 병으로 드러누워 있더라. 저승길이 대문 밖이라 하더니 차사가 애를 몰아서 그랬는지 어느새 배를 타고 저 아랫동네 갯가를 떠나가는 거야. 날 보고 안녕히 계시라구 제법 손을 흔들고 애가 떠나가는데 저만치 가다가 그만 배가 엎어지구 말더라."

"……" 한참 말이 없다가 "그래서 밤중에 잠이 깨었는데 몸이 으스스 떨리구, 웬 눈물이 그리 그렁그렁 해졌는지……. 꿈이 하도 이상해서 다시는 잠이 오지 않더라. 걱정이 그 걱정이라, 그대로 들어맞는 걸 보니 헛꿈은 아닌 성싶구나."

"무엇이 들어맞는다구 수군수군하구 있소?"

일손을 멈춘 손에 곰방대를 들고 중(中)동네 송 영감이 가까이 오면서 일부러 모른 체를 하고 말참견을 했다.

"아니, 명순이 어머니가 해몽을 하신다구 그래요."

"말은 바로 해라, 내 주제에 무슨 해몽을 하겠니. 옛사람이 가르친 대로 하는 소리가 아니냐. 병자가 차나 배를 타서 떠나가면 이승을 버리구 만다구 옛 어르신들이 하지 않더냐 말이다."

"허 참, 그럼 꿈에 이승만 요 녀석이 배를 타고 떠남 그놈이 죽는단 말씀이어요?"

"원, 이 사람이 남의 속도 모르고 자꾸 말머리를 돌리는구나. 이 가슴이 땅처럼 멍이 들어 답답한 걸……."

"아니우다, 명순이 어머니. 내사 아무것도 모르는 무식쟁이지만 어젯밤 꿈 해몽은 글러먹은 것 같다. 왜냐면 모친님 말씀대루 병자가 배를 타면 저승길로 가는 셈치구요, 허지만 모처럼 저승길로 떠나던 배가 도중에서 엎어지구 말았는데 그건 어떻게 생각하십니까? 저승은 못 데리구 간다는데……뭘."

"……"

박 서방은 옆의 송 영감을 보고 씽긋 눈웃음을 쳤다.

"흐음, 그게 진짜 해몽이구나. 박 서방 자네 언제부터 식자가 되었나?"

곰방대를 대나무 자루에 툭툭 털고 나서 그 자루의 매듭에 대패를 밀며 영감은 맞장구를 친다.

"글쎄……" 하며 강씨는 그렇게 되면야 다시 무슨 걱정을 하겠는가 하고 후유 한숨을 짓는 것이었다. 그러곤 이글이글 타오르는 불빛 속에서 허구픈 웃음을 웃었다.

솥의 기름은 펄펄 끓어오른다.

입을 다물고 신통한 표정으로 대나무를 들고 선 박 서방은 눈을 지그시 감더니 자루 끝을 끓는 기름 속에 푹 담갔다. 푸시시 하며 한 줄기의 연기를 내뿜는 순간 얼른 그것을 꺼내었다. 기름이 배여 끝 부분만 누렇게 변색하고 윤기가 도는 죽창은 날카로운 날이 섰다.

"음, 됐다. 병정이 한 놈 생겼네그려!"

박 서방은 제가 무슨 사령관이라도 된 듯이 사뭇 만족스레 외쳤다. 쉬! 하고 누가 제지하였다. 이윽고 박 서방은 죽창 끝을 땅바닥에 쿡 지르는 흉내를 하며 시험을 해 본다. 날이 쇠붙이처럼 단단해진 창끝은 쉽사리 부러질 것 같지 않았다. 병정은 기어이 사령관의 기대를 어기지 않은 모양이었다. 이리하여 이젠 적어도 원쑤 한 놈은 능히 쓰러뜨릴 만한 무기가 한 자루 생겨 나왔다.

끓는 기름에 그저 기계적으로 대나무 끝을 걸어서 죽창이 되는 법은 아니었다. 고열을 이겨내지 못하여 연기 대신 확 불을 뿜는 경우가 있기 때문에 가늠을 알아서 솜씨 있게 해야만 그럴싸한 무기가 될 수 있었다. 이것은 일종의 기술이라 하겠는데 이 기술을 두고 말하면 동네에서 박 서방과 맞설 사람은 없었다. 자타공인 하는 터이라 그는 그것을 자랑으로 여기고 있었다.

작업은 이런 방식으로 계속되었다. 박 서방은 으레 신통한 표정과 한번 눈을 지그시 감아 볼 것을 잊지 않았으며, 또한 눈을 감을 때마다 정신을 가다듬고 그가 말하는 '병정'을 하나씩 만들어내었다.

노인들이 돌아간 후에도 명순이 어머니는 아궁이 앞에서 불을 지켜보고 있었다. 고요한 밤중에 밖의 대숲을 스치는 바람 소리만 처연했고, 벽 틈새기로부터 자꾸 찬 기운이 스며들었다. 오막살이에 남은 서너 명의 청년들은 자연 불기가 있는 풍로 둘레에 모였다. 그들은 오늘밤 중으로 윗마을에 죽창을 나르기 위하여 네댓 개씩을 하나로 묶으며 짐을 챙기고 있었다. 밤이 깊어 가는 줄 모르고 무슨 생각에 잠기던 강씨는 죽창을 손에 들어 정겹게 어루만져 보다가 문득,

"옛사람도 이렇게 손수 무기를 만들고 싸웠단다." 하고 입속말로 중얼거리듯 말을 꺼내었다.

"이제 어렴풋하게 생각이 난다. 내가 대여섯 살 먹던 해 일이지. 그땐 새파란 청년이던 우리 아버님하구 같은 젊은 분들이 집에 모이구, 어둔 정주간에서 죽창을 만들었지. 그 시절은 양반이 행세를 부리고 하도 사람을 못살게 구는 통에 백성들은 굶어 죽게 되었다 했어. 우리 살림은 지금도 옹색하지만 그때는 제삿날이 돌아와도

고운 밥을 짓고 조상님 앞에 메를 올리지 못할 지경이었어.

　대정 마을에 이재수란 장수가 나타난 것도 바로 그럴 때 일이지. 그 분은 엄청나게 세금만 짜내는 양반 놈과, 서양 법국 사람하구 붙어서 똑같은 짓을 하는 예수쟁이들을 내쫓아 백성을 구하기 위해서 난리를 일으키게 됐다는 거야. 섬사람이 온통 일어서는 바람에 난리는 점점 커져 갔어. 백성들은 칼이랑, 낫, 괭이자루 그리고 죽창 할 것 없이 돌멩이까지 손에 쥐고 싸움에 나서지를 않았느냐⋯⋯."

　"법국 나라란 어데 놈의 나랄까?"

　박 서방이 천장을 쳐다보며 넌지시 말을 던졌다. 어째 동무들 한 번 대답을 해 보라는 것이다.

　"박 서방은 잘 아는가 보네?"

　"자네들 차례네. 묻는 사람은 나란 말이야."

　"핫하, 박 서방은 잘 모르는 모양이니까 내가 대드리지. 저 불란서를 보구 법국이라고 해요."

　"그렇지 불란서를 보구 법국 나라라지, 하하하." 박 서방이 선손 쓰듯 먼저 깔깔 웃는 바람에 모두를 덩달아 웃었다. 더구나 시침을 떼고 계면한 티를 보이지 않는 게 더욱 우스꽝스러웠던 것이다.

　"그런데 할머니도 그때 같이 싸웠어요?" 더운 물에 보리밥을 말아 먹던 소년이 마늘지를 자근자근 씹더니 엉뚱한 소리를 했다.

　"예끼, 이 자식, 밥 먹다가 졸면 되나⋯⋯. 명순이 어머니가 아직 물애기* 때 얘기란 말이야." 박 서방은 대나무 자루로 소년의 엉덩이를 가볍게 두드리고 웃었다.

"철들지 못한 어린 시절이라, 동네가 벌집 뒤집어 놓은 것처럼 법석을 치는 판에 그저 무서운 생각밖에 안 들었지. 오직 난리가 터졌다! 하구 동네 사람들의 무언가 외치던 소리가 지금도 생각난다.

할머님도 어머님도 이재수 등어리에 날개가 붙어서 기운이 장수구, 지혜가 귀신 닮아서 곧 홍길동 같은 양반이라구 말씀하시더라. 그래서 관에서는 세상에 날개 돋은 날짐승 같은 사람이 나타난 건 나라가 망하는 흉한 징조라 하구 서울에 데려다가 죽였다고 한다."

"어디 사람 등어리에다 날개가 돋습니까?" 소년이 의아해서 반문을 한다.

"그러니까 옛말이라 하지. 이재수를 잡아서 옷을 벗겨 보니 두 날개가 붙어 있어서 칼로 베어 버렸다구 옛 어르신들은 말씀하시더라."

"음, 보통 장수님이 아닌데 날개쯤은 가지고 있었을는지 모르잖아! 나도 어린 때는 이재수란 사람 이름을 자주 들었다네."

박 서방은 말허리를 꺾지 말고 조용히들 들으라는 듯이 손을 내저어 제지하였다.

옛 기억을 더듬으며 생각나는 대로 계속하는 명순이 어머니의 토막 진 이야기는 원쑤들 노리고 죽창을 만드는 청년들의 마음을 더욱 설레게 하였다.

이재수(李在守)는 널리 이 고장 사람들에게 회자되어 온 전설적인 인물이며 관노(官奴) 출신으로서 당시 조선 통치배(統治輩)를 경

---

* '갓난아기'의 제주어.

악케 한 1901년의 전도적인 농민 봉기, 소위 '이재수란(李在秀亂)'의 지도자였다.

제주도에서 본격적으로 천주교의 선교 활동이 개시된 것이 19세기 말엽부터였다. 1876년 '조미수호조약' 등이 체결된 뒤를 따라 1886년에는 불란서도 '조법(朝法)수호조약'이란 굴욕적인 불평등 조약을 강제 체결시킴으로써 구미 열강들과 어깨를 겨고 조선 침략에 한몫 보게 되었다.

조선에서 백여 년에 걸쳐 대 탄압을 받아 온 천주교도는 이를 계기로 포교의 법적 근거를 확보하고 '평등과 박애'의 종교적 탈을 써서 식민지 침략의 전초전을 시작하였다.

제주도를 조선과 동양 침략의 유력한 거점으로 간주한 불란서는 라쿠르(구마슬: 具瑪瑟)와 무세(문제만: 文濟万) 등을 제주도에 파견하여 이 땅을 자기들의 손아귀에 틀어쥐려고 책동을 했다. 그들은 부패하고 무능한 조선 봉건 통치배들과 결탁하고 치외 법권의 법적 보장을 남용하면서 그나마 가렴주구에 허덕이고 있는 도민의 생활을 압박해 나섰던 것이다.

옛 기록에 "光武五年三月(一九〇一년)에 稅弊가 甚할 뿐더러 天主教가 大熾하여 그 徒党이 一島에 遍滿하여 党乘하고 橫行恣暴하며 縱肆日甚하여 官이 能히 禁치 못하는지라……"[*]고 하다시피

---

[*] 광무 5년(1901년) 3월에 세폐가 심할 뿐더러 천주교가 크게 성하여 그 무리가 온 섬에 널리 그득하여 무리에 편승하고 마구잡이 폭행이 횡행하며 마음대로 행동함이 날로 심하여 관에서도 능히 금하지 못하는지라…….

불란서는 그 국가적 세력의 비호 하에 안하무인격으로 횡포를 부리고 강도적 약탈질을 일삼는 천주교 교도들의 행동을 서슴없이 옹호했다. 그들은 소위 성당들을 조계(租界)로 삼고 도민을 가두는 감옥으로까지 사용했으며 당시 도의 행정, 사법, 심지어는 입법권까지 침해해 나섰다. 봉세관(捧稅官), 관료배, 천주교도들이 일체가 되어 학정을 자행함에 있어서 도민들은 이제 더는 참을 길을 찾지 못하게 되었다.

그 당시, 갑오농민전쟁이 실패로 돌아간 후에도, 19세기 말의 남조선 일대에 '활빈당'의 애국 투쟁이 벌어지고 있었다. 제주도에서도 1891년의 농민 봉기, 1898년의 통치배들이 '화적(火賊)'이라고 일컫는 '방성칠(房星七)의 난'이 그것이었으며 곧 뒤이어 이재수란이 터진 것이다.

외래 침략 세력과 국내 통치배들을 반대하여 봉기한 농민들은 오대현(吳大鉉), 이재수 등의 지도 밑에 전도에서 치열한 투쟁을 겪으면서 적들의 본거인 성내를 동서남 삼방으로 포위 진격하였다.

그때 성내에서 라쿠르와 무세의 무리들이 농민군에 어떻게 대처했느냐 하면, 라쿠르 자신이 총지휘관으로 3백여 명의 교도를 거느리고 살상은 물론, 초토전을 감행할 태세까지 꾸렸다고 한다. 기록에 의하면 "七〇〇余斤의 大砲 五門, 四〇〇余斤의 大砲 五〇門, 野砲 一〇〇, 速射砲 五〇, 長銃 三〇〇柄, 小銃 五〇〇柄, 機關銃 二〇門, 佩劍 五〇杖, 長劍 五〇杖, 鐵枷 五〇〇柄, 火藥 五万貫, 弓矢 二〇余, 其他 鐵丸 四万余"*라고 했다.

그러나 농민군에 호응한 성내 인민들의 결사적 투쟁에 의하여 굳게 닫힌 성문은 안으로 개방되고 농민군은 적들을 족치면서 드디어 성내로 입성하였다.

그리하여 '보국제민(輔國濟民)', '광제창생(廣濟蒼生)'의 투쟁 강령과 '천주교 반대', '불량 교도 처벌', '법외의 징세 중지', '적들은 이 섬에서 당장 물러가라', '탐관오리를 구축(驅逐)하라'는 등의 슬로건을 내걸고 싸운 농민군의 목적은 거의 달성되었다.

그러나 한 손에서 성서, 다른 한 손에 무기를 추켜든 '선교사'들은 불란서의 포함(砲艦) 알루이트호와 서프라이스호에 의하여 구출되어 제주도를 도망쳤으며, 한편 봉건 통치배는 외래 침략자들의 더구나 일본 군함의 힘까지 빌려가면서 농민 봉기에 대하여 무력적인 대탄압을 감행했던 것이다.

이재수 등은 서울에서, 그것도 미국인 1명, 불란서인 3명의 입회하의 주책없는 비밀 공판에서 사형 언도를 받고 교수대에 올라갔다.

이것이 간단한 이재수란의 전말인데, 명순이 어머니는 죽창을 눈앞에 두고 보니 50년의 전의 옛일이 문뜩문뜩 꼬리를 물고 생각나는 모양이었다.

"그때 어머님도 어린 나를 집에 계신 할머니께 맡겨 두고 죽창을 손에 들어 동네 분들과 같이 고함을 지르면서 동쪽으로부터 성내에

---

* 700여 근의 대포 5문, 400여 근의 대포 50문, 야포 100, 속사포 50, 장총 300병, 소총 500병, 기관총 20문, 패검 50장, 장검 50장, 철가 500병, 화약 5만 관, 궁시 20여, 기타 철환 4만여.

밀고 들어갔다고들 한다."

밤이 깊어 갈수록 말소리는 나지막한데도 묵직하게 들리었다.

"그럼 할머니는 이재수의 얼굴을 못 보셨군요?"

"못 봤지, 혼자 마실도 못 다니는 코흘리개였는데 뭐."

"난 날개 붙었단 말은 정말로 안 들어요. 그래도 이재수는 훌륭한 사람이죠."

졸음기가 말끔히 가셔진 또렷또렷한 눈동자를 굴리며 얼마 없어 중학교를 졸업한다는 소년은 제법 명쾌한 말을 했다.

"내사 배운 것이 없어서 날개 돋은 장수라면 곧이들었지만……. 우리 조상들은 옛날에도 용감하게 싸웠다는 걸 잘 알아야 두어야 한다. 유식한 사람에게 더 이야기를 들어서 공부를 잘해야 해. 죽창을 보니 예나 지금이나 때는 조금도 달라진 게 없는 것 같다. 어서 너희들이 잘 싸워서 나라를 세워야 한다."

하며 강씨는 이 야밤중에 청년들에 끼어 윗마을까지 죽창을 나르는 일을 기다리고 있는 소년의 애티 나는 얼굴을 들여다보았다.

강씨가 이야기를 하는 도중에 얼결에 명순이 이름이 몇 번이고 튀어나오곤 했는데 이제도 그의 가슴속은 딸 걱정으로 차 있을 것이었다. 지나새나 딸 생각을 하고 꿈자리가 어지러운 것조차 걱정이 더해지는 어머니였다. 그러나 해몽에 정신이 쏠리던 그도 차마 이 시각에 명순이가 자기 집을 향하여 밤길을 헤매고 있을 줄이야 꿈엔들 생각 못 했던 것이다.

K봉 골짜기가 임시 사형장으로 마련되어 여남은 사람이 피살된

사실은 곧 근방 마을에 알려졌었다. 난데없는 총소리로 말미암아 의식을 회복한 명순이가 사경에서 벗어나 밤 산골을 헤매고 있을 적에 강씨는 소문을 듣고 초저녁부터 신 약국네 집에 와 있었던 것이다.

소문은 한 나무꾼이 퍼뜨렸다. 나무를 하고 산비탈길을 마구 돌아오는데 웬 총소리가 골짜기에 메아리치고 울려오는 것을 들었다. 여기저기 골짜기에 부닥치는 총성은 사방에서 울려오는 것 같았으나 가만히 귀를 기울이면 한 군데서 연속적으로 쏘아대는 총소리가 분명했다. 총살은 보통 이른 아침에 진행되는 것으로 알고 있는 나무꾼은 처음 그 총소리가 나는 까닭을 헤아릴 수가 없었다. 그는 발길을 들리고 골짜기를 건너, 고개를 넘어서 소리 나는 쪽으로 가까이 더듬어 올라갔다. 그래서 바위 위의 소나무 사이로 피바다로 화한 사형의 현장을 굽어다 본 것이었다.

헐레벌떡 동네 어귀에 들어선 나무꾼은 일단 숨을 크게 내쉬고 자기 집으로 돌아갈 생각도 없이 우선 그 가족이 체포된 집을 찾아갔다. 혹시 오늘 희생된 사람들 중에 누군가 끼어 있지 않을까 싶어서였다. 그렇다면 하루빨리 뼈라도 추려내야 하기 때문이었다.

발 없는 말이 천 리 가는 격으로 소문은 그날 중으로 마을을 하나 둘씩 거쳐 드디어 명순이네 동네까지 들어갔다. 가는 곳마다 사람들의 분노와 복수심을 자아낸 그 피비린내 나는 소문은 명순이 어머니의 귀를 그저 스쳐 지나치지는 못했다.

두근거리는 마음을 가라앉히지 못한 명순이 어머니는 사람을 찾아다니며 K봉의 현장을 제 눈으로 본 이가 없더냐, 어떻게 찾아서 그 사람을 대줄 수 없겠는가고 간청하다시피 하였다. 그러나 신 약국을 비롯하여 동네 사람은 그런 위험한 곳을 누가 찾아가겠는가고 딱 잡아뗴었다. 그러니까 소문이 강씨 귀에 들어왔을 때는 벌써 이야기의 날개가 뜯기고 그만큼 각색되었던 것이다. 무엇보다 나무꾼이 골짜기를 굽어다본 대목이 끊기고 말았다.

어느 한 나무꾼이 나무를 하려던 차에 별안간 동산 너머로 무슨 큰 소리가 펑 하니 터지고 마구 총을 퍼붓는 것 같은 요란스런 소리가 들려왔다. 그 바람에 나무꾼은 봉변이나 당할까 봐 겁이 나 도망쳐 왔는데, 짐작건대 그게 아마 어느 골짜기에서 사람들이 총 맞는 소리인 것 같더라. ─이렇게 소문은 보통 때와는 달리 오그라들어서 기를 펴지 못한 채 강씨 앞에 전해져 온 것이다.

동네 사람들도 K봉에서 명순이마저 피살된 것까지는 알 도리가 없었으나 그래도 어떤 짐작으로 하여 한 가닥 불안감을 씻지 못하고 있었다. 더욱이 명순이 모친을 대하기가 퍽 딱했던 것이다. 그래서 사람들은 은근히 시치미를 떼고 명순이 어머니가 눈치채지 않을 정도로 가볍게 나무라기도 하고 이리저리 위로도 하였다. 암만 법이 제 구실을 못 하는 세상이라도 삐라 뭉치 하나로 잡혀간 사람을 어디 함부로 사형장까지 끌고 갈 수 있겠는가고 아무쪼록 마음을 돌리도록 달랬던 것이다.

사실 장명순이가 체포된 근거가 총살 감으로 되는 이 어처구니없는 현실은 일반 상식을 가진 사람치고는 선뜻 이해하기가 곤란할 것이다. 그것도 설령 삐라 소지가 '죄'로 될망정 재판도 거치지 않고 일주일 만에 총살당하는 현실이니 말이다.

이 시각에 설한풍 몰아치는 밤길을 맨발로 헤매고 있을 명순이도 원래는 하찮은 월급이나 타먹고 그럭저럭 나날의 생활을 유지해 나가는 평범한 우편국원에 지나지 않은 것이다. 자기의 정당한 삶과 나라를 위함이라 해서 시집갈 준비라도 할 나이에 한밤중에 삐라 뭉치를 품에 지니고 다니다가 잡혔던 것이다.

그것이 사형으로 되었다. 그까짓 일이 사형으로 된다는 것은 쉬이 믿어지지 않은 거짓말 같은 참말이었다. 그런데 운명의 장난으로 이 세상에 되돌아오게 되었다 할지라도 인제는 다시 우편국에조차 발을 들여놓지 못할, 말하자면 실직자의 신세가 되고만 명순인 것이다. 더욱이 그는 우편국 일에 즐거움을 느끼고 있었던 터였다.

그가 다니는 우편국은 마을에 단 하나밖에 없는 그것이었고, 직원도 몇이 안 되는, 우편국장을 합하여 서넛 정도였다. 명순이로 말하면 단출한 살림과 같이 거리낌없이 일할 수 있는 직장이었다. 그는 우편물과 전화 관계 일을 도맡아 했으며 정말 시집갈 나위 없는 바쁜 생활을 하고 있었다.

그러나 그가 눈코 뜰 새 없이 바빴다면 그것은 물론 우편국 일 탓은 아니었다. 우편국 일이 파하면 으레 조직 활동의 일환으로서 주로 식량 보급을 위한 사업을 하였고, 때로는 동네 여성들과 어울려 삐라 활동 등을 하였기에 바빴던 것이다.

그가 하는 식량 보급이란 동네에서 여러 반을 짜서 집집을 다니며 쌀, 보리, 조 등을 한 되씩 공급받는 것이었다. 그리하여 아낙네들과 노인들을 상대해서 긴박해지는 시국에 대한 이야기들을 해 주었다.

사람들은 그것이 어디에 사용되는가를 잘 알면서 없는 식량을 보태어 한 되, 두 되씩 내주었다. 체포된 사람의 가족을 위하여 혹은 지하에 들어간―미리 산으로 가 있을는지도 모를 일이었다― 사람을 위하여 내주었다. 식량을 서로의 힘으로 보급함으로써 사람들은 원쑤를 반대하는 싸움에 한결같이 나서고 있다는 연대의식을 굳게 해 갔다.

그도 그럴 것이 그 일이 바로 싸움터에 나선 아들딸들의 혹은 친척 친우들의 생명을 지탱하는 가장 큰 담보임을 잘 알고 있었기 때문이다. 이렇게 모인 식량은 반 단위로 책임지어 비밀리에 보관해 두었다가 필요에 따라 사용된 것이다.

명순이네 마을은 성내에서 동쪽으로 약 20리 가량 떨어진 해변 부락이었다. 한 3, 4백 가호를 헤아렸으니 마을로서는 꽤 큰 편이고 따라서 신작로에 경찰지서가 새로 하나 생겼다. 동네 골목 막바지에 자리 잡은 명순이네 집 바로 뒤편은 노상 소나무 가지를 스치는 바람 소리로 윙윙거리는 언덕이 솟았고, 언덕에 오르면 바다가 보였다. 파도를 맞받아 뻗치고 앉은 사람 키만큼의 용암이나 큼직한 돌들이 아무렇게나 나뒹군 돌무지 바닷가는 어디라 없이 파도 사나운 바다를 쏘아보고 있는 것같이 보였다.

식량은 마을을 떠나 신작로를 건너서 산으로, 산과 해변 부락 사이에 드문드문 자리 잡은 중계지점인 산간 부락으로 옮겨져 갔다. 쌀이며 죽창이며 전투에 필요타 할 모든 것을, 그 지역에 필요한 것만 남겨 놓고, 산 방면으로 날라 갔다.

명순이가 불운하게 체포된 것도 식량 보급을 마치고 산간 부락에서 돌아오는 길에 품에 지닌 삐라 뭉치가 발각되었기 때문이었다. 그날은 시간이 일러서 통행금지 시간 위반으로는 법에 걸릴 리 없었으니까 체포의 이유는, 또 총살의 길에 잇닿는 투옥의 근거가 된 것도, 오직 삐라를 소지했다는 그것뿐이었다.

그로부터 일주일 만의 오늘 명순이는 K봉 사형장에 끌려 나온 것이었다. 그의 어머니 강씨가 신 약국네 집 뒷마당에서 아궁이에 불을 지피고 있을 적에 명순이는 새 삶을 찾아서 되돌아오고 있는 길이었다.

그리하여 명순이는 모두가 고이 잠든 밤중에, 밤이라기보다 시간은 딱히 할 수 없었으나, 새벽녘에 겨우 동네 한쪽 변두리에 가로 누운 언덕 근방까지 당도하였다. 달이 떨어진 하늘은 어느새 멋대로 흩어진 뭇별로 하여 흥성거리고 있었는데, 닭이 목청을 돋우어 일제히 홰를 치기 시작하였다.

2

동이 트기 시작하였다. 얼어붙은 듯한 밤의 장막자락이 걷히기 시작하는 것이다. 동쪽 하늘에 아침해 뜨기 전의 젖빛 안개가 희읍스름하게 비치었다. 언덕 위에서 내려다보면 어둠 속에 깊숙이 가라앉은 온 마을이 고요한 밤바다처럼 잔잔하였다.

명순은 오늘따라 아침을 두려워했다. 그 일각일각이 영원히 정지한 순간처럼 보이기도 하고, 그것이 급전해서 밤과 낮을 딱 동강 치듯 가려 버리는 새벽녘의 일각일각을 두려워했다. 그가 이와 같이 혼돈한 아침을 경험하기는 처음이었다. 아침을 두려워하는 마음 속에서 다시 해바라기처럼 해를 향하여 활개치려는 충동이 솟구쳐 올랐다.

아침해는 인제 밀물 밀려들 듯이 유유히 솟아오를 것이다. 밤이 새기 전에 어둠을 타서 저 바다가 보이는 뒷동산까지 가야 할 조바 심은 명순이의 마음을 몹시 초조케 하였다. 닭은 이미 홰를 쳤으며 언제나 다름없이 부지런한 동네 사람들의 하루의 생활은 시작되었 을 것이다. 명순에게는 더없이 반갑고 믿음직한 사람들이었으나, 이제 그들 앞에 자기 그림자를 나타낼 수는 없었다. 소문이 한 줄기 의 연기만큼 올라 퍼져도 안 될 일이다. 더구나 전의 모습을 찾아내 지 못할 만큼 흉한 몰골을 동네 사람들에게 보이기가 무척 거북스 러웠다.

자기 집을 내려다볼 수 있는 뒷동산에까지 겨우 다다랐을 때 바람 은 한결 세차게 불었다. 여기저기서 새벽을 알리는 닭 우는 소리가 흩날리고 어둠을 헤치고 울려오는 거친 파도 소리만 스산하였다. 눈 아래 어둠 속에 고요히 잠든 자기 집을 발견하고 가슴이 북받쳐 오르는 순간 명순은 몸이 푹 꼬꾸라질 것 같은 현기증을 느꼈다.

'오늘은 웬일일까, 어머니는 아직 주무시고 계시는지?'

입속말로 뇌던 그는 그 자리에 그냥 주저앉기만 하면 다시는 일 어나지 못할 것 같은 허탈한 기분에 휩쓸려 감을 어찌할 수 없었다. 아랫도리가 휘청거리거나 하는 따위의 것이 아니라 정말 기진맥진 한 것이다. 지금까지는 그가 가지는 체력의 한도를 벌써 넘어선 데 서 몸을 이끌어 온 셈이었으나 이제는 그 기신마저 없어졌다.

소나무를 붙잡고 몸을 간신히 기대어 앉은 명순은 아침이 발을 구르며 천천히 눈앞에 다가오는 소리를 듣고 있었다. 그는 두 손으로 발을 번갈아 주물러 보았다. 부르튼 발바닥이 온통 터지고 신발 대신 하느라고 치맛자락으로 친친 휘감아 놓은 헝겊 신발도 갈기갈기 찢기어 있었다. 그대로 눈감아 잠시라도 드러누웠으면 싶었다. 운신을 못 할 지경이었다. 그러나 앉은뱅이 모양으로, 아니 돌멩이 모양으로 비탈을 굴러떨어지더라도 자기가 와 있음을 어머니에게 알려 주어야 했다. 집 문간 앞까지 당도한 만큼 그냥 어머니 모르게 쓰러지는 법은 있을 수 없는 것이다. 명순은 어머니를 불러 보았다. 큰 소리 질러선 안 될 줄 뻔히 알고도 어머니를 부르지 않을 수 없는 심정이었다. 그러나 그의 메마른 목청은 소리마저 내보낼 힘을 잃었고, 그저 거친 파도 소리만 악을 쓰며 달려드는 것이었다.

실상 그가 여기까지 당도할 수 있었던 것도 총알이 빗나가 목숨을 건진 일 못지않게 기적적이었다. 그는 온밤을 헤매 다니는 동안 식량 보급을 마치고 윗마을에서 돌아오는 길에 삐라 뭉치를 가진 채 붙잡히던 일이 자꾸 생각났다. 체포된 후 성내 경찰 심사실에서 매를 맞고 K봉 사형장에서 눈앞의 총구가 불을 토하며 온천지가 작렬하는 듯한 순간을 겪었음에도 불구하고 웬일인지 첫날 체포당하던 때의 정경만 눈에 선했다. 그는 도망하는 도중 밤길에 웬 요귀가 나타날지라도 도무지 무서울 것 같지 않았으나 다시 놈들 손에 잡힐까 봐 겁이 났다. 그런데 다시 잡히면 첫날같이 잡힐 것 같은 착각에 빠졌다. 그러면서 깜짝 놀라며 품에 지니던 삐라를 찾아내려고 가슴이며 온몸을 더듬어 보곤 하였다. 더구나 그때 순경 놈과 같이 따라오던 이발소 청년의 수상한 그림자가 눈앞에 떠오르는 바람에 마음이 섬쩟해졌다.

그날 또 한 동무와 신작로 근방에서 갈린 후 동네 어귀에 막 다다랐을 때 갑자기 순경 두 놈이 총을 대고 수하(誰何)하였다. 그들은 특히 밤에는 함부로 동네에 드나들지 못하게 마련인데 그날은 동네 가까이 명순을 미행한 것이 틀림없었다. 난데없이 무슨 짓을 하느냐고 되도록 큰소리로 대드는 명순을 한 놈이 총가목(銃架木)으로 치고 한 놈이 등에 바싹 총을 들이대고 다시 신작로 쪽으로 몰아갔다. 되도록 동네에서 멀리 떨어뜨리면서 경찰지서 가까이 끌어가려는 것이었다. 순경은 명순이가 등에 진 구덕(광주리) 안을 뒤졌다. 구덕엔 일부러 상관없는 물건을 담고 다녔으니 별고 없었다. 그들이 신체검사까지 하려고 덤비는 것을 명순은 경찰지서에 도착할 때까지 끝끝내 뻗치고 말았다.

그런데 저만치 떨어져 길을 걸어가는 수상한 그림자가 어둠 속에 얼씬하였다. 신작로 주변은 거의 가게를 보는 집들만 여남은 가호 즐비하게 서 있는데 전등이 없는 탓으로 어둠 속에 파묻혔었다. 오직 방안에 켜놓은 불빛이 희미하게 유리창 문에 비치고 있을 정도였다. 그 그림자는 지서가 가까워짐에 따라 그 중의 이발소를 하는 집으로 슬쩍 들어갔다. 그림자는 문을 반쯤만 열고 몸뚱어리를 들이밀더니 고개를 한 번 돌려 이쪽을 얼른 쳐다보는 것 같았다. 물론 얼굴을 알아볼 도리는 없었으나 아무래도 그 태도가 이상스러웠다. 보매 걸음걸이라든가 몸짓이 젊은 사람임에 틀림없었다.

그때 명순은 불길한 생각에 사로잡힌 것이다. 그 그림자와 순경 놈 사이에 미리 어떤 연계가 꾸며져 있는 게 아니냐 싶었던 것이다. 중동네에 터를 잡은 이 마을 공회당의 관리를 맡아보는 청년 생각이 퍼뜩 그의 머리를 스친 것이다. 그 청년은 돈깨나 있는 집 자식인데 제 아버지가 공회당을 개축할 때 남부끄럽지 않을 정도로 돈을 내놓았다. 그래서 빈들빈들 놀기만 좋아하는 아들 마음을 돌려보려니 하고 '명예직'의 관리 책임자로 만들어 놓은 것이었다. 그런데 최근 신작로 이발소가 빚을 갚지 못하게 된 것을 기화로 그의 아버지 최씨가 서둘러서 자기 것으로 하고 아들에게 점방을 맡겨놓은 것이다. 만약에 그 청년 같으면 명순은 잘 알고 있는 터였다. 공회당에서 열리던 대중 회합이나, 동네 부인들이며 아이들이 모여서 하는 글공부에도 간혹 얼굴을 비치고서 돌아가곤 했었다. 명순이하고 만나면 다정스레 이야기도 했다. 그러나 때때로 배고픈 어린아이처럼 멀리서 명순을 원망스런 눈매로 쳐다보던 품새가 속에 무엇인지 간직해 있는 게 틀림없었다. ─만약 그 청년이 틀림없다면……. 명순은 섬찟해서 온몸에 소름이 끼치는 느낌이었다.

원래 놀기나 좋아하고 주책없는 사내였으나, 그 수상한 그림자가 틀림없이 최씨 아들이었다면 왜 그는 그런 수작을 하고 놈들 편에 붙었을까?

모를 일이었다. 그러나 지금까지 똑똑히 의식을 못 했을 뿐이지 명순은 속에 짚이는 점이 없지 않았다. 그것은 콧날개를 벌름거리며 어린아이처럼 사람을 지켜보던 그의 허기진 눈이었다. 길에서 만나면 먼발치에 서서 자기가 지나갈 때까지 물끄러미 쳐다보고만 있던 최씨 아들 만철의 속심이 그제야 두드러져 보이는 것 같아 명순은 속이 메슥거리고 마구 구역증이 났다.

경찰지서에 끌려가 신체검사를 빙자하여 몸을 만지려는 놈들의 손길에 역정을 내고 싸운 명순이었으나, 지금 생각하니 그것이 만철의 손 같기도 했다. 상상만 해도 징그럽기 짝이 없었다. 때로 저도 모르게 여자 몸을 엄습하는 이성에 대한 본능적인 혐오감마저 느낀 것이었다.

체포의 그날 밤, 놈들의 뜻하는 대로 함부로 휘어잡히거나 더구나 삐라 뭉치의 출처들을 불거나 하는 짓은 하지 않았다. 그러나 명순에게는 수치스런 날이었다. 적의 손아귀에 들어간 것만도 분통한데다가 여자 몸이라고 유다른 욕을 보게 되었으니 더욱 그렇게 여겨진 것이었다.

후끈후끈한 열을 뿜는 스토브 옆에다가 서너 놈이 몸부림치는 명순을 붙잡아 놓고 웃통부터 벗기려 덤비다가, 가슴팍에 손을 쑤셔 밀고는 껄껄대고들 했다. 한 가닥 높은 소리로 동물적인 비명 못지 않게 쾌재를 부르짖던 놈이 그 억센 말투로 보아 서북 출신이 분명한 사복 차림의 사내였다. 이빨로 손등을 물어뜯으면 대뜸 여자의 따귀를 갈긴 다음 입을 틀어막고서 아슬아슬하게 굴기도 하였다.

이같이 그들 앞에서 놀림감이 될 것은 꿈에도 생각 못한 명순이었다. 그가 악다구니를 퍼붓고 한사코 저항하는 바람에 좀 무안을 보았는지 놈들도 더는 엄두를 못 내고 말았으나, 이 이레 동안 성내 경찰에서도 그 같은 일을 겪었으니 명순은 첫날 당한 모욕을 잊지 못하였다. 밤새 분에 겨워서 불시에 쑥 눈물이 솟는 것을 억제 못하던 명순은 뒷결박을 당한 몸을 지서 취조실 벽에 기댄 채 정기준을 생각하고 있었다. 그로서는 기준을 따르는 자기의 미련한 마음을 인정하는 것은 너무나 괴로운 일이었다. 사실 지나간 일로 치더라도 명순이가 제 몸을 맡긴 사람은 정기준 그 사람이었다. 팔자가 사납다 할지언정 제 신세는 똑바로 봐야 했으며, 그렇다고 그것이 단지 운명의 장난에 의한 과거지사로 넘겨 버리기에는 너무나 억울한 일이었다.

명순은 성내 경찰서의 음침한 콘크리트 벽의 감방 속에서도 머리에 갈마드는 기준의 이 모습, 저 모습을 지워보려고 남모르는 고생을 했었다. 애를 쓰면 쓸수록 억제하는 마음의 틈바구니에서 자꾸 비어져 나오는 정기준의 영상은 명순의 잠마저 침노해 드는 것이었다. 증오의 화염을 퍼붓고 앙갚음을 하지 않고서는 마음을 좀먹는 괴로움에서 헤어날 길을 찾지 못할 그런 애달픈 심정이었다. 놈들한테서 욕을 당하는 자기 앞에 그를 끌어와서 똑똑히 보여 주고 싶었다. '그러면…….' 그러나 저주하는 마음은 자기를 그에게로 더 매달리게 할 뿐이었다.

"네, 기준 씨, 솔직히 말해 주어요. 나에게도 말 못 하는 무엇이 있잖아요? 기준 씨의 눈을 보고 있으면 무언가 큰 고민에 휩싸인 사람 같구면요…… 내 사정두 들어 주어요."

"내가 명순이 앞에서 말 못 할 비밀이라곤 하나도 없소……." "설령 있다 하더라도 사내란 것은 자기 처에도 말 못 할 일이 세상에는 있는 거야."

세상에, 사람에게는 그 행위에 대한 합리화의 온갖 구실이 그림자처럼 따라다니게 마련인데 애정 앞에선 합리화의 작용조차 생채를 잃어버릴 경우가 흔히 있는 법이다. 그러나 최후로 기준을 만나고서 한 명순의 말은 애인들이 좋아하는 가장(假裝)의 옷을 벗긴 뒤의 진실에서 나온 것이었다. 때문에 상대방의 대답 여부에 따라 명순의 앞길이 결정될 만한 갈림길에 그는 서 있었던 것이다. 그런데 기준은 그 이상 이야기도 하지 않고 잡아떼어 버렸다. 그러면서 그것은 명순을 당기기 위한 꾐일지 모르나 아직 미련이 있는 듯한 두 번째의 말을 꺼낸 것이다. 아무튼 그 말은 명순의 가슴에 가실 수 없는 상처를 새겨 놓았다.

놈들의 손길이 닿은 곳이 딴딴하게 곪은 것 같은 불결감에 사로잡히면서 명순은 장난감처럼 되어버린 자기를 기준이가 보아 주었으면 싶었다. 그가 진정으로 자기를 사랑하고 있다면 당장에라도 미군 통역을 그만 팽개치고 자기에게로 넘어올 것같이 생각되는 것이었다. 그러나…… 그러나 그것도 안 될 일이었다. 봉욕 장면을 보인다는 자체가 더더구나 자기를 욕된 처지에, 비참한 구렁텅이에 전락시키고 마는 것으로밖에 안 되는 것이었다.

그러고 보면 온 밤중을 헤매 다니는 동안 느닷없이 구렁이처럼 머리를 치켜든 최씨 아들 만철의 얼굴이 떠오르며, 다시 경찰에 잡힐까 봐 겁이 난 것도 까닭 없는 우연한 일이 아니었다. 다시 잡히면 첫날처럼 해서 잡힐 것 같은 착각에 빠짐이 이상스러웠으나, 그것도 여자로 태어난 자기 몸을 더럽히지 않으려는, 다시 말하면 정기준과의 관계를 떳떳이 지켜내려는 본능적인 몸부림침의 탓일는지 몰랐다.

털게처럼 살결에 달라붙는 놈들의 징그러운 손의 감촉에서 벗어나기 위해선 어떤 험한 밤길인들 무서울 것 같지 않았던 것이다.

우리는 인간의 정신력이 육체적인 한계를 훨씬 벗어난 데서 되레 그 목숨을 이끌어 가는 경우를 드물게나마 찾아볼 수 있다. 그의 뼈에 사무친 소원을 풀지 못하고 몸부림치는 어떤 중병 환자의 그 목적을 달성하려는 처절한 투지에 미상불 목숨이 저절로 따라가는 수도 있다. 혹은 나이가 지긋한 노인이 그가 추구하던 평생소원이 성취되자 긴장이 풀림으로써 사람이 달라진 것처럼 풀이 죽어 병으로 드러누우며 마침내 이승을 버리는 경우도 있다. 이럴 경우를 보더라도 오직 정신력만이 벌써 파괴된 육체의 기능을 보태주고 있음을 알아볼 수 있을 것이다. 명순을 두고 말하더라도 거기에는 본질상 큰 차이가 있는 것은 아니다. 송장과 별반 다름없게 된 몸인데도 불구하고 오직 마음속에 불을 지피면서 식어가는 육체의 불기를 끝끝내 끄지 않았을 따름이었다.

집 뒷동산 소나무에 몸을 기대인 명순의 사막 모래와도 같이 메마른 목청은 물을 청할 뿐, 영 그 기능을 발휘하지 못하였다. 불러봐도 답이 없을 뿐더러 애초부터 어머니를 부르던 소리가 가 닿았는지 어쨌는지조차 의심스런 일이었다. 아무래도 몸을 다시 움직임으로써만 이 난감한 처지에서 자기를 구해낼 수가 있었다. 사위가 훤해짐에 따라 파도 소리와 더불어 한결 기승을 부리는 칼날 같은 새벽바람이 사정없이 목덜미를 에이었다.

동녘 하늘가에서 붉은 햇살이 삽시에 활개치면 해가 솟는 순간 명순은 무언가에 쫓겨지는 듯, 한 발을 비탈 돌부리에 내디디었다. 몸을 간신히 엎드리고 언덕 비탈을 내려갔다. 비탈이 그닥 가파르지 않음이 다행이었다. 그러나 언덕 아랫도리까지 와서 평평한 땅바닥이 바로 눈 아래 손에 쥐이듯 들여다보였을 적에 명순은 그만 굴러 떨어지고 말았다.

곤드레만드레 몹시 술에 취한 사람처럼 이마를 몇 번이고 땅바닥에 부딪치고 겨우 집 뒤쪽을 두른 돌담까지 기어왔으나 거리로 친다면 몇 발자국 안 되는 사이였다. 쌓아올린 돌담의 울툭불툭한 구멍에 손가락이 가 닿았을 때 명순은 눈물이 쏟아졌다. 둘레를 에돌지 않고 집안으로 들어가기 위해선 담을 넘어야 했다. 담은 처마밑까지 닿았으며 사람 키보다 높았다. 그러나 그보다 눈물이 쏟아지는 바람에 명순은 앞을 제대로 보지 못하였다.

하늘에서 떨어졌는지 땅에서 솟았는지, 뒷문을 열자 돌담 틈에서 어머니를 부르는 딸을 발견한 강씨는 어떻게 해서 집안으로 데려왔는지 선뜻 생각나지 않았을 만큼 몹시 당황했었다. 딸을 부축하고 방안에 눕히면서도 꿈속인 양 그 발은 허공을 디디고 있었던 것이다. 일단 드러눕자 명순의 몸은 영 추스를 수 없을 정도로 나른했었다. 가쁜 숨결이 고르지 못하고 연거푸 거친 소리를 내었다. 어머니가 입 가까이 떠 주는 물도 누운 채로 마실 수밖에 없었다. 명순이가 새파래진 종이 빛 얼굴 속에서 눈을 간신히 뜨고 멀거니 어머니를 바라보자 그때서야 강씨는 "아이구, 이 노릇을 어쩌리!" 하며 딸을 부둥켜안고 울음보를 터뜨리었다. 몰라보도록 모양이 사납게 된 딸을 대하니 하도 기가 막힌 것이었다.

그러나 울고만 있을 때가 아니었다. 우선 물을 데워야 했다. 그리고 상처투성이의 몸을 한시 바삐 치료해야 했다. 강씨는 딸이 부르는 줄도 모르게 잠에 파묻힌 것은 아니었다. 암만 밤이 늦더라도 새벽녘엔 으레 잠이 깨고, 썰물이면 바닷가 샘터에 물 길러 가거나, 아니면 짚신 삼는 일이며 맷돌질이며 무엇이든 일손을 잡아야 한시라도 마음이 놓이는 성미였다. 더구나 이젠 늙음이 들어 새벽잠을 이루지 못하는 나이가 된 강씨였다. 그런데 오늘따라 강씨는 잠이 깬 후에도 그냥 이부자리에 우두커니 앉아서 하염없이 무슨 생각에 골똘해 있었던 것이다. 바람결에 문이 덜커덕거리는 소리는 들었건만 그 틈새기에서 새어 나오는 딸의 목소리는 선뜻 가려내지 못한 것이다.

강씨는 얼른 자리를 뜨고 가마에 물을 빠듯이 부어 놓고서 불을 지폈다. 물항아리엔 밑바닥에 깔릴 정도로 물이 남았다. 간밤에 신약국네 집에서 시간을 보내느라고 미리 물을 길어 두지 못했었다. 바가지로 물을 긁어내다시피 하며, 솔가리며 마른 솔방울을 마구 아궁이에 쑤셔넣고 불을 때었다. 그러나 쇠붙이 가마가 두꺼운 밑바닥에 쉬이 열을 옮겨 넣을 리 만무했다.

강씨는 방과 부엌간 사이를 오가고 하면서 날개라도 있으면 훨훨 날아다니며 환호 소리를 올려야 할 텐데 웬일인지 자꾸 옷고름으로 눈곱을 누르곤 했다. 그것은 굴뚝 없는 부엌간에서 모대기는 연기 탓만도 아니었다. 간밤에 죽창 만드는 일을 돕느라고 새벽녘 가까이 집으로 돌아오긴 했으나 조끔만 더 정신을 차렸던들 애를 밖에서 덜 고생시켰을 게 아닌가? 부엌에서 강씨는 주먹으로 제 가슴을 치며, 이 어미 구실을 못 하는 미련한 년이 어디 있겠는가, 하고 자기를 되게 책망했다.

아궁이에 장작을 서로 엇걸고 숨구멍을 열어 준 다음 강씨는 물 허벅(물통. 이 고장서는 물통이 들어 있는 광주리를 등에다 지고 물 길러 간 다)을 지고 샘터로 나가려다가 아무래도 마음이 켕기어 다시 방으 로 돌아갔다.

그러고는 고방(庫房)을 치우기 시작하였다. 우선 쌀독이랑 연장 들을 복판에서 방 가장자리에 대강 옮겨 놓고 나서 명순을 부축하 여 다시 고방에다가 눕히었다. 모처럼 드러누운 자리를 옮겨감은 자기 살점이나 도려내는 것같이 마음이 아팠으나, 강씨는 한시라도 딸한테서 눈을 뗄 수가 없었던 것이다.

그동안에 물이 데워졌다. 더운물에 수건을 적시어 정신없이 누 운 명순이 몸을 닦아 주면서 강씨는 십여 년 전에 돈벌이한다고 농 사꾼을 그만두고 일본, 육지로 돌아다니다가 결국 노동판에서 발을 빼지 못한 채 돌아간 남편 생각이 났다. 아까 명순이가 누워 있던 안방에서 숨을 거두었는데 고향에 돌아와 죽을 수 있었던 것만도 다행한 일로 여겨야 했었다. 그때 명순이 나이가 열 살, 용석이가 열셋이었다. 명순이가 올해 스물둘, 나이는 벌써 찬 셈이었다.

"애야, 명순아, 얼른 물 길러 갔다 오마. 어데서 날 찾는 사람이 와두 모른 척하구 있어야 한다."

명순이 베개 위의 머리를 끄덕이며 그러나 가냘픈 목소리로

"어머님, 미안해요. 몸만 성했으면 저가 갔다 올 건데……"

하는 말에, 어머니는 더더구나 마음이 설레어 설움이 북받쳤다.

강씨는 수건을 머리에 둘러쓰고 샘터에 나갔다. 약이 필요했다. 명순을 위하여 약도 약이려니와 또한 의사를 데려와야만 될 것 같

았다. 그런데 얼결에 깜박 잊어먹었으나 두부를 구해다가 먹여야 했던 것이 생각났다. 어느 것 하나 변변히 차려지지 않을 형편에서 생각던 나머지 신 약국에게 솔직히 말하여 약도 지을 겸 왕진을 와 달라고 청을 하려고 마음먹었다.

날은 밝았으나 샘터를 덮은 밀물이 지금 한창 써는 시간이어서 물 긷는 아낙네며 동네 계집애들의 그림자는 안 보였다.

매일 대하는 바다이건만 오늘도 바닷물은 사납게 설레고 있었다. 그 바다를 넘어서 해초 냄새 머금은 바람이 맵짜게 불어 왔다.

멀찍이 아침 햇살을 받아 물결 사이에 얼씬하는 고기잡이배들이 보였다.

벌써 깊은 물속에서는 해녀들이 미역이랑 전복들을 찾으며 헤매고 있을 것이었다.

돌담을 두른 샘터에서 아슬아슬하게 출렁거리는 머리 위의 바닷물을 갈라내고 민물이 얼굴을 내미는 것을 보자 강씨는 물구덕(광주리)을 내려놓았다. 이 고장은 물이 아주 귀했다. 땅을 파서 샘을 낼 수 없으므로 못에 고인 빗물들을 길어다 그것을 봉천수(奉天水)라 하여 음료수로 삼았다. 산에서 내리는 물이나 빗물이 흡수성이 강한 현무암의 지표에 스며들어 용암층 밑으로 흐르며 지하수가 된다. 지하수는 땅속을 줄곧 흘러내리며 바닷가에 와서 모래밭이나 용암층의 말단에서 솟아나는 용수천(湧水泉)*을 이루었다. 이런 샘터는 해변에 140여 개가 있으며 강씨가 지금 물구덕을 내려놓은

---

* 보통 '용천수(湧泉水)'라고 한다.

곳은 바로 그 중의 하나인 것이었다. 해변가에 마을이 많아진 것도 결국 물이 귀한 이 고장에서 물을 따라 사람들이 많이 모여든 데 그 까닭이 있는 것이다.

맑디맑은 그 물은 차가우며 맛이 좋았다. 목마른 사람에겐 청량음료 못지않은 천연의 약수와도 같았다. 성내서 동쪽으로 두어 마을 건너면 같은 읍 행정구역(미군정은 1946년 제주를 도(道)로 '승격'시키고, 당시 유일한 읍인 제주읍에 도청을 두었다.*)에 속하는 S마을에 사람들이 감수동(甘水洞)이라 부르는 곳이 있으니 오죽이나 물이 좋았기에 옛사람들은 그같이 아름다운 이름을 지었을까.

이렇듯 샘물은 바닷가에서 솟기 때문에 밀물이 들면 조수에 덮이어 물을 길어내지 못했던 것이다.

집으로 돌아와 보니 명순은 잠이 든 모양이었다. 강씨는 등불을 명순이 얼굴 가까이 갖다 대고 잠시 뚫어지게 바라보았다. 그러나 명순은 기척을 알아챈 모양으로 한 번 눈을 뜨고 어머니에게 미소를 지어 보이더니 다시 눈을 감았다. 그냥 깊은 잠에 빠진 것 같았다. 이불 속에 손을 넣어서 딸의 몸을 쓰다듬어 보았더니 차츰 체온이 돌고 있음이 느껴졌다.

쌍꺼풀 진 눈시울도 이젠 안 보이며 안에서 눈알이 움직이는지 기다란 살눈썹만 떨리는 것이었다. 그래서 두 눈꼬리에 이슬이 맺

---

* 원문에는 ( ) 안의 설명이 "미군정은 1946년 제주를 도(道)로 '승격'시키고, 1955년 제주읍을 시로 고쳐 놓았다"고 되어 있다. 제주읍을 시로 승격시킨 것은 미군정이 아닌 대한민국 정부다.

히었다. 동네에서도 이름난 고운 얼굴이 여기저기 다치고 죽은 사람처럼 핏기가 없었다. 눈언저리에는 잉태한 여자와 같이 검은 테가 나타나 지친 기운이 완연했다.

강씨는 계속 명순의 몸을 부드럽게 닦아 주었다. 흙에 피가 검붉게 엉키어 딴딴하게 된 발바닥은 차마 볼 수가 없어 손댈 엄두가 나지 않았다.

딸을 혼자 집에 둔 강씨는 신 약국네 집으로 달렸다. 아무에게도 말할 생각은 없었으나 신 약국은 믿음성이 가는 사람이었을 뿐만 아니라 병원이 없는 이 동네에서는 그의 힘을 빌릴 수밖에 없었던 것이다.

동네 사람들이 오가는 길에서 표나게 걸음을 다그쳤어도 안 될 것인데 자꾸 발걸음이 재어짐이 안타까웠다. 하늘이 물려준 거나 다름이 없는 자식을 위하여 약을 구하러 가는 이 길이, 지금까지 몇 백 몇 천 번 오가고 했건만, 오늘처럼 어미 된 보람을 느끼게 해준 일이 언제 있었더냐! 강씨는 벅찬 감동을 느끼고 있었다. 정말 보통 때라면 큰 잔치판을 벌여야 하겠는데 이놈의 얼빠진 세상이 허용치 않음이 그지없이 원망스럽기만 했다. 탄로가 나면 명순이네는 두말할 나위도 없거니와 화는 온 동네 사람에게 미치고 말 것이었다.

신 약국은 아침상을 갓 물린 뒤여서 사랑방에 도사리고 앉아 담배 한 대 피우며 앞마당 구석의 돌담 그늘에 핀 금잔화 꽃을 무심히 내다보고 있었다.

별로 놀란 기색도 없이 덤덤히 자초지종을 다 듣고 나서 두장배기 약국은 아내더러 일러 두부 한 모를 장만케 하고 곧 자리를 뜰 차비를 했다.

"아침은 잡수셨는데 웬 두부를 사오라구요?" 눈치를 채지 못한 안주인의 되묻는 말이다.

"집에 없어? 으음, 암말 말어, 말이 퍼지문 재미가 없으니까." 두루마기를 걸쳐 입고 티끌이 앉았는지 손에 잡은 중절모자를 손가락으로 털면서 덧붙였다.

"누가 찾거든 잠깐 나갔다구만 해 두우. 명순이 모친하구 같이 가더란 소린 안 하는 게 좋아."

대문간에서 약국은 강씨를 먼저 보내면서 자기는 딴 데를 들러서 가겠노라고 했다. 약국은 명순의 오빠 용석이가 오늘 밤 안으로 동네에 들어오게끔 연락할 방법을 궁리하고 있었던 것이다. 이웃 T면의 면사무소 소재지인 T마을에 조직의 아지트가 있는 정도는 잡고 있었으나 장용석이가 이제 어데서 무엇을 하고 있는지까지는 알 도리가 없었다.

그는 동네 갈림길을 온통 덮고 길목까지 가지를 뻗은 녹나무 고목 그늘에 주춤 섰다가 그냥 섯〔西〕동네로 향하였다. 명순이네 집이 마을 섯동네 막바지 언덕 밑에 자리 잡았으니 그쪽으로 가는 길이기도 하였다. 그래서 친척집 행랑방을 빌려 삯벌이를 하는 박 서방을 찾아갔다.

간밤에 죽창 만드는데 신바람이 나서 잠을 덜 자고 이제야 일어났는지 마침 집 밖에 나와 하늘에 두 팔을 쭉 뻗어 발돋움을 해 가지고 기지개를 켜고 있었다. 입을 주먹만큼 벌려 눈을 소르르 감고 하품을 하는 품이 사뭇 기분 좋게 보였다. 죽창 만들고서 삯전 받아먹을 박 서방은 아니었다. 그러나 그는 삯방아를 찧든 농사를 거들어주든 간에 여태껏 삯전 한 푼 밑진 일이 없는 여간내기가 아니었다. 그런가 하면 관혼상제는 꼬박꼬박 찾아다니며 거저 얻어먹는 게 아니라 때로는 부조도 푸짐하게 해보는 손 큰 데가 있는 위인이었다.

박 서방이 먼저 약국을 발견하고 뻐드렁니를 드러낸 웃는 얼굴로 머리를 박박 긁으면서 다가왔다. 좀 이야기가 있다고 하면서 약국은 박 서방의 발을 돌려세우고 얼마 동안 같이 걸어갔다. 송구스러워 자꾸 뒤처지려는 박 서방의 더딘 걸음걸이가 오늘은 귀찮게 여겨진 약국은 자기와 나란히 서서 걷지 못하겠느냐고 꾸지람까지 했다.

그래서 심부름을 시키는데, 박 서방이 소속하는 건 동네 자위대이니까 우선 동네 대장을 찾아내고 다음엔 그를 따라서 마을의 대장한테 가보라고 했다.

"섯동네 용석이를 알지?"

"예, …저 명순이네 오빠 말씀이죠."

"그럼." 약국은 종이쪽지를 박 서방에 내주면서 신 약국이 볼일이 있으니 오늘 밤에라도 용석이더러 오라고 한다고 전갈하라고 분부했다.

"오늘은 일찍이 나가시는데 무슨 재미난 일이 터졌나요?" 박 서방은 벌써 지레 짐작을 하고 '어쩔까요? 나도 한 몫 끼어 볼까요?' 하는 얼굴을 하며 이번은 한 걸음 더 앞서서 허우대가 큰 약국의 얼굴을 밑으로 들여다보았다.

"일없다. 내가 말한 거나 잊지 말아."

"예 —"

머리를 꼬박 수그려 이렇게 대답을 하고 나서 신 약국의 뒷모습을 바라본 박 서방은 어린아이처럼 혀를 내밀고 혼자 웃었다.

신 약국이 갔을 적에도 명순은 정신없이 누워 있었다. 그런데 이따금 배앓이 하는 사람처럼 아랫배를 누르고 몸을 뒤척이곤 하며 신음소리를 하였다.

"청심환은 먹였습니까?" 맥을 짚어 보면서 약국이 말하였다. 강씨에게 청심환을 몇 방울 가져 보낸 것이었다.

"예, 얼른 먹였습니다만……"

"배가 아프나?"

"네, 좀 쑤시지만…… 곧 나았습니다."

"배가 아프면 어떡하지, 도중에서 궂은 물이나 먹고 배탈 난 게 아니냐?"

"신열만 처지면 큰 걱정할 거 없습니다."

약국은 쥐었던 명순의 약간 떨리는 손을 이불 속에 넣어 주면서 이렇게 어머니의 말을 가로채었다.

그때 약국의 넓적한 얼굴 그득히 의아스런 빛이 어린 것을 어머니는 눈치채지 못하였다.

"제발 제 명대로 목숨만 지탱해 주면 내사 어떻게 될 값에……"

무엇도 모르는 어머니는 그저 약국이 하는 말만 곧이들었다.

볼품없이 상처투성이가 된 발에다 약을 발라 붕대를 감으면서 약국은 약을 지어 놓을 터이니 나중에 가지러 오도록 말하였다.

그러더니 강씨를 보고 냉수 한 잔을 청했다. 강씨가 방을 나가자마자 약국은 좀 엄한 표정으로

"지금도 배가 아프나?"

이렇게 아까처럼 말을 걸었다. 명순이가 힘없이 고개를 옆으로 젓자 다시 물었다.

"언제부터 아프기 시작했어?"

명순이는 꺼져 들어가는 듯한 목소리로 아까부터라고 대꾸했다.

"그럼 체한 모양이군. 그런데 구역증은 나지 않나?"

하며 빈속에 무슨 체를 하련마는 약국은 부드러운 어조이긴 하면서도 다그쳐 물었던 것이다.

순간 명순은 무엇에 찔린 듯 눈을 번뜻 떴다가 그만 다시 감고 아까처럼 고개를 힘없이 옆으로 저으며 잠잠해 버렸다. 그의 두 뺨에는 홍조가 떠오르고 있었다.

약국은 냉수를 한 그릇 들이켜고 나서 말했다.

"안심하시는 게 좋습니다. ……고방살이는 답답하겠지만, 하는 수가 없지. 그래도 이 모양으로 오래 있을 수 없으니 훗일은 용석이하구 의논하시는 게 좋을 겁니다. 오늘밤에라도 애 오래비가 집으로 찾아오면 이리로 보내지요."

"아이구, 정말 고맙수다. 큰 신세를 져서 언제 이 은혜를 갚아질는지 모릅네다. 애만 성한 사람이 돼 주면 내사 무슨 걱정이 있겠습네까."

"아직도 천운이란 게 있는 성싶습니다. 정말 용케 도망치구 왔어,

참 애가 용탄 말이지, 사내로 났으면 제 오래비보담 더 되알질 건데, 용석이가 또 보통애가 아닌걸 뭐……"

약국은 호탕하게 웃으며 이렇게 강씨를 위로했다. 그리고 2, 3일 내로 또 한 번 와 보겠노라고 말을 덧붙였다.

약국이 돌아간 후에야 강씨는 적이 마음이 놓였다. 더구나 이쪽에서 말을 꺼내기 전에 다시 와 준다는 말은 명순이 어머니를 몹시 감동시켰다. 약은 곧 가지러 가야 했다. 바람이 문을 두드려도 가슴이 덜컥 내려앉는 심정에서 다시 집은 비운다는 것은 여간한 고통이 아니었다.

강씨는 명순을 다시 깨워야 했다. 무엇이든 요기를 하고 자야 했다. 겁에 질린 눈으로 눈길 보내는 곳에 초점을 맞출 듯이 한 곳을 뚫어지게 쳐다보더니 거기에서 어머니 얼굴을 찾아내자 명순은 벌떡 이불에서 몸을 일으키려고 했다. 그는 말리는 어머니의 손에 볼을 비비대고 울었다. 영문을 몰라 어머니는 가볍게 딸을 나무라기도 하다가 달래었다. 명순은 어머니의 두 손에 얼굴을 파묻고 울음 섞인 목소리로 여기가 우리 집이냐고 묻는 것이었다.

"우리 집이구 말구, 우리 집이지. 네 세간도 고스란히 그대로 있는 우리 집이야. 어서 안심해라. 정신만 바짝 차리면 살아난단다."

더는 말을 잇지 못한 강씨는 딸을 벽에 기대게 하고 이불 위에 앉히었다.

명순은 앉은 자리에서 두부를 먹었으며 어머니가 쑤어다 준 미음으로 요기를 했다.

그리하여 어머니가 부엌으로 나간 틈에 명순은 모든 것을 외면하듯 이불을 머리 위에 덮어 쓰고 몸을 깊숙이 묻었다.

3

이어 이어 이어도 하라
설운 어멍 날 무사 난고
어느 제면 이 가래 갈아
저녁밥을 지어다 노리

이어 이어 이어도 하라
울지 말젠 마음을 먹언
곰곰 앉아 생각을 하난
제절로도 눈물이 난다
......

이어 이어 이어도 하라
남도 지는 지게연마는
우리 어멍 날 지운 지게
남이 버린 뒷 지게러라
이어 이어 이어도 하라
......

그날 밤 용석이는 끝내 나타나지 않았다.

이튿날 밤이 이슥해져서야 찾아왔다. 강씨가 마루방에 혼자 앉아 처량한 목소리로 노래를 부르며 가래(맷돌)로 보리를 갈고 있었는데 인기척은 어제 아침 명순을 발견한 뒷문 쪽에서 났다. 마루방에 달린 그 문을 열고 들어오면 바로 왼편에 안방과 잇닿은 고방이 있었다. 문을 두드리는 소리에 강씨는 벌떡 자리를 물러앉았으나 사이를 두고 다시 천천히 두어 번 반복하여 문을 두드렸다. 그것은 언제나 용석이가 집에 찾아왔을 때 하는 신호였다. 용석은 돌담을 넘어 들어온 것이었다.

비록 그것은 습한 흙냄새와 뒤섞인 약 달이는 냄새가 배어 돌고 반듯한 게 하나 없는 음침한 고방이었으나 살림방 못지않게 그들을 아늑하게 감싸 주었다. 사람 눈을 피해 가면서라도 이 위태로운 시국에 흩어졌던 식구가 단출하게 한자리에 모일 수 있었음은 그들에겐 더 없는 기쁨이었다.

더구나 오래간만에 아들에게 밥상을 차려 줄 수 있는 것이 강씨 마음을 못내 기쁘게 하였다. 놋그릇의 뚜껑을 열자 아직 가냘픈 김이 오르는 밥은 강씨가 이불 속 깊숙이 묻어 두었던 것이다. 어젯밤에 그랬다가 허탕을 친 셈이니 오늘을 유별히 마음이 흡족해진 것이다.

장판지를 바르지 않은 얼음장 같은 고방 바닥엔 멍석이 깔려 있었다. 약을 달이는 숯불만이 식어가는 방안에 온기를 가까스로 보태고 있는 듯싶었다.

용석은 어머니가 정성들여 지어준 밥을 먹으면서 명순이 머리맡에 눈길이 갔다. 거기에는 붉은색의 손잡이가 달린 거울이 반듯이 누워 있었으며 그 옆에 크림통하고 분갑이 있었다. 낮은 천장의 숨막힐 듯한 굴속과 다름없는 방안에서는 이 변변치 못한 화장품이 제법 아기자기해 보였으며 다소간이라도 밝은 인상은 주는 것이었다.

이렇게 해서 명순의 새 생활은 밤낮으로 등불을 벗삼아 보내야 할, 말하자면 동면 생활에 들어간 동물처럼 얼기설기 거미줄이 뒤 얽힌 고방의 굴속 같은 생활부터 시작된 것이다.

용석이가 고방 문을 열어 들어갔을 적에 명순은 오빠가 온 기척 을 미리 알고 요 위에 일어나 앉았다.

반가움에 겨워 오빠에게 잡힌 손을 부들부들 떨던 명순은 웬일인 지 짐짓 새침해지더니 외면해 버리었다.

"간밤에 못 와서 미안하다. 너가 있는 줄 알았으면 어떻게든 바로 올 건데……"

"동네 근방까지 왔었나요?" 명순이가 놀란 얼굴을 오빠 쪽으로 돌렸다.

"그럼, 왔다가 위험해져서 그냥 돌아갔지."

"별고 없이 잘 돌아갔었구나. 제발 조심해 주라. 너조차 잡혀가는 날엔 이 늙은이 신세가 어떻게 되겠니?"

"어머니뿐만 아니에요. 나인들 어떡하나요? 정말 큰일이 나요."

"제 걱정이나 해. 누워 있으면서 뭘 공연히 성한 사람 걱정까지 하는 거야."

하며 용석은 일부러 웃는 얼굴을 꾸미었다.

어제 신 약국네 집으로 오라는 연락을 받은 용석은 초저녁에 마 을로 사람을 보내어 밤늦게 들어갈 것임을 전달했다. 미리 연락을 하지 않고 경관들의 경계 상태들을 이해하지 않은 채 함부로 딴 부락에 드나들 수는 없었다. 목적지와의 연락이 되고 난 후에도 마을 근방까지 가서는 우선 그 부락 내의 안전 여부를 살펴야 했다.

요즘 며칠 동안 이 근방의 봉화가 뜸해졌으나, 이 고장 가는 곳마다에 있는 마을의 동산에서는 밤이면 봉화가 오르며 하늘을 온통 불태우듯 날름거리는 시뻘건 불길은 놈들의 간을 써늘케 했었다.

지난 공일날에도 성내 서쪽 마을에서 폭동이 터졌으니 놈들의 주목하고 있는 동쪽의 T마을 일대에 대한 경계가 한층 심해졌다.

어젯밤 용석은 단신으로 이 마을 근방까지 왔었다. 신작로의 경찰지서에서 얼마간 떨어진, 그러나 지서의 불빛이 보이는 마을 골목길 초입에 들어섰을 때였다.

시간이 시간인 만큼 멀리서 망을 볼 수 없었다. 낮에는 먼발치로 곧 눈에 띌 수 있는 꼿꼿한 대를 집에 세워두면 그것이 마을 안에 개놈들이 없다는 기별이었기에 안심하고 들어갈 수 있었다. 위험하거나 혹은 경계하라는 기별을 띄울 경우에는 대가 비스듬히 쓰러져 있고, 대 끝이 꺾여 있었다. 때문에 위험 신호가 바뀌질 때까지 그 마을에 들어가는 것을 삼가야 했던 것이다.

용석은 사위를 살피면서 동네 어귀까지 접근하였다. 골목을 몇 걸음 들어서면 밤이라도 신호를 보내주기로 약속된 집은 내다볼 수 있을 것이었다. 골목에 늘어선 집들의 돌담이며 지붕들의 희미한 윤곽을 가려내면서도 밤길에 익숙해진 그의 눈은 유다른 무엇을 찾으려는 듯이 어둠을 뚫고 두루 살피었다.

그런데 한 십 미터쯤 떨어진 곳의 집 돌담 위에 희끔한 것이 보이는 것 같았다. 그는 그것이 무엇인가를 대번 알아챘다. 담 위에 아무렇게나 걸쳐 놓은 듯한 짚단인 것이다. 용석은 몇 걸음 더 접근했다. 분명 짚단의 희끗한 빛깔이 밤눈에도 선명하게 비치었다. 얼른 뒤를 돌아본 용석은 몸을 숨기었다.

짚단 따위가 집 밖에 널려 있음은 이 마을에 들어오지 말라는 신호였던 것이다. 이런 신호는 주로 부인들이나 어린 학생들이 도맡아 했으며, 그들은 야밤중에도 정세에 따라 재빨리 신호를 바꾸는 작업을 계속했었다.

"어째 으쓱으쓱 춥잖나?"

아들 얼굴을 보면 아들 걱정으로 마음이 놓이지 않아 시무룩해 있는 어머니를 훔쳐보고 나서, 용석은 드러누운 명순의 이마에 손을 대며 말했다.

"춥지 않아요. 어머니가 돌봐 주시는데……."

누이동생의 얼굴에서 분내가 났다. 오래간만에 맡는 여자의 분냄새였다. 명순은 얼굴에 분을 엷게 바르고 보일까 말까 하는 화장을 하고 있었다. 농촌 처녀들이 화려한 얼굴 단장을 할 리 만무했으나 성내에 있을 적부터 명순은 분성적(粉成赤)을 했으며 짙은 색깔을 싫어하였다.

누이동생의 강한 성격 가운데 상냥한 마음씨를 발견할 때마다 용석은 명순이가 더욱 사랑스러웠으며 기뻤다.

높지도 낮지도 않은 콧등은 좀 추스러져 영리하게 보이며 그린 것 같은 진한 눈썹 밑에 그윽한 눈이 인상적이었다. 반듯한 이마와 아랫입술이 좀 두두룩하여 윗입술보다 두드러져 보이는 것이 강한 의지를 말해 주는 듯 했다. 두툼한 아랫입술이 방긋이 열리면 흰 이빨이 드러나 보이며 그것이 육감적인 느낌을 자아내기도 했다.

어릴 적부터 배알 나면 아랫입술을 뾰족하니 내밀고 야무지게 대들기도 하고, 옹고집을 세우면 용석이도 쉬이 휘잡지 못했다. 입을 삐죽거리면 매를 맞으면 맞아도 앉은자리에서 맞았지, 도망치려고 하지 않음으로 해서 더욱 어머니 속을 태운 명순이었다. 넌 시집을 가도 사주팔자가 사나운 년이라 온전히 살림살이도 못 할 게라고 어머니에게서 욕을 얻어먹기 일쑤였던 어린 적의 명순이었다.

누구에게도 휘어잡히지 않는 명순인 것이다. 그러나 지금 딴사람으로 보일 만큼 눈앞에 나른하여 드러누운 누이동생을 보니 용석은 더욱 명순이가 애처롭게 생각되었다.

"감기만 걸리지 않으면 머지않아 상처도 가실게구 몸도 회복한다더라. 신 선생도 자기 일처럼 걱정해 주시는 게 참 고맙더구만."

"신 약국님하고는 오래 이야기하셨나요?"

"시간이 바빠서 별반 얘기는 못 했지……."

"정말 병이 낫는다고 합디가? 네, 오라버님? 딴 특별한 얘긴 없었나요?"

몸을 뒤척이고 저쪽으로 돌아누우면서 명순은 울음 섞인 목소리가 되었다.

"왜 자꾸 그래? 안심하라니까. 몸이 쇠약해서 그렇지 큰 걱정은 없다는 거야." 용석은 무언가 더듬어 생각하듯 말을 끊었다가 덧붙였다.

"또 한 번 와 보구 만약에 걱정이 된다면 나한테 다시 연락을 한다고……"

"애야 명순아, 무슨 걱정이 되는 일이 있니? 군걱정을 하면 나았던 병도 도지는 법이야."

용석이 손목시계를 들춰 보았다. 자정이 다 되었다.

"왜 자꾸 시간 걱정을 하니, 용석아. 오늘밤은 집에서 자고 가겠지, 엉?"

"오라버니 무리하시면 안 돼요. 제 걱정일랑 마시구 어서 주무세요."

"너하고 이러구 있는 것도 적과의 싸움 못지않은 일이거든. 전투 시에 무슨 잠이 올까 말이다. 염려 말아."

동생을 안심시키느라고 한 말인데 좀 입찬소리가 된 것같이 느껴져 용석은 계면쩍은 웃음을 웃었다.

그러나 이 웃음이 그에게 큰 자책을 불러일으키게 하였던 것이다. 솔직히 털어놓고 말한다면 그는 어머니 앞에, 특히 명순이 앞에 머리를 의젓하게 들고 이야기를 할 처지가 못 되었던 것이다. 신 약국에게서 명순이가 와 있다는 말을 들은 후로부터 암만 그가 육친이라할지라도 얼굴을 대할 면목이 없었다. 자기가 성내까지 간 일은 여지없이 무너지고 만 것이기 때문이다. 무력한 오빠의 힘에는 아랑곳없이 명순은 불사조마냥 스스로 제 목숨을 건져낸 것이다.

밤이 깊어 갈수록 서로의 정신은 더욱 멀쩡해졌다. 얼마 없어 다가올 작별을 의식해서인지 주고받는 말소리가 나지막한데도 부지중 흥분으로 긴장하였다. 명순은 발에 입은 상처가 땅기고 이따금 아랫배가 쑤시는 게 아무에게도 말 못 하는 새로운 걱정거리가 되었으나, 이젠 잠도 잤었으니 제정신이 돌아오고 있었던 것이다.

명순은 오빠 앞에 기억나는 대로 자초지종 이야기를 꺼냈다.

강씨가 근심한 대로 명순이가 K봉 사형장으로 끌려간 것이 그저께, 월요일 날 아침이었다. 그러니까 꿈속에서 명순이가 배를 타고 동네 갯가를 떠나던 것이 그날 새벽이었으니, 강씨는 그 꿈이 신통했음에 새삼스레 놀라지 않을 수 없었던 것이다. 토요일 오후에 양성규를 만난 용석이가 성내를 떠났으며, 그날 밤에 성규가 학부형인 한 실업가를 통하여 명순이 문제로 경찰 요직에 있는 자를 공작했을 것이었다. 이튿날이 공일이고 보니 미처 효력을 나타내지 못한 채 월요일에 들자마자 사형장으로 끌려간 셈일까. 혹은 공작이 실패했는지, 공작과는 상관없이 놈들의 예정대로 집행한 것인지 선뜻 그 까닭을 헤아릴 수가 없었다.

그러나 일시에 십여 명을 학살한 것으로 보면, 더구나 지금까지 이른 아침을 이용하던 것이 백주로 바뀌어졌음은 공일날에 한림과 애월면 지구에서 폭동이 터진 긴급한 정세와 관련이 있는 것 같았다.

정월 8일에 'UN조선임시위원단'의 선발대 일행 9명이 위원단 사무총장 호세택(胡世澤, 장개석 정권 대표)을 선두로 하여 서울에 도착하였다. 그들은 12일에는 작년 10월에 미국이 소미공동위원회 사업을 파탄시킨 바로 그 자리인 덕수궁 석조전에서 첫 회합을 열고 소위 선거 업무에 착수했다.

조국의 통일을 요구하며 'UN조선임시위원단'을 반대하는 조선 사람의 목소리와 투쟁을 탄압하기 위하여 미국과 이승만은 이미 정월 2일에 수도 경찰청 명령으로 일체의 집합을 금지함으로써 위원단의 입국을 양손을 벌려 환영했던 것이다.

이 환영 사업의 선두에 많은 애국자들을 투옥 학살한 것으로 이름난 미군정 경무부장 조병옥(趙炳玉)이 나섰다. 그는 수도 경찰청을 통하여 일체의 집회를 금지했을 뿐만 아니라, 정월 14일의 서울운동장에서 열린 'UN위원단 환영 국민대회'의 중심적인 추진자가 되었으며, 이승만과 더불어 환영 연설을 한 것이다.

이승만은 그날 자기 연설에서 단독 선거가 이 이상 지연하지 않을 것으로 믿으며 수주일 이내에 정부가 수립될 것이라고 공언했다.

조병옥은 흥분으로 떨리는 목소리로 몇 번이고 하지, 이승만, 그리고 김규식 등이 앉은 귀빈석을 곁눈질해 가면서 지루한 연설을 했다. 심지어 영국의 소설가 키플링을 소개하고 그의 시를 인용하는 등 겉치레를 잔뜩 한 연설을 했다. 이승만과 대동소이한 내용의 말을 늘어놓은 다음 끝장에 가서 거듭 환영을 성대히 해야 한다는 것을 강조하였다. 이튿날 중앙지에는 그 연설이 게재되어 있었다.

"……우리들은 오늘날 이 성스런 우리의 주권 정부를 수립하기 위한 그 첫 단계의 사업을 수행하기 위하여 붕정만리(鵬程萬里) 산 설고 물 설은 이 이역에 와서 한국 민족의 주권 정부를 수립하고 그 주권 정부를 수립하기 위한 선거를 실시하는 데 온갖 노고를 아끼지 않고 노력해 주실 유엔한국위원단의 제 대표들을 마음껏 환영하지 않으면 안 된다고 생각합니다."

그는 북조선을 공격하고 소련에 대해서도 폭언을 서슴지 않았다. 그래서 "닥쳐올 공산주의와의 대결"을 위해 미국의 원조 밑에 국방력을 강화해야 된다고 지껄였다.

조병옥이 연설을 마치고 상기된 얼굴로 연단을 내려오자, 자리를 일어선 이승만이 희색만면하여 그에게 악수를 청하여 어깨를 툭툭 치며 치하했다. 더구나 미군 사령관 하지가 '용기 충천'한 표정으로 그의 손을 굳게 잡고 칭찬하는 바람에 조병옥은 감격한 나머지 하마터면 그 자리에서 그 네모지고 표독스런 얼굴을 눈물로 적실 뻔했던 것이다.

그는 벌써 하지와 의논하여 UN위원단의 '선거 업무'를 보장하기 위하여 2만 5천 명의 '국립경찰'만으론 치안 대책이 설 것 같지 않다고 하여 100만 명의 보조경찰 제도를 실시하기로 했었다. 그래서 남조선의 방방곡곡에 소위 '향보단(鄕保團)'을 조직하는 데 달라붙고 있었던 것이다.

그들은 단선 음모를 끝끝내 수행하고 미국이 마련해 주는 권력과 벼슬자리를 손아귀에 틀어쥐려고 갖은 발악을 다하고 있었다. 정월 27일에는 이승만이 사는 이화장에 조병옥 등 우익 테러 단체 대표들이 모여 소위 170개 단체가 행동 통일을 다짐하는 서약서에다 서명 날인하여 '중앙협의회'를 조직하고 한사코 UN위원단의 업무를 옹호하는 태세를 꾸리었다.

또한 2월 5일에는 이승만이 거느리는 소위 대한독립촉성국민회 총본부가 이미 결성한 '중앙협의회' 간부 회의를 열고, 전국적으로 '총선거 촉진 국민대회'를 조직하며, 각 도, 시, 군, 읍, 면에서 강압적으로 연판장(連判狀)에 날인시켜 빨리 수집함으로써 '민의'를 반영시킬 것, 서북청년회, 대한독립청년단 등의 테러 단체들을 합하여 '구국청년연맹'을 결성시킬 것 등을 결정하고 무력을 배경으로 하여 민주 세력에 대한 대 탄압의 준비를 서두르고 있었다.

그러나 정월 19일의 서울 전차 노동자들의 파업으로부터 시작하여 대중의 반대 투쟁은 날이 갈수록 격화되어 갔다.

이러한 정세 속에서 정월 29일엔 보수 정당 한국 독립당을 거느리는 김구와 민족 자주 연맹의 김규식 등 '중앙 임시 정부' 계열의 우익 정객까지 위원단과의 회견 석상에서 남북 주둔군 철퇴 후의 남북 협상을 통한 선거를 주장하며 단선 음모에 반대해 나선 것이다.

정세가 이렇게 되자 2월 7일에 이미 지하에 들어가 있던 전평(조선 노동조합 전국 평의회)에 망라된 체신, 철도 노동자들을 위시로 한 총파업이 일어나고 반미 구국 투쟁은 남조선의 거의 전 지역을 거쳐 파급되어 갔다.

서울, 대전, 대구, 군산 등지에서 통신 기계 설비가 파괴되고, 서울, 대전, 대구, 순천, 안동 등의 각 철도 기관구에서는 미군정 사업에 복무하는 특별 열차 등 기관차가 파괴되어 남조선의 철도, 전선, 전화는 마비 상태에 빠졌다. 부산에서는 항내 선박들의 해상 파업이 진행되었으며, 삼척, 화순 등지의 탄광 노동자들의 파업, 인천, 목포, 강릉 등지의 기상 측후소에서도 파업이 일어남에 따라 미국과 UN위원단을 경악케 하였다.

테러와 무력 탄압에도 굴하지 않고 대중들은

一, 조선의 분할과 침략 계획을 실시하는 'UN조선임시위원단' 을 반대한다!

一, 남조선 단독정부 수립을 반대한다!

一, 양 군 동시 철거로 조선 통일 민주 정부 수립을 우리 조선 인민에게 맡기라!

一, 국제 제국주의 앞잡이 이승만, 김성수 등 친일 반동파를 타도하라!

一, 노동자 사무원을 보호하는 노동법과 사회보험제를 즉시 실시하라!

一, 노동 임금을 배로 올리라!

一, 정권을 인민위원회에 넘기라!

一, 지주의 토지를 몰수하여 농민에게 무상으로 나누어 주라!

一, 조선인민공화국* 수립 만세!

의 요구와 구호를 내걸고 싸웠다. 도시에서는 학생들이 농촌에서는 농민들이 동맹 휴학과 시위로써 노동자와 함께 투쟁에 참가했으며 그 수는 299만에 달하였다.

이에 호응하여 이 고장 사람들도 일어섰다. 작년, 1947년 3·1기념 군중집회에 대한 발포살인 사건을 계기로 터진 관공서를 비롯한 일부 순경까지 참가한 전도적인 총파업과 항쟁 —이 투쟁은 3월 22일의 남조선 총파업의 도화선으로 되었다. —이래 사람들은 많은 피를 흘리고도 놈들의 탄압을 무릅쓰고 맨주먹으로 싸워 왔다. 이제 조국이 영원히 분열되고 남조선 땅이 양코배기 놈의 손아귀에 들어가려는 정세 속에서 사람들은 적의 총구 앞에서 대중집회와 시위를 했으며 경찰지서들을 습격했었다.

그러나 경찰의 무장 탄압과 학살에 대하여 사람들은 드디어 이 마을 저 마을에서 원시적인 무기를 손에 쥐고 항거해 나섰다.

---

* 원문에는 '조선 민주주의 인민 공화국'으로 되어 있음.

밤에는 한라산을 주봉으로 하여 전도에 무수히 옹기종기 솟은 측화산(側火山: 오름)의 봉우리들을 넘나들면서 봉화를 올렸다. 낮에 밤을 이어 투쟁은 계속되었다.

지난 공일날에 샛별오름을 유격 근거지로 삼은 한림, 애월 지구의 자위대들이 중심이 되어 놈들의 탄압을 배격하는 인권 옹호의 군중집회를 가졌다. 애월 경찰지서는 곧 순경 30명, 서북청년, 대동청년단 등의 무장 폭력단 200여 명을 두 부대의 토벌군으로 편성하고 협공을 가하였다. 자위대들은 몇 자루밖에 없는 일본군이 쓰던 38식 보병총과 무엇이든 손이 닿은 것을 무기로 삼아 장시간 저항했으나 정세는 불리하게 되었다.

근방 오름 지대에 포진하고 있던 자위대들은 갑자기 터진 총성에 접하자 이 동산 저 동산에서 일시에 총을 쏘아 배후로부터 적진을 들이쳐서 마침내 경관들을 패주케 하였다. 그래서 도망치는 놈들을 추격하고 대중 집회에서 생포된 대원 한 사람을 끝내 탈환하고 말았던 것이다.

K봉에서의 사형도, 그러니까 성내에서 그리 멀지 않는 지구에서 일어난 폭동에 몹시 당황한 그들이 사후 대책의 하나로서 집행한 것으로 보는 것이 옳은 판단일지도 몰랐다.

명순은 이따금 겁에 질린 듯한 눈길을 오빠에게 돌리면서

"오라버님, 정말 눈앞에 죽음을 당했어도 그 의미를 몰랐어요. 눈앞이 확실히 보이는데 뿌연 안개 속에 든 것같이 자꾸 흐리멍덩해집디다. 저도 모르게 입술을 깨물고 있었는지 몸속에서 막 불기가 토하는 것 같았어요. 어딘가 먼 곳에서, 그것은 분명히 제 머릿

속에서가 틀림없는데 어머니와 어린 적에 놀던 오라버님 얼굴이 그리고……" 여기서 명순은 한숨을 내쉬고 지그시 눈을 감고 고민에 싸인 표정이 되었다.

"친한 벗들의 얼굴이 순식간에 번갈아 감돌구 하더군요. ……목이 칼칼하구…… 그렇게 난 죽었어요……"

그제야 명순의 얼굴에서 공포의 빛이 가셔지고 입가에 부드러운 미소마저 떠올랐다.

바지 주머니 속을 뒤지던 용석의 손에 찌그러진 담뱃갑이 잡히었다. 메마른 목이 물을 당기듯 몹시 담배가 그리웠으나 참았다. 해방과 더불어 일본 북해도에서 배운 담배인데 어쩐지 이제까지 어머니 앞에선 담배를 입에 댈 엄두가 안 났었다.

"무얼 찾으세요?"

명순이가 오빠의 동작을 유심히 살피다가 일일이 다정스레 참견을 했다.

"아니, 주머니 속에 있구만, 난 또……"

"네, 오라버님 무엇이 있나요?"

"허허 참, 지갑이야, 지갑."

명순은 흐뭇한 미소를 지었다. 그 한마디 말에도 안심이 되는 모양이었다.

용석은 자기가 얼결에 꺼낸 지갑이란 말에 문득

"어머님, 집에 용돈은 있습니까?" 하였다.

히죽이 웃음을 띤 어머니는 걱정 말라는 듯이 고개를 끄덕이더니 묻지도 않는데 약값도 치렀노라고 했다. 그래서 주머니 끈을 끌러

안에서 네모지게 겹겹이 접은 지폐 한 장을 집어내고 아들 손에 쥐어 주었다.

"내일 아침 떠날 때 주려고 했다만 생각난 김에 지금 가져 두어라."

모자간에 무슨 허물이 있으랴마는 그러나 용석은 좀 무안해졌다. 그것은 되레 집 걱정을 하느라고 한 말이었다. 틈을 얻어 삯일을 해 가면서 모은 돈임을 용석은 잘 알고 있는 터였다. 그렇다고 이제 어머니의 손을 뿌리칠 수 없었다.

"아이구, 신 약국도 양반 고집인지 한번 이렇다면 우기지도 못하구…… 제대로 약값을 받지 않아서 딱하단 말이지. 말수가 적은 사람이라 그저 무뚝뚝한 얼굴을 하구 도로 거스름이라 해서 돈을 가져가라구 하더라."

이렇게 강씨는 아들 앞에서 딴전을 썼다.

실상 신 약국은 사람이 범범해서 약값을 재촉할 줄 모르는 위인이었다. 더구나 곤란한 사람에겐 약값이라 하여 꼭꼭 받아 놓고서도 반드시 거스름이라 하고 돈을 돌려주는 것이었다.

어머니와 오빠가 주고받는 것을 바라보던 명순은 눈길을 어둔 천장에 돌린 채 잠시 말이 없었다.

이윽고

"네, 오라버님…… 다시 언제쯤에나 오실 수 있겠어요?"

명순은 얼굴을 일그러뜨리고 수심어린 어조로 졸랐다.

"얘아, 아직 내일 아침에 떠날 사람을 보구 자꾸 그런 소릴 해서 되겠느냐?" 어머니가 나지막한 소리로 딸을 나무랐다.

"놔두십시오. 맘이 섭섭해 하는 소린데……" 용석은 누이동생이 이렇게 조르듯이 하는 것은 무슨 까닭이 딴 데에 있는 것으로 여겨졌다.

"신 선생도 연락을 한다지만, 그보다는 되도록 빨리 와야 하지 않겠니? 하여튼 너가 하루속히 몸을 고쳐서 움직일 수 있게 되는 것이 선결 문제거든……. 무슨 딴 얘기가 있으면 이왕 온 짐에 해 보라."

명순은 할 말은 다한 것처럼 입을 다물어 오빠의 말에 대꾸를 하지 않고 그저 새침한 태도를 꾸미고 있었다. 그것이 어딘지 자연스럽지 못한 느낌을 주며 방안은 뜻하지 않은 침묵이 흘렀다. 누군가 먼저 말문을 여는 것을 바라듯이 아무도 말이 없었다. 어머니는 어머니대로 젊은 사람끼리 주고받고 하는 말에 늙은이가 간참할 것을 두려워하며 말을 삼가는 눈치였다.

강씨가 잠자코 풍로 위의 약탕관 뚜껑을 열었다. 달곰쌉쓸한 냄새가 확 풍기었다. 뚜껑 바닥엔 김에 물러서 약봉지가 문드러져 붙었으며 무슨 작은 벌레 떼처럼 거기에는 끓어오른 약 찌꺼기가 괴어 있다.

4

하늘 한쪽에 갸웃이 실린 상현달이 고방에 모여 앉은 명순이네 집 지붕을 비치고 있었다. 거센 바람에 흩날리지 않게끔 팔뚝만 한 새끼줄로 얽어맨 그 바둑판 모양 같은 지붕이 보일 만큼 훤한 달빛이었다.

거기만 펑퍼짐하고 백사장처럼 밝은 안마당을 스쳐 밤바람이 거침없이 지나간다. 마당 변두리의 단칸짜리 집채며 옛날 외양간이 붙었던 자그마한 헛간이며 돌담의 윤곽이 고스란히 드러나 있었다. 처마밑은 한결 어둡고 마당에 비낀 오막살이 그늘은 종이에 그린 것 같았다.

어느 돌담의 그늘은 군데군데 반점마냥 훤한 달빛 구멍을 남기고 쓰러졌다. 그리고 지붕 너머에 시꺼멓게 도사려 앉은 솔숲 언덕이 바람에 머리만 설레고 있었다.

집 부엌 쪽의 역시 돌을(이 섬에 주체할 수 없을 만큼 많은 돌로 사람들은 담을 쌓는다) 쌓아 두른 돼지우리 안에서도 바스락 소리 하나 없고 거기에 가지를 뻗친 복숭아나무 삭정이가 바다에서 몰아치는 바람에 위위 흐트러지곤 할 뿐이었다. 모든 것이 판화처럼 정적에 몸을 잠가 있다.

그러나 정적을 은백색으로 물들인 달빛도 오물에 찌든 이 땅의 상처를 아물릴 수는 없었다.

온갖 것이 고이 잠든 것 같은 이 시각, 오순도순 이야기를 이어감에 시간을 아쉬워하는 사람은 이 집 식구들뿐만 아니었다. 밤에는 자게 마련인 우리들의 사람들이, 어린것들조차 밀려드는 졸음을 다시 밀어내고 망을 보거나 무기를 만들거나 제 나름의 일을 하고 있을 것이다. 가령 명순이네 집 뒷동산에 올라간다면 멀리 곳곳에 봉화의 불기둥을 바라볼 수 있고, 불에 놀란 짐승 떼처럼 어둠을 향하여 마구 총 쏘아대는 혼비백산한 경관들의 꼴도 저절로 눈에 떠오를 것이다.

아무튼 자연의 품속에 고이 안겨들었어야 할 야밤중에 누구도 잠든 사람이 없을 만큼 이 땅엔 어수선한 구름이 덮여 있었다. 주지육림에 빠진 자 역시 그 엉덩이 밑에서 무언가 차즘차즘 크게 움직이는 지동 소리를 들으며 마침내 해일이 넘쳐들 것만 같은 환각에서 헤어나지 못하고 있을 것이었다.

　"원 또 저놈의 돼지가 밤중에 무슨 야단이냐?"
　돼지우리 쪽에서 갑자기 돼지가 볼멘소리를 꽥꽥 질렀다. 바닥에 깔린 짚 무더기를 파 뒤지며 담벼락에 주둥이를 문질러대는지 꿀꿀거리는 것이었다.
　강씨가 약탕관 뚜껑을 덮고 자리를 일어서자 방안에 잠시 감돌던 침묵이 풀어졌다. 돼지인들 밤잠 못 이룰 때가 있는 것쯤 모르는 어머니가 아니었으나 유별히 신경이 돋우어진 요즈음이었다. 어머니는 고방 문을 소리 없이 닫고 나갔다. 마루방을 밟는 소리와 함께 헛기침소리가 묵직이 들려왔다.
　이래서 한동안의 침묵은 끝났으나 이것은 사람들의 마음을 긴장에로 내모는 그런 따위의 것이 아니었다. 가령 제사가 파하고 친지들이 흩어지고 난 호젓한 밤, 그 집 식구들은 서로 말없이 맞앉아 무엇을 생각하고 있는 것일까. 자기들에게 응당 물려주었어야 할 자산 처리도 채 하지 않은 아버지를 여읜 초상집 형제들이면 또 모르거니와 마음씨 고운 가난뱅이들은 서로 말은 없어도 그 무슨 하나의 생각에 잠겨 있을 게 아닌가. 고요한 방에 사람들이 몇이 단출하게 모여 앉아 스스럼없는 침묵에 제 맘을 위탁하고 오붓한 감정에 가라앉을 수 있음은 식구들, 벗들, 그리고 누구보다도 침묵의 보화를 감득하는 예지를 지닌 애인들끼리…… 이런 것들은 사람들의 접촉이 빚어내는 가장 행복스런 감정의 하나로 셈해도 무방할 것이다.

비좁은 고방에 이마를 맞대고 들어앉은 명순이네들은 말하자면 차츰차츰 그러한 감정에 잠기고 있었다. 용석이로 말하면 그도 앞길이 바쁜 사람이요, 명순이 역시 새 삶을 찾아낸 크낙한 흥분에 언제까지나 수동적으로 휩쓸려 있을 경황이 없었다.

어머니 된 강씨의 심정인들 오죽했으랴마는, 그러나 오랜 생활의 지혜에서 무엇보다 딸의 건강 회복을 앞세워 진력했으며, 으레 그 다음에 찾아들 자기로서 감당하기 어려운 문제에 대해선 아들 용석이를 믿고 있을 수밖에 없었다.

제각기 생각은 착잡했을지언정 어느새 그런 오붓한 감정 속에 서로의 침묵을 맡기고 있었다.

명순이의 나지막한 기침 소리에도, 어머니의 바느질감 누비는 들릴락 말락 한 소리에도, 그리고 쉼 없는 시계 소리에도, 특히 명순이로 말하면 머리를 벽에 기대어 무슨 명상에 잠기는 둥 마는 둥 한 오빠의 고요한 얼굴에도 그 모든 것들에 의미를 부여해주고 싶은 감정들이었다. 순간에서 헐기 쉬운 이 감정은 시간적인 길이에서가 아니라 그 폭과 깊이로 해서 오래 간직해 둘 수 있는 귀중한 것이었다. 가슴에 달린 문이 제풀에 열리고 투명한 깃을 치며 넓이 서로의 가슴속에 가 닿는 것이 보일 것 같은 그런 심정이었다.

둘이는 어머니가 마루방을 건너 부엌문을 열고 거기서 돼지우리 쪽으로 나간 후 잠시 서로의 얼굴을 마주보며 밖의 동정에 귀가 쫑긋해 있었다.

이윽고 어머니가 부엌으로 돌아온 기척이 나자 명순은 목청을 가다듬듯이 밭은기침을 두어 번 깆었다. 그래 속으로 무엇인가를 벼를 대로 벼르고 한 치도 뒤물러 설 수 없는 사람들의 그런 담차고 되알진 표정으로 입을 떼었다.

"오라버님, 명순인 막 마음먹었습니다."

"······?"

상반신을 옹송그리고 자그맣게 죽였던 호롱불 심지를 다시 돌려 불을 크게 하던 용석은 번쩍 고개를 들었다. 자기 귀를 의심할 정도로 그 말이 무슨 말인가 싶었던 용석은 짐짓 태연한 태도를 꾸미어 부드럽게 말했다.

"허허 참, 사람이 놀라잖아. 막말 투로 할 게 아니라 무슨 일인지 차근차근 얘기를 해 봐야지."

하면서 불현듯 웃음이 솟았다.

그 웃음은 거짓 웃음이 아니었다. 정말 막된 마음을 먹은 듯싶은 누이동생의 뾰로통해진 표정이 웬일인지 그만 웃음을 자아내게만 한 것이었다. 만약 그 표정이 오빠에 대한 응석부림이라면 서로 장성한 이 나이에 그것 또한 얼마나 귀여운 심정인가 싶었다.

"그래, 어머님이 들으시면 재미없는 얘긴가?"

부엌에서 어머니가 또 무슨 일을 하고 있는지 솥뚜껑 덮는 소리가 났다.

"괜찮아요 뭐, 어차피 되는 대로 될 수밖에 없는 걸."

말대꾸로선 영 글러먹었다. 더구나 건방지게 자포자기적이고 어디라 없이 조소적인 음향마저 느껴졌다. 그러나 그럴수록 용석은 응석받이를 한번 해 보자는 듯 얼굴에 그득 미소를 담았다. 그것은 명순이가 진심으로 자포자기적이라고는 믿을 수 없었기 때문이다.

사람은 왕왕 속에 없는 소리를 비틀어지게 하는 버릇이 있다. 남에게 퉁을 주며 그 사람 마음을 상하게 할 뿐더러 더더구나 자기 속을 상하게 하는 이 야릇한 버릇은 선량한 사람들 속에 흔히 볼 수 있는 현상이다. 그러나 이제 내뱉듯이 말을 한 명순이처럼 상대방이 허물없이 졸라댈 수 있는 오누이 사이일 경우 그 성질이 좀 다르다고 해야 옳을 것 같다. 그것은 아까 용석이가 그 기미를 놓치지 않았지만 어린아이 어리광 피우는 것 같은 기색이 다분히 있었기 때문이다. 그러나 그것은 어디 믿을 곳 없는 명순이로서 오빠 앞에 울적한 심중을 털어놓으려는 전주곡에 지나지 않았다.

"난 기준 씨를 용서치 못하겠어요!"

명순은 목에 닿은 이불 모서리를 오른손으로 움켜잡고 얼굴에 덮으려다가 그냥 저쪽으로 돌아누워 버렸다. 몸을 뒤척이거나 속이 상할 때 으레 버릇처럼 항아리들이며 해묵은 무슨 상자들이 들어앉은 편으로 돌아누웠으나, 다만 사람 얼굴을 외면하느라고 그러한 것은 아니었다. 반듯하게 천장을 쳐다볼 자리에 누운 채로 얼굴만 고방 문 달린 이쪽으로 돌리곤 하였다. 그러나 몸을 함께 움직이려면 왼쪽 팔죽지에 입은 상처가 아팠던 것이다.

"오빠 왜 기준 씨 욕을 더 하지 않으세요? 동생 생각을 한다고 욕 덜 하실 필요는 없잖아요. 난 오빠의 동정심이 싫습니다. 동생

속이 시원토록 왜 기준 씨 욕을 못 해 주세요?"

외면한 명순은 이불 밖으로 소담한 뒷머리만 보이었다. 땋은 것을 뒤에다 끌어올린 윤기 흐르는 검은 머리는 며칠 전까지만 해도 부옇게 볼품없이 헝클어져 있었음이 분명했다. 그것이 어느새 머리를 감고 치장을 했는지, 용석은 거기에 성숙한 여자로서의 누이동생을, 그리고 그를 보살피는 어머니의 심정을 보는 것만 같았다.

그때 명순이가 손으로 얼굴을 가리는 것이 언뜻 보였다. 흑, 하는 소리와 함께 이불 속의 그 어깨가 가늘게 떨고 물결쳤다.

그제야 용석이 가슴에서 무언가 큰 물건이 덜커덕 소리를 내며 부딪쳤다. 여자의 눈물이란 그것이 오누이 사이에 있어서도 사내의 마음을 돌아서게 하는 무슨 힘을 가지고 있는지도 모른다. 아까부터 조르는 듯한 명순이의 태도가 내심 미심쩍게 여겨지면서도 차마 여기서 정기준이 문제를 정면 대고 끄집어낼 줄은 몰랐다.

"말을 조용조용 하라니까. 이제 시간이 몇 시라구." 말은 퉁명스럽게 나왔지만 명순이가 눈에 쌍심지를 켜 가지고 정기준 대신 자기를 노려보지 않음이 내심 다행이었다.

"명순아—" 용석은 이불 속에서 까딱하지 않는 동생의 검은 머리를 바라보며 말을 이었다.

"무엇 때문에 각중에 그런 소릴 하는지 모르겠다만 그 문제는(정기준이란 고유 명사를 그는 되도록 대명사로 바꿔 쓰려고 했다) 너도 잘 알고 있잖나, 난들 어떡하나 말이다. 허기야 옛 친구인 건 틀림없지. 허지만 이제 그것도 말 그대로 옛일로 되고 말았단다. 그는 벌써 우릴 배반하고 놈들과 한 통속이 돼 버린 앞잡이가 아니냐. 그런 인간이다. 욕은 그만 했으면 족할 일이지, 거, 죽일 놈 살릴 놈 하구 몇 백 번 되풀이해 봐야 아무 소용이 없다. 기, 기준이를 용서 못 할 놈으로 생각하는 건 너 혼자만이 아니다."

욕을 좀 더 할까 말까 하다가 그만두었다. '놈'이란 말 한마디가 능히 명순이 가슴을 도려낼 비수의 힘을 가지고 있음을 용석은 잘 알고 있었다. 이제까지 놈이란 대명사로 기준을 지적하고 몇 번이나 그의 욕을 되풀이해 왔을까? 가령 그것이 건성으로 하는 말일지언정 사람들은 그렇게 들어주지 않았다. 너는 그럴 때의 사람 심정을 아직 모른다. 남과 더불어 사랑하는 사람의 욕을 하며 장단을 맞춰 대는 마음은 너희들은 알 바가 없는 것이다……

의젓하게 정기준을 용서 못 한다고 하는 누이동생 앞에서 용석은 이제 다시 모래알을 입안에 머금은 것 같은 착잡한 감각이 되살아났다. 외계와 도무지 어울리지 않는 감각이었다. 더구나 상대방이 누이동생이었기에 맛보기 싫은 감정이었다.

하여튼 용석은 누이동생의 속마음을―정기준의 혁명에 대한 배반을 두고 하는 뜻인가, 혹은 명순이 자신과의 관계에서 나오는 말인가― 짚어보지 않을 수 없었다. 후자의 경우 그것은 아무리 큰소리를 해 봤던들 아직 기준에게 끌려가는 그 무슨 강력한 끄나풀을 스스로가 인정하고, 거기서 헤어나지 못한 채 발버둥치는 자신을 인정하는 말밖에 안 될 것이었다.

용석의 머리에 며칠 전 성내에 갔을 적에 양성규 방에서 책갈피에 꽂혀 있던 사진이 떠올랐다. 머리를 빡빡 깎은 까까머리의, 삼각형의 기름한, 어딘가 내공 있는 얼굴에 미소를 머금어 명순이를 옹

위하듯 그 등 뒤에 기준이가 서 있었던 것이다. 자기도 끼여 있는 사진을 용석은 벌써 불태워 버린 지 오래되었으나, 명순은 이제 남 몰래 어데 간수해 두었는지도 몰랐다.

용석이가 성내에서 발견한 후 머리에 떠오르는 대로 되풀이 생각해 보았는데 그 사진은 거의가 외투를 걸쳐 입은 것으로 보아 2년 남짓 전의 어느 겨울날에 찍은 것이 틀림없었다. 해방되던 이듬해인 그 무렵은 벌써 미군정의 탄압이 심해져 가고 있었고 조선 인민과 미 제국주의 정책과의 모순이 격화되기 시작한 때였으나 조직들은 아직 합법성을 유지하여 활동하고 있었던 것이다. 용석은 인민위원회에서 사업하고 누이동생은 성내 읍 우편국에 일자리를 얻고 있었다. 기준이가 미군정청 통역으로 가기 직전 일이니까, 그 후로 한 번도 같이 찍어 본 적이 없으니, 그것이 마지막 사진으로 되는 터였다.

사진으로 미루어 보더라도 기준이 얼굴이 그 당시에 비해 요즈음은 몰라보게 달라졌다. 살이 찌지 않음이 이전과 다름이 없을 뿐, 기른 머리를 기름으로 반듯하게 누르고 어디라 없이 흥잡을 수 없을 만큼 모가 떨어진 원만한 얼굴이 되었다. 그리고 언뜻 보기에 가면을 쓴 것 같은 무표정에 가까운 표정을 하고 있는 것이 늘 마음에 남았다.

용석은 담배를 꺼냈다. 명순은 아무 말이 없다. 그의 머리맡의 조그마한 상자 위에 있는 호롱불 가까이 얼굴을 가져갔다. 용석이가 방에 들어왔을 그때만 해도 깨끗이 맑았던 목이 벌써 거멓게 그슬린 호롱을 벙긋이 올려 담배에 불을 붙였다. 그러나 실연기를 올렸을 뿐 불은 곧 꺼졌다. 입에 물어 얼굴을 갖다 대고 빨았다. 심지불이 보르르 몸부림치며 검은 연기가 확 솟았다. 바로 옆에서 사발시계의 똑딱거리는 소리가 귓바퀴에서 튕기듯이 울리었다. 용석의 얼굴 뒤편의 방 한쪽이 삽시에 검은 그늘이 지어 그물그물하는 심짓불과 함께 부르르 떨었다.

방안에 담배 연기가 피어올랐다. 담뱃재를 풍로에 털면서 약탕관 뚜껑을 열어 보았을 때,

"오라버님, 재떨이……" 하고 명순이가 얼굴을 이쪽으로 돌려 상반신을 일으켰다.

눈에서 눈물이 빤짝한 명순이를 바라보며 용석은 괜찮다고 손을 내저었으나 웬일인지 속이 찡하며 말이 나가지 않았다.

그런데 난데없이 명순이가 호호 하고 웃었다. 무슨 깡통 뚜껑을 재떨이 대신 오빠 앞에 내놓더니 한 손으로 입을 가리며 연신 웃었다. 영문을 몰라 멍하니 자기를 바라보는 용석이에게

"아이구 오라버님도!"

고개를 갸우뚱 틀며 머리맡의 거울을 손잡이 달린 쪽으로 내밀었다. 얼굴을 들여다보라는 것이었다.

"오라버님 요새 살쪘나 봐요."

"허허 그래, 맨 보리밥만 먹는데도 왜 이리 살찌는지…… 아마 낙천주의 탓인지도 모르지."

"아따, 오라버님이 무슨 낙천주의예요? 신경질인데."

"알고도 모른 척하는 게 낙천주의거든." 하고 나서 아차 괜히 실없는 소리를 해졌구나 싶었다.

"그건 방관주의입니다."

"옳지, 옳아. 그걸 방관주의라 하지." 이렇게 말끝을 얼버무려버렸다.

용석이와 명순이 사이를 거울이 가로막아, 그 타원형 액틀의 어둔 배경 속에 얼굴이 쑥 떠올랐다. 낯익은, 그러나 오늘따라 생소한 감을 주는 얼굴이었다.

아닌 게 아니라 우습게만 된 것이 콧등과 이마빼기에 서양 서커스 영화에 나오는 피에로처럼 검은 반점이 큼직하게 찍혀 있었다. 아마 아까 호롱불에서 담뱃불을 얻은 값으로 찍힌 딱지인 성싶었다. 더구나 거울 바닥의 칠이 벗겨진 탓으로 얼룩덜룩 좀먹어 비치는 얼굴이 자기 딴에도 우스꽝스러웠다. 그러나 살쪘다면 살쪄 보이기도 하는, 볕에 타고 검스레한 둥근 얼굴이 성난 사람처럼 눈깜박하지 않고 자기를 쏘아보고 있었다. 근육 하나 까닥하지 않는, 표정이 없는 얼굴 같기도 했다.

저절로 얼굴에 어리기 시작하는 웃음을 보며 무표정이란 저도 모르는 사이 얼굴에 와 앉는가 싶었다. 어느새 정기준이가 거기 와서 툭툭 어깨를 두드릴 것만 같았다. 거울 속의 사람이 입을 삐죽거리었다.

웬일인지 "하하하" 하고 웃음이 터졌다.

거울을 방바닥에 내던지며 이 얼굴 보라는 듯이 명순을 마주보며 껄껄대었다.

"아이 참, 오라버님 그만두어요."

무엇이 그렇게까지 우스운지 얼굴을 들지 못한 채 명순은 손수건을 내미는 것이었다.

　어머니가 들어왔다.

　"무슨 복이 떨어졌기에 이 야단 소리야?"

　"야단은 무슨 야단이에요? 어머님, 오빠 얼굴 보세요. 얼른 보라니깐요!"

　"에잇, 그만두어."

　용석은 얼굴을 쓱 닦고 나서 담배를 비비꼬아 껐다.

　"어머님, 나 담배 피웠습니다."

하고 히죽이 웃어 보이며 머리를 긁었다.

　"어서 피워라 피워. 이건 또 미련하게 머리는 왜 긁어……"

　아들에게 가벼운 미소를 지은 다음 명순을 쳐다본 강씨는 고방 문을 열어 공기를 바꾸었다. 그리고 다시 아들의 얼굴에서 무엇인가를 찾아내려는 듯 유심히 바라보다가 좀 잠을 자야 되지 않겠느냐고 나무랐다.

　"예, 걱정 마십시오. 오지 않는 잠을 억지로야 잘 수 있습니까."

　"몸을 생각하면 억지로라도 자야지 않겠나."

　"어째서 돼지가 그 야단이었습니까?"

하며 용석은 사발에다 약수건을 펴놓고 약탕관의 약을 부었다.

　"암만 먹여도 배고프다고 그 야단이란다."

　강씨는 우겨대는 아들 손에서 약수건을 빼앗아 막대기를 대고 약을 비틀어 짰다. 그 툭툭 마디진 큰 손가락이 억척같다고 용석은 생각했다.

　강씨는 약을 먹이고 나서, 바느질감과 그 위에 놓은 다리가 떨어진 안경을 방구석에 치우고, 다시 마루방으로 나갔다. 이윽고 맷돌이며 망태들을 부엌간에 날라다 놓고 맷돌질을 시작하는 것이었다. 망을 보자는 것이다. 돌아가는 맷돌 소리가 야밤의 정적을 한결 깊은 것으로 느끼게 하였다.

약을 마신 후 입맛을 다시며 잠시 새치름해 있던 명순은 누운 채로

"오라버님, 난 어떻게 했으면 좋겠어요?"

하며 용석의 얼굴을 한참 뚫어지도록 바라보았다.

"난 정말 어머님이며 오라버님 그리고 조직에서 걱정해 주신 덕분으로 다시 살아난 것으로 생각하고 있어요. 하지만 이 세상에서 장명순이란 사람은 벌써 없어졌습니다. 나는 살아났어도 세상 사람과는 멀리 동떨어진 곳에 홀로 서 있습니다. 마치 낯선 하늘을 날아야 할 햇비둘기가 보금자리에서 부들부들 떠는 것처럼 오직 어머니와 오라버님 품안에서만 나는 이 목숨을 지탱할 수 있는 거예요.

네, 오라버님 한번 저승길을 밟은 몸에 인제 무얼 두려워하겠습니까. 오라버님 정말이에요. 하루 종일 어두운 고방에 드러누우면서 이 몸이 하루속히 회복만 된다면…… 이런 생각만 하고 있습니다. 몸만 건강해지면…… 죽은 사람 생각을 하면 다시 얻은 거나 다름없는 이 목숨을 원쑤와의 싸움 외에 어디다가 바칠 곳이 있나요? 네, 저가 갈 길이란 어디 있나요? 저 일본으로 도망을 친다구요? 아닙니다. 오라버님이 말씀하시지 않더래두 저의 앞길은 단 하나, 산으로 갈 수밖에 없어요. 어머님하고도 갈리어……"

명순은 상처가 땅기는 듯 갑자기 얼굴을 찌푸리었다.

두 손을 한데 모아 이불 속에서 들먹거린다. 배 언저리를 누르고 있는 것이 분명했다. 새우등처럼 몸을 웅크리며 돌아누웠다.

"야, 어째 그러니, 어디 아프나?"

용석은 방바닥에 한 손을 짚을 정도로 상반신을 쑥 내밀었다.

"이까짓 것 뭐……" 용을 쓰는 억센 말투였다. "괜찮아요, 다친 데가 좀 쑤셔서 그래요."

"정말 괜찮나?"

"……"

"어머니를 불러오마."

"걱정 말아요."

말을 툭 끊고 아주 돌아누워 버린 명순을 앞에 두고 용석은 멍하니 앉아 있을 수밖에 없었다. 바느질감 위에서 다리가 떨어지고 실로 꿰맨 안경이 천장을 쳐다보고 있었다. 그러나 맷돌 돌리는 단조로운 소리는 묵직하고 힘 있게 그냥 들려오고 있었다.

이윽고 아픔이 진정되었는지, 일의 끝장을 꼭 맺기 위하여 심중에 벼르는 바 있는 사람들에게 흔히 볼 수 있는, 윗니로 아랫입술을 사려 문 표정으로 명순은

"오라버님한테 부탁이 있습니다."

이렇게 말을 이어 진작 숨을 크게 들이쉬었다. 그 단정한 잇바디를 드러낸 입술, 보기 좋은 두툼한 아랫입술에도 핏기가 없었다. 이마에 배인 식은땀의 탓인지 호롱불에 얼굴이 까칠해 보였다.

하여튼 목에서 막힌 채 바깥을 쳐다보며 아물거리는 그 무엇인가를 속시원히 털어놓도록 해줘야 했다.

"음…… 거야 내가 할 수 있는 일이라면 무엇이든 못 해주겠나. 어서 말을 해 보라구."

그러면서 명순이 목숨을 제 손으로 구해 내지 못했던 깐이 있어 속으로 켕겼으나, 그 기색은 내보이지 않았다.

그런데 그 부탁이란 막상 듣고 보니 너무나 의외의 것이었다. 용석은 속으로 적이 당황하며 어리둥절했다.

정기준과 만나게 해 달라는 것이었다. 용석은 그 말에 놀랐다. 그의 추측보다 명순이 말이 자꾸 앞질러 나가긴 했지만 차마 그까진 미처 못 생각했었다. 자기가 할 수 있는 일이라면 무엇인들 해주겠다던 아까의 말도 잊은 듯 용석은 멍하니 동생 얼굴만 들여다봤다.

명순은 자기가 만약 병으로 쓰러지지 않는 한(그때 왜 동생이 병이란 말을 강조했는지 나중에야 알게 되었다) 산으로 올라갈 것이며, 그 전에 정기준과 마지막 상봉을 하고 싶다는 것이었다.

용석은 담배를 꺼냈으나 불을 붙일 생각도 없이 고개를 수그려 묵묵히 앉았다. 말이 나가지 않았다. 방바닥에 깔린 반반하지 못한 멍석의 거죽 모양이 거추장스레 비치었다. 큰일났구나 싶었다. 올 것이 기어이 오고 만 셈이었다. 동생의 눈에서 유난히 빤짝하고 빛난 것도 눈물의 탓인 것이었다.

용석은 두통을 앓는 사람처럼 손가락을 모아 이마를 누르고 얼굴을 가리었다. 속이 뭉클하며 눈물이 핑 도는 것 같은 뜨거움을 눈시울에 감촉하고 그것이 몹시 무거운 것으로 여겨졌다.

기준을 그리워하는 동생의 심정이 그렇게 애절한 줄은 몰랐다.

두 사람의 관계를 모를 바는 아니었다. 그러나 흐지부지 시간이 해결해 주리라는 방관자의 테두리에서 벗어나지 못했던 것이다.

그는 죽었다가 살아난 동생을 위해선 자기 목숨이라도 내주고 싶은 심정이면서, 한편 웬일인지 주체할 수 없을 만큼 뱃이 울컥 일어서기도 했다. 주제에 무슨 소리냐, 정기준과 나를 망신시키자는 말이냐? 별안간 입안이 막 뜨거워져 '미친 것 같으니!'라고 외치면서 용석은 발딱 자리를 걷어차고 싶었다.

가까스로 이 말을 참았다.

이 순간 용석이 머릿속에서 이러저러한 생각이 꼬리를 물고 전광처럼 맴돌았다. 무슨 냄새를 맡고 내 속을 뻔히 들여다보면서 중정(中情)을 떠보려는 심산인가. 정기준이 놈이 어떤 기색을 보였기에 은근히 눈치를 알아챘는가? 아니면 내가 기준이 욕을 덜한 데서 탈이 났던가? 혹은 여자의 집념에서 그런 것인가?

"안 돼, 안 된다. 무얼 되지도 않는 소릴……"

그는 이마에서 손을 떼고 뒷손질로 방문을 밀었다. 찬 공기가 들어 왔다.

"네, 무리한 부탁인 줄 잘 알고 있어요."

표정을 굳혀버린 용석이와 대조적으로 명순은 차근차근 말을 이어 갔다.

용석이가 무턱대고 잡아뗀 그 말은 말하자면 양면을 가진 한 장의 거울과 같이 작용했다. 명순이가 비추어 보기엔 혁명을 배반한 자를 미련하게 사모하는 응달진 곳의 시들어가는 꽃 같은 마음을 책잡히는 측면이요, 불쑥 그 말을 꺼낸 용석으로 보면 적중(敵中)에서 사업하는 그와 어떻게 함부로 만날 수 있겠는가는 뜻에서였다.

"허지만 저가 기준 씨를 만나자는 건…… 오해하지 마세요, 네 오라버님, 이젠 이 세상에서 마지막으로 갈리자는 겁니다. 만약에 그 사람이 내 청을 들어 우리 편에 서 준다면…… 오직 저의 목적은 그뿐입니다. 최후로 이야기를 하고, 그래도 마음이 변치 않는다면 정말 단념하겠습니다. 연분을 끊겠습니다.

산부대가 되어서 기준 씨 가슴팍에 총을 쏘아도 한이 없습니다."

사랑의 힘으로 남자를 자기편에 돌려세우자는 것이다.

"네가 지금까지 몇 번 만나고 몇 번 이야길 했기에 이제 와서 다시 그 소리냐? 개꼬리처럼 대통에다 삼 년 담아도 이젠 돌아서지 않을 놈이란 걸 단단히 알아야 해."

"그럼 친구로서 오라버님은 무얼 했습니까? 왜 오라버님은 그토록 친히 사귀던 동무 하나 살리지 못했습니까?"

명순은 뻔뻔스럽게도 수그러들지 않았다. 오빠에 대한 생소한 감마저 느끼기 시작해선지 이젠 반말도 않으며 습니까, 했습니까, 하고 따지는 것이었다.

결국 이 한마디에 오금을 박힌 용석은 음! 하고 말이 막히고 말았다. 속으로 양손을 든 셈이었다. 그제야 용석은 짐짓 계면쩍은 웃음을 웃어 보였으나 내심은 흡족했다. 그러면서 하하, 기준이 욕을 한다고 이번은 나를 책망하는 판이군. — 이렇게 은근히 생각하니 정말 웃음이 터질 것 같았다.

"넌 모른다, 몰라. 내가 그 때문에 얼마나 애쓴 줄은……"

이처럼 말막음을 하려니까 좀 맥이 풀린 그 소리가 제 귀에도 몹시 싱겁게 들리었다.

"오라버님, 정말이에요. 저에게 마지막 기회를 마련해 주어요. 동생을 사랑하신다면, 그리고 옛 친구를 위해서라도 이제 한 번만 더 기회를 마련해 주어요."

어느덧 명순은 상반신을 일으켜 벽에 기대어 앉았다. 얼굴이 새파랗게 질렸으나 병자라 믿어지지 않을 만큼 눈에 영채가 돌아서 그것이 더욱 표정을 긴장한 것으로 만들고 있었다.

용석은 완전히 수세에 섰다. 자기변명을 하는 사람이 항용 말이 수다스레 되는 것처럼 명순은 앞질러 말을 이었다.

"오라버님 반연(絆緣)이 있잖아요. 마기말로 저가 이 세상에서 말살당한 몸이 아니었으면 오라버님 힘까지 빌릴 필요도 없을 겁니다. 만나자고 맘만 먹으면 언제든지 만날 수 있어요. 허지만 난 호적에서 이름이 지워지고 죽은 사람이 되잖았습니까?

오라버님이 직접 연락을 하실 필요도 없어요. 성내 누구 아는 사람 통해서도 할 수 있잖아요. 학교 선생 하는 분도, 도청에도 사람이 있잖았어요?"

여기서 말이 끊어졌다. 그래서 다시 풀기 없는 소리로 나지막이 이렇게 덧붙였다.

"허지만 만나 주실는지 외면하실지 그까진 알 도리가 없습니다."

이 말은 구슬방울처럼 뎅그렁 청량한 소리를 내어 떨어지는 것 같았다. 정말 여간한 굳센 마음이 아니란 것을 용석은 비로소 깨닫는 느낌이었다.

명순은 사랑의 '사' 자도 입에 올리지 않았다. 난심(亂心) 탓도 아니요 오직 정기준을 회심시키는 데 참뜻이 있는 것으로 배겨대는 바람에, 그의 속마음이 사랑인가 혹은 어떤 우정 같은 것인가 용석이마저 잠시 어리벙벙해질 정도로, 명순은 기준에 대한 사모의 말은 티끌만치도 엿보이지 않았던 것이다.

어쨌든 용석은 굳센 마음을 먹은 에누리 없는 태도로써 자기와 맞선 여동생에게서 여태껏 경험하지 못한 압도를 느꼈다. 기준의 정체를 알고 있고 문제를 부감할 수 있는 처지에서 동생과 주고받고 하노라니 사뭇 연기를 부리고 있는 것 같은 허무한 제 모습이 눈에 두드러져 보이며 자기가 언짢게 여겨졌다. 그러자 푹 까닭 모를 피로감에 빠졌다. 그 피로감 밑에서 누이동생도 여간내기가 아니로구나 하는 감이 새삼스레 드는 것이었다.

호롱불 곁에서 찌그러진 사발시계가 시간을 새겨 내는 소리만 명순이 대신 답을 재촉하듯 초조하게 울리었다. 시간은 세 시가 넘었다. 용석은 손목시계를 들여다보았다. 간밤 방에 들어왔을 때, 사발시계는 한 반시간 가까이 떴었다. 손목시계와 맞춰 두었는데 그 새 장침이 5분이나 뒤처진 것이다. 이 시계도 수명이 다된 것 같다. 그도 그럴 것이 일본 북해도 징용으로 끌려가기 전부터 똑딱거리던 시계였으니 말이다.

하마터면 굼뜨고 찌그러진 이 사발시계보다 먼저 이 세상을 버릴 뻔했던 명순은 며칠 전의 이 시각, 마을 경찰지서에서 난생 처음의 감옥 생활의 첫 밤을 지새운 것이다.

용석은 기적적으로 생환한 명순을 두고 그가 피검된 데 대하여 탓할 마음은 없었다. 그러나 기적적이라 함은 생환한 그 자체가 신

통하기 짝이 없어 결과론적으로 하는 말이고, 다시 두 번 겪을 수 없는 일이기 때문에 너무 쉬이 붙잡힌 것만 같아 성에 차지 않았다.

"……그놈이 정말로 만철이었으면 그냥 놔둘 수 없겠어요." 정기준 이름을 꺼내기 전에 자기가 잡힌 때의 일을 자초지종 이야기하면서 명순은 입술을 깨물고 이렇게 뇌까렸었다. 즉 그날 밤 신작로 길을 일정한 간격을 두고 걸어가던 수상한 그림자가 최 참봉네 아들 만철이 같더라는 그 말이었다.

과연 그럴는지도 몰랐다. 세상에 밀고자의 고자질처럼 더러운 짓이 없는데 최만철 같으면 그럴는지도 모른다고 생각했다. 그 쓸개 빠진 위인을 보더라도 그렇거니와 그의 아버지와의 관계에서 그랬던 것이다.

미군정이 단독 선거를 강행하기 위한 경찰력 강화의 한 대책으로서 남조선 방방곡곡에 향보단 조직을 꾸리고 인민들의 반대 투쟁에 대한 치안 확보에 혈안이 되고 있었다.

그러나 이 고장에서는 그 조직이 뜻대로 되지 않았다. 행정 명령으로써 그것의 추진이 간단히 안 되자, 각 리(里), 동네의 약한 고리로부터 뚫으려는 책동을 시작하고 있었다. 그래서 이 마을에서는 지금까지는 어느 편이냐 물으면 어리숭한 소리만 하던 최 참봉네가 그들 편에 붙었다. 갑자기 그의 성내 출입이 잦아진 데도 까닭이 있는 것이며, 최근에는 서청원들이 대낮에 권총을 차고 공공연하게 그 집안에 나들었다.

마침 선거 놀이에 한몫 끼어 보려는 꿍꿍이셈을 품고 옛날의 양반 집안 행세를 다시 한번 해보고 싶은 그였던 것이다. 선거가 민의에 의해서가 아니라 관권의 힘으로 진행될 것으로 믿은 최 참봉은 이 기회에 마을 향보단의 조직에 협력하는 한편, 선거 운동엔 미련한 그의 아들을 내세우려는 것을 용석은 알아채고 있었다.

용석은 최만철이가 동생에게 그 무슨 관심을 가지고 속을 태우고 있는 줄은 전연 몰랐으나 만약 그가 명순을 발견하고 경찰에게 일러바쳤다면 그것도 있을 만한 일이라고 인정했다.

학교깨나 다닌 자식이! 용석은 그의 미끈하게 생긴 얼굴이 비굴한 웃음을 띠고 떠오르는 것이 사뭇 어지러웠다. 그런데 밀고와 무슨 관련이 있으랴마는 정기준의 길 가는 뒷모습이 다시 눈앞에 떠오르는 것이 묘한 일이었다.

"오라버님 주무셔야죠? 미안해요."

용석은 눈을 바로 뜨고 정신을 가다듬었다. 주무셔야죠…… 허기야 그렇지……. 이 말은 한편 자기 소원을 풀어 달라는 사정인 것처럼 느껴졌다.

이러저러한 생각의 밑바닥에 아까부터 '산부대가 되어 기준이 가슴팍에다 총을 겨누겠다.'던 말이 납덩어리처럼 무겁게 자리 잡아 앉았었다.

"괜찮아."

엔간히 다그치라는 소리다.

"다시 오실 때까지 기다리겠어요."

"음……?"

"언제 다시 오시겠어요?"

"글쎄, 빨리 와야지……. 그 전에 산으로 가야겠다."

"산에요! 산으로 들어가시나요?"

"산천단으로 해서 관음사까지 댕겨와야겠단 말이야."

"그럼 다시 돌아오시는가 봐요." 가슴을 쓸어내리듯 후 하고 숨을 내쉬었다.

"언제 올라가게 되나요?"

"이삼일 중으로 갔다 와야지."

하며 용석은 무심결에 고개를 절레절레 저었다. 그는 딴생각을 하고 있었던 것이다. 정기준이가 그런 일에 대해선 곁 줄 위인이 아닌데 설마 그가? 하는 의혹이 이마 위에서 얼른거려 고개를 절레절레 흔든 것이었다.

용석은 명순이 시선과 마주치자 얼른 정색하여 쓴웃음을 웃었다. 명순이도 덩달아 웃었다. 이빨을 드러내지 않는 수줍은 웃음이었다.

턱없이 서먹서먹해지던 공기가 썰물처럼 저만치 멀리 물러감을 느끼었다.

'명순아 걱정 말라, 너 소원대로 꼭 한 번 만나게 해 주구말구.'

옛날처럼 해서 정기준이도 이 자리에 와 앉아서 허물없이 이야기 꽃을 피울 수 있으면 얼마나 행복하랴. 그러나 용석은 이렇게 한마디 해 주고 싶은 충동을 느끼면서 불쑥 정반대의 말을 했던 것이다. 생색을 내듯 다음 기회로 미루자고 이제 막 고분고분하던 동생의 마음도 깊이 살펴봄이 없이 "기대는 말라."고 했던 것이다. ―단지 이 한마디 말을 했을 뿐이었다. 그런데 그 다음에 뜻하지 않은 일이 터지고 말았던 것이다.

그것은 누구도 상상하지 못한 일이었다. 용석이 말을 듣고 한 동안 이불깃을 지근지근 씹고 누워 있던 명순이가 갑자기 두 팔을 디디고 몸을 일으키더니 '어억!' 하며 구역질을 시작하였다.

"아이쿠 어머니 —" 도배도 하지 않은 벽에 머리를 박아 대야를 갖다 달라고 한 손을 뻗었다. 용석이가 자리를 걷어차고 방 밖으로 뛰어나가자 금시 후닥닥 마루방에 올라온 어머니와 부닥쳤다. 용석은 그대로 정주간에, 어머니는 문지방에 못박혀 서 있을 새도 없이 방안으로 들어가자 이불 위에 퍼덕 엉거주춤 앉고 딸의 손목을 잡았다. 어억! 하며 어머니 손을 뿌리친 명순은 한 손으로 방구석의 해묵은 상자 모서리를 붙잡고 다른 손의 수건을 입에다 대고 어깨를 간헐적으로 푸들푸들 떨었다. 어머니는 딸의 손에서 수건을 빼앗아 등어리를 두드리고 쓸어내리곤 했다. 그냥 토하라는 것이었다.

대야를 기다리지 못하던 명순은 벌쭉거리던 입을 그냥 벌리더니 왈칵 속의 것을 게워 내고 말았다. 그것은 방금 마신 약이었다. 그것을 어머니는 순간 시커먼 피로 착각했다.

용석이가 받쳐든 대야에다 계속 게워 내는데 나중엔 헛구역만 하고 끈끈한 노란 물만 나왔다. 몸을 비비 틀며 눈물이 쏟아질 지경으로 헛구역을 계속한다는 것은 누가 보더라도 심상치 못한 일이었다.

죽은 사람처럼 얼굴이 새파래진 명순은 몸을 간신히 움직이며 걸레질을 하려다가 어머니가 말리는 바람에 푹석 그 자리에 엎드리고 울음보를 터뜨리었다.

쉬! 하고 어머니는 우는 소리를 막았다. 잠자코 걸레질을 하고 수건으로 이불을 닦았다. 용석은 우두커니 선 채 의아한 빛으로 군어진 어머니의 표정과 들먹거리는 동생의 어깨를 번갈아 보고 있었다. 그래도 용석은 이 일이 무슨 의미를 가지는지 진작 알아채지 못했다. 오직 어머니께 무슨 말이든 한마디 걸어 보려는데 강씨는 밀려 나오는 눈물을 막으려고 몇 번이고 눈만 깜박이며 얘야, 암말 말라고 손만 내젓는 것이었다.

핏기가 없어진 어머니 얼굴에 주름만이 깊이 새겨졌다. 그 주름 사이사이에서 굼틀거리는 슬픔과, 그리고 얼굴 그득히 피어 가는 노여움을 감추지도 않았다. 그러나 딸을 다정히 눕히고 이불을 덮어 주었다. 이불을 겹겹이 덮고 찬 기운이 들지 않도록 등 뒤를 누르며 쓰다듬으며 하면서 말을 오래오래 못 하였다. 떨리는 듯 긴 한숨만 내쉬었다.

어머니의 본능으로서 명순의 뱃속에 아이가 들어앉은 것을 안 것이다.

철은 바야흐로 삼월에 들어섰건만 꽃샘은 이름 없이 피어난 꽃과 같은 명순이 몸에서부터 시작하려는지 모를 일이었다.

시집도 들지 않는 숫처녀가 아이를 배었다는 심각한 사태가 강씨 앞에, 그리고 그의 아들 용석이 앞에 검은 벽을 세우며 부닥쳐 온 것이다.

제3장

1

3월 중순(장용석이 성내에 다녀간 때로부터 일주일쯤 지난) 어느 날, 정기준은 미군정청에서 성내 동쪽을 흐르는 냇가 언덕에 자리 잡은 주정공장을 향하여 걸음을 옮기고 있었다.

아침에 주정공장 사장 이병희한테서 전화가 있었다. 오랜만에 저녁 식사라도 같이하자는 고마운 기별이었다. 사장이 몸소 청을 해 주니 말이다. 기준은 그냥 입에서 나오는 말로 밤에는 딴 예정이 있다고 해 버렸다. 그러자 이병희는 수화기가 쨍쨍 울리는 목소리로 그러면 점심을 같이하자고 하면서, 이쪽이 응하기 전에 일방적으로 요정까지 지정하는 것이었다. 식사가 목적이 아니라 무슨 일이 있었음이 분명했다. 그래 기준은 상대편이 비위를 거스르지 않는 정도의 정중한 태도로 직접 찾아뵙겠노라고 했다. 이 말은 도리어 이 사장의 자존심을 만족시키는 데 도움이 된 모양이었다.

주정공장까지는 반시간은 족히 걸리는 거리였다. 문 앞에 지프차가 멎어 있었으나 그는 걸어갔다.

전날 저녁 서울에서 갓 돌아온 기준은 옷을 갈아입을 경황도 없이 신사복 차림으로 나왔다. 마카오제 옷감으로 만든 검은색 더블 양복이다.

언제나 쉴 새 없이 불어대는 바람은 아직도 봄철을 외면하는 듯했다. 봄을 지척에 둔 거리에는 뜻밖에 찾아드는 꽃샘으로 하여 서릿발이 서곤 하였다. 눈이 녹아 한번 진창길이 되면 거리는 한라산에 부딪친 바람이 날라 오는 추위에 그냥 땅땅 얼어붙었다. 그럴 때마다 여기저기 자동차 바퀴 자국이 굵직하게 패인 한길은 울툭불툭하여 사람들의 걸음걸이를 고르지 못하게 하는 것이었다.

기준은 흐트러지는 머리칼을 손으로 누르곤 하면서 다른 손을 호주머니에 지르고 성큼성큼 걸어갔다. 외투 자락이 팔락거리고 통이 퍼진 양복바지 가랑이가 발목에서 펄펄 몸부림치는 성가신 바람이었다.

성내 거리는 서울로 출장 가던 그 무렵이나 ― 일주일밖에 지나지 않았지만 ― 마찬가지로 달라진 것이 없었다. 모든 것이 있는 거기에 있었다. 웃는 놈은 언제나 웃고, 가난한 사람들은 언제나 그 표정이었다. 허기야 폭동이나 터지지 않는 한 근저로부터 뒤엎어질 리 만무했으나, 그러나 한편 어디라 없이 달라진 그 무엇이 확실히 느껴지기도 하는 것이었다.

무엇이 변했느냐? ― 구체적으로 지적하기는 어려웠으나 한마디로 그것은 단독 선거 추진을 위해서 위정자들이 빚어내는 그 무시무시한 정치적 분위기였다. 그러나 그 분위기는 오늘에야 갑자기 조성된 것은 아닌 것이다. 그러면 눈에 보이지 않는 그 무엇이 변했느냐? 그것은 서울과 비교해 본 결과에 밝혀진 기준 자신의 객관적인 눈이었다. 이 고장 사람들 머리 위에 뒤덮인 검은 구름장의 그 부피와 무게가 서울 못지않게 두껍고 무겁다는 그것인 것이다.

서울에서 멀리 떨어졌을 뿐더러 목포 남방 해상 150킬로미터의 거리에 있는 절해고도에 뒤덮인 그 어마어마한 분위기가 조선의 심장부와 비하여 조금도 손색이 없는 것이다. 여간한 일이 아니었다. 기준은 새삼스레 이것을 깨달았다. 이것이 그가 서울에 가기 전과는 다른 그 무엇을 느끼게 하는 것이었다. 이제까지도 놈들은 세계 여론에서 폐색된 지리적 조건을 이용하여 이 고장에 집중적인 탄압을 가해왔었다. 그러나 지금 서울에 갔다 온 기준은 새 마음으로 그런 것들을 되새기게 되는 것이었다.

군정청 포고와 관제 삐라들이 여기저기 나붙어 있으며 언제나와 같이 사복 차림의 어깨에 장총을 걸치고 서청패들이 소풍이나 하듯 거닐고 있었다(그것은 제복 입은 군대나 경관들이 총을 쥐고 다니는 것보다 더 무시무시한 느낌을 주었다). 한 놈은 졸개들을 시켜 '시국 강연회'를 ××중학교에서 한다느니, 빨갱이는 자기 조국 소련으로 돌아가라는 따위 벽보며 삐라를 전봇대나 심지어는 영화 광고판에서 아양을 떨고 있는 미인 얼굴 위에다 사정없이 붙이고 다녔다.

군용 트럭이며 스리쿼터가 관덕정 광장을 기점으로 하여 동서쪽으로 뻗은 신작로를 쉴 새 없이 오갔다.

길 가는 사람들은 무표정이다. 속에 무엇을 품고 있는지는 고사하고 그들은 모든 것에 무관심했다. 여기가 제 땅인 양 어깨를 추켜싸다니는 서청패들을 보고서도 그 표정에는 선뜻 반응이 나타나지 않았다. 고개를 수굿하고 묵묵히 걸음을 재촉할 따름이다. 이것이 또한 서울과 다른 점이었다.

서울에는 대도회지가 다 그러하듯이 온갖 것이 생활의 거대한 도가니 속에 뒤엉켜 욱실거리는 '혼돈'이 있었다. 아니 서울 자체가 바로 격류에 휩싸인 혼돈의 세계였다. 이 엄청난 혼돈의 소용돌이 속에서 사람들은 제 나름의 질서를 잡으면 되었다. 거기에 사는 사람들은 서로가 이방인이다. 서로가 서로의 생활에 간섭을 허용치 않는다. 거미줄처럼 얽힐 대로 뒤얽힌 뒤숭숭한 대도회의 주민들은 만인이 서로 같은 얼굴을 하고 있었다. 그리하여 거기에는 모래밭의 모래알처럼 자연발생적인 카무플라주가 쳐지게 되는 것이었다.

정기준은 사람을 식별하기 어려운 서울 거리를 다니면서 어데서, 혹은 바로 눈앞에서 자기와 비슷한 일을 하고 있을 얼굴 모를 동지를 상상해 보았다. 그래서 이왕이면 서울 같은 데에 나와서 일을 했으면 얼마나 '자유'가 있으랴 싶었던 것이다.

여기는 모든 것이 막혔다. 완충 지대를 마련하는 혼돈이 없으며 모든 것이 두 갈래로, 총칼로 억압하는 자와 무표정의 가면 아래서 가만히 억압을 참고 견디는 사람들로 갈라졌다. 진공 같은 정적이 대낮의 거리에 깔리어 있었다. 날씨가 오늘처럼 상쾌하게 개면 갤수록 거기에는 아무 음향도 들리지 않는 진공의 정적이 짙어 가기만 했다.

통행인들 중에는 아는 체하는 사람도 있었으나 어떤 사람은 안면이 있는 듯싶은데 거들떠보지 않고 지나갔다. 그들의 내리깔았던 눈에 독기 어린 빛이 번쩍하는 일도 있었다. 기준은 그럴 때마다 마음을 아파하면서도 거기에 깊숙이 간직된 인민의 뜻을 찾아내곤 했었다.

성큼한 키에 뽑아 입은 검은 신사복과 검은 구두, 원래 신경질적인 바탕을 갖게 마련인 삼각형의 길쭉한 얼굴에 어울리지 않는 원만한 표정, 이 하찮은 소유물조차 사람들은 그가 미군에 빌붙은 대가로 얻어낸 것으로 보는 것이다. 기준은 사람들의 그 눈치를 의식하곤 하였다.

다리를 건너, 하늘에 높이 솟은 너덧 아름이나 있음직한 굴뚝을 바라보면서 기준은 언덕진 길을 올라갔다. 모래가 날릴 지경으로 바람이 기승을 부린다. 오른쪽 언덕의 숲 너머에 기상대의 벽돌 건물들이 어데 서양의 고성처럼 우뚝 서 있다. 꼭대기의 풍속계가 뼁뼁 돌고 있었다. 바람과는 아주 익숙해진 사이였으나 쉼 없이 도는 풍속계를 보니 기준은 목을 뽑아 홰를 치는 닭의 갸륵한 모습이 연상되어 이제 풍속이 몇 미터나 되는가, 같이 재어 주고 싶은 생각이 났다. 하여간 언덕보다 높은 벽돌집 꼭대기에서 밤낮 혼자서 사방의 바람과 맞부딪쳐 싸우는 풍속계의 모습이 눈물겨웠다.

기준은 서울에서 남산 꼭대기에 올라가 위대한 진통에 신음하는 시가를 오래오래 내려다보면서 감회에 잠겼었다. 그때 부질없이 봉건사회에 살던 한 방랑 시인이 지었다는 싯줄이 생각나서 그 호방한 풍자에 큰 소리로 웃기도 했다.

南山第一峯放糞
香震長安一万戶*

기준은 차마 '방분'할 엄두는 안 났으나 '조선총독부' 자리에 들어

앉은 미군정청을 내려다보면서 나도 한몫 끼겠노라 하고 즈봉에 구멍이 뚫어지도록 '방기(放氣)'를 뀌었다. 소리는 과연 들음직하게 났건만 서울이 진동하기는커녕 남산공원을 거닐던 예쁜 여인이 마구 상을 찡그렸을 뿐이었다. 그렇듯 요즈음은 상자 바닥 같은 성내에 못박혀 있어서 어데 높은 곳에 올라가 눈앞이 활짝 트일 풍경이라도 바라다볼 경황이 없었다.

기준이가 지금 올라가는 길은 트럭들이 출입하는 공장 뒷문에 바로 통하는 지름길이었으나, 잠시 멈춰선 그는 왼쪽에 에돌아서 해변에 향한 정문으로 들어가기로 마음먹었다. 그러자면 언덕 한 고개를 넘어가야 한다. 그러나 그것은 자기가 설정한 논의의 의지(그는 논의는 의지라는 생각을 가지고 있었다), 논리를 관통시키는 의지 밑에 모든 행동을 복종시켜야 하는, 따라서 생활에서 타성이란 허용될 수 없는 그의 처지에서 습관화된 마음이었다.

수위에 내의(來意)를 알리고, 기다렸다.

넓은 구내에는 공장이며 창고들이 늘어섰고, 건물보다 곱절이나 큰 저장 탱크의 한쪽 언저리가 햇빛에 눈부시었다. 일만여 평의 부지에 백여 명의 종업원을 거느리는(여자 노동자가 대다수였다) 이 공장은 섬의 중요 농산물인 고구마를 고아 알코올이며 소주를 만들었다. 이 고구마엔 정치적 혜택에서 버림받은 이 고장 농민들의 삶을 위한, 불리한 자연적 조건과의 투쟁이 깃들어 있는 것이다. 농민들은 논이 거의 없는 관계로 보리, 조, 콩 등의 전작물(田作物), 특히 척박

---

* "남산 제일봉에서 방귀를 뀌니/ 향기가 장안의 일만 호에 진동하네"라는 뜻.

한 화산회 토질에도 야무지게 자라는 고구마 생산에 힘을 들였다.

일제시대 '동척' 관리 밑에, 강제 공출의 고구마로 군용 알코올 생산에 종사한 이 공장은 해방 직후 인민위원회의 지도에 의하여 노동자들의 직장관리위원회에서 운영되었다. 그러나 몇 개월 못 가서 이번은 일제 대신 미군이 강제적으로 공장을 몰수해 버렸다. 미군정은 공장관리위원회를 해산시킨 다음, 적산 불하라는 명목을 붙이고 친미파 모리배들에게 물려줌으로써 장차 저들의 앞잡이 노릇을 할 반동의 물질적 토대를 꾸리는 데 힘을 빌려준 것이다.

수위가 친절한 태도로 어서 들어가시라고 했다.

아까는 "사장? 네…… 사장께 일이 있다구요?"라며 의아해 하던 수위가 사장이 기다리고 계십니다, 하고 한 번 허리를 굽신하며 통행 허가를 주었다.

사무소 2층 사장실 도어를 밀고 들어가니 소파에 자빠진 채 이병희는 꼬았던 다리만 풀고서 대범하게 어서 앉으라고 의자를 가리켰다.

"인사를 해라."

스토브 가까이 떨어져 앉았던 아들을 보고 턱짓을 했다. 아들은 이병희가 운영권을 틀어쥐고 있는 ××중학교의 학생이다. 큰 눈과 두툼한 입술, 그리고 거무스름한 낯빛까지 아버지와 닮았고, 오직 애티 있게 연신 반짝이는 눈 표정이 아버지의 사람을 노려보는 듯한 그것과 달랐다.

일어선 학생은 기준이가 이제 막 외투를 벗는데 그냥 인사를 했으나, 어디라 없이 마음이 뜨악한 모양으로 눈초리를 딴 데로 돌려

버렸다.

"자네 점심은 했어?" 사환 아이가 날라다 놓은 일본 찻물을 천천히 마시며 이병희가 입을 떼었다.

"그럼 소주나 한잔 해 보게."

탁자 위의 술 주전자 언저리를 큼직한 손바닥으로 어루만지며 그는 웃는다.

이병희는 이 고장 사람들의 슬픔을 덜어 주고 기쁨을 돋우어 주는 '만병통치'의 '보약' 제조를 자기가 도맡아하는 셈이니 그것도 교육사업 못지않은 훌륭한 사회사업이라는 생각을 가진 위인이었다. 그는 손이 찾아오면 으레 자기는 찻잔만 들고 앉아서 소주를 권하며, 술 특히 고구마에서 고아낸 소주의 효용에 대하여 한바탕 씨부렁대기를 좋아하였다.

굳이 사양하고 기준이가 담배를 입에 물자 이병희가 라이터를 꺼낸 손을 내밀었다. 친절한 위인이로군……. 마주앉았던 기준은 일어서다시피 하여 상반신을 탁자 너머로 내놓아야 했다. 이병희 자신은 담배를 안 피웠는데 론선제 라이터를 늘 호주머니에 놓고 다녔다.

"서울 재미는 어떻던가! 물가가 매일 곱절씩이나 올라간다는데 경기야 아주 좋겠지. 어때, 술값은 엔간하던가? 서울 놈들은 사람이 워낙 약빨라서 못됐어…… 우리 공장에서 도입해 가는 술 가격은 수에오키*란 말이야. 이런 망측한 노릇이 어디 있겠어, 엉. 나도

---

* すえおき. 즉 거치(据置). 공채나 사채, 연금 따위의 치러야 할 돈을 일정 기간 돌려주

조만간에 서울에 가 볼 작정인데 아무래두 지점 하나쯤은 만들어 놓아야지. 그래서 요새 중앙 정계 움직임도 이 눈으로 똑똑히 살펴보구…… 실은 오늘 식사라도 같이하자는 것두 정 군이 다녀온 서울의 형편 이야기나 들어 보자는 거였네."

"예, 저도 언제 한번 이 선생 말씀을 천천히 듣고 싶었습니다." 속에 없는 소리를 했다.

"그래, 나이가 몇인지?"

엉뚱한 소리를 한다. 소주를 마시라, 나이가 몇이냐! 사람을 불러 놓고 함부로 무슨 소리를 하느냐 말이다.

아들을 참석시킨 것으로 보아 무슨 영문이 있는 듯싶은데 이렇듯 이병희는 말머리를 저만치 끌어당겨 가지고 시작하는 것이었다.

"스물넷입니다."

"스물넷, 허허 스물네 살, 우리 집 큰놈보다 두나 아래군……. 자네 만(滿)으로 그렇단 말인가?"

"아니죠……"

"왜, 미국 사람들은 만으로 나이를 센다는데."

기준은 울컥 가슴을 떠받는 것을 느끼면서 미지근한 찻물을 쭉 들이켰다.

"하하, 이 선생님도…… 제가 어데 미국 사람입니까?"

"누가 자넬 보구 미국 사람이랬나, 엉? 미국 사람들은 원래부터가 그렇다는 말이지. 젊은 사람들은 아마 한 살이라두 나이를 더

거나 지급하지 않음.

먹구 싶은 모양이군. 우리네 나이가 돼 보게, 자꾸 젊어지구퍼서 야단이란 말이야. 인삼 녹용을 먹는 것두 다 까닭이 있는 걸세. 막상 미국 사람 식으로만 할 수 있다면 나이가 두어 살씩이나 젊어질 것이니 오죽이나 좋겠는가."

"아버지, 나는 가겠습니다." 볼멘소리였다. 학생은 어른들의 대화가, 더욱이 군정청 통역이란 사람이 앉아 있는 것이 성에 차지 않는 것 같았다.

"오냐, ……? 오늘 수업은 다 마쳤다지!"

"빨리 가서 숙제를 해야겠어요."

이 뻔한 거짓말은 이 자리에 같이 있고 싶지 않다는 소년의 항변이었다.

그러나 세상 아버지들은 자식의 그럴듯한 거짓말에는 저항력이 없다. 이병희는 어린것이 손님 앞에서 대견한 말을 해 주어서인지 미소를 떠올리며 부드럽게 말했다.

"음, 그럼 그래라. 공부 잘하는 게 제일 착한 학생이니까. 그리고 앞으로 너 선생이 될 사람이니 인사를 잘 하고 가거라."

'너 선생이 될 사람이니……', 누구를 두고 하는 소리인가? '인사를 잘 하고 가라', 지금 이 자리에 이 학생 인사를 받을 사람은 자기밖에 없지 않은가! 어리둥절해 하는 기준에게 학생은 말없이 절만 했다. 그러고는 단정히 쓴 학생모 차양을 다시 깊숙이 잡아 누르고 자리를 떴다. 이병희는 막 문밖으로 나가려 하는 아들의 등 뒤를 향하여 생각난 듯이 소리쳤다.

"윤근아, 영어 공부부터 먼저 해야 한다!"

'영어 공부부터 먼저 해야 한다!' ―그제야 하하, 나를 영어 선생으로 하자구…… 이렇게 이병희의 속심을 가늠한 기준은 그의 얼굴을 물끄러미 쳐다보았다. 어이가 없어 말보다 웃음이 먼저 나올 지경인데

"자네, 장가들 생각은 없나?"

하며 이병희는 빙실거리면서 기준의 얼굴에 나타나는 반응을 살피듯 노려보았다.

"예, 장가도 가야죠." 이렇게 장단을 맞춘 기준은 언제까지나 몰려 있을 수 없었다. "그런데 이 선생, 말씀이란 그것입니까?"

"어디 그뿐이겠나, 할 말이야 많지. 세상 돌아가는 정세두 알아야 하구, 정치학도 배워야 하구…… 문제는 선거, 선거가 큰 문제란 말이야. 대세는 우리나라에 국회를 구성하구 백성들에게는 민주주의를 베풀어준다는데 빨갱이들이 반대한다구 떠들어대는 판국이란 말일세. 자네, 내가 말하는 참뜻을 알겠는가, 역사에 오래 빛날 이 위대한 사업의 진수를 국민들은 더 알아야 한다는 그 말일세. …… 음, 그래 좋은 색싯감이 있는데 정 군, 자네 장가들 생각은 없나 말이야, 자네 같으면 내가 중매 들어도 좋단 말일세."

낯가죽이 두껍다 할까, 호인이라 하면 좋을지, 기준은 이병희의 넉살 좋은 태도가 불쾌하였다. 그는 결혼 문제는 좀 더 생각해 보겠노라 하고 손목시계를 들여다보았다.

"다른 볼일이 없으시면 저도 가야겠습니다만……"

늑장을 부려도 어지간히 하라는 말이었다.

"옳지. 옳아, 시간이 바빴지. 실은 아까 저놈이, 자네한테 인사를

한 애가 둘째아들인데 그게 다 그래두 저로서는 궁리를 하고 있단 말이야, …… 그래서 나도 저놈에게 영어 공부를 더 시켜 보자구 생각하고 있네."

이병희네 집에 초대를 받아 가 본 적이 있는 기준은 그 학생을 알고 있었다. 착실한 소년이었다. 작년 3·1 기념절 사건 때만 해도 그가 배우며 아버지가 이사장을 하는 학교 생도들과 함께 이병희의 반대를 무릅쓰고 떳떳이 싸운 학생이었다. 그가 사월부터 고등학교에 진학하게 되는데 영어 가정교사를 채용하고 싶다는 것이 이병희의 이야기의 본 줄거리였다. 그러나 가정교사에 탐을 내는 사람은 아들이 아니라 아버지인 것 같았다.

"학교 교원더러 가정교사를 시킬 수도 없구 말이지…… 실상 선생이란 사람들은 믿지 못하겠네, 점잖은 소릴 하다가도 한 껍질 벗겨 놓으면 수박처럼 빨갛단 말이야. 그래 통역하는 친구야 어디 자네뿐이겠나, 허지만 눈치를 알면 야단이 난다니까, 우리 집 문전에 매일같이 매달려 가지구 떨어지질 않을 사람이 많다는 거요. 그렇게 되면 내가 채용 시험을 주관해야 될 지경이니 말이지…… 하하."

기준은 이 사람이 하필이면 왜 나를 지목했는가, 이러저러 궁리해 보았다. 이병희가 지금 믿지 못하는 사람은 학교 선생이라지만 더 위험한 인물은 바로 그 코앞에 앉아 있는 내가 아닌가. 일주일에 단 몇 번이라도 밤 시간을 구속당하는 것은 자기가 맡은 임무를 수행하는 데 지장이 될 수 있을 것이었다. 그러나 이병희 같은 유력자와 가까이하는 것도 아주 중요한 일이었다. 그의 청을 들어 두는 것도 그 신임을 얻는 하나의 계기가 될 것이었다. 그래서 기준은 다리를 꼬아 한 쪽 발을 내밀며 흙먼지가 덮인 구두를 바라보는 자기의 동작에 적이 저항을 느끼면서 말을 꺼내었다. 그것은 또한 상대방의 말을 좀 더 들어 보자는 의사 표시이기도 했다.

"이 선생 댁에 큰아들이 있잖습니까? 실력도 있구 동기간끼리구 아주 좋은 선생이라고 생각됩니다만."

"정 군, 말도 말게, 그놈이 동생을 위해서 책상을 지켜 앉을 놈인가? 자네도 아는 일이지만 술을 쳐먹구 다니면서 미군 욕이나 하구⋯⋯. 이 애비가 없으면 벌써 총살이다! 총살!"

이병희는 눈알을 부라리고 벌떡 자리를 일어섰다. 그는 뒷짐을 지고 바다가 바라보이는 창가에 다가갔다.

"어서 서울에 돌아가서 그놈의 철학인가 무엇인가, 멋대루 해 달라구 사정하는데, 이젠 말도 안 듣고 내 간장만 썩인다 말이지. 대관절 애비 되고 이런 놈의 창피가 어디 있겠나 말이야? 제발 그놈의 얘긴 그만 두게!"

그는 조용한 방안에 징알 없는 가죽구두 소리를 찍찍 내면서 서성거리었다.

이병희에게는, 소위 철학 청년인데 서울에서의 대학 공부를 중단하고 귀향한 후로는 술을 벗삼아 세월을 보내는, 상근이란 맏아들이 있는 것이다.

"이번 선거에 서울 사람들이 제주도를 선거지로 정해 가지구 한바탕 논다는 말이 있는데, 그게 참말인가?"

이병희는 말머리를 돌리어 사장 책상에 가서 퍼떡 앉았다. 그래서 꽃병의 꽃을 한 가지 꺾어 들어 기준이 얼굴을 뚫어지게 바라보

는데 순간 그의 표정에 침통한 그늘이 지었다. 머릿속에는 아직 큰
아들 생각이 뱅뱅 돌고 있는지도 모른다.

"서울에 문필가협회란 단체가 있는데 거기에 부회장하는 사람이
있다고 합니다. 그 사람들이 이번 선거를 앞두고서 제주에서 입후
보해 보려는 움직임이 있는 모양 같습죠."

"허허, 그것두…… 정말 기가 막힐 노릇이지. 서울 사람들이 서
울에서 선거할 줄 모르고…… 왜 하필 남의 집안에 들어와서 한몫
벌자는 거요. 엉, 그놈의 소갈머리가 고약하단 말이야. 내가 듣건대
는 여기저기 육지 사람들이 제주도를 노리고 있다는데……."

"허지만 어데 그리 간단히 일이 됩니까. 아무래두 고향 사람들이
당선될 겁니다."

"음, 그래야지, 그래야 되구말구." 그는 적이 마음이 놓이는 듯
말했다. "헌데 정 군, 자네 아까 뭐라 하던고? 뭐 무슨 협회……
뭐라더라……"

"문필가협회이죠……"

"음, 그 협회라는 게 어떤 단체이지? 무슨 정당에 소속하고 있는
단체인가 말일세?"

"글 쓰는 양반들이 모인 단체이지요."

"글 쓰는 양반들이…… 허헛."

씨물씨물 웃는 이병희 얼굴에 경멸과 선망이 빛이 스쳤다.

아직 '선거 방안'(4월 2일에 발표되었음)도 공표되기 전부터 이병희
는 자기의 정계 진출의 운명을 좌우하는 5월 9일이 큰 걱정거리로
되어 있는 것이었다. 그에 비하면 가정교사를 집에 놓는 것은 부차

적인 문제에 불과했다.

그러나 부탁을 받은 기준으로 말하면 그것은 직접적인 문제로 제기되는 것이었다. 그런데 기준은 확답을 하지 않았다. 정기준 개인이 결정할 성질의 것이 아니었다. 기준이가 그의 독단으로 해도 좋고, 그래선 안 될 일이 있었는데, 이것은 후자에 속하는 성질의 것이었다. 왜냐하면 다만 가정교사에서 끝을 낼 수 있는 일이 아니기 때문이다. 문제는 응당 장용석이와 의논하고 그를 통한 조직의 지시에 따라야 될 것만 같았다.

장용석이야말로 조직과 정기준을 연결시키는 단 하나의 끈이다. 두 사람은 두터운 동지애로 서로 굳게 믿었으며 기준은 용석이에게서 산〔生〕 조직의 체취를 맡았다. ……그렇지만 때로 기준으로 하여금 답답증에 사로잡히게 한 것은 용석의 저쪽에서 무엇이 어떻게 되어 있는지 알 수 없는 그것이었다. 물론 그것은 이런 일에 따르게 마련인 기밀에 속했다. 그러나 만약 용석이와의 연계가 아무 예고 없이 뚝 떨어지는 날에는 어떻게 될 것인가! 그것은 흡사 공중에서 실이 끊어진 연과 같은 신세이며 제 발로 미국 놈 진지에 걸어가서 잡히는 것으로밖에 못 되었다. 기준은 몇 번이나 내계와 외계가 단절된 비밀당원의 생활은 그만두고 시원한 공기를 마음껏 들이마시고 싶었던지 모른다. 때로는 남모를 영웅적인 기분을 맛보게 해 주는 일도 있었으나, 이런 사업에 그늘처럼 따라다니는 이중생활이 ─그것은 필연 이중성격을 형성하게 되는 것이다─ 싫었다. 성내의 지하조직과도 상관이 없고 일체 횡적인 선을 끊긴 생활은 그에게 고통을 가져다주었다. 그러니 자연 불평도 나왔지만 용석이를 만나면 신통하게 풀리었고, 더구나 이런 성질의 불평불만의 해결책이란 단 하나 그 일을 하느냐, 마느냐의 '양자택일'에 달려 있기 때문에 어차피 풀리지 않을 수가 없는 것이었다. 그래서 기준은 장용석의 저쪽 길이 어떻게 트였는지 그것을 알아보려는 호기심도 부질없는 것으로 생각하게 되며, 또 알 필요가 없고 알려고도 하지 않는 그런 데까지 자기를 끌어올려 왔다.

아무튼 기준에게는 장용석이가 투명한 병의 아가리 같은 존재였다. 병 속의 기준은 그 아가리를 통해서만 대기가 충만한 세계와 간신히 접촉할 수 있었으니 말이다. 만약 이 아가리가 없었으면 정기준은 그가 아무리 임무를 지닌 사람일지라도 마개가 막힌 병의 진공 속에 서식하는 기계에 불과한 것이었다.

기준은 확답을 주지 못하고 이병희와 갈리었다. 갈릴 적에 이병희는 기준을 맞아들일 때와는 달리 스스로 손을 내밀고 악수를 청했다.

복합한 감정을 안고 기준은 방을 나왔다. 복도에 나오니 싸늘한 공기가 홧홧 타는 스토브 열에 상기된 얼굴을 어루만지면서 사뭇 기분 좋았다. 문밖에서 한숨을 후 내쉰 뒤에야 그는 속이 후련해졌다. 신경을 어지럽게 구는 법석판 못지않은 사장실이었으니 말이다.

현관에서 기준은 방금 자기가 나온 사무소보다 높이 솟은, 이웃의 홀쭉한 창고 건물에 달린 계단에 시선을 던졌다. 그는 Z자형의 그 노천 계단에 호기심을 느낀 것이다. 걸음을 멈춰선 기준은 문득 저 위에 올라가 봤으면 하는 소년적인 생각에 사로잡혔다.

발길을 돌려 세우고 그쪽으로 다가간 기준은 철제 계단을 한 층계, 한 층계 올라갔다. 3층 꼭대기까지 올라가니 시야가 휑하니 트이는 동시에 맞바람이 그를 기다리기나 한 듯이 냅다 불어왔다. 사람들의 입김을 거치지 않은 조수 냄새 머금은 해풍이었다.

계단 끝은 그 가장자리를 철책 모양의 난간으로 막아놓은 넓은 발판이었다.

기준은 오래오래 난간에 앞가슴을 기대어 서서 눈에 안겨드는 모든 것에 눈길을 보내었다. 공장의 소음도 여기서는 귓불을 스치는 바람과 함께 멀리 사라졌다.

무한대의 코발트색 하늘은 그 깊이를 헤아릴 길이 없었다. 심연은 사람 몸뚱이를 빨아들일 매력과 위력을 지니었다면, 이 밑 없는 하늘에는 그 품에 사람의 넋을 한 줄기 연기처럼 뽑아 넣을 허무가 있었다.

그러나 하늘가에 닿은 망망대해는 가까워질수록 부동의 자세가 어느새 넘실거리기 시작하며 크낙한 생명의 입김을 토하는 것이었다.

지척에 바라보이는 축항 방파제는 부딪치는 파도에 씻겨 한시도 마를 줄 몰랐다. 산산이 부서지는 물안개 속에 이따금씩 칠보색을 뿌린 무지개가 섰다. 눈결에 꺼지곤 하는 그것이 더욱 아름다웠다.

축항에는 오늘도 사람들이 많았다. 부두에 대인 기선에 오가는 조그마한 사람 그림자며, 길가에 벌여놓은 가게들에서 움실거리는 군중들이 어느 무성영화의 인물들인 양 손짓, 몸짓으로 저마다 얘기를 하는 것이었다. 그런가 하면 한 떼는 축항에 흘러드는 하천

기슭을 따라 성내로 들어갔다.

그들을 따라 머리를 움직이면 성내 거리가 한눈에 안겨 왔다. 여기저기 흩어진 초가집을 끼고 기와지붕들만 빼곡히 들어선 성내는 게걸음처럼 옆으로만 퍼지려는 납작스름한 거리였다. 그러나 평범한 이 거리의 지붕 밑에는 적에게 곁을 주지 않는 수만 인구의 생활이 있었다.

성내 복판에는 어디서나 바라보이는 웅장한 관덕정 건물이 추녀 끝을 비조마냥 번쩍 들어 도사려 앉았다. 관덕정 가까이 훨씬 키가 낮은 도청의 지붕마루에서 자그마한 무슨 깃발 비슷한 것이 푸들푸들 떠는데 그것은 미국기였다. 항상 눈에 거슬리는 물건이기 때문에 부지중 거기에 정신이 쏠린 것이었다. 미군정청이 그 속에 자리잡은 도청의 옥상에서 펄럭거리는 성조기야말로 이 나라의 처지를 상징하여 남음이 있는 것이다. 빼앗긴 제 집 지붕에는 성조기가 꽂혔으며 자기는 도적놈에게 빌붙어 곁방살이하는 도청의 신세가 바로 그렇단 말이다. 말하자면 이 나라 사람들은 바다를 건너 들어온 이 깃발 하나를 땅바닥에 끌어내리지 못한 탓으로 이 원통한 고생을 강요당하고 있는 것이다.

망망한 고원지대에 그 산기슭을 떠받치어 아득히 솟은 한라산을 바라다보면서 기준은 숨을 크게 몰아쉬었다.

몇 천 도의 그 치열이 바윗돌을 녹이고 대해(大海) 물을 끓였으며, 터지는 그 불기둥이 하늘을 태운 화산, 천지개벽을 고하는 폭풍우와 산을 갈라내는 지동을 일으킨 화산의 후예가 바로 한라산이다. 그 한라산이 지금 백설에 덮이어 잠자코 서 있다.

기준은 웬일인지 눈물이 글썽해졌다. 눈을 재게 깜박이며 눈물을 막은 그는 다시 성내 거리에, 인간의 자유가 짓눌리고 있는 거리에 시선을 돌리었다. 도청에 잇대어진 경찰서 건물 ─ 유치장, 동지들, 고문, 병신, 죽음……잔학, 살인자의 거만과 공포, 술, 권력, 아부, 다시 잔학의 그지없는 반복……. 그러나 죽음은 기어이 그놈들에게 되돌아가고야 마는 것이다. 그는 언젠가는 자기의 정체도 폭로될 때가 올 것이라고 생각하니 소름이 끼쳐 온몸이 죄어드는 느낌이었다.

하하, 무서운가 보다, 차라리 할일이나 다해 놓고 그렇게 되면야……. 그는 웃음으로 부질없는 망상을 지워 버렸다. 그런 생각은 결핵균처럼 폐 공동 내에서 꼼작 못 하게 질식시켜 죽여 버려야 되는 것이다.

물새 한 마리가 기준의 이마에 물방울을 던지고 후루룩 날아갔다. 처녀처럼 날렵한 몸매였다. 그는 눈웃음을 지으며 저만치 날아가는 갈매기를 쫓았다. 새는 한동안 바닷빛 바탕에 흰 빛깔을 번쩍번쩍 어른거리다가 눈부신 하늘에 사라지듯 활활 날아올랐다.

기준의 머리에 퍼뜩 명순이 얼굴이 스쳤다. 그러자 사장실에서 느닷없이, 자네 장가들 생각은 없나? 하던 이병희 얼굴이 떠올랐다.

명순이는 지금 무엇을 하고 있는지? ─ 생각하고 싶지 않았다. 그러나 기준은 요 며칠 새에 일어난 일을 영 모르고 있었다. 명순의 체포와 죽음도, 그리고 기적적인 생환과 그 집 고방에서 일어난 슬픈 사실들에 대해서도 알 바가 없었던 것이다.

'예, 장가도 가야죠.' 기준은 이병희 말에 대꾸하던 자기 음성마저 기억하고 있었다. 미련한 대답이었다. 장가! 무엇 때문에 장가를 간단 말인가. 명순이로 하여금 나를 단념시키기 위한 수단으로? 그도 좋겠지…… 조직을 위하여, 혁명을 위하여 내가 명순을 버리고 딴 여자와 결혼한다! 너는 아주 견실한 혁명가로구나……. 귀맛이 도는 말이다.

그러면 너는 무엇 때문에 명순이에 손을 대었던가? 왜 꽃 같은 몸을 침노하여 영원한 손톱자국을 남겨 놓았느냐? 명순을 멀리한다면서 왜 그를 범했느냐? 멀리한 여자가 아쉬워서 그랬던가?…… '혁명'이란 말과 내용은 다를 수 있다. 혁명이란 말에 자기를 속여서는 안 되며 또 속아서도 안 된다. 자기가 만들어 놓은 허울 좋은 구실에 제정신을 팔아넘겨서는 안 된다. 자기를 속여서는 안 된다…….

한 걸음 물러서서 어떤 여자가 나하고 부부 생활을 하게 될 것인가를 상상해 보자. 그런 기특한 여자가 있다면 그도 팔자가 사나운 사람이요, 나의 정체도 모르고 허수아비 같은 남편의 껍데기만 품에 안고 살다가 어차피 과부가 되고 말 것이니 말이다. 뱃속에 어린 생명의 태동을 들으면서……. 하하, 그놈은 삼대독자인 나의 대를 이어줄는지도 모르지만…….

기준은 밑도 끝도 없는 생각에 잠겨 있다가, 거기서 담배를 꺼내고 한 대 물었다. 생각을 이어가자는 것이 아니라 정신을 어지럽히는 잡생각에 마감을 짓자는 데서 손에 잡힌 담배인 것이었다.

그런데 갑자기

"여보시오, 당신 거기에서 무얼 하고 있는 거요!" 하며 고함을 지르는 소리가 울려 왔다. 내려다보니 작업복을 입은 사내가 눈을 지릅뜨고 서 있었다.

"담뱃불을 끄란 말이요, 당신 어데서 온 사람인데 함부로 담배를 피우구 있어? 금연이라구 써 놓은 걸 못 봤어?"

노동자는 헤엄치는 듯 마구 손짓을 하며 내려오라고 했다. 사람이 서넛이 보이기 시작했다. 기준은 당황하여 담배를 구둣발로 비벼 껐다.

"가만 있자, 저 사람 통역이로군! 군정청 사람이야, 군정청! 건드리지 말구 돌려보내."

"군정청이 아니라 그놈의 할애비면 어떻단 말이오!"

목 안의 소리처럼 들릴락 말락 했으나 사뭇 귀를 아프게 하는 말이었다.

기준은 몸이 굳어져 선뜻 발을 내디디지 못했다. 막상 그런 소리를 듣고 보니 노동자 사이를 헤집고 나가기가 딱해졌다.

"여보, 빨리 내려 와요!" 맨 처음 기준을 발견한 젊은 노동자가 성난 소리로 외쳤다. "못 내려오면 내가 데리러 가 주지."

사람들의 말리는 손을 뿌리치고 그 청년은 정말 계단 쪽으로 성큼성큼 걸어오는 것이었다. 그 바람에 기준은 얼른 층계에 발을 내리 디디었다. 내려가는 발바닥에서 구두 징알이 여태껏 들어본 적 없는 미련한 소리를 내었다. 벽에는 '금연'이라는 한자글발이 큼직하게, 더구나 그 밑에 붉은 페인트를 가지고 영어로 '노 스모킹!' 하고 씌어 있지 않은가! 계단을 오를 적에 확실히 눈에 뜨인 글이었다. 그것을 어느새 감쪽같이 잊어버린 것이다.

아래서 '침입자(侵入者)'가 내려오는 것을 가만히 지켜보던 청년은 그가 땅 위에 내려서자마자 대뜸 책을 잡기 시작했다.

"당신, 무슨 일로 왔어?"

키가 성큼한 기준을 내려다볼 만치 걸때가 좋은 그 청년은 성질도 팔팔하고 손질깨나 할 만한 위인이었다. 짐작건대 이럴 때에 한 번 분풀이를 해 보자는 것 같았다. 그래서 기준은 제 잘못한 깐도 있어서 고분고분해 주고 싶었으나 한편 군정청 사람값을 해야 되니 너무 수그러들 수는 없었다.

"여기 사장 만나러 왔어."

"사장? 사장 만나러 온 양반이 창고 위에 올라갔는가?"

"……"

몰려든 사람들 속에서 웃음소리가 났다. 그 웃음은 자기들은 한편이라는 집단의식에 뒷받침된 것이었다. 기준은 정말 부아가 났다. 그도 목이 곧아서 함부로 호락호락할 위인이 아니었으나 상대가 상대인 만치 어찌할 수 없었다.

'이 숙맥아, 엔간히 치근거리란 말이야. 뭐 큰일 저질렀기에 이 야단이냐 말이다. 내가 정말 통역인 줄 아나?'

기준은 외투 호주머니에서 다시 담배를 꺼내었다.

"여기에선 담배 피워도 좋지?" 하며 불을 대었다. 제 깐에는 퉁을 준 셈이었으나 패자의 넋두리에 불과한 말이었다. 그런데다 라이터 불마저 바람을 이겨내지 못하고 코앞에서 자꾸만 꺼지는 것이었다. 담뱃불에게서까지 미움을 받은 기준은

"아깐 내가 잘못했어, 부러 한 일은 아니오. 길을 좀 비키시오."

하며 그 청년 얼굴을 한번 쏘아보았다.

기준은 모처럼 가려는데 다시 한 중년 사내가 말리느라고 간참을 들었다. 자기를 군정청 사람이라고 하던 그 남자인 성싶었다. 귀찮았다.

"자, 형씨 엔간히 하구 돌아갑시다. 고까짓 일을 가지구 다툴 게 없잖소."

그리고 청년을 보고는 거짓 음성을 높이고 "자네도 그만하세!" 하였다. 팔이 들이굽는 격으로 저들끼리 역성을 하는 판이다. 기준은 노동자들 속에서 완전히 빼돌리고 말았다.

"하여튼 미안하게 됐어."

기준은 이 한마디 말을 남기고 공장을 나왔다.

"하여튼……하여튼이 뭐란 말이야." 돌아가는 기준의 등 뒤에 대고 내뱉듯 사람들이 뇌까리었다.

정문을 통과할 때 수위가 고개만 끄덕하고 인사를 하는 체하였다. 분명히 수위실에서 구경하고 있었던 것이다. 기준은 거들떠보지도 않고 나갔다.

정문 밖에 나온 기준은 그제야 시계를 들춰 보았다. 2시 5분— 봉변당한 시간을 합하여 한 시간 남짓이나 주정공장에 있었던 셈이다. 기준은 한 시간쯤 앞서 언덕길에서 내려온 그 올리받이를 다시 올라가면서 불쾌감과 우스운 생각이 뒤섞인 기묘한 감정을 경험하고 있었다.

'UN조선시위원단 입국 환영!', '매국노 적구를 타도하라!' 이런 따위 삐라가 나붙은 길섶의 공장 담벼락을 바라보면서 기준은 까닭

모를 웃음이 터질 것만 같았다.

"하하, 오늘은 이병희 덕택으로 난데없이 봉변만 당했군!" 이렇게 생각하니 마음이 제풀에 느긋해지는 것이었다. 만약 주위에 사람이 없는 곳이었으면 가가대소를 했을는지도 모를 심정이었다.

이윽고 길은 공장 뒷문에 통하는 갈림길에 닿았다. 거기서 내리막길을 내려가면 다리를 건너게 된다. 파릇파릇한 새싹이 돋는 냇가의 버들가지들은 벌써 봄단장을 하기 시작하고 있었다. 다리 밑으로 바닥이 드러나 보이는 청렬한 냇물이 이른봄 햇빛에 빛나며 흘러간다. 오래간만의 맑은 날씨였다.

어느새 기준은 얼굴 그들먹이 미소를 내뿜고 있었다.

2

주정공장 언덕을 내려온 정기준은 관덕정이 바로 보이는 광장에 나왔다. 군정청 앞을 지나 이웃 경찰에 얼굴을 비치고 사무실에 되돌아왔으나 짐작한 대로 하리스 군조가 혼자 타이프를 치고 있었다.

얼마 전 다리를 건너 신작로로 에돌아 오는데 먼지를 일으키며 전면에 나타난 지프차가 기준이 옆에 대고 급정거하였다. 같은 법무국의 부관인 젊은 파카* 중위가 차를 멎어 세운 것이었다.

"오오 미스터 정, 마침 잘 만났소!" 기준의 경례에 얼른 답례하여 말을 이었다. "이제부터 K봉으로 가는 길이오. 어떻소, 오늘쯤은

—————
* 원문에는 '파아카'로 되어 있다.

몇 마리나 꿩이 잡힐 것 같소?"

지날결에 하는 말이었으니 차내에서 손이나 흔들고 어서 가버리면 되는 일이었다. 그러나 모처럼 휴가를 받아낸 기쁨으로 들뜬 마음을 누를 수 없어 마구 사람을 붙들었는데 선참 나오는 말이 그 말일 것이었다.

"글쎄 모르긴 몰라도…… 중위께서 지닌 솜씨에 칠면조만 한 게 걸려야 마땅하지요."

기준은 어깨를 으쓱하여 웃어 보였다.

칠면조? 하고 되물은 파카는 그 말이 마음에 들었다는 시늉으로 드리운 두 팔을 두 아름이나 벌리어 앞좌석의 통역을 바라보았다.

"그 개가 따라가면 마음이 든든하겠습니다."

기준의 말에 파카는 무릎에서 혀를 내밀어 헐헐하는 포인터종의 사냥개 아가리에다 무슨 과자를 쑤셔넣었다.

"미스터 정." 운전대에서 통역 박공대가 사람을 덧들이는 말참견을 했다. "이 사장 나으릴 만난 모양인데, 어때 서울 갔다 온 보람이나 있었소?"

출장 병에 걸린 박공대가 자신이 못간 출장에 안달머리가 나서 하는 소리임을 모르는 기준이가 아니었다. 게다가 아침에 갑부로 이름난 이병회에게서 온 전화를 그가 대주었으니 그의 성미로 보아 그냥 심드렁하니 지나치지 못했을 것이다.

"재미가 없는 대신 보람이래두 있어야지…… 근데 영 형편이 없구만요. 돌아오자마자 이 사장께 붙들리는 판이거든요. 미스터 박이 아는 대로 어데 그 양반이 그리 만만한 사람이오? 골치가 아파요."

"허어, 무슨 좋은 부탁이나 잔뜩 받았나 부다. 적어두 상대방은 재벌인데 미스터 정이 해로울 거야 조끔도 없지 않겠소. 이제 어떤 행운의 여신이 찾아들지도 모르지, 몰라. 골치가 아프다니 별말씀 다 하는군."

"하하, 그래…… 상상에 맡기겠소만, 내가 정말이지 그 행운의 꼬리를 붙잡고 싶구만."

"공술 한 잔 보구서두 십 리 가는 사람이 있다구……. 나도 이 사장이 여간한 사람이 아니란 걸 알고 있소, 그러니 어설프게 서둘지 않는 게 좋단 말이요." 되지 못하게 사람을 쓸까스르는가 하면 가당치 않는 훈계조로 말을 한다. 기준은 주고받고 하느니보다 차라리 그런 답을 바라는 터이라 속으로 픽 웃어 치웠다.

"부관께서 잔치 베푸신다는 거 알고 있겠죠? 부인께서 생일맞이거든……."

그 얼굴은 파카 중위를 쳐다보고 있었다. 그것이 아첨인가, '문명인 미국시민'에 대한 존경심의 표시인가, 박공대의 얼굴은 금시 햇살을 맞는 은화식물처럼 사뭇 부시었다.

"나의 사랑하는 애인이자 아내인 로리*의 생일을 위해서 지금부터 이 솜씨를 보이려는 거요." 파카는 엽총을 겨누는 시늉을 하면서 총부리를 차 밖으로 쑥 내밀었다.

"내일 밤은 어서 오시오, 우리들 유쾌하게 같이 놉시다."

이 말이 떨어지기가 바쁘게 차는 우르릉 소리만 남기어 가 버리

---

* 원문에는 '러리'로 되어 있다.

었다.

생일을 한다는 이야기는 아침 사무소에서 언뜻 귀에 담았었다. 허기야 처가 미국이 아니라 어데 가 있든 성심만 있으면 그 생일맞이를 못 해 주랴마는 그러나 주인 없는 파티가 제삿날처럼 음산한 풍경이 되고 말 것은 뻔하였다. 그러니 이 이상야릇한 생일이란 한낱 구실에 불과했다. 냉동 칠면조보다 산〔生〕 짐승을 잡아다 처 사진 앞에 바치려는 그 마음씨가 상냥하다면 그럴 듯도 하나, 결국 처 생일에 빙자하여 한판 놀자는 데 목적이 있는 것이었다. 게다가 태평양을 주름잡다시피 잦았던 사랑을 전하는 편지가 뜨음하여진 요즘에, 처에 대한 사랑과 더불어 못을 박아 둠도 해외 파병 생활을 하는 처지에서 필요할 것이다. 여자는 자기 생일을 위한 만리타국에서의 파티 사진 — 그것은 탁상용 액틀 속에서 미소하는 처의 얼굴을 한가운데 모시고 찍혀 있는 법이다 — 을 끼운 편지를 받아 보고서 남편 없는 동안의 외로움이 키질하는 정열이란 이름의 충동을 얼마만큼 억제할는지 모를 일이었다.

아무튼 돌아올 무렵에는 허공에 대고 마구 총을 쏘며 마침내는 그 총구가 꿩 아닌 무엇에 대고 겨냥질할지도 모르는 꿩 사냥이다. 풀밭들에 매복한 꿩을 그 날카로운 후각으로 알아채어 몰래 다가앉은 사냥개가 꼬리를 흔드는 신호를 보내는 즉시로 먼발치에서 포수는 사격 준비를 한다. 개가 짖으며 냅다 달려들면 혼쭐이 난 꿩이 얼떨결에 푸드덕 공중으로 날아오르는 순간 우박처럼 쏟아지는 산탄총을 맞추는 것이었다. 그런데 이 개는 주인들을 닮아 조선 사람을 천대할 줄 알며 이따금 꿩 대신 나무하는 사람을 살금살금 따라

가는 것이다. ─ 개뿐이랴. 그들의 푸른 눈알에는 사람이 한두 번만 아니게 꿩 모양으로 비치는 허기증이 사무쳐 있었다.

온몸의 다갈색 얼룩이 한쪽 눈언저리에까지 번진 사냥개를 보고 기준은 또 한 마리의 개, 도 군정장관 스타인홀 대좌의 문지기 개 휘트니*가 아주 쉽사리 머리에 떠오른 것이었다.

삼각형의 귀가 쫑긋하여 벌리면 벽돌 같은 아가리가 귀밑까지 쫙 째어지는 송아지만 한 그레이트데인** 종의 그 개는 스타인홀의 호신견으로 미국에서 사들였다 한다. 옛날 아프리카에서 끌어온 노예를 감시 중에 물어 죽인 선조를 자랑하는 무서운 혈통을 가진 개인 것이다. 아직은 사람을 물어 죽이지 못했으나 조상의 사나운 피가 흘러 있는데다가 제법 사람들을 편 갈라 보아 조선 사람이라면 냄새만 맡아도 귀가 창끝처럼 쫑긋해지는 독종이었다.

그래서 이름을 휘트니로 고쳐 놓은 인간이 바로 스타인홀 자신이라는데 그 진위는 고사하고 거기에는 사람의 흥미를 끌 만한 이야기가 있었다. 가령 그것이 픽션이라 치더라도 스타인홀의 위인을 엿볼 수 있는 이야기며, 한편 이것을 부인하려는 대변자가 나타나지 않아 자연 진담으로 되고 말았다. 원래 휘트니는 독종답지 않게 그리고 암컷답게 다이아나라는 멋들어진 이름으로 불린 모양이다. 그러나 워낙 시샘 많고 국수주의적 경향이 농후한 스타인홀은 이 섬의 상징인 아름다운 한라산의 모습이 아니꼬웠던지 미국에서 제

---

* 원문에는 '호잇토니'로 되어 있다.
** 원문에는 '구덴드덴'으로 되어 있다.

일가는 높은 봉우리 이름을 딴 것이었다. 그때 마침 그 자리에 그보다 더한 놈이 있어 장관께 말씀 여쭈기를 개 이름을 차라리 한라라고 지어 놓고 그 사연을 신문에다 알리면 이 고장 백성들에 대한 눈가림으로도 되지 않겠습니까, 하였다. 서울에서 갓 부임해 온 햇내기 도지사 유해도의 그 말에 술이 얼근한 스타인홀이 난데없이 성을 발끈 내어 일어서더니 군복 깃을 여미고 외쳤다.

"한라? 한라와 휘트니가 무슨 상관이 있소? 한번 지은 개 이름을 함부로 바꿀 수가 있소? 한라산? 한라산은 아름다운 산이요, 그러나 그뿐이요. 나의 개 이름을 짓는데 개입할 수는 없단 말이요.

맥아더 포고와 하지 성명을 상기하시오. 본관은 그 포고와 성명의 정신을 지니고 문명에서 떨어진 이 절해고도에 상륙했소.

본관은 당신네 나라의 독립을 위하여 더구나 당신네들이 못 하는 사업을 대신하고 있는 미합중국의 군인이오. 우리 정부는 모든 후진 민족에 대하여 민주주의 정신과 제도를 베풀어 주며 그 민족들이 여태껏 모르고 지낸 민주주의의 룰과 자유가 무엇인가에 대하여 가르쳐 주고 있는 것이오. 무엇보담 이 나라에도 창궐하고 있는 공산주의의 위협에서 전 세계의 자유를 방위하고 있음을 잘 알아야 할 것이오. 따라서 뉴욕의 허드슨 하구에 우뚝 솟은 자유의 여신이 우리 나라를 상징하듯이 우리 정부 정책에는 안팎이 없으며 허튼수작은 오히려 미합중국 헌법과 정책의 정당성을 훼손할 따름이오.

그리하여 특히 중요하게는 개 이름 문제에 관해서는 제주 G.H.Q* 장관인 동시에 미국시민 조지 스타인홀 개인의 사사에 속하느니 만치 누구도 개입할 수 없는 일이며, 이것이 바로 시민권의 근저를 이루는 민주주의의 정신인 것이오."

그리고 잠시 후 엄격한 군인 스타인홀은 정치가가 되었다. 그는 지배자들이 앞잡이를 다루는 데 거의 본능적으로 갖춰 있는 밑천이 든든한 위압 다음에는 얼러 주는 수법 그대로 도지사 얼굴 가까이에서 부드럽게 말을 했다.

"당신의 말은 아주 훌륭합니다. 그러나 아직 경험이 어립니다. 그깟 개 이름이 문제가 아닙니다. 더 크게 일을 쳐야 한다는 걸 알겠죠. 그것이 문제입니다. 당신의 말은 바로 정치의 그 진수를 꿰뚫고 있습니다."

아무튼 못된 개가 들에 가 짖는 격으로 함부로 개 이름을 바꿔 놓은 것도 말하자면 조선이 미국의 비위를 티끌만치도 건드릴 줄 모르고 순종하는 개 같은 나라가 되라는 그들의 심보의 소산이라 하겠다.

대통령 트루먼의 초상 밑에 성조기가 드리운 벽을 배경으로 한 법무관 퍼넬 대위의 책상은 화병의 붉게 핀 장미꽃으로 휘언하였다. 방금 경찰에서 만난 법무관은 아직 자리에 돌아오지 않았으며 부관은 이맘때는 K봉 산기슭에 개를 풀었을 것이다. 여느 때면 퍼넬 대위의 바라진 어깨에 가리어 창가의 기준은 잘 보이지 않는 성조기 옆의 조선 지도가 굵직한 붉은 줄로 38선 한허리에서 동강이 난 채 눈에 들어왔다. 스팀이 통한 방안에서 하리스 군조가 치는 타이프 소리가 단조로웠다.

---

* 총사령부. general headquarters.

내키는 대로 서랍의 권총을 손바닥에 들어 묵직한 느낌을 맛본 기준은 다시 본 자리에 갖다놓으면서 트루먼의 사진이며 성조기가 있는 벽에 시선을 돌리었다. 한 장의 사진, 기폭에 불과한 그런 것들이 엄청나게 큰 그림자를 방안에 비치고 있는 것 같았다. 빈 방에서는 그것이 사람의 표상을 유별히 자극하는지 종내 마음을 압박하는 것이었다.

그래서 그런지 금시 출장 메모를 쓰던 기준이가 까닭 모르게 덜컥 가슴이 내려앉은 것이었다. 기준은 펜을 멈춰 들고 자연스레 턱을 5센티만큼 올려 건너편의 하리스를 살피었다. 그의 손은 여전히 타이프 위에서 춤을 추고 있고, 어느새 껌을 질끈질끈 씹고 있었을 뿐이다.

기준은 사무소에서 아무 이유도 없이 그것도 문득, 거의 발작적으로 남몰래 가슴이 울렁이는 일이 있었다. 기술이 어린 햇내기 소년공이 주체를 못 할 기대 앞에서 무슨 잘못이나 저지를까 봐 마음 조이는 그것과도 비슷했으나, 그것만도 아니었다. 이마적은 어지간히 극복되었음직한 그 매스꺼운 감정이 — 이 감정이 한번 엄습하면 속이 메슥메슥하여 뒷맛이 아주 좋지 못했다 — 때로 예고 없이 불쑥 머리를 쳐드는 것이었다. 그러나 그럴 때마다 기준은 자기가 적들 포위 속에 있는 어마어마한 현실을 감각으로써 확인할 수 있었다. 그것은 말하자면 거의 본능에 가까운 충동으로서 해이되기 쉬운 기준의 마음을 추세우는 경고자의 역할을 할 수도 있는 감정이기 때문이다.

하리스는 타이프에 정신이 팔려 있는 듯했다. 야비하고 게으름

뱅이 하리스도 정해진 일의 노르마는 소홀히 못한다. 전장에서 총질하다가도 오후 5시가 되면 오늘 근무는 마친 것이려니 하고 동료와 담배만 빨았다는 나발을 불어대는 위인이지만 일손을 붙들면 한 매듭을 지을 때까지 곧잘 일을 한다.

지금은 시치미를 떼고 있으나 불쑥 어떤 농담을, 어떤 일로 퉁을 줄는지도 모른다. 실전 경력을 자랑하는 그는 예비군 장교 훈련단 출신인 파카 중위를 속으로 깔보고 있는지라 대가리의 피도 마르지 않은 주제에 꿩 사냥입네 휴가입네 무슨 놈의 들썩 판이냐고 말 같잖게 여기고 있었다. 기준이가 방에 들어오자 대뜸 다음 꿩 사냥을 같이 가자고 하면서, 산탄총을 짊어지고 다니는 파카의 사격술 따위는 자신의 솜씨에 비교하면 도무지 문제가 안 된다고 껄껄 웃어댄 것이었다.

이윽고 계속 소리가 나는 타이프 너머로 머리를 든 듯한 기척이 책상에 시선을 떨군 기준이 볼 살결에 와 닿았다가 꺼졌다.

어차피 "미스터 정, 친구" 하며 말을 던져 오리라 하고 기준은 지레짐작을 하고 있었다. 법무국의 사무 관리를 하는 그는 샌프란시스코 출신의 서부 개척민의 후손이다. 옛 조상들을 닮아 서부극이라면 눈을 뒤집고 캠프 여기저기를 돌아다닌다. 그는 원주민의 피가 섞였는지 가느스름한 눈을 가지고 있었다. 기름이 번지르르한 코끝 밑에서 얄팍한 입술이 곧잘 움직이는데 그럴 때면 으레 푸른 눈알이 사람을 훑어보는 버릇이 있었다. 기준은 늘 침에 젖은 듯한 그 입술에서 조선 여성을 겁탈했다는 흔적을 새삼스레 확인하곤 하였다.

언뜻 보니 일이 막힌 모양으로 툭 불거진 눈두덩이 번갈아 오르 내리는데 털게 같은 그의 손등과 달리 그 자리에 있을 노란 눈썹이 보일까 말까 할 정도로 희미하다. 그 위의 모자 밑에는 아직 삼십에 차지 않은 나이인데도 벌거벗은 대머리가 감추어져 있다. 하리스는 잠자리 외에는 늘 머리 위에 모시고 다니는 나막신을 거꾸로 한 모 양의 모자 끝을 집어당기면서 외설한 이야기를 좋아하였다. 남방에 서의 경험이라든가 심지어는 이 섬 여자를 겁탈한 이야기를 함부로 하곤 하였다.

캠프에 끌어들여 놓고, 나중에는 돼지 몰아내듯 궁둥이를 맨발 로 차서 돌려보냈다는 것도 그 중의 하나다. 여기저기서 일어난 이 러한 사건의 범인은 비단 하리스 혼자만이 아니었으나, 그때 하리 스는 미군 캠프에 침입하여 절도질을 하는 조선 여자를 발견했기 때문에 그를 잡도리했을 뿐이라고 핑계 대었던 것이다.

이 같은 허울 좋은 구실은 하리스 개인의 발명이 아니다. 미군 내부에서는 전시와 달라 감히 공인은 못 했으나 군인의 생리를 위 하여 그에 대한 단속은커녕 묵인하는 태도를 취했다. 따라서 필연 적으로 일어날 문제에 대하여 통일적인 대책까지 세우고 했으니 사건은 발생하게 마련이었다.

유부녀인 그 여성은 목을 달아매고 죽었다. 동네 사람들은 들고 나섰고 남편은 칼을 품어 원쑤를 쫓았다. 그러나 그놈이 어느 놈인 지 알 수도 없거니와 소위 법을 두고 말하면 모든 재판권은 미군 손에 있었다.

조선 사람 목숨 하나가 미병 한 놈의 한때의 수욕(獸慾)과 한 저울

판에 올라가 등치를 이룰 수 있는 것이 그들의 논리인지도 모른다.

하리스가 말한 건 자살한 부인인지 혹은 다른 이야기인지 딱히 알 수 없었으나, 기준은 내부에서 문드러져 썩어가는 미국의 구할 길 없는 정신세계가 두드러져 보이는 것 같았다. 문명의 화려한 광선 그늘에서 인간 정신의 무서운 퇴폐가 시작하고 있었던 것이다.

그들도 본국에 돌아가면 오붓한 가정이 있겠고, 가정을 꾸리기까지에도 그들의 생활에서 인간다운 기쁨과 설움, 그리고 갖가지 고초와 가난함을 겪었을 것이었다. 그들 모두가 월가의 주인은 아니다. 그러나 제국주의 군대 기구에 휩쓸리면 인간 정신이 제 기능을 상실하고 이렇게 파괴되고야 마는 법일까? 더구나 그들이 미개국으로 간주하는 조선 땅에 들어오면 악덕의 가능성의 갖가지가 서슴없이 드러나고야 마는 것인가. 퀴퀴한, 썩을 대로 썩은 비곗덩어리……

조선의 이런 슬픈 옛이야기가 이 고장에도 전해지고 있다.

어느 마을에 의좋게 지내는 오누이가 있었다. 그들은 부지런하고 고운 마음씨를 가진 총각이며 처녀였다. 누이는 손아래 오라비를 한결 사랑하였다. 그래서 가난은 하더라도 부지런하고 마음씨 고운 새악시한테 장가갈 것을 바랐으며 오라비도 역시 누이가 행복하게 살기를 원하는 그 마음은 같았다.

어느 날 먼 자드락밭에 나간 오누이는 돌아오는 길에 소나기를 만났다. 오누이는 노박이로 비를 맞으며 잰걸음으로 비탈길을 내려갔다. 이윽고 번개가 치고 천둥이 울던 시꺼먼 구름장이 갈라져 하늘에서 햇빛이 비치기 시작하였다. 하늘을 쳐다본 오누이는 눈을 마주치며 빙긋 웃었다.

길은 돌이 많아 울퉁불퉁하였다. 신들메를 단단히 하느라고 멈춰 섰던 오라비는 앞을 가는 누이를 보았다. 뒤를 따르면서 그의 눈은 부지중 누이의 등에다 쏠리었다. 오라비는 갈옷을 입고 있었는데 누이는 그날따라 시원스런 베적삼을 입고 있었다. 비에 젖은 베적삼은 누이의 등살에 찰딱 달라붙어 그 밑에 살결이 훤히 드러나 보였다. 오라비는 못 볼 것을 본 것이었다.

이슥해서 누이는 뒤돌아섰으나 오라비의 그림자가 없었다. 의아해 하면서도 으레 따라오려니 생각하고 한참 기다리었다. 그러나 점점 걱정이 커진 누이는 오던 길을 되돌아 오라비를 찾았다.

동생은 바윗돌에 엎드리고 죽어 있었다. 한 손에 피 묻은 돌멩이가 불끈 쥐어진 채였다. 아랫도리에 피가 낭자하고, 피는 가랑이에서 흘렀다. 누이는 그 자리에 까무러쳤다.

예수는 여자를 보고 마음에 색정을 일으킨 자는 벌써 간음한 자와 같다고 말했다지만, 예로부터 무릇 중들이란 금욕의 설교를 좋아하는 한편으로 이따위 간음, 나아가서는 여자를 농락하기를 더 좋아한 것이었다.

이 젊은이는 누이의 뒷모습에 사람이면 있을 수 있는 감정을 일으킨 나머지 더러운 자기 마음을 탓하여 돌을 가지고 육체의 일부를 마스고 죽은 것이다. 기준은 봉건사회의 무거운 전통에 억눌린 한 희생자로 볼 수 있는 이 젊은이의 이야기가 무척 아름다운 것으로 여겨졌다. 그러면서도 처참하고 무섭기 짝이 없는 이야기였다.

기준은 언젠가 이 이야기를 파카와 하리스 앞에서 농담 삼아 해준 일이 있었다. 그것은 하리스와 다툰 후였다. 기준은 하리스 입에서 두 번째 여자를 능욕한 이야기를 들었을 적에 저도 모르게 그와 맞다들고 문제를 일으켰던 것이다. 하리스는 상관 반항 죄로 군사 재판에 회부해야 한다고 외쳤으나 다행히 문제는 그까지는 퍼지지 않았었다. ― 자기 처지를 생각했었더라면…… 기준은 후회했다. 그러나 그럴 순 없는 일이었다. 내가 보통 통역이라도 본때 있는 조선 청년으로서 왜 놈의 가슴팍에 칼을 대질 못한단 말이냐!

이 일이 있은 후로부터 하리스는 기준이 앞에서 함부로 그런 이야기하는 것을 삼가는 눈치였으나 동시에 서먹서먹한 공기가 두 사람 사이에 흘렀다. 그럴 무렵 기준은 군정청 커피 홀에서 파카에게 이 이야기를 해 준 것이었다. 웃음마저 띠며 농담 삼아 말을 꺼내긴 했으나 속은 그러지 못했다. 이 개 같은 자식들한테 이런 말을 해서 무슨 소용이 있으랴 싶었지마는, 그리고 그것으로 놈들의 만행을 막을 수 있으리라고 생각하는 단순한 기준이가 아니었지마는, 무작정하고 이야기하지 않으면 감당하지 못할 충동을 느낀 것이었다. 파카는 믿어지지 않는다는 얼굴로 그 이야기가 에디퍼스* 신화보다 더 충격적이라 하면서 이야기 속에 담긴 억센 그 무엇인가에 적이 놀란 기색을 보였다. 옆에서 듣고 있던 하리스는 몇 번이고 에디퍼스를 에지프트**로 엇들을 정도로 이 고대 희랍 신화를 모르

---

 * '오이디푸스'의 영어 이름.
** '이집트'를 말함.

고 있었다. 그러면서 그는 기준의 말에 껄껄 웃기만 했는데 어디라 없이 무엇에 질린 모양으로 갑자기 기분이 나쁘다고 그냥 나가 버렸던 것이다.

최근 시기만 하더라도 중일전쟁 시의 일본군도 그랬거니와 침략자들의 전쟁에 따르게 마련인 인간의 인간에 대한 패덕 행위는 그것이 전쟁 심리의 속성이라 할만치 부지기수일 것이다. 그러나 미군은 불란서라든가 자기 군대를 상륙시킨 서구 나라들에서, 심지어는 패전국 히틀러의 독일에서조차 감히 못한 짓들을 여기 해방된 나라 조선 땅에 들어와서 하고 있는 것이었다.

조선은 거대한 월가의 안팎곱사등이 괴물이 뽑아 입은 연미복 안자락에서 썩어 떨어지는 진물을 받아 놓을 그릇인가 말이다. 가장 어둡고 추잡한 말기 제국주의의 살가죽이 떨어뜨리는 비듬을 과연 조선 땅이 고스란히 그릇을 받쳐 들고 주저앉아 있어야 한단 말인가 말이다.

그러기에 언젠가는 조선이 그들의 인류에 대한 패륜 행위를 스스로 저울대에 달 수 있는 고발자의 자리에 엄연히 설 것이라고 기준은 생각하였다.

통역이면 조선 통역의 처지에서 할 말은 하고 다툴 때는 다툴 수도 있지 않겠는가. 그것이 또한 그들이 부르짖는 민주주의며 '미국의 조선 통치'를 위하여 결과적으로 이로운 일이 아니겠는가. 이렇게 생각하자 기준은 불안감에서 몸이 헤어나는 것 같은 느낌으로 후 하고 몰래 한숨을 쉬었다.

"미스터 정……" 타이프가 뚝 멎어 하리스가 갈린 소리로 말을 던졌다. 기준은 정색하여 머리를 들어 하리스를 바라보았다. 상관 부재 시에는 항용 그러하듯이 책상 위에 두 다리를 올려놓고 의자에 자빠진 채 두 손으로 담배 케이스를 어루만지고 나서 삐딱이 문 담배에 불을 붙였다. 두꺼운 구두창이 의자에 몸을 파묻힌, 순간 담배 연기가 가린, 하리스의 그 얼굴보다 훨씬 크게 보였다. "친구, 담배는 어떻소?"

기준은 고맙다는 말을 하고 자기 담배를 빼 물면서 일은 끝났느냐고 되물었다. 하리스는 '친구'란 말을 곧잘 조선말로 하려고 했다. 전에 '당신'이란 말을 배워 좋아하더니 요새 와서는 시나브로 '친구'란 표현을 하게 된 것이다. 그는 두 번째로 권투선수처럼 두 팔을 벌리고 기지개를 켜면서 외쳤다.

"법령 72호, 법령 72호!"

그리하여 하리스는 귀찮은 듯이 하품을 하였다. 기준은 무심결에 옷소매를 걷어 벽의 전기시계와 손목시계를 들여다보았다. 두 시계가 3시 5분 전을 가리켰으니 벌써 커피타임이 되었다.

법령 72호라 함은 군정 위반에 관한 법령을 두고 하는 것이다. 이 군정 위반이란 개념 자체가 모호하기 짝이 없으며 당국의 해석에 따라 얼마든지 조선 사람을 잡아다 가둘 수 있게끔 만들어 놓은 법령이었다. 이 법령은 1945년 9월 8일 미군 중장 하지가 미 제24 군단을 거느리고 인천에 상륙함과 동시에 발포한 맥아더 포고 제1 호에 계속되는 제2호에 그 근원을 찾아볼 수 있는 것이었다. 하지는 그날 38도선 이남 즉 남조선을 점령하고 군정 실시를 선포한 ─북조선에 진주한 소련군 사령관 차스차코프 대장의 포고와는 너무도 대조적인 ― 맥아더 포고 제1호(태평양 미국 육군 총사령부 포고)를 걸머지고 들어왔으며 연달아 제2, 3호를 조선 인민 앞에 들이대인 것이었다.

'태평양 미국 육군 총사령부 포고 제2호. 범죄 또는 법규 위반.

조선의 주민에 고함.

본관 지휘 하에 유한 점령군의 보전을 도모하고 점령 지역의 공중 치안 질서의 안전을 기하기 위하여 태평양 미국 육군 최고 지휘관으로서 아래*와 여(如)히 포고함.

항복 문서의 조항 또는 태평양 미국 육군 최고 지휘관의 권한 하에 발한 포고, 명령 지시를 범한 자, 미국인 또는 기타 연합군의 인명 또는 소유물 또는 연합군에 대하여 고의로 적대 행위를 하는 자는 점령군 군율회의에서 유죄로 결정한 후 동 회의의 결정되는 내로 사형 또는 타 형벌에 처함.

1945년 9월 7일. 태평양 미국 육군 최고 지휘관 미국 육군 대장 더글러스 맥아더'

이것은 같은 맥아더 포고 제1호 제3조의 '주민은 본관과 본관의 권한 하에서 발포한 명령에 즉속히 종사할 것. 점령군에 대하여 반항 행동을 하거나 또는 질서 보안을 교란하는 행위를 자는 용서 없이 엄벌에 처함'에 그대로 환원되는 것이었다.

이 포고 제2호 법령에 의하여 명순이도 그렇거니와 얼마나 많은 사람들이 해방된 자기 나라에서 활개도 치지 못하고 억울하게 희생

* 세로편집인 원문에는 '좌기'(左記)로 되었으나, 여기서는 '아래'로 고침.

되었던가. 이것은 그들이 좋아하여 부르짖는 민주주의 제도와 조선의 독립 보장을 위해서가 아니라 일제시대에 못지않은 형벌 제도를 꾸리며 조선 땅을 감옥으로 만들어 놓는 데 법적 근거가 된 것이다.

그 한편으로 미군정은 흡사 법치국가의 대변자처럼 겉치레를 하기 위하여 법령 11호에서 그 3조에 이렇게 명기하였다. ──조선 인민의 인권을 존중하여 현행 법률에 처벌 조문이 명기함이 없으면 판결과 형벌을 가할 수 없고 또 범죄의 확정이 없이는 구류, 법적 신문, 판결 없이 형벌을 가하지 못한다고 한 것이 그것이다.

그러나 실제 벌어진 사실은 전혀 그렇지 않음을 웅변하였다. 그 웅변으로 하여 그것들이 거짓말임을 드러내 놓은 것이었다. 사람들은 체포영장 없이 멋대로 체포 투옥되었고, 재판이나 판결 따위의 거추장스런 절차를 밟을 필요 없이 사형을 당하고 행방불명으로 이 세상에서 자취를 감추는 일이 허다한 것이었다.

재판을 거치지 않고 사형을 당한다니…… 설마 그럴 리야 있겠는가? 하고 의심할 사람들도 있을 것이다. 그들은 20세기의 문명을 의심하지 않는 사람이며 또한 마음씨가 선량한 사람들이다. 이 어처구니없고도 어마어마한 현실을 믿기 어려운 사람들은 옛 시대의 전제국가의 폭군을 상기하면 좋을 것이다. 폭군 정치처럼 재판이 가지는 그 기만성을 스스로가 폭로함은 없을 것이다. 재판은 명색에 불과하며 '죄인'의 목숨은 그저 그 나라를 쥐락펴락하는 폭군의 손아귀에, 왕의 시시각각으로 변하는 기분에 달려 있었다. 왕비와 다투어서 기분이 나빠지면 '죄인'의 목숨은 그 분풀이의 희생물이 되기도 하고 예쁜 후궁이 정해지면 감형을 하는 따위의 사실을 모를 사람은 없을 것이다. 문제는 문명의 탈을 썼을 뿐, 그러한 폭군 정치가 20세기 후반의 남조선을 휩쓸고 있는 것이다.

가령 기준이가 그 덕택으로 미군정청에 일자리를 얻었다고도 할 수 있는 포고 제1호 제5조의 '군정 기간 중 영어를 가지고 모든 목적에 사용하는 공용어로 함. 영어와 조선어 또는 일본어 간에 해석 또는 정의가 불명 또는 부동이 발생한 때는 영어를 기본으로 함'도 미국에 종속하는 나라인 남조선의 그 위치를 규정해 놓은 것이었다. 미군이 조선 땅에 상륙한 후로 2년 반, 오늘 조선은 해방은커녕 그들이 이 나라에 상륙하기 전부터 꾸민 대로 완전한 미국의 식민지로 되어 가고 있는 것이었다.

조선 사람들이여! 기억하라!

행복은 당신들의 수중에 있다!

당신들은 자유와 독립을 찾았다.

이제는 모든 것이 죄다 당신들에게 달렸다.

해방된 이듬해 초까지도 소련군 사령관의 포고문의 이런 한 구절이 쓰인 플래카드가 성내 한복판에 걸려 있었던 것이다. 기준이도 동무들과 더불어 이 구절을 시를 외우듯이 했으며 지금도 이것만은 그대로 암송할 수가 있었다. 그러나 그 포고문의 내용도 공공연히 입에 오르지 못하게 됨에 따라 군정 법령 제55호, 그리고 마침내는 그해 5월에 법령 72호가 나온 것이었다.

차스차코프 포고나 그 담화문에는 꼭꼭 '해방된 조선 인민 만세!', '조선의 자유와 독립 만세!' 그리고 '조선과 소련 친선 만세!'라는, 미국 포고문에는 찾아볼 수 없는, 구절이 있는 것도 당시 사람들의 마음을 못내 기쁘게 한 것이었다.

방금 하리스가 외치다시피 한 법령 72호와 그리고 제55호 '정당 등록법'은 대체로 이런 내용을 가지고 있었다.

55호는 '…어떤 형식으로나 정치적 활동에 종사하는 자로서 된 3인 이상의 각 단체는 …정당으로서 등록할 것… 단체 또는 협회 의… 행동이 공론, 서면 혹은 구두 형식의 일반 선전 또는 일반적 행동을 포함하여 그것이… 정부의 정책, 대외 관계…에 대하여서 영향을 미치는 경향이 있을 때에는 정치적 활동이 됨'이라고 명기 하여 세 사람만 모여앉아도 무슨 정치 활동으로 트집을 잡을 수 있 게끔 해 놓은 것이었다.

더구나 제72호 '군정 위반에 관한 법령'에서는

'…주둔군의 이익에 반하는 단체 운동을 지지 협력하는 행동 및 지도 행위 또는 그 조직에의 참가, 여사한 행동을 원조하는 인쇄물, 서적의 발행, 유포 또는 상기 행동을 선전 유포하는 문건의 소지… 허가 없는 일반 집회, 행렬 또는 시위운동의 조직, 조장, 원조 또는 참가…미국 국민에 대한 무례한 행위…주둔군 연합국 또는 그 국민 에 대하여 불손하고…불평, 불만을 조장하는 인쇄물, 서적의 발행 유포…' 등등 지나가다가 미국 놈 옆에서 방귀를 뀌어도 범죄가 되 지 않을 수 없는 법령이었다.

하리스가 '법령 72호!' 하고 내뱉듯이 부르짖은 것은 그만한 이유 가 있었다. 그것은 금방 자기가 맡아 한 법무국의 일반 보고의 범죄 관계가 똑같은 조문(72호) 인용의 범람이요, 무미건조하기 그지없 다는 데 있는 것이었다. 물론 하리스가 그 법령의 부당성을 탓할

리가 없다. 그는 오직 살인강도 사건이라든가, 연애 사건 등 서부극의 줄거리라도 될 만한 것 같으면 흥미도 끌리겠지만, 군사 재판은 두말할 나위도 없거니와 범죄자란 범죄자가 공교롭게도 판에 박은 듯이 '공산당'이 아닌 것이 없으니 싫증이 난다는 것이다.

"자아, 여기도 공산당이 있소!" 하며 하리스는 책상 서랍에서 서류철을 꺼내었다. "일을 다그치란 말이오. 낮에 조선 측에서 돌려왔소. 유치장의 공산당패들의 기소 문건과 사고사에 관한 서류인 모양이니 번역은 내일까지 마쳐야 해요."

사고사라면 대체로 병사 따위의 두루뭉술한 명목을 붙여서 처리하는 예컨대 요 며칠 전에 있었던 K봉에서의 비공개 처형(물론 재판은커녕 기소도 하지 않고 한몫에 쏘아 죽이는 것이다. 그것은 두 평도 안 되는 한 감방에 쑤셔박다시피 하여 담아 놓은 몇 십 명의 사람들을 처리하는 방법의 하나이기도 하였다. 중요 인물인 상 싶은 사람들만 기소도 하고 재판에 거는데 그동안에 계속 고문, 회유 등 온갖 수법을 다하여 조직의 기밀들을 캐내려고 하였다) 등에 관한 보고서인 것이었다. 무엇도 모르고 기준은 하리스 손에서 서류를 받아 왔지마는 사고자 명단 중에 차마 명순이가 들어 있는 줄은 알 리가 없었던 것이다. 가슴이 갈기갈기 찢어질 순간에 임박한 기준은 흡사 폭탄의 기폭 장치를 만져보는 장님과도 같았다.

기준은 통역 외에 미군정청의 법규 등 제주도 행정기관에 대한 군정 지시 등을 조선말로 옮기고 또한 조선 측 관청에서 때로 조선말대로 올라오는 문서를 번역하는 일, 그것도 주로 경찰 관계를 맡아 하고 있었다.

기준은 서류철 한 갈피를 펼쳐 보며 아침에 박공대가 한 말을 생각하고 있었다. 그리고 출장 문제와도 관련하여 언짢게 여기는 기색이 완연한 박공대를 달래기 위해서도 한잔 사 주어야 할 것 같았다.

아침에 또 무슨 통조림 이야기를 하는지 통조림의 소고기에 절대 입을 대지 않는 버릇이 있는 파카 중위 옆에 서 있던, 늘 그 통조림 덕을 보는 박공대가 미스터 정, 하고 말을 던졌다.

"친구 없는 동안 내가 다 해 두었소만 그거 제법 힘이 들더란 말이오. 전신국 햄(풋내기 무선가)*들의 일손이 서툴러 그런지 잡음이 대단하더군. 그런데 그놈의 빨갱이 두목 김일성의 잠꼬대가 제법 장광설이란 말이야."

무슨 소리를 하는가 싶었더니 별안간 김일성이란 이름이 튀어나와 기준은 가슴이 덜커덕거리고 그냥 펜을 멈추고 말았다.

"아아 미안해요, 미스터 박." 기준은 그러나 사색 없이 습관 된 부드러운 웃음을 띠며 얼굴을 들었다.

박공대가 말함은 기준이가 출장 중에 평양에서 열린 북조선 민전 중앙위원회 제25차 회의에서의 김일성 장군의 연설을 자기가 번역했다는 그것이었다.

기준은 김일성 장군의 연설 내용을 아직 몰랐으나 그 번역문은 벌써 장관실에 가 있을 것이고, 제주 무선 전신국에서 녹음한 테이프는 하리스 군조의 로커가 아니면 조선 측의 치안 당국에 가 있을

* HAM, 즉 아마추어 무선사.

것이었다.

부지중 기준의 시선은 순간 빛을 뿜으며 그 속에 녹음테이프가 고이 잠들고 있을는지 모를 하리스의 로커로 가 닿았다. 자기가 그 내용을 알아야 할 뿐만 아니라, 조직의 설비가 불비한 기구로서는 그것을 정확하게 녹음하기가 어려웠다. 더구나 바다를 건너 문건이 들어올 때까지는 시간이 걸리었으므로 하루라도 빨리 장용석에게 전해 주는 것이 그의 임무이기도 하였다.

"서울에서 캡틴의 심부름은 안 갔소?" 하리스가 혀끝으로 입술을 빨며 말하였다.

"출장이 바로 캡틴의 명령인데요, 뭐."

"으음 내가 말함은 캡틴 퍼넬* 개인의 용건 말이오. 서울에 여자가 있소. …그것도 조선 자본가의 첩살이를 하는 아주 미인이고 영어도 썩 잘하는 귀부인 타입의 여자요. 그러니 캡틴이 서울 한번 다녀오면 곯아떨어져서 얼굴이 쑥 빠진다는 것이오. 틀림없소, 틀림없이 그 여자는 서울에 있소.(이렇게 실지 본 것처럼 그는 말했다)

부관 나으린 꿩 사냥에 정신이 빠졌지만 어데 보자구, 아내 생일은 그만 하는가. 나도 한다, 나도 해! 아아! 내가 정말이지 우리 마누라를 끌어안고 싶구나. 오래 헤어져 있어 보게마는 어떤 여자보담 과연 마누라가 제일 낫단 말이오."

기준은 누군가, 캡틴 퍼넬이라도 들어와 주었으면 하는, 은근히 사람을 기다리는 마음이 되었다. 여자 이야기가 나온 김에 또 무슨

---

* 원문에는 '캬프팅 퍼넬'로 되어 있다.

소리를 할지 알 수 없었기 때문이다. 기준은 쓸데없는 일로 그와 다투고 싶지 않았다. 그러나 하리스는 아주 말머리를 돌리고 말았다.

"미스터 정, 친구! 빨리 결혼해서 허니문 맛이나 안 보겠소?"

"하리스 군조 부인처럼" 기준은 저절로 웃고 있었다. "훌륭한 여성이 나타나지 않아 궁금해요."

하리스는 그게 정말이냐 하며 손가락을 한데 모으고 비비 틀어 탁 소리를 내었다. 그리고 오오! 나의 사랑이여! 하더니 목구멍에서 갈려 나오는 듯한 괴이한 웃음소리를 터뜨리었다.

오늘은 어쩌면 아침부터 여자 이야기가 꽤 많은 듯싶었다. 기준의 머릿속에서 아까부터 야릇하게 마음에 걸리던, 주정공장 사장 이병희가 장가들 생각이 없나 하던 그 말이 다시 숨쉬기 시작하였다.

눈부신 해방을 맞이한 이 바쁜 시절에도 이십에 장가들어 펑펑 어린것까지 낳는 친구들도 있었지만, 기준은 웬일인지 그런 데 관심이 돌려지지 않았다. 하기야 아버지도 남동기간이 없었고 외아들 기준을 남기고 돌아간 집안 형편으로 보더라도 위태로운 이 시국에 일찍이 대를 이어둠은 조상에 대한 효성의 표시라고도 할 수 있을 것이었다. 게다가 어머니조차 여읜 기준의 신변을 고모가 걱정하여 그의 결혼에 대해서 퍽 애를 쓰고 있었던 것이다. 결혼할 바에는 명순을 두고 딴사람을 바라는 마음은 없었다. 그러나 문제는 기준의 경우 명순이와의 결혼은 도저히 불가능하며 그와 완전히 손을 떼야 된다는 데 있는 것이다. 그처럼 굳어진 두 사람의 애정과 깊은 관계를 아무도 모른다는 데 또한 심각한 문제가 숨어 있었다.

이런 사정을 잘 모르는 조직에서는 기준의 결혼에 대하여 딴 견해를 가지고 있는 모양이었다. 그것은 장용석이가 털어놓고 말은 않았지만—그는 그대로 두 사람의 애정 관계를 어느 정도는 포착하고 있었기 때문이다—완곡하게 그럴싸한 기색을 보인 일이 있어 기준이가 눈치채고 있었던 것이다.

아무튼 기준은 명순이와는 벌써 갈린 셈이다. 마음속에 파고드는 명순이의 영상조차 지워 버리려고 그는 모진 애를 썼었다. 그렇다고 그는 딴 여자와 결혼할 생각은 아예 없었던 것이다.

그의 마음은 명순을 생각하면 조가비처럼 굳어 들기도 하고, 무한량한 우주만치 부풀어 오르기도 했다. 따라서 그의 마음은 순결을 좋아하고 언제든지 순결의 희생자가 됨을 자처하는 청년 시절답게 명순이 외의 어떤 여자가 들어갈 바늘구멍만한 여지가 없이 인색하였다. 사람들은 그를 두고 고지식쟁이라 할지 모를 것이다. 그러나 모든 것이 아름다움으로 수놓아진 청년의 정열은 고지식함으로 말미암아 금강석처럼 결정의 빛을 내뿜음을 수도 있는 것이다. 그의 개인생활에 있어 이로움도 좌절도 타산할 줄 모르며 진리를 위해서만이 충동되는 청년의 정열을 모진 인생 생활에서 찌든 어른들의 때 묻은 마음에 비해 보라.

뒷술을 먹어서도 까딱없는 기준이었으나 어쩌면 어리다 할만치 방탕한 짓을 못 하는 성미의 그도 역시 청년이 가지는 가장 아름다운 특권의 하나인 고지식함의 지배를 받고 있었던 것이다. 그래서 이제는 그의 마음속에서 딴 여자는커녕 명순이 그림자조차 자리를 차지할 여지가 없게 된 지 오래다. 그런데 왜 이병희의 그 한마디 말이 그렇게 마음을 흔들어 놓았는가?

솔직히 말하여 기준은 서울에 가 있는 동안 웬일인지 명순이가 서울의 어느 골목길에 와 있는 듯이 그리웠고, 지나가는 여인 얼굴에 명순이가 겹쳐져 가슴 설렌 적이 한두 번이 아니었다. 성내에서는 거의 경험을 못한 실정이었다. 그런데 멀리 떨어질수록 그의 마음이 아주 가까이 느껴지던 것이 공항이 눈 아래 받아서 비행기가 기수를 한결 떨구던 순간부터 다시 사라지고 만 것이었다. 그런데 왜 그깟 이병희의 말이 그로 하여금 명순을 생각하고 가슴 설레게 하는 것인가? 그것은 멀찌막이 날아가 버린 깨끗한 갈매기의 몸매를 본 탓인가?

전에 없이 명순이 생각에 사로잡힌 기준은 무엇인가 조마조마한 그림자를 얼른거리면서 사뿐사뿐 발자국 소리를 죽이며 명순이가 다가오는 듯한 예감이 들었다.

3

장용석은 자기 집 골방에서 육친과의 하룻밤을 지새우고 T마을에 돌아온 그날 성내의 정기준 앞으로 연락을 취했다.

일부러 아랫동네까지 나가서 기준에서 소포를 부치고 이쪽 동구의 문방구가게(물건을 놓고 팔아주니 가게라 할지, 무슨 가게방 하나 차린 것 없고 그냥 대문간을 들어서면 인기척 없는 남의 집 마당을 가로질러가야 했다. 그래 난간(툇마루)에 걸터앉아 큰 소리로 기척을 내면 구들에서 영감이 설설 나와 상방(대청) 한쪽 책상 위에 벌여놓은 색깔이 누렇게 바래진 봉투랑 편지지 등을 고개를 끄덕이면서 내주는 것이었다. 이 집이 동네에서 대막대기나 짚단 따위로 신호를 하는 그런 집의 하나이기도 했다) 담벼락에 달아놓은 우편함 앞을 지났을 때였다. 담장 위는 얼마 전에 동구 밖으로 내려갔을 적에 본 그대로 신호 대신 놓인 것이 아무것도 없었고, 담장만이 아니라 다른 데도 유별히 표나는 것이란 보이지 않았다. 그런데 뒤에서 누구인지 사람 부르는 듯한 기척이 난 것이다. 얼른 알아맞히지 못한 그 생소한 목소리는 용석이의 발걸음을 순간 더디게 하였다. 설마? 그러나 몇 발자국 걸음을 다그쳐 골목길에 들어가는 척하고 머리를 돌린 그의 눈꼬리에 뜻밖에 신 약국네 동네 박 서방의 얼굴이 들어박히었다.

갈옷을 겹입고 얼굴이 갈옷 색깔 못지않게 볕에 그슬린 용석의 모습은 부지런한 농군을 방불케 하였으나 박 서방은 어디 고용살이에 으깨어진 머슴꾼같이 보였다. 핫것을 걸친 박 서방은 일손을 갓 떼어 뛰어나온 사람처럼 아랫도리는 갈중이(갈옷의 바지) 바람으로 헐떡헐떡 길을 올라오는 것이었다. 뒤돌아선 용석이 아는 체를 하자 곧 패랭이를 벗어든 박 서방은 버드렁니를 드러내 반색해 하며 다가왔다.

박 서방은 동네자위대 동무를 찾고 있는 중이라고 그렇게 말을 했지만, 찾는 사람이 바로 눈앞의 용석이라는 것은 후유 한숨을 지어보이며 만날 사람을 만났다는 듯이 대견스레 웃는 그 얼굴에 완연히 나타나 있었다. 기실 장용석에 대한 전갈을 받고 온 박 서방은 자위대 동무를 거칠 필요 없이 그를 붙잡을 수가 있었던 것이다.

"어저께도 수고했는데 참 미안하게 됐수다, 박 서방."

"거 무슨 말씀…… 내사 신 선생 말씀이라면 목숨 바쳐두 한이 없수다. 아냐, 그뿐이겠어요, 내 용석 동무 위해서라면 그깟 순경나 부랭이 몇 놈쯤이야 단번에 탁!"

손을 추켜들어 냅다 내리치더니, 사람 목을 베는 시늉이었다.

"이렇게 동강이 낸단 말이우다."

박 서방은 꽤나 정색하여 곤댓짓을 하고 나서 가래침을 내뱉었다.

"정말 믿음직한데." 용석은 웃으면서 나직한 소리로 덧붙였다. "근데 내 이름말이죠, 태만이라 하거나 그냥 고 동무 하고 불러 주우."

"원, 내가 머저리 같단 말이야. 신 선생이 그만치 일러주셨는데…… 헤헷, 이놈의 대갈통 나쁜 것두 산천 탓인가 보우다, 그렇지요, 태만 동무!"

박 서방은 무얼 생각했는지 히히 웃는 제 입을 손으로 가리고 콧구멍에서 털을 힘껏 뽑아냈다. 순간 상판이 온통 헤벌쭉 벌린 아가리가 되고, 입술에 들린 납작한 콧날개는 벌름거리고 하더니 몸에 튀길 만치 재채기가 터졌다. 그래 시원스런 표정을 짓자 큼직한 손바닥으로 얼굴을 쑥 문질렀다. 제풀에 흐뭇한 웃음이 얼굴에 번지었다. 용석이도 덩달아 웃었다. 실수를 하거나 무안을 본 적에 항용 하는 박 서방의 버릇이 그것이었다.

밤잠을 못 잔 탓인지 귀울림이 심하고 한쪽 머리가 쑤시는 것을 뿌리치듯 머리를 내저은 용석은 담배를 꺼내 박 서방더러 권하고 자기도 한 대 피웠다. 박 서방은 제법 노인 티를 보이는 허리춤의 담배쌈지를 가리켰지만, 궐련을 받아서 성냥을 그었다.

"급한 일인가요?"

"예, 여기 있습니다. 얼른 가라구 했어요……. 편지를 가지고 왔수다."

그러나 그는 그것을 선뜻 내놓지는 않았다.

바람은 아직 차가웠으나 길섶엔 이른 봄빛이 완연했다. 양쪽에 늘어선 담장 밑 잡초들의 푸른빛 바탕에 주황색 무늬 솟은 듯 금잔화 꽃이 깔린 길은 고불고불 조금씩 비탈져 올라가 있었다. 울툭불툭한 길 저쪽에서 머리에 흰 수건을 쓴 아낙네들이 구부정하니 물허벅(동이)을 지고 조심조심 내려왔다. 멀리 떨어진 우물에서 물 길어 돌아오는 길이다. 구덕(광주리) 속에서 허벅물이 출렁이고 쏟아지려는지 가슴 아래편에서 맞잡은 두 손에 힘을 모으는 자세로 천천히들 걸어왔다.

집집의 지붕 너머에서 키를 겨루는 몇 그루의 포플러나무 잎사귀가 뭇 파랑새 매달려 지저귀듯 바람에 마구 설레고 있었다. 얼마 떨어진 곳에 둥치가 울툭불툭 휘어진 늙은 소나무 한 그루가 거인처럼, 마을 쪽으로 가지가 죽죽 내뻗은 집채만 한 머리를 추켜 아득한 한라산을 바라보듯 서 있었다.

하늘에서 한라산에 내려앉은 구름이 백설을 인 산정만을 놔두고 산허리를 자욱이 휘감았다. 구름 틈에 거기만 햇빛을 받은 애애한 산정은 아름답기도 하거니와 성내에서 바라다볼 때보다 더 험하고 칼날같이 빛나며 흘립하고 있었다.

"저기 산을 좀 바라보소." 용석이 문득 혼잣말처럼 했다.

아낙네들이 그때 어느새 길을 비끼며 맞은편에서 다가와 있었다. 그들이 지나갈 때 한 젊은 여자가 용석을 보고 고개를 수그려 "아주방, 오늘은 손님이우꽈? 수고들 합네다." 하며 웃는 얼굴로 인사했다.

용석은 가벼이 허리를 구부리고 한마디 예, 하고 지나갔다. 아직 등 뒤에서 아낙네들의 말소리가 들리는 거리인데 뒤돌아본 박 서방이 "그 참, 고운 사람인데." 하고 혀를 차는 것이었다.

"쉬! 함부로 그러질 마소, 처녀가 아닌데, 뭐."

"아니, 용석 동무도, 아차 또 용석이야! 애개개 이놈의 못난 주둥이야, 제발 내 말 좀 들어라, 엉!" 그는 다시 콧등을 만지면서 웃었으나 이번은 털을 뽑지 않았다.

"글쎄 처녀가 아니면 어떤가요? 저 태만 동무 말이우다. 내가 처녀한테 장가갈 줄 아오?"

"총각이 처녀한테 안 가구 어델 갈라구?"

"천만에! 처녀라면 말만 들어두 그만 눈이 부셔서 말이우다, 얼굴두 바루 못 쳐다보는데!"

"별 말씀 다 하시네……"

그제야 여인의 뒷모습을 핥고 있던 박 서방의 눈길은 저 멀리 한라산에 가 닿았다. 문득 고개를 곧추세워 손등으로 이마전의 패랭이를 들어올리면서 신통한 표정이 되어 바라보는 것이었다. 박 서방으로 말하면 산은 언제나 볼 수 있는 산이지만, 미인 얼굴은 기약 없이 스쳐가는 한 가닥 바람과 같이 한번 놓치면 그만일 것이었다.

두 사람은 서로 웃었다.

"헌데 어디로 가는 길인가요? 한라산으로나 올라갑니까?"

"하하, 이 추운 날에 한라산을 무엇 하러……" 싱거운 대꾸였다. 귀넘어들으면 될 것을 속에 짚이는 것이 있어 불쑥 나온 말이었다.

"지치겠지만 조끔만 더 올라가세."

"같이 가도 좋습니까?"

"걱정 말구 같이 갑시다."

용석은 어제 왔을 적에는 직접 만나지 못한 채 연락만 해놓고 돌아간 박 서방을 자기가 요새 묵고 있는 외가 친척네 집으로 데리고 갔다. 길목의 큰 상록수 곁가지에 올라앉은 동네 어린것이 고개를 갸웃거리고 손가락질을 하는 것이 가지 사이로 보였다. 이 동네에서 낯이 선 사람을 발견하고 박 서방을 지목한 것이었다.

그냥 밖거리(바깥채)로 들어온 박 서방은 별안간 사람이 달라진 것처럼 오금을 꺾어 앉아 한동안 말이 없었다. 그러더니 무슨 생각에선지 깊은 침통한 소리로 "명순이 봉변당한 게 정말입죠?" 하였다. 예기치 않던 물음에 어리둥절해 곧 말을 찾아내지 못한 용석은 박 서방의 얼굴을 멍하니 쳐다보았다.

"개새끼들! 두고 보자!"

이렇게 내뱉은 박 서방은 제 손등에 침이 튄 것도 아랑곳없이 담배쌈지를 주섬주섬 더듬고 살담배 속에 섞인 쪽지를 꺼내었다.

용석은 곧 읽었다. 읽어 내리는 용석의 미간이 좁혀지는지 주름이 섰다. 얼굴에 그늘이 비쳤다. 어금니를 가는지 귀밑이 불룩거리고 박 서방이 의아해 할만치 도사려 앉은 용석의 두 무릎이 연달아 부들부들 떨리었다.

"허허 참……" 다 읽고 나서 하는 소리가 이 소리였다.

"어떡했어요? 일이 터졌습니까? 무슨……"

"일은 무슨 일!" 박 서방 탓도 아닌데 그의 말은 부지중 거칠어졌다.

"……그저 어이가 없어서 그래요."

용석은 하염없이 쪽지를 바라보다가 다시 먼저와 같은 모양으로 몇 겹을 접는 것이었다. 그래서 천천히 일어서더니 낄낄 까닭모를 너털웃음을 웃으면서 쪽지를 찢어버리고 방안이 갑자기 비좁아지게 한쪽 변두리를 서성거리기 시작하였다. 담배 말던 박 서방이 소스라쳐 처다보았다. 이윽고 구석의 궤짝에 팔꿈치를 고이고 기대인 용석은 박 서방 앞에서 태연스레 새 웃음을 웃어 보였다. 그러나 열없는 그 웃음마저 마침내 긴 한숨 속에 사라져 버렸다.

어젯밤 모처럼 만에 만난 자리에서(집에서 명순을 만나기 전에 먼저 신 약국네 집에 들른 것이다) 이야기를 못 하고 이제야 동생(동생이라고만 적혀 있었다)이 회임했음을 알게 되는 이 처지가 딱하다. 배앓이가 심했음도 모진 고통을 당한 결과요, 모체는 큰 걱정 없을 것으로 보나, 태아가 잘 자랄지 말지 알 수 없는 일이다. 처치는 맡겨라. 자네는 상대방을 짐작할지 모르니 그 일은 요량해서 선처하라……. 대체로 사연은 이러한 것이었다.

어머니뿐만 아니라 벌써 신 약국네까지 알았었구나! 편지를 읽고 나서 대뜸 머리에 떠오르는 생각이 부끄러움 섞인, 집안에서 일어난 이 불상사를 감추려는 생각이었다.

골방 등불에 비긴 어머니의 입을 굳게 다문 까칠한 얼굴이 눈에 선했다. 어머니는 왜 단마디 귀띔이라도 못 해주었을까 말이다.

졸음기를 흩어버린 그는 까닥하면 맥이 탁 풀릴 것만 같았다.

남이 눈앞에 앉아있는 자리에서 무엇도 모르고 이 따위 편지를 읽어버린 자기가 언짢게 여겨지고 몹시 창피스럽기만 했다. 동네사람들과 같이 명순이 죽은 줄로만 믿고 있는 소박한 박 서방의 입에서 그 동생 이름이 갓 나온 직후 일이며, 지금 걱정스레 자기를 지켜보는 눈이 편지 내용을 벌써 꿰뚫어본 것만 같았다. 웬일인지 끔찍하고 귀뿌리가 달아오르며 열이 귀밑으로 볼에까지 번질 뻔하였다.

'함부로 그러질 마소, 처녀가 아닌데' 그러자 '내가 처녀한테 장가 갈 줄 아오? …처녀란 말만 들어도 그만 눈이 부셔서 얼굴도 못 쳐다보는 걸!' 박 서방은 이같이 말을 했었다. 느닷없이 아까 동네 아낙네를 보고 하던 말이 되살아나는 것이었다. 처녀란 말만 들어도 눈이 부신다는 말은 거짓 나온 말이 아닐 것이다. 그의 갸륵한 심정에서였다. ……처녀, 처녀! 시집도 가기 전에……. 용석은 아까까지만 해도 점잖이 자기 입에서 나온 처녀란 말이 누이동생 명순의 영상과 더불어 땅바닥에 굴러 떨어지는 것을 보았다.

"박 서방, 아니다 아냐, 박 동무이지, 내 입버릇이 고약하단 말이야. 정말 오늘은 미안합니다. 시장하지요?"

용석은 자기와 마주앉아 무슨 말을 꺼내질 못하고, 그렇다고 담배를 피울 생각도 없이 담배설대만 어루만지며 이따금 윗눈으로 쳐다보는 박 서방을 의식하여 집에서는 항용 그러하듯이 담배를 말아 피우면서 말했다.

"내가 뭐 박 서방이지 어데 샌님인가요? 동무 하면 혁명하는 사람 같애! 나도 혁명이사 좋아하지, 허지만 나는 박 서방이 좋단 말이우다. 아무래두 서방이 수수하구 까다롭지 않은 게 제일 좋아!"

박 서방은 겨우 막힌 말문을 열어놓을 수가 있었다. 그는 말을 이어, 아니 저녁때가 아직도 멀었는데 웬 놈이 방정맞게 시장하다느냐고 되레 스스로가 방정을 떨고 나서, 그러나 용석이네 집도 아닌데 미안하잖겠느냐고 굳이 사양을 하는 것이었다.

"술은 없지마는 밥 차려놓는 동안이라도 이걸로 요기나 해둡시다."

집 안채로 갔다 온 용석은 무엇인가를 채롱째 들어 김치 사발을 가지고 왔다. 식은 고구마였다. 박 서방은 방금 하던 말을 어덴가에 내동댕이치고 먹음직하게 입맛을 다셔가며 먹었다. 용석도 하나 집었다. 입맛을 잃어서 입안이 칼칼하고 목구멍에 넘어갈 것 같지 않았다.

다시 방밖으로 나간 용석은 대접에 물을 떠오면서 속이 울컥 뒤집혀졌다. 어쩌면 정기준보다(정기준 외에는 딴 사내를 상상할 수 없었다) 명순이 따귀를 후려갈겼으면 싶었다. 이 판국에 무슨 놈의 짓이냐 말이다. 어느 때라구 그 따위 개지랄을 하고 다니느냐 말이다.

대접을 떠받고 마당을 걸어오면서 하늘을 보니, 어느새 높이 재색구름이 끼고, 얇게 깔려 뜬 검정구름은 세찬 바람에 갈기갈기 찢기어 재게 날아가고 있었다. 날이 갑작스레 흐릴 것 같았다. 용석의 머릿속에도 바람이 불고 있었다. 차디찬 골방 바닥에 드러누운 동생의 애잔한 영상도 흩날리고, 발길로 걷어차고 싶은 충동만이 몸 안에서 소용돌이쳤다. ……허허참, 그게 무슨 꼬라지냐 말이다. 누굴 망신시키려구들 그러느냐 말이다. 뒈져라 뒈져, 너 같은 년은 뒈져서 싸다니까! 허 참 기가 막혀…….

"허허 참" 용석이 방문을 열자 저도 모르게 방안에 새어드는 소리가 이 소리였다.

"또 허허 참이로군요, 어서 시원하게 말을 해봅시다. 말을 해야 무언가 무엇인지 알아먹잖아요, 이 박 서방이 아주 답답한데……감저(고구마)가 목에 걸려서 안 넘어가는 걸."

박 서방은 빨간 배추김치 한 점을 고개를 젖히고 벌린 입에다 헐렁 집어넣으며 눈웃음을 지었다. 원체 사람 됨됨이 드레지지 못한 그이긴 했으나 이제 짐짓 퉁을 주는 체하면서 우스꽝스러움을 부린 것이다.

"자, 걱정말구 물이나 시원히 들이켭시다. 내 입버릇이 고약해서 그러는가 봐요."

용석은 미소를 머금고 말을 딴 데로 돌리었다.

'어머니가 새벽밥을 짓고 나를 보내신 게 바루 오늘 아침 일이었구나.'

첫닭이 홰를 울고, 차차 닭 우는 소리가 퍼지자, 용석은 더 지체할 수 없어 집을 떠났었다. 그는 뜻밖에 괴로움이, 어머니의 굳혀진 침묵과 누이동생의 흐느낌이 차지한 골방을 나와 아직 컴컴하고 서릿발이 선 새벽길에 나섰던 것이다.

이불 위에서 일어난 누이의 돌발적인 구토와 신음소리는 기쁨 속에 잠긴 용석을 당황케 할 뿐만 아니라 이내 무거운 괴로움 속에 빠뜨리었다. 무릇 총각들이란 모두가 그렇다면 유독 용석만을 나무랄 거야 없겠지만, 그러나 그는 명순의 못 견디어 하는 꼴을 눈앞에 대하고서도 미처 그 까닭을 깨닫지 못했었다. 결국 그것은 신 약국이 띄운 박 서방 편에 의하여 이제야 확실히 알게 되었으나, 하필이면 작별에 임박해서 그는 기쁨을 기쁨대로 간직 못한 채 자기 집을 나설 수밖에 없었던 것이다.

그러나 어머니와 용석의 마음을 괴롭힌 그 구토와 신음소리를 우려낸 명순의 몸은 어디까지나 명순이 제출물로 건져낸 것이었다.

그러니 용석은 골방 안의 습한 흙냄새 속에서 빚어진 가슴 아픈 일마저 동생이 목숨을 지탱한 사실 앞에서는 무색해 할만치 그의 생명은 희한하고 그지없이 귀중한 것으로 느껴졌다. 어머니와 용석의 심정 같아서는 온 동네는커녕 적들 앞에까지 만천하에 장명순이가 살아있음을 알려주고 싶었다. 그러고 보면 뒤에 남은 일이라고는 명순이가 다시 떳떳하게 일어서서 싸울 수 있도록 주위에서 보살펴주는 그것밖에 없었다.

명순이 사정을 알 리 없는 기준은 고사하고 우선 죽은 것으로 믿고 있을 양성규는 명순의 생환 사실을 먼저 알아야 했다. 학교사업이 한창 바쁠 이때에 그의 석방을 위해 애쓴 결과가 그 모양이었으니 오죽이나 낙심하고 있으랴 싶었다. 그래서 밤을 기다려 동지들과 만나면 명순에 대한 보고를 할 겸 양성규한테 조직을 통해 연락해 줄 것을 부탁할 작정이었다.

기준이더러 연락을 한 것은 물론 사업상의 일이며 누이동생을 위함이 아니었다. 그러나 그러는 한편으로 기준을 애타게 그리워하는 명순이 소원대로 용석은 마음을 작정하고 이제 와서는 두 사람을 면대시킬 수밖에 없다고 생각했었다.

정기준은 함부로 만나지 못했으며 또한 그럴 수가 없었다. 만나는 자체도 그렇거니와 만나기 위한 때와 장소를 미리 마련하는 일이 힘들었다.

아무쪼록 이것은 삼가야 했으나 서한이 아닌 우편물을 변명(變名)으로 보내든가, 혹은 성내 근방에서 횃불로 군호를 올리든가(이것은 오름마다에서 봉화가 타오르게 된 최근에 이용한 방법이었다), 혹은 밀회 시에 다음을 기약하여 기준 쪽에서 변동이 없는 대로 지켜나가는 등의 방법을 취했었다.

　용석이 새 소식을 가져온 박 서방을 동구에서 만났을 때도 마침 기준에게 연락을 한 직후였다. 꿈에도 명순이와의 관계가 그까지 돼 있음을 몰랐었다. 오직 기준을 불원 만나게 될 생각에 가슴 부풀린 그는 이제부터 한잠 자고 밤이면 나갈 궁리를 하면서 돌아오는 길이었다. 그가 동지적인 우정을 담아 몇 번이고 그 겉봉에 볼을 갖다 대고 보낸 소포 내용도 영어입문 책 한 권이었고 그에게서 책을 빌린 학생인 양 가장한 것이었다.

　용석의 계획은 우선 한라산 기슭 부락이며 산중턱에 자리 잡은 관음사(觀音寺)에 가까운 산천단(山泉壇)에 올라가 사업을 하면서 성내 근방까지 내려와 정기준을 만날 작정으로 날을 정했으며 그와의 마지막 상봉을 바라는 명순의 마음도 전해줄 생각이었다.

　그런데 알고 보니 일은 벌써 터질 대로 터진 뒤가 아닌가…….

　박 서방이 돌아간 후 이불을 덮어쓰고 드러누웠으나 잠은 좀처럼 찾아들지 않았다. 때 아닌 눈이 내릴지 모르게 날씨가 어수선해지고 기승을 부리기 시작한 바람에 덜걱거리는 문창호지에 비낀 희미한 모색이 갑작스레 짙어가는 것이었다.

　어둠이 사위의 벽이며 방문을 가리고 방안 굽도리 그늘마저 밀어내어 뒤덮었어도 용석은 등불을 켤 생각도 없이 요 밑으로 스며드는 찬 기운에 몸을 내맡겼다. 이불 밖으로 손을 내밀어 냉랭한 구들 바닥을 만져보면 거친 멍석 대신 매끈한 장판이 감촉되기는 했으나 어쩌면 자기 집 골방에 드러누운 것 같은 착각에 빠지곤 하였다.

일은 어지럽게 자꾸 바빠지는 한편으로 헛물만 켜고 마는 심정이었다. 서로 할 일이 태산 같고 먹을까 먹힐까 하는 판가리싸움에 나선 이때에 일을 저지르고 말았으니 말이다. 하기야 마땅히 결혼을 했어야 할 두 사람이었다. 현실이 그를 허용치 않는 형편에서 이것을 다만 그들 남녀 간의 윤리 문제로만 보고 치울 수 없는 일이기도 했다.

심란한 어머니의 마음을 어떻게 진정시킬 수 있겠는가? 어머니도 아마 정기준을 지목하고 있을 것이었다. 눈에 쌍심지를 켜고 미군 앞잡이 짓을 하는 그 정기준을 저주하고 있을 것이 분명했다. 아무튼 산천단으로 떠나는 길에 다시 집에 들러서 어머니며 동생을 대해볼 수밖에 없는 노릇이었다.

용석은 몸을 뒤척거리고 눈가물을 치는데 잠을 청하지 못했다. 이따금 찡하며 엄습하는 귀울림 속에서 아까의 박 서방이 말한 물 길어 돌아오는 '고운' 아낙네를 두고 처녀가 아니라고 지껄인 자기 말이 되살아나곤 했다. 동생은 이미 자기보다 더 인생의 깊은 자국을 밟았던 것이다. 명순은 이제 어머니도 오빠도 상관할 수 없을 자기의 세계를 가진 독립한 존재가 되었다. 몸은 비록 골방 구석에 박혔으나 정신은 지금 모진 바람이 불어대는 어느 공중으로 깃을 치며 날아다니는 것이었다. 그 하늘은 캄캄한 밤하늘이기도 하고 구름 한 점 없는 새파란 하늘이기도 했다. 그 뒤를 어머니 품안에 안긴 코흘리개 적부터의 명순의 여러 영상들이 꼬리를 물고 주렁주렁 매달려 따라갔다. 이쪽 품을 벗어나 훨훨 굽이쳐 날아가 버리는 명순의 가물거리는 영상은 때로는 엷은 보랏빛 속에 잠기어 신비롭기까지 했으며, 자기도 그 뒤꽁무니를 쫓아가느라고 어딘가 가없이 눈이 모자라게 보이는 푸른 들판을 내달리고 있었다. 그런데 문득 어디에서인지, 명순은 남의 것이라는 소리가 들리는 것이었다. '누이동생은 남의 것이다.' 이 놀라운 소리가 호젓한 방안에 우렁우렁 울리자 공중을 날던 명순의 영상은 뚝 끊긴 필름처럼 제풀에 돌돌 말아져서 저만치 아득한 밤하늘에도 자취를 감춰 버렸다.

용석은 눈을 떴다. 뜨나마나한 캄캄한 방이었다. '내가 잠이 좀 들었었나?' 생각하며 이불 속에서 기어나온 용석은 조심조심 궤짝 위를 더듬고 거기에 있는 등잔불을 켰다. 눈앞이 어지러웠던 것이다. 등불이 가물거리고 별안간 훤해진 방안의 공기가 입김을 토하여 요동하였다. 시간을 보니 여섯 시가 좀 넘었을 정도였고, 아무래도 한 시간은 더 자야만 했다.

배를 깔고 다시 이불 속에 엎드린 그는 담배를 말아 피우면서 웬일인지 정기준에 대해 뱃이 뒤집힐 노염을 느끼지 못하는 자기의 야릇한 감정을 생각해 보았다. 그러나 이 생각 자체에도 노염이 따라오지 않으며 더구나 그것이 순 논리적인 것으로 못되는 것은 형용키 어려운 딴 감정의 지배를 받고 있었기 때문인지도 모른다. 아무튼 '이 개자식 같은 놈아!' ―기준을 두고 몇 번이고 나무라며 뇌까리는 마음속에서 어쩌면 한 갈래 삐져나오는, 여태껏 느껴보지 못한 피를 나눈 살붙이 같은 감정이 언뜻 머리를 추켜드는 것이었다. 그것은 지금까지 간직해온 이른바 우정과는 분명히 다르다고 할 수밖에 없는, 새로이 맛보는 감정이었다.

　용석은 피우던 담배를 그냥 재떨이에 문질러 껐다. 제 생각이 언짢았다는 듯, 허헛 하며 한번 입을 벌리고 어이없는 웃음을 마저 웃고 나서, 다시 돌아누운 채 눈을 지그시 감았다.

　그 후 며칠이 지난 어느 날, 박 서방이 일으킨 우연한 사건으로 말미암아 정기준이 명순이네 마을에까지 들어오게 되었다.

　그날 박 서방은 동네 말방앗간에서 보리를 찧는 일에 아침부터 불리어 갔었다. 한나절이나 실컷 땀을 흘린 그는 목에 수건을 걸치고 바닷가 샘터에 나갔다. 온몸이 먼지투성이어서 시원히 머리라도 감아보자는 것이었다.

　금시 휘파람이라도 새어나올 듯한 가뜬한 걸음걸이로 골목을 빠져나와 해변에 들어서려고 할 즈음에 얼핏 샘터가 있는 쪽에 웬 순경 놈이 어슬렁어슬렁 걸어가는 것이 보였다. 얼마 전에 마을 경찰 지서에 서북패 한 놈이 새로 부임해 왔는데, 어깨에 걸친 장총가목(長銃架木)을 어루만지면서 팔자걸음을 걷는 품이 아무래도 그놈이 그놈인 것 같았다.

　박 서방은 순간 못 볼 것을 본 사람처럼 길목에 숨어 순경의 거동을 살피었다. 순경이 걸어가는 길은 얼마 안 가서 들쑥날쑥한 바윗돌 틈바귀에 사라지며 그 너머에 사방을 사람 키만 하게 돌담으로 에워싸인 샘터가 보였다. 바위틈 새에 들어간 순경은 공교롭게도 이제 막 박 서방이 미역감으러 가는 그 샘터에 무슨 일이 있어 걸어

가는 모양이었다.

'허헛, 저놈 보라, 저게 저 꼬락서닐 가지구 샘터로 가는군.' 생각을 하니 기분 좋은 일이 아니었다. 총 가진 놈이 혼자 샘터에서 무슨 놈의 꿍꿍이수작을 하려는 판인지 알 수 없었으나 아무튼 개놈하고 맑은 샘물이 솟는 곳에서 얼굴을 맞대는 것이 도무지 유쾌한 일 같지 않았다. 그렇다고 순경 한 놈 때문에 모처럼 나선 길을 되짚을 수는 더욱 없는 노릇이다. 순경 보고 까닭 없이 이내 몸을 숨긴 그였으나 이번엔 무슨 속셈을 했는지 얼른 길목에서 뛰어나와 슬그머니 순경 놈을 쫓았다. 어느새 발자국 소리마저 죽이고 있었다. 주위에 사람 기척이 없고 바윗돌에 파도 부딪치는 소리만 울리었다.

순경은 과연 샘터 입구에서 주춤 서더니 목을 빼고 둘레둘레 살펴본 다음 한 걸음 앞으로 몸을 내밀어 모자를 벗어들었다. 그리곤 어깨에서 총을 벗겨서 경찰모와 함께 옆 담벼락에 비스듬히 세워놓고 자기는 무릎을 꿇어앉아 깊숙이 절하는 자세로 엎드렸다.

그때는 벌써 소리 없이 따라간 박 서방이 돌담 밑에 바투 몸을 웅크리고 담 구멍에 비치는 순경의 거동을 응시하고 있었다. 궁둥이만 물오리처럼 쳐들어 납죽 엎던 모양이 우스꽝스럽기도 하거니와 그것을 한번 발로 탁 차 넘기면 그만 물속에 영락없이 첨벙 떨어지고 말, 그 자세가 멍청하기 짝이 없는 놈으로 보였다. 그것을 그렇게 본 순간의 박 서방은 그때 자기를 무서운 행동에로 내몰 어떤 밑힘을 지닌 사람으로 변해 있었다. 그는 가슴이 뭉클해짐과 동시에 우악스런 기운이 몸 안에 솟구치며 앞으로 내닫는 것을 느끼었다.

얼른 뒤돌아보고 주변에 사람 그림자를 발견 못한 박 서방의 얼굴에는 교활한 웃음이 돌았다. 담 구멍이 터진 저쪽에서 순경은 아주 엎디고 수면에 얼굴을 갖다 대었다. 목을 축이는 셈인 것이다. 한 모금, 그리고 다시 주둥이를 물에다 적시었을 때, 비호마냥 덤빈 박 서방은 그놈의 샘가에 닭발처럼 디딘 팔꿈치를 발길로 냅다 걷어찼다. 앗! 소리 지를 계제도 없이 순경은 삿대가 부러진 지겟짐처럼 푹 박아졌다. 그놈을 엎어누르고 힘이 장수만 해진 박 서방은 덜미를 잡아 물속에 처박았다.

"이놈! 목숨이 아깝거든 꼼짝 말아라!"

단번에 물을 켠 순경은 그냥 손발만 허우적거리고 맥을 쓰지 못했다. 땅바닥에 배를 깔아 축 늘어진 그놈의 허리에 올라앉은 박 서방은 숨이 막혀 자꾸 곤두세우려는 그 머리털을 움켜잡아 쿡쿡 누르면서 사정없이 물에 담갔다.

"아이쿠 이, 이 자식!" 물 밖으로 얼굴을 내저으며 목안에 꺼지는 소리로 순경도 곧잘 용을 썼다.

"뭐, 이 자식이라구! 제법이야. 이 자식아, 내가 누군 줄 알구 함부로 까부는 거야 엉, 암말 말구 가만있어!"

재노라고 본새 차리던 순경도 지금으로서는 숨이 턱에 닿는 소리로 그저 내 목숨만은 살려줍사밖에 못 할 지경에 이르렀다. 박 서방은 우선 손수건으로 순경의 두 팔을 뒷결박했다. 다음에 순경의 허리띠를 끌러 다시 그것으로 꽁꽁 묶었다.

박 서방은 무엇 때문에 순경을 남몰래 쫓아가서 물속에 처박아 놓았는지 그 까닭을 곧 깨닫지 못했을 정도로 그의 행동은 발작적으로 취해진 것이었다. 그러나 그가 햇빛에 번쩍거리는 총대에 마음이 쏠렸을 적에 이미 박 서방의 몸 안에는 이 행동의 터전이 잡혔을 것이다. 여럿이 남몰래 밤이 새도록 모여앉아 대창을 만들어내는 형편에서 대낮에 놈들이 번쩍번쩍 차고 다니는 총이며 칼이란 무척 탐스레 여겨질 뿐더러 이따금 왈칵 부여잡고 싶은 충동으로 사람을 내모는 매력을 지닌 물건이었다. 박 서방이 대창 따위 원시적인 무기를 만들어보지 않았던들 생전 진짜배기 총에 손댈 엄두는 못 냈을 것이었다. 그러나 박 서방은 근자에 와서 순경을 보기만 하면 그놈의 얼굴 다음에는 꼭 그 듬직한 무기에 눈초리가 쏠리어 유별히 어떤 관심이 솟구쳐 오르곤 했던 것이다.

뒷결박을 한 박 서방의 억척같은 손은 무서운 줄도 모르게 와락 허리의 권총을 부여잡았다. 권총을 빼앗긴 순경은 혼쭐이 났다. 총에 맞아 죽을까 봐 놀란 그는 등에 엎딘 박 서방의 몸을 젖혀버리려고 죽자구나 발버둥을 쳤다. 그 바람에 물참봉이 된 순경의 새파랗게 질린 얼굴이 코에서 물을 쿨쿨 토하며 박 서방을 애원하듯 바라보았다. 머리에서 줄곧 떨어지는 물방울이 눈시울에서 다시 망울지어 눈물 쏟아지듯 마구 흘러내리었다. 아니 정말 그 핏줄이 벌겋게 내배인 눈망울에서 눈물을 밀어내고 있었을지도 모르는 순경 놈은 물귀신이 되다만 사람같이 몰골이 사나웠다.

박 서방은 적이 겁이 났다. 그는 권총을 품에 잡아넣고 일어섰다. 그러면서 담벼락에 비스듬히 기대어 서 있는 장총이 눈에 박혔으나 욕심보다 겁이 앞섰다. ……아니 내가 겁쟁인가 말이다. 천만에…… 사람은 경각심이 높아야 해! 그리 마음을 먹은 박 서방은 앞가슴이 권총 무게로 뿌지지 뜨거워짐을 감촉하면서 그 자리를 떴다. 그는 그때 제 딴에는 유유히 자리를 뜬 셈이었으나 기실 당황하고 있었다. 뛰어나올 적에 입구에서 후닥닥거리는 바람에 돌부리에 발목을 채였으니 말이다.

박 서방은 바닷가 바윗돌 샛길로 달아나면서도 그 일이 맞갖잖아 마음에 걸리던 참이라 문득 눈앞에 고기잡이 그물을 간수해 놓은 '그물막'을 발견했을 때 그는 다시 발길을 돌려세울 결심을 하였다. 돌기둥을 네 개 세워서 만든 그물막에 아무렇게나 덮어놓은 가마니가 눈에 띄었기 때문이다. 비늘 냄새 코를 찌르는 그물 위에서 가마니를 잡아당기는 바람으로 그것을 오그려 겨드랑이에 껴안았다. 담벼락에 비스듬히 서 가지고 자기를 기다리고 있을 장총마저 가마니로 둘러말아서 삼십육계를 놓을 작정인 것이다.

그런데 샘터로 향한 그의 발길이 한 곳에 못박혀 굳어지고 말았다. 한 사십 미터 가량 떨어진 샘터에서 파도 소리에 섞갈린 분명히 순경 놈의 외치는 소리가 들려온 것이다. 아차! 내가 그놈의 아가리에다가 수건으로 틀어막을 걸 잊어먹었구나! 박 서방은 그물막 그늘에 숨어 뒷결박을 당한 채 몸을 이리저리 뒤치고 기어나오는 순경을 쏘아보았다. 그래도 제법 배짱이 센 놈이라 결박을 벗으려고 입을 앙다물어 자빠진 망아지처럼 자꾸만 몸을 일으키는 것이었다. 샘터 너머의 굽인돌이 길에서 사람 그림자가 어른거리고 걸어오는 것을 보았다. 야단났구나 싶었다. 망설이고 있을 때가 아니었다. 가마니를 내동댕이친 박 서방은 앞가슴을 부여안은 채 바윗돌 샛길에 몸을 감추고 줄행랑을 쳤다.

4

바닷가 샘물터에서 경관의 무기를 탈취한 박 서방이 도망을 치고 난 후 미구에 경관들을 앞세우고 미군이 마을에 들어왔다. 얼마 전까지만 해도 나들이하는 아낙네들이며 방앗간에 말을 모는 아이들이며 방파제 위에서 짝을 지어 헐어진 그물을 얽어매는 노인들로 마을은 여느 때나 다름없이 생활의 입김을 내뿜고 있었다.

박 서방이 너무 바삐 서둘렀던 탓인지 모르지만 포승 삼아 수건으로 손목이 잘라지도록 묶어놓은 그 뒷짐결박이 불행히도 몸을 이리저리 뒤치기고 몸부림치는 경관의 두 손에서 얼마 없어 끌러지고 말았다. 뱃심 세기가 그도 그만한 것이, 바닷가를 지나가는 사람 그림자를 보고서 체면이 못 설 지경이어서 그랬는지, 아니면 마을 사람들을 못 믿는 마음에 겁이 되살아나서 그랬는지, 그냥 숨을 죽여 바윗돌 그늘에 몸을 숨기곤 하면서 마침내 결박을 벗어난 것이었다. 노기에 치받히면서도 겁에 질려 정신이 뒤숭숭해진 경관은 맞힐 과녁도 없는 장총을 아무렇게나 겨누어들고, 어느 돌담 틈바구니에서 총구멍을 내밀고 있을는지도 모를 빼앗긴 권총이 토할 불의의 불길을 피하여 마을 골목길을 지나 신작로 경찰지서로 허겁지겁 올라간 것이다. 동리 사람들은 겨드랑이에 낀 장총을 닥치는 대로 내밀고 반달음을 놓다시피 급히 걸어가는 물참봉 경관 나리의 괴이한 몰골에 영락없이 무슨 일이 터졌구나 여겼다. 곧 마을 어귀에 자리 잡은 집집에서 위험신호가—대막대기가 비스듬히 세워지고 초가지붕에는 위험을 알려주는 돌멩이들이 얹어지고 하는 일들이—파문을 일며 이웃에서 이웃으로 온 마을에 전해져 갔다.

오후 네 시가 좀 지나서 낌새를 알아챈 마을 사람들의 길 가는 그림자도 드물게 된 무렵, 마을 윗동네 기슭을 에돌아 뻗으며 흙먼지투성이의 메마른 신작로 복판에 두 대의 트럭과 한 대의 미군스리쿼터가 나타났다. 경찰지서의 긴급연락으로 말미암아 성내에서 달려온 경찰응원대였다.

신작로에 면한 기와집의 지서 건물을 둘러쌓은 보루 앞에는 섬사람들이 검정개라고 부르는 무장경관이 부동자세로 대기하고 있었고, 서북 출신의 지서장 황 경위는 응원대가 접근해서야 안에서 뛰어나와 목을 빼고 선참으로 닥쳐오는 트럭의, 뜻밖에 요인들이 타 있을지도 모를 트럭의 운전대와 스리쿼터의 유리창 속을 주시했다.

지서 앞 신작로 한옆에 멎은 트럭들 사이에 끼인 미군 차에서 우선 칠팔 명의 카빈총을 어깨에 걸친 장신의 미군이 무슨 알아먹을 수 없는 괴이한 소리를 지르며 뛰어내렸고 경관들은 입을 다문 채 신통한 표정으로 뒤를 따랐다.

젊은 미군 장교 파카 중위는 차에서 내리자마자 항용 맥아더 장군이 그러한 것처럼 파이프가 아닌 궐련담배 끝을 여는 둥 마는 둥 하는 입술에 꽂을 듯이 하여 물었다. 그는 입안에 들어간 담배한끝을 자근자근 깨무는지 귀밑을 볼록거리고, 신작로 길을 막아 정렬을 다그치는 경관들의 대열을 일별했을 뿐 지서장이 어설피 내밀었던 악수에도 그럴 경우가 아니라는 듯 아랑곳하지 않았으며, 오직 지서 경관들의 경례에 가벼이 답례하여 성큼성큼 건물 쪽으로 들어갔다. 그가 기계적인 능률을 소중히 여기는 미군답게 옆 사람을 거들떠보지도 않고 문득 현관에 들어서는 바람에 당황한 집주인인

지서장은 선두에 서서 안내를 할 겨를을 얻지 못하였다. 지서장은 얼떨결에 뒤진 걸음을 다그칠 사이 없이 통역관의 뒤꽁무니에서 망설이다가 황급히 직속 부하들인 서너 명쯤 되는 경사를 불러놓고 상전 뒤를 쫓아갔다.

미군 통역으로 따라온 정기준은 많은 경찰복들 속에서 그 누가 무기를 탈취당한 미련퉁이인가 단번에 알아내었다. 경사들의 한 사람으로 건물에 쫓아 들어온 그가 아까의 보루 앞에서부터 누구보다 당당한 자세로 턱을 쳐들고 멋쩍게 너무 눌러쓰는 법이 아닌 그 경찰모 차양 밑에서 눈망울을 흘겨 유별히 사람을 정시하려 들었기 때문이었다. 그러나 추세운 두 어깨는 이윽고 지탱하기 어려울 정도로 자꾸 들먹거리다가 마침내 처지는 바람에 그 자세는 안정을 잃었다. 마주친 정기준의 눈을 오래 배겨내지 못한 그의 초점 잃은 시선이 공중을 순식간 헤매다가 픽석 꺼지자 곧추세웠던 머리도 무슨 종잇장처럼 힘없이 푹 수그러지고 말았다. 그러나 정기준의 비위를 상하게 한 것은, 또한 그것으로 그 사내가 자기를 이 마을에까지 끌어놓은 사건의 장본인임을 확인하게 한 것은, 수그린 얼굴을 다시 든 그 경관이 금시 그 어떤 잘못을 저질렀음을 인정하듯 얼핏 서글픈 표정을 지어보이며 행여나 동정이라는 기적을 바라보려는 비굴한 태도마저 취한 그것이었다.

지서장은 텅 빈 경관실의 책상 사이를 누비고 지서장실 도어의 손잡이에 선참으로 제 손을 갔다대었을 때 비로소 큰 숨을 내쉬고 상전 앞에 다시 한번 허리를 굽신하였다.

"이 지서 관내의 치안 상태로 보아 불의에 공산주의자들이 반항을 조직할 위험성은 있습니까? 없습니까?"

　파카는 방안을 서성거리다가 지서장을 한번 쏘아보고 일단 끊은 말에 동을 달 적에 정기준을 돌아보았다. 그리고 부락민들 가운데 향보단 세력이 어느 정도 침투돼 있는가 물었다.

　두 손에 경찰모를 벗어든 지서장 황 경위는 정기준의 통역을 들어서야 비로소 얼굴에 마음이 놓인 듯한 빛이 돌아서 한결 긍정적인 답을 하였다. 향보단 조직이 점차 확대되어가고 있을 뿐만 아니라 빨갱이들의 영향은 평화를 사랑하는 이 마을 주민들 속에는 뿌리를 박지 못하고 있으며 말하자면 이 마을이 지금까지 폭동 한 번 일으키지 않은 양순한 모범부락이라 하면서 실지 움직임을 모르는 소리를 한 것이다. 그리고 도어 옆에 나란히 서 있는 부하들 중 한결 몸을 굳혀 꼼짝 않는, 권총을 빼앗긴 그 경사를 흘깃 보았다. 파카는 의자에 앉았다. 그는 비웃는 빛이 도는 불편을 절반쯤 열린 입귀를 실룩거리며 긁더니, 모범부락에서 대낮에 권총도둑을 맞았구먼! 하고 외마디 내뱉으면서, 그 말을 알아들을 사람은 이 자리에 미스터 정밖에 없다는 양으로 그에게 웃는 얼굴을 돌려 어깨를 으쓱거리었다.

　그는 지서 관할지역 지도 앞으로 갔다. 그리하여 오늘 사건이 일어난 샘터의 위치를 눈에 넣고, 또한 천여 명이 되는 이 마을 주민들을 몰아넣을 만한 운동장을 가진 소학교 위치를 머리에 담아놓았으며, 계속 지서장의 붉은 연필을 들어 표를 찍어가면서 하는 설명을 귀담아들었다.

　파카는 부락민을 한 군데 모으려면 몇 시간이나 걸리겠느냐 물었다. 그가 그러면서 손목시계를 들춰 보자 지서장 황 경위가 조심스레 팔소매를 걷어올려 시계를 들여다본 것을 비롯하여 그의 부하들의 오른손이 일제히 움직이어 한쪽 팔소매 끝을 집어 올리었다.

정기준은 시간 걱정을 하는가 싶은 파카가 성내에서의 출발에 앞서 출동에 몇 달러 붙는 초과수당보다 처에게서 온 편지 회답을 써 보낼 시간을 아쉬워하던 것을 상기하였다.

기준은 젊은 미군 장교의 초조한 심정이 숨어 있는 말을 지서장의 귓전에 옮겨놓고, 덧붙여 모범부락에서 권총을 빼앗기다니 그래 놓고 무슨 놈의 모범이겠느냐고 파카의 말 그대로 빈정대주고 싶은 마음이 우러나는 것을 참았다. 이제부터 일어날 일들을 뻔히 알고 있는 그로서는 괜히 놈들의 흠집을 건드려놓아 그 분풀이로 말미암은 화가 마을 사람들에게 조금이라도 더 미칠 것이 두려웠다.

정기준은 지서장이 지금 상전 앞에서 사양하느라고 마치 그것이 제자리가 아닌 듯이 외면하고 비워놓은 지서장 책상의 배경에 걸어놓은 이승만의 초상을 쳐다보면서 다시금 권력이 가지는 한 측면을 눈앞에 보는 것 같았다.

'법'의 이름으로 채색된 총칼로 사람들의 목숨을 생지살지하는 아귀찬 경찰력을 가진 그들이었건만, 담당 관내에서의 돌발적인 사태에 대처하여 한마디 의견을 내놓지 못하였다. 그저 상전의 일거수일투족에, 푸른 유리알 같은 눈망울을 박아놓음에 안성맞춤인 패어 들어간 안확에서 무슨 야릇한 빛이 꿈틀할 거기에, 온 정신이 팔려 있었을 따름이었다. 검정 경찰복과는 판이하게 다른 카키색 미군복의 빛깔마저 무슨 헤아릴 수 없는 빛을 내뿜으며 자기들을 압도하는 권력의 상징인 듯 여겨지는 것이었다. 그러니 미군 장교의 얼굴에 언뜻 내비치는 미소는 통나무처럼 서 있는 경관들의 얼굴에 일그러진 억지웃음을 떠올렸다. 한 편이 까닭 없이 가령 손등에 기어오른 개미에 물려 꼴을 찡그리면, 다른 편에서 물방울이나 튕긴 것처럼 대뜸 표정이 굳어지는 식으로 그들의 얼굴은 한낱 영사막이나 다름없는 것으로 되는 것이었다.

허기야 경사쯤 되면 순경 네댓은 거느리게 마련인 간부 경관인데, 난데없이 혼자 쏘다니다가 그 꼴을 당하고 말았으니 그냥 지나칠 수 없는 죄과를 범한 셈이었다. 물론 물을 마시다가 샘물에 처박히었다는 사실 그대로의 어리석은 보고는 안 했을지라도 무기를 빼앗긴 데는 아주 구실을 붙일 도리가 없는 것이다. 문제는 그것이 본인뿐만 아니라 위로는 직속상사인 지서장으로부터 자칫하면 동료인 경사 급까지 단단히 책을 잡힐 처지에 있는 것이었다.

그러나 값진 옷감으로 만들어진 카키색 군복의 이 젊은 미군 장교는 으레 경찰부 사무당국에서 처리할 인책 문제에 대해서는 안타까워하는 주위의 공기를 감촉하면서도 일체 언급하지 않고 곧 지서장더러 행동의 지시를 주었다. 한 시간 내로 마을 소학교 운동장에 전 부락민을 집합시킬 명령이 신작로에서 대기하고 있는 경관들에게 하달되었다.

이리하여 일 분대씩 두 반으로 나눠진 댓 명의 경관들이 사람 등허리에다가 총을 대고 집집을 고방까지 샅샅이 뒤지기 시작하였다.

마을 사람들은 집에 들어앉아 문을 닫았다. 그까짓 문을 닫아보았던들 무슨 소용이 있으랴마는 그들은 그것으로 저들의 마음을 달랐다. 저녁 무렵이 가까워지면 물 긷는 아낙네들로 들썩하는 바닷가 샘터는 높은 파도에 씻기는 돌담 그림자만 호젓이 남기고 밀려드는 짠물에 뒤덮이기 시작하였다.

경관들은 지서 순경들을 앞세우고 집집의 문을 걷어차 구들 안에 구둣발로 쳐들어갔으며, 심지어는 안방에 드러누운 노인의 상투를 끌어 잡아 마당에 내쫓는 데까지 이르렀다. 권총을 훔치고 도망친 놈을, 공비를 대라고 휘두른 총을 가지고 조금이라도 트는 기색이 보이는 사람 등허리에다가 내리치곤 하였다.

마을의 골목이란 골목은 줄줄이 걸어가는 사람들로, 보채는 어린것이랑 병자들만 남기고 집을 비우고 나선 사람들로 메워졌다.

지서에 남은 정기준은 커튼이 걷힌 유리창 너머 보이는 녹나무 그늘이 비낀 보루 위에 얹혀 놓은 기관총의 묵직한 모양을 이따금씩 내다보았다. 옆에는 탁자 위에 갖다 놓은 커피를 마시며 얘기를 계속하는 파카와 지서장이 있었다. 기준은 전진에 으깨어진 군대처럼 지독한 혁대 냄새를 풍기며 온 마을에 흩어져가는 경관들을 보고 가만히 앉아 있을 수 없게 조바심이 쳤다. 그는 이제부터 마을사람들을 집합시킬 마당에서는 여느 부락에서 흔히 벌어지는 그러한 학살은 없을 것으로 알고 있었으나 그래도 모를 일이었다. 만약 도망친 사람이나 관계자가 불행히도 붙잡히는 날에는 또 다시 사람 몸뚱어리에서 터지는 선지피를 눈앞에 볼 수밖에 없는 노릇이었다.

기준은 직무상 하는 수 없었으나 하필이면 명순이와 그의 모친, 뿐만 아니라 친지들이 오가는 이 동리 길에 발을 내디딜 생각은 아예 없었다. 성내 경찰에 들어온 보고 내용을 군정청에서 알았을 때 그것이 공교롭게도 명순이네 마을임을 인식한 기준은 차차 해일처럼 벅차게 닥쳐오는 인민들의 항쟁의 움직임을 감촉하는 한편으로 야릇한 생각에 빠졌다. 그는 내키지 않는 마음속에서 망설이다가도 제자리에 돌아가는 그 생각이 혹이나 명순이를 만날 수 있을는지도 모르리라는, 먼발치에서라도 그의 얼굴을 볼 수 있을는지도 모르리라는, 운명의 장난으로 말미암아 무참하게 끊어지고만 상처투성이 연분의 건너편에서 그래도 정든 사내를 잊지 못하고 기다리고 있을 명순이를 혹이나 만날 수 있을는지도 모르리라는 생각이었다.

명순이뿐만 아니었다. 그는 두 갈래로 깨어질 금이 들어가는 마음을 한몸에 간직하고 이 길을 오긴 왔어도, 아무쪼록 마을 사람들을 대하고 싶지 않았다. 명순의 숨결이 배어 있으며 그의 그림자가 아른거리는 마을 길목에서 사람들의 저주에 찬 눈초리를 맞받아 쏘아볼 자신이 없었다. 그것이 암만 그의 생활에 있어서 습성으로 될 만큼 익숙해지고 자기가 맡은 사업을 감당해내기 위해서는 더욱 그런 습성을 굳혀가야 할 처지에 놓여 있었다 할지라도 기준은 도무지 그 용기가 솟아날 것 같지 않았다.

옛날 이 고장 사람들이 몇 년을 두고 소나무 언덕을 깎아 허물어 뜨리고 겨우 낸 길이 있다. 지금도 피를 뿜는 듯 벌건 적토질의 넓은 그 길을 따라 바다 쪽으로 내려가면 중동네 모퉁이에 명순이가 다니고 있을 자그마한 우편국이 있을 것이었다.

그는 지서 앞에 선 녹나무 잎사귀처럼 귀엽게 꼬부라진 새잎을 내돋으며 봄맞이 단장을 하고 있을 명순이네 집 마당 한구석의 복숭아나무를 상상했다. 그 나무는 떨떨 말린 떡잎을 힘차게 내솟으며 희멀쑥한 명순의 살갗 같은 향기로우며 소담스런 꽃맺이를 바라는 꽃망울을 키워갈 것이었다. 이제 무슨 체면을 가지고 스스로 명순이 앞에 얼굴을 내비칠 수가 있으랴마는, 자꾸 조르듯이 명순이네 집으로 달려가라는 소리가 귓속에서 속삭이는 것이었다. 그는 한 곳에 가만히 엉덩이를 놓을 수 없을 정도로 마음이 들떴다.

이윽고 기준은 파카를 보고 마을을 한 바퀴 돌고 정황을 순라(巡邏)할 필요가 있잖겠느냐고 말을 걸었다. 파카는 한마디 일없다는 답을 하고 나서, 그러나 미스터 정은 경찰 관계의 일도 있으니만큼 민심의 동향도 알아보기 위하여 수고스럽지만 다녀오는 것이 좋겠다고 기준이 내심 바라던 말을 하였다. 기준은 글쎄 보고서 작성하는 데 응당 참고로 삼아야 할 것들이 있을 것이고 아무래도 한번 돌아보는 편이 나을 것 같다고 장단을 맞추어놓고 얼른 자리를 떴다.

경관실에는 어느새 책상, 의자 할 것 없이 여기저기 아무렇게나 걸터앉은 미군들이 대기하고 있었고, 지서 변두리는 경관들이 총을 들어 경비를 담당하고 있었다. 기준은 지서의 지프차를 몰아 마을에 들어갔다.

신작로에 서노라니 마을 너머로 세모진 흰 파도를 일으키며 넘실거리는 검푸른 바다가 보였다. 바다는 아득히 수평선을 떠밀고 늘어뜨리며 노을이 비끼기 시작한 먼 하늘가에 가 닿았다. 볼을 스치는 해풍은 아직 찬 기운을 느끼게 하였으나, 바람에 잔뜩 실려 오는 소금 냄새는 사나운 겨울을 멀찍이 밀어내고 화창한 날씨에 가슴 부풀게 하는 봄 바다의 입김 냄새였다. 저물어가는 가냘픈 햇살을 받아 한결 벌겋게 피가 배인 듯 비치는 오르막길을 많은 사람들이 발목에 먼지를 휘감으며 묵묵히 올라오고 있었다.

지프차는 길을 비키느라고 흩어지는 그 사람들 위에 흙먼지를 들씌우고 고르지 못한 촌길을 덜걱거리며 달려갔다.

기준은 군중 속에 섞여 있을지도 모를 명순이를 찾았다. 차를 모는 한편으로 더구나 자기에게 눈독을 들이는 많은 사람들 속의 한 사람만을 눈여겨 찾아보기란 어려운 일이었다. 그럼 아직 우편국에 남아 있으려니 한 가닥 희망을 안고 이윽고 다다른, 경관들이 지켜선 그 건물 앞에 멎어 세웠다. 차에서 기준이 밖을 내다보았을 때 우편국원인 듯싶은 한 젊은이가 문을 닫고 자물쇠를 잠그고 있었을 뿐 명순은 거기에 없었다.

기준은 명순이네 집이 있는 섯동네로 차를 되돌렸다. 그는 골목에 나선 사람들의 자기를 백안시하는 눈초릴 외면하며 오직 조심스레 앞만 내다보고 차를 몰았다. 지나가는 지프차의 좌우편에 늘어선 집집의 돌담 너머에서 틈틈이 경관들의 외치는 소리가 들려왔다.

금시 불이 붙은 듯한 어린것의 우는 소리가 들려왔다. 그것이 별안간 젖을 떼이고 보채는 소리인지 땅바닥에 내뒹굴어 어딘가 다쳐서 우는 소리인지 아무튼 그 집 마당에서 벌어지는 광경을 안 보고서도 눈앞에 선히 떠올리었다.

기준은 차를 내렸다. 더는 차를 몰 수 없을 만큼 길 폭이 좁아지기도 했지만, 집집의 지붕 너머에 푸른 솔숲 동산이 보여서 머지않아 바로 그 밑에 터를 잡은 명순이네 집이 나타날 것이었기 때문이다.

기준은 뚜벅뚜벅 걸음을 옮기었다. 뜻밖에 미군 통역을 만난 경관들은 길가에서 자세를 바로잡아 경례를 하는가 하면, 미군 장교가 같이 나타나지 않아서인지 무슨 심술이나 피우듯 모른 척하는 놈도 있었다. 골목 막바지에 다다른 경관들이 명순이네 집 사람들도 가만히 두지 않을 것이다. 아직 이 사건의 이렇다 할 단서를 잡지 못하고 있는 형편에서 행여나 맨 국물을 휘젓는 그 숟가락에 무슨 건더기라도 여기서 건져 올리자는 공명심이 없는 것도 아니었다. 그것은 으레 그들을 무자비한 행동에로 내모는 원인으로도 되었다.

오직 단 하나의 목적을 위하여 여기까지 찾아온 기준이었다. 그러나 정작 그 집을 눈앞에 바라다보았을 때 그는 문득 한 걸음 앞으로 나설 엄두를 못 내고 있는 자기를 발견하였다. 안개가 걷히며 저쪽에서 쑥 내밀 듯이 나타난 집을 지척에 두고 보니 웬일인지 깎아지른 벼랑에서 심연을 굽어다본 것처럼 순간 현기증이 엄습하고 발이 저려 들며 휘청거리는 것을 느꼈다. 복숭아나무도 이른봄에 열매가 달릴 리 만무했으나 파릇파릇한 새잎으로 단장하여 언제나 서 있던 그 돌담 건너편에 그대로 서 있었다. 그때는 벌써 복숭아나무 밑에서 경관들의 소리가 나고 그들이 마당 안으로 들어간 뒤였으나 기준은 그저 멍하니 생소한 집을 찾는 객인처럼 집 앞에 선 채로 몸이 굳어지고 말았다. 왜 괜히 이 길을 택하고 오고야 말았느냐 말이다. 내 가슴속에서 그 자취를 감추어버린 지 이미 오랜 환영을 좇아 여기까지 올 것이 뭐냐 말이다. 바람에 흐느적거리는 복숭아나무 가지를 쳐다보면서 기준은 그제야 큰 후회감에 휩쓸려갔다.

"이 판국에 웬 놈의 노랫소린가 말이야."

"사람 그림자는 없구, 소리만 들린다니 거 참 기분이 나쁜 걸……"

한 경관이 발을 구르며 총을 들었다. 경관들이 부르짖는 소리에 섞이어 처마밑에 연기가 자욱한 정주간 쪽에서 그 무슨 구슬픈 노랫소리가, 그것도 인기척 없는 호젓한 집 전체에서 뽑아 나오듯 연연하게 흘러왔다.

그것은 노랫소리였다. 어머니가 아궁이에 솔가리랑 솔방울을 밀어놓고 불을 지피며 혼자 자장가를 부르는 소리였다. 정주간에 가득 찬 매운 연기 속에서 어머니는 울고 있었다. 부지깽이로 연신 아궁이를 헤가르며 어머니는 죽은 어린것을 추억하는 젊은 아기어머니처럼 자장가를 부르고 있었다.

자랑 자랑 윙이 자랑
우리 아기 잘도 잔다

우리 아기 자는 소리
가시 전답 재운 소리
남의 아기 자는 소리
환상 빚에 재운 소리

돌아오는 반달같이 고운 이 아기야
물 아래 옥돌 같은 큰 아기야
가마귀 잣날개 같은 이 아기야
우리 아기 잘도 잔다

은자동아 금자동아
병풍뒤에 월시동아
동네어른 잠제동아
나라에는 충성동아

부모님께 효심동아
일가방상 화목동아
만고문장 명필동아
자손창성 만당동아
비자낭엔 비자동아
옥저낭엔 옥저동아

가시전답 물려주마
백진밭도 너 물리마
유기재물 너 물리마
방아귀도 너 물리마
앉은솟도 너 물리마
정든살애도 너 물리마
싱근물항도 너 물리마
자랑 자랑 웡이 자랑
할망 손지 잘도 잔다

지금 명순이는 고방에서, 마루방 한 칸을 사이에 둔 고방에서 정주간에서 부르는 어머니의 자장가를 듣고 있었다. 어머니가 하라는 대로 항아리 속에 몸을 숨긴 명순은 숨을 죽여 들릴락 말락 고방문 틈바구니에서 새어 드는, 불 같은 정을 담은 소리를 듣고 있었다.

한 손은 맷돌을 돌리고 다른 한 손으로 흔들어 주는 아기구덕(대로 엮은 요람) 속에서 자라온 어린 시절이 있었다. 밭일에 따라가 혼자 놀다가 지쳐버린 아기를 김매는 틈을 타서 쌔근쌔근 잘 자라고 등에 지고 온 구덕에 눕혀서 불러주던 이 노래에 깃든 추억인들 얼마나 많은가. 그것들이 지금 조그마한 몸뚱어리를 이리저리 꿈틀거리듯이 어렴풋이 떠오르는 것이었다. 그러나 딸을 지키기 위하여 몸을 던지고 적과 맞서 싸우려는 무서운 서슬을 돋우는 이 노래는 명순의 머릿속에 그러한 상념이 떠오를 자리를 내주지 않았다. 그는 관 속에 들어간 송장처럼 아무 힘이 없는 자기를 저주하였으며 그 노래가 끊긴 때는 바로 적들이 난입할 때라는 것을 입술을 깨물고 기다릴 수밖에 없었다.

이 마을에 그 무슨 가당치않은 일이 터졌다는 기별을 이웃에서 받았을 때 어머니의 마음속에는 딸 명순이 외의 딴 생각이 들어갈 여지가 전혀 없었다. 명순의 병은 점차 차도가 보이긴 했지마는 그러나 며칠 안 되는 동안에 제 스스로 몸 주체할 만큼 신통한 효험은 바랄 바가 못 되었다. 실한 몸이 되어 이 집을 떠나기 전에는— 그는 그 목숨을 지키기 위해서도 그리고 앞으로 떳떳이 싸우기 위해서도 어차피 집을, 아니 이 정든 마을을 떠나지 않을 수 없는 처지였다—언젠가는 당할 일이라고 생각하고 한시인들 경각심을 잊은 적이 없는 명순이와 어머니였으나 그렇다고 땅속으로 파고들어

갈 형편도 못 되다 보면 고방살이를 할 수밖에 없었고, 이제 놈들이 박두하는 것을 눈앞에 두고 고방을 떠날 수는 더욱 없었다. 어머니는 딸 앞에서 당황하는 빛을 보이지 않고 곧 문을 닫았다. 화가 어머님께 미칠까 봐 두려워하는 명순이를 달래고 그의 침실인 고방부터 치우기 시작하였다. 본디의 고방답게 쌀독이며 항아리들, 연장이며 먼지 묻은 잡동사니를 옮겨다 놓고서 고방 안을 그득히 해 놓았으며, 벽에 스며 있을 한약 냄새가 걱정이 되어 갓 맷돌질을 하고 난 보리쌀을 멍석에 널어놓기까지 하였다.

명순은 캄캄한 고방에서, 그리고 어데 땅 구멍에 들어간 것 같은 아무것도 보이지 않고 숨이 콱 막혀 숨만 크게 쉬어도 그 위에 짐을 올려놓은 뚜껑 바닥에 머리가 닿는 항아리 안에 웅크려 앉아, 무슨 일인가는 딱히 알 수 없으면서도 그러나 분명히 다가오는 것을 피부로 감촉할 수 있는 그 불길한 것의 발 구름 소리에 온 정신을 집중시키고 있었다. 만약 다시 여기서 붙들린다면 어머니는 두말할 것도 없거니와 온 마을 사람에게까지 그 화는 미치고야 말 것이니, 항아리 안에서 숨이 지어 송장이 되는 한이 있더라도 절대 탄로가 나서는 안 될 노릇이었다.

어머니는 경관들이 골목길에 들어왔음을 눈치채자, 그때는 벌써 명순은 항아리 안의 사람이 되어 있었는데, 재빨리 정주간에 들어와 이미 불을 지펴두었던 아궁이 앞에 퍼떡 주저앉아서 땅을 치며 통곡을 하였다. 늙은 어미를 혼자 두고 간 불효자식아, 네가 먼저 저승국으로 떠난다니 그게 될 말이냐, 무덤에서 한 번 고이 잠들지도 못한 너의 넋이 어이 저승길엔들 온전히 갈 수가 있겠느냐, 지전 가진 것두 없구 소렴도 못 해 주었으니 갈아입을 호상(수의) 한 벌 차려진 것이 없구…… 불쌍한 아기야, 저승에도 미처 못 가서 어딘가 모르게 캄캄한 밤하늘을 헤매는 설운 아기야……. 어머니는 넋두리를 하는 사람처럼 즉흥적인 말을 끼워가며 죽은 딸을 생각하는 어버이의 단장의 슬픔을 노래했다. 그것은 적에 대한 가장인 동시에 무엇보다도 정말 저승이 대문 밖에 찾아든 거나 다름이 없는 항아리 속 명순에 대한 격려의 노래였다.

경관들은 소리가 나는 정주간 문을 열어젖히고 얼른 안을 둘러보더니 그냥 문턱을 넘어 뛰어들었다.

"여보, 할망! 이 집 식구가 몇이오?"

어머니는 아궁에서 타오르는 불빛이 거기에서 벌겋게 날름거리는 얼굴을 들어 어리둥절해 하며 경관을 쳐다보았다. 연기에 거멓게 그을리고 눈물투성이가 된 그 얼굴은 혼이 나간 사람 같기도 하고, 보기에는 반백의 머리가 풀어지고 눈에 푸른빛이 이는 무엇이 들려서 질린 그 얼굴에는 귀기가 서리어 있었다. 아이구, 내 귀여운 딸을 데려와 주었소? 고마운 사람아, 옳아 옳아, 식구가 몇이냐고…… 그건 말도 맙서, 홀어미 외딸로 오붓하게 살아오다가 더러운 내 팔자 탓에 딸년을 먼저 저승길에 보내고 말았수다. 차사가 오기 전에 관에서 잡아갔으니 관에서 더 잘 압네. 식구가 몇인줄 더 잘 압네. 어머니는 땅을 치고 통곡을 하다가도 갑자기 이 고마운 사람아, 명순이를 데리고 왔으면 얼른 이리 내달라고 하며 눈앞에 실지 딸 얼굴이 보이는 듯이 두 팔을 벌리어 일어서는 것이었다.

"이 늙은것아, 미쳤나, 미쳤소? 빨갱이가 마을에 나왔는데 무슨 놈의 넋두리란 말이야. 빨리 가, 빨랑빨랑 나가란 말이야!"

한 놈이 남고 두 놈이 마루방에 뛰어올랐다.

어머니는 방으로 뛰어드는 경관들의 뒷모습을 힐끗 곁눈질하고서는 그냥 땅바닥에 다시 엉덩이를 붙이고 내 딸 명순이를 내라, 무슨 죄를 지었기에 제명대로 못 살아 총을 맞았느냐고 대성통곡을 시작하였다. 매운 연기 속에 휘감기어 더 서 있을 수가 없게 된 경관은 어머니의 팔을 잡아당겨 밖으로 끌고 나왔다.

"아이구, 내 딸을 내놓아라, 딸을 내놔! 너희들이 하는 일에 내가 무슨 상관이요, 남의 집에 쳐들어와 무슨 놈의 야단이오. 딸을 내놔, 명순이를 내놔라!"

경관은 발버둥치는 어머니의 멱살을 잡아끌었다. 어머니는 문설주에 매달려 이건 내 집이다, 내 집을 비우지 못하겠다고 외치면서 한사코 안 떨어지려는 것이었다.

"허허 기가 차네, 제법이야 제법. 이 늙은 게 쇠가죽만 하게 질기단 말이야." 경관은 어이가 없다는 듯이 뇌까리더니 총을 거꾸로 쥐었다. "짜식! 한번 단단히 맛을 볼 테야!"

그때 마당에서 다가와 그 앞에 선 한 경관이 말리었다. 같이 서 있던 정기준이 보낸 것이다.

"이 사람이 왜 그래? 일없소!"

"그만합세."

싸움이 안 되었다. 그럴 것이 노기등등한 경관이 말린 쪽의 얼굴을 바로 들여다보니 아닌 게 아니라 상대방은 이 반을 지휘하는 경사요 한편은 순경이었으니 말이다.

경사는 어머니를 달래었다.

"할망, 놈 땜에 마을에 일이 터졌는데 잠깐 갔다 오면 되는 일 아뇨. 경찰에서 동네 주민들의 협력을 바라는 것두 그게 다 마을의 평화를 위해서 하는 일이오. 백성을 위해서 하는 일에 너무 그러면 재미가 없소, 얼른 손을 놓으란 말이오."

기준은 그동안 부지중 복숭아나무 곁으로 물러서 있었다. 돼지 우리에 가지를 뻗은 나무 밑에서 꿀꿀거리는 돼지 소리를 들으면서 명순의 부드러운 손길이 가 닿았을 단 한 마리밖에 없는 그 돼지에 반가움을 느낄 경황도 없었다.

"백성을 위하는 양반들은 구둣발루 남의 집에 쳐들어가야만 맘이 씨원하냐?" 어머니는 문턱에 걸터앉아 기신없이 주먹을 휘저으며 마침내는 제 가슴을 두들겼다. "이리들 나와! 나오는 걸 보구 내가 가겠다. 이리들 나오너라!"

명순은 고방 안의 항아리 속에서 얼어붙은 듯 숨을 죽이고 있었다. 경관인 양 싶은 놈들이 마루방에 구두 소리를 요란스레 울리며 안방으로부터 여기저기 뒤적이고 있는 것을 알 수 있었다. 그는 숨이 가빠 쿨룩거리는 기침을 가까스로 삼켜버리곤 했으나 몸이 제지 못 할 지경으로 마구 떨리는 것이었다. 명순의 몸이 떨리자 이번에는 항아리가 무슨 짐승처럼 바들바들 떨기 시작하는 것이었다. 항아리가 떤다? 그걸 착각인 줄 알면서 다시 항아리가 쨍! 소리를 내어 그 오지그릇 조각을 사방의 벽이며 고방 문에 흩날리고 깨어질 것 같은 소름끼치는 공포심에서 헤어나지 못한 것이다.

별안간 구둣발로 고방 문을 탁 차는 소리가 나더니 항아리 뚜껑 틈에 희미한 빛이 가느다란 부피를 가진 무슨 물건처럼 쑥 쑤셔오고 경관의 거친 숨결이 귓전을 찔렀다. 그런데 어이 된 셈인지 그놈은 혼자 으르렁거리다가 고방 안으로 한 걸음 더 들어올 생각을 그만둔 모양으로 그냥 마루방을 구르며 나가버렸다. 순간의 일이었다. 명순은 경관이 고방 앞에서 사라진 후에도 긴장이 풀리지 않아 한참 숨을 돌리지 못하였다. 머리가 아찔하고 그냥 쿡 꼬꾸라질 뻔하면서 바가지로 잔등이에다 물을 끼얹힌 것같이 갑자기 진땀이 솟아 흠뻑 온몸을 적시는 것을 의식하였다.

분명히 어머니의 울음 섞인 소리가 들려오는데, 그것이 같은 어머니의 소리인지 혹은 헛들리는 소리인지 꿈결에서처럼 어디서인가 멀리 정기준의 이름을 부르는 소리가 스쳤다. 그는 차마 정기준이 바로 지척에, 자기 집 앞마당에 와 서 있었으리라고는 생각조차 못 했다. 한 가닥 바람에 날려 온 것 같은 그 소리는 정기준의 이름을 부른 것으로 들었을 뿐이다. 명순을 압도하는, 놈들의 총칼 밑에 어머니가 끌려가는 그 광경 앞에서는 그 따위 들릴락 말락 한 소리는 형체 없이 짓밟히고 말았던 것이다. 오직 퍼뜩 의아하게 느껴진 것은 하필 이 판에 와서 정기준을 생각게 하는 자기의 야릇한 마음에 대해서였다. 명순은 항아리 속에 든 자기가 그저 무슨 얄궂은 착각에 빠진 것으로 생각하였다.

"그만하구 할머니를 데리고 갑시다. 우선 사람을 집합시키는 게 긴요한 일입니다."

나무 밑에서 다가온 정기준이 말하였다. 귀찮게 구는 노파의 소행을 가증스레 여긴 경관들이 겨우 구둣발로 정강이를 걷어차는 정도로 참은 것은 정기준이 만류한 까닭이었다. 그러나 어머니 앞에 나타난 정기준은 옛날의 기준이가 아니었다. 어머니는 뜻밖에 거기에, 옛날 친자식처럼 여겨 사랑하던 정기준이 개놈들과 같이 자기 집 마당에 서 있는 것을 발견한 것이다. 아까 명순이가 정기준의 이름을 들은 듯한 그 소리는 결코 헛들린 것이 아니었다. 그것은 악이 오른 어머니가 정기준을 나무라며 침을 내뱉듯이 하고 부른 이름이었다. 검정 경찰복 차림의 경관들 속에서 혼자 색다른 미군복을 단정히 입은 정기준을 발견한 어머니는 치맛자락으로 얼굴을 훔치고 눈을 무섭게 바로 뜨며 정말 정기준이냐 아니냐 살피듯 그를 쏘아보았다.

"……네가 기준이냐?"

"예……정기준입니다……"

기준은 속마음과는 달리 어찌된 셈인지 한마디 인사말조차 꺼내질 못하였다. 뿐만 아니라 명순의 안부를 물어볼 생각조차(안부를 물어볼 처지가 아니며, 또한 기준의 물음에 머리를 끄덕이어 답을 줄 지금의 명순이 어머니가 아니었지만) 떠오르지 않았다. "예……정기준입니다……" 기준은 이 말 같지도 않은 자기의 대꾸를 속에서 한 번 더 되뇌며 어머니의 벌겋게 핏줄이 내닫는 눈이 자기에게서 떨어지기를 채 못 기다리고 시선을 푹 떨구어 외면하였다. 사람은 간혹 반가움에 겨워 몸 둘 바를 모른다고 하지만, 이 순간 막대기처럼 빳빳하게 서 있는 기준은 머릿속을 퍼뜩퍼뜩 깃을 치며 빠르게 스치는 장용석이며 그의 동생인 명순의 영상을 함께 그러안아 어머니! 하고 전보다 훨씬 굵은 주름살이 잡히고 늙어 보이는 얼굴을 한 그이의 품에 뛰어들고 싶은 충동을 겨우 이겨낸 것이었다.

"옳지! 네가 정기준이로구나."

어머니는 헝클어진 머리채를 그냥 풀고 눈에 쌍심지를 켜서 흙투성이의 몸을 기준에게로 내밀어 다가섰다.

"음 기준이로구나! 음 네가 무엇 하러 여기 왔느냐, 엉? 남의 집 딸을 망쳐 먹구서두 아직 부족해 이젠 날 잡아먹으려 드는 판이냐?" 어머니는 뜻밖에 기준을 보자 잊었던 생각들이 떠올라 화가 치밀어 오른 것이다. "나가, 나가라! 너는 당최 우리 집 마당에도 발을 들여놓지 못한다. 통역이 아니라 나라 왕 노릇을 해먹어두 네 같은 놈은 이 집에 들어오지 못한다!"

만약에 명순이가 들었으면 어머니의 이 말씀을 수긍하면서도 얼마나 가슴 아프게 여겼을까. 어머니가 기준의 멱살을 잡으려고 달려드는 것을 경관들이 총대를 가로질러 막았다. 명순이 모친의 시선을 피한 그의 눈은 흙빨래처럼 되어버린 저고리 속에서 간신히 들먹이는 그 늙은 어깨 너머로 텅 비어 버린 초가집의 헐어진 흙벽이며 열려진 문 안에 비치는 마루방이며 그리고 처마에 내민 서까래를 옭아맨 새끼줄 끝이 주렁주렁 매달려 바람에 흔들리는 것들을 바라보았다. 그리하여 문득 큰 숨을 내쉬며 하소연하듯 우러러본 저물어가는 하늘에 웬일인지 종잇장처럼 새하얀 색깔의 크디큰 장막이 순간 쳐지는 것을 보았다.

경관들은 어머니를 데리고 갔다. 그런데 어머니는 집안을 뒤지던 경관들이 모두 마당에 나온 것을 보자 이젠 기준에게 더 욕할 생각도 없다는 듯이 놈들의 구둣발에 차여 피멍이 배었을 다리를 끌고 나간 것이다. 기준은 경관들의 등에 가리어 어머니가 안 보이게 된 후에야 걸음을 떼었다. 그러나 인기척도 없는 마당에 서서 다시 한번 아쉬운 마음으로 집을 돌아보고 돼지우리 곁에 선 복숭아나무에 눈길이 가닿았을 때 피뜩 명순이 생각이 났다.

명순이? 그는 혼자 속으로 부르짖은 것이 안에서 가벼이 입술을 열고 밖으로 나왔다. 명순이가? 글쎄 명순이가? 내가 명순이 때문에 여기에 왔었지, 그 얼굴을 한번 보고 싶어 내가 왔었지……. 멍하니 집을 바라보다가 담배를 꺼낸 기준은 이제야 처음으로 명순이 이름을 되뇌었다. 이상한 것은 이 집 마당에 들어서면서부터 지금까지 시간으로 치면 십 분쯤 되나마나한 그동안이었으나 명순에 대한 한 조각의 생각도 머리에 떠오르지 않은 그것이었다. 우편국에도 없었고, 집에도 없는 명순이가 어디로 갔을까? 마을 사람들과 같이 비탈길을 묵묵히 올라가는 것을 내가 얼결에 놓쳐 버렸는지도 모르지, 아니면 어데 마실을 갔었는가……? 그럼 아까 모친이 하던 딸을 망쳐먹었다는 말은 무엇을 의미하는 것일까. 그제야 기준은 언뜻 들려온 어머니가 정주간 문설주에 매달려 내 딸을 내놓으라고 한 그 말속을 되씹으며 상기했다. 밖에서 그것도 정주간에서 떨어진 곳에 서 있던 그는 안에서 벌어진 일을 딱히 알 수 없었다. 그러나 그때 어렴풋이 귀에 들려온, 명순이 이름을 부르며 울먹이던 어머니의 소리가 되살아났다. 애절하게 들려오던 어머니의 자장가이며 언뜻 새어나온 저승이란 말이며 그리고 머리를 풀어 무엇이 들린 사람처럼 환장지경이 되던 모친의 훨씬 늦게 보인 모습이며, 이것들에는 심상치 않은 무슨 깊은 사연이 숨어 있었음이 틀림없었다.

……명순이가 죽었다? 명순이가 학살을 당했다? 이 생각은 정기준의 존재를 송두리째 꺼꾸러뜨릴 만하게 무서운 힘을 가지고 그의 머리를 쳤다.

그러나…… 아무려니 그럴 리가 어데 있겠나! 그는 엉뚱하게 떠오른 자기 생각을 마구 지워 버리고 머릿속에서 번개 치는 온갖 불길한 상념 가운데 한결 세차게 불꽃을 튕기며 나타난 생각의 꽁무니를 겨우 붙잡고 거기에 자기 마음을 내맡겼다. 그것은 있을 수 있는 명순의 체포에 대해서였다. 체포란 생각은 적어도 이 순간 그의 마음을 가라앉히는 작용을 놓았다.

그러나 체포란 것이 으레 있을 수 있는 일이라면 이 고장에서는 그것을 늘 그림자처럼 따라다니는 학살도 또한 있을 수 있지 않겠는가? 기준은 절망감에 사로잡혔다. 어디 세상에 그럴 리가……. 당장 눈치챌 줄 모르고 이 순간까지 멍청이같이 우두커니 서 있기만 한 자기의 소갈머리가 몹시 밉살스러웠다. 세상에 차마 명순이가 죽는다니 그럴 일이 있을 수 있겠는가 말이다. 그것은 절뚝발이 모양 뒤뚝거리는 자기의 허황한 마음의 탓으로 생겨난 망상에 불과한 것이다! 그는 눈앞을 어지럽히는 무엇인가를 뿌리치듯 한 손을 크게 내저으며 발길을 돌려세웠다. 일은 급했다. 그는 담배를 내던지고 마당 밖으로 뛰어갔다.

경관들은 벌써 사오십 미터쯤 앞서가고 있었다. 적어도 관할 지서에선 명순의 체포에 관해서 모를 리 없을 것이었다. 그는 얼마 전까지만 해도 그 가슴을 메웠던 이 길을 찾아온 후회감이 지금 산산이 흩날리고, 새로 북받쳐 오르는 뜨거운 마음을 안고 골목길을 되짚고 있었다. 기준은 명순의 신상에 대해 알려준 그 무엇인가에 감사하며 걸음을 재게 다그쳤다. 꼭 이 손으로 명순을 살려내야 한다. 그는 맥이 탁 풀리던 아까의 절망감 속에서 놈들에 대한 증오의 불길이 이글이글 타오름을 가슴 뿌듯이 느끼었다.

(미완)

김석범 한글소설의
양상과 의의

김석범 한글소설의 양상과 의의[*]

1. 들머리

재일작가 김석범의 문학에 대한 국내에서의 논의는 주로 소설집 『까마귀의 죽음(鴉の死)』[1]이나 대하소설 『화산도(火山島)』[2](이하 '대하『火山島』') 등 한국어로 번역된 일본어소설을 중심으로 이루어 져 왔다. 장편소설 『1945년 여름(1945年夏)』과 『과거로부터의 행 진(過去からの行進)』도 근래에 국내에 번역되면서 이에 대한 연구도 이어지고 있다. 김석범 문학의 중심이 일본어소설에 있고, 번역된 작품들이 그 대표작으로 꼽히는 것이기에 이러한 현상 자체가 문

---

[*] 이 글은 엮은이의 논문 「김석범의 한글 단편소설 연구」(『영주어문』 44, 2020)와 「김석 범의 한글소설 『화산도』 연구」(『영주어문』 41, 2019)를 통합하여 다듬은 것이다.

1) 김석범(김석희 옮김), 『까마귀의 죽음』(소나무, 1988) ; 김석범(김석희 옮김), 『까마 귀의 죽음』(각, 2015)(개정판).

2) 김석범(김환기·김학동 옮김), 『화산도』 1~12(보고사, 2015). 일본어 원전은 1997년 문예춘추(文藝春秋)에서 완간되었다. 제1부 번역본이 1988년 이호철·김석희의 작업 으로 실천문학사에서 간행된 바 있는데, 이는 원전과 달리 일지(日誌)식으로 되어 있으면서 더러 누락시킨 부분도 있다.

제될 것은 없다. 다만, 김석범의 경우 1960년대에 한동안 한글로 창작했던 적이 있는바, 이에 대해서도 주목할 필요가 있지 않느냐는 것이다.

김석범의 한글소설로는 「꿩 사냥」(1961), 「혼백」(1962), 「어느 한 부두에서」(1964) 등 세 편의 단편소설[3]과 미완의 장편 연재소설 『화산도』(이하 '한글 『화산도』') 등이 있다. 모두 1960년대 초·중반의 작품으로, 작가가 재일본조선인총연합회(이하 '총련') 관련 조직에서 활동하던 시기에 썼던 소설들이다.

한글로 발표된 단편소설들에 대해서는 아직까지 국내외를 막론하고 본격적인 논의가 이루어진 적이 없다. 간단한 언급으로 그 존재를 짚어보는 정도에만 그쳤을 따름이다.[4] 한글 『화산도』인 경우에도 그 논의가 일천하여 나카무라 후쿠지(中村福治),[5] 김학동,[6] 임성택[7]의 연구 정도를 꼽을 수 있을 뿐이다.[8] 이들 연구에서는 공히

---

3) 엄격히 말하자면 「꿩 사냥」은 콩트임.

4) 김학동, 위의 글, 203쪽; 이한정, 「김석범의 언어론: '일본어'로 쓴다는 것」, 『일본학』 42(동국대학교 일본학연구소, 2016), 45쪽; 이영미, 「재일 조선문학 연구: 재일조선 문학예술가동맹의 소설을 중심으로」, 『현대문학이론연구』 33(현대문학이론학회, 2008), 533~534쪽; 宋惠媛, 「金石範の朝鮮語作品について」, 金石範, 『金石範作品集 I』(平凡社, 2005), 562쪽.

5) 나카무라 후쿠지〔中村福治〕, 「『화산도』로 가는 길: 『까마귀의 죽음』에서 한국어판 『화산도』로」, 『김석범 『화산도』 읽기』(삼인, 2001), 33~56쪽.

6) 김학동, 「김석범의 한글 『화산도』: 한글 『화산도』의 집필배경과 「까마귀의 죽음」 및 『화산도』와의 관계를 중심으로」, 『재일조선인 문학과 민족』(국학자료원, 2009), 195~215쪽.

7) 임성택, 「김석범의 한글 『화산도』에 관한 고찰」, 『일본어문학』 75(한국일본어문학회, 2017), 309~322쪽.

대하『火山島』나 중편 「까마귀의 죽음(鴉の死)」(1957)과의 관련성 속에서 한글『화산도』의 위상을 논의하는 데 그쳤다. 이는 물론 미완의 작품이라는 한계에서 기인한 것으로 판단되지만, 한글『화산도』의 독자성이 무시되어왔음을 의미하는 것이기도 하다.

이 글에서는 우선, 세 편의 한글 단편인 경우 아직까지 그 논의조차 제대로 이루어진 적이 없다는 점에서 여기서는 무엇보다도 자세히 읽고 분석하는 작업을 중점적으로 수행할 것이다. 아울러 작가가 총련 조직에서 활동한 시기의 작품임을 염두에 두면서 당시 작가의 제주4·3항쟁과 민족문제 등에 대한 신념과 현실인식을 가늠해 봄으로써 김석범 한글 단편소설의 의의를 포착하는 데에도 관심을 갖고자 한다.

다음, 한글『화산도』를 본격적으로 논의하기 위해서는 서지적 사항을 확실히 검토하면서 자세히 읽을 필요성이 있다. 그 과정에서 김석범의 다른 4·3소설과의 상호텍스트성을 확인할 필요가 있는데, 선행 연구의 성과를 바탕으로 「까마귀의 죽음」, 대하『火山島』와 어떤 점이 유사하고 어떤 점이 다른지 대비적으로 정리하고자 한다. 그리고 한글『화산도』가 지닌 4·3소설로서의 의의가 무엇인

---

8) 이들은 일본인 연구자와 일본문학 연구자인바, 한국문학 연구자는 아직 한글『화산도』를 제대로 논의한 적이 없다. 지명현, 「재일 한민족 한글소설 연구:『문학예술』과 『한양』을 중심으로」(홍익대학교 박사논문, 2015)에도 한글『화산도』는 다루어지고 있지 않다. 부록에 제시된 '『문학예술』 소재 소설 목록(합법적으로 확인 가능한 소장본: 서울대학교 소장본과 일본 東外大·滋縣大 소장본 목록)'(305쪽)에 한글『화산도』 1, 2, 3, 4, 5, 7, 8회 연재분이 있다는 점만 명기되어 있을 뿐이다. 필자는 재일 연구자인 강신화(姜信花)를 통해 6회와 9회 연재분을 포함한 온전한 텍스트를 입수했다.

지를 밝히는 데 역점을 두겠다. 4·3항쟁이 작품 속에 어떻게 형상화되고 있으며, 그에 대한 작가의 인식은 어떻게 나타나고 있는지, 아울러 이 작품이 국내작가들의 4·3소설들에 견주어 어떤 특징적인 면모를 보이는지 등을 고찰코자 한다.

그동안 김석범 문학에 관한 논의에서 소외되어 온 이들 한글소설들을 구체적으로 연구한다면 그의 활동상과 문학세계가 더욱 폭넓게 조명될 수 있을 것이다. 이는 "재일본문학예술가동맹의 한국어(조선어) 문학은 북한의 해외 공민문학에 지나지 않는다는 시각이 있을 뿐 아니라 문학적 성과 역시 일본어 문학과는 비교하기 어렵다."[9]는 주장이 과연 타당한지를 따져보는 작업이 되기도 할 것이다. 아울러 우리 문학의 범주를 더욱 풍성하게 하는 계기가 될 것임은 물론이요, 제주문학에서도 소중한 텍스트를 확보하게 되는 셈이라 하겠다.

2. 한글 단편소설의 문제의식과 지향점

1) 4·3항쟁과 반미 통일투쟁의 지속성: 「꿩 사냥」

「꿩 사냥」은 총련 중앙상임위원회의 기관지인 『조선신보(朝鮮新報)』[10] 지면에 1961년 12월 8일, 9일, 11일 3회에 걸쳐 연재된 소설

---

9) 이재봉, 「국어와 일본어의 틈새, 재일 한인 문학의 자리: 『漢陽』, 『三千里』, 『靑丘』의 이중언어 관련 논의를 중심으로」, 『한국문학논총』 47(한국문학회, 2007), 192쪽.

이다. 200자 원고지 약 31장 분량의 짧은 작품이다. 『조선신보』에서
는 재일본문학예술가동맹(이하 '문예동') 문학부의 협력 아래 10월 13
일부터 근 2개월 동안 14편의 작품을 '콩트 리레'라는 기획으로 수록
한 바 있는데, 김석범의 「꿩 사냥」은 그 마지막에 실린 것이다.[11]

제주도를 무대로 삼았으며 4·3항쟁과 관련된 내용을 다루고 있
다. 작품의 개요는 다음과 같다.

① 통역관 '양(梁)'이 서울에서 온 미군 장교 캐플린 케러의 제주
   도 꿩 사냥을 안내하고 있다.
② '양'은 '빨갱이'가 무서워 한라산 접근을 꺼리는 케러를 설득해
   서 산기슭으로 이동한다.
③ 꿩 한 마리를 놓친 케러가 나무 하고 돌아오는 젊은 부부를
   향해 총을 쏜다.
④ 여자를 쏘아죽인 케러가 곧이어 남자를 겨냥했으나 '양'의 제
   지로 허공을 쏘고는 큰 꿩을 놓쳤다고 말한다.
⑤ 성내로 돌아가는 지프에 케러와 동승한 '양'은 그를 때려죽일
   작정을 하는 가운데 민족현실을 떠올린다.

---

10) 1945년 10월 10일 재일본조선인연맹(조련)의 결성을 추진하는 과정에서 『민중신문』
    으로 창간되었고, 1946년 9월부터는 오사카에서 발행되던 『대중신문』과 통합해서
    『우리신문』이 되었다가 『해방신문』으로 바뀌었다. 이후 강제 폐간과 복간의 과정을
    거치다가 총련 결성 후 1957년 1월 1일부터 『조선민보』로 변경하고 1961년 1월
    1일부터 『조선신보』가 되었으며, 같은 해 9월 9일부터 일간지가 되었다. 국제고려학
    회 일본지부 재일코리안사전 편집위원회(정희선·김인덕·신유원 옮김), 『재일코리
    안사전』(선인, 2012), 398쪽 참조.
11) 「콩트 계주를 마치며」, 『조선신보』 1961년 12월 11일 자 참조.

이 소설의 시간적 배경은 1950년대의 봄이라고 할 수 있다. "보리밭에 한 가락의 바람이 스쳐 지나가자 엉성한 보리 줄기들이 설레이며 몸부림친다"는 첫 문장에서 계절이 확인되고, "한나산 '빨갱이'들이 없어진 지가 벌써 옛날"이지만 "표면상 일시 '소탕'된" 것이요 "인민항쟁의 불길이 그렇게 쉽사리 소멸된 것이 아니"(9/16쪽)[12]라는 언급에서 대체적인 연도를 가늠할 수 있다. 이덕구 사령관의 사망으로 무장대 세력이 급격히 쇠퇴한 시기가 1949년 여름(6월)이니 아무리 앞당겨도 1950년 봄보다 앞선 시기로는 보기 어려우며, 서울에서 근무하는 미군 장교가 꿩 사냥을 목적으로 제주를 방문한 점으로 봐서 한국전쟁이 끝난 이후의 봄일 가능성이 크다. 특히 산에서 나무를 짊어지고 내려오는 젊은 부부를 설정한 점을 감안한다면 1954년 9월 한라산 금족령이 해제된 이후의 봄으로 판단하는 것이 자연스럽다. 따라서 1955년이나 1956년의 봄 정도가 가장 타당하리라고 생각된다. 이른바 최후의 빨치산인 오원권이 붙잡힌 때가 1957년 4월인 점을 고려하면 더욱 그러하다.

등장인물은 통역관 '양(梁)', 미군 장교 캐플린 케러, 젊은 나무꾼 부부가 전부다. '양'과 케러가 주요 인물이며, 나무꾼 부부는 대사가 없는 부차적 인물이다.

통역관 '양'은 김석범 소설에서 퍽 익숙한 부류의 인물이다. 중편 「까마귀의 죽음」(1957)과 한글 『화산도』(1965~67)의 정기준, 대하

---

12) ( ) 안의 앞 숫자는 『조선신보』 1961년 12월 9일 자 지면이며, 뒤는 이 책(『김석범 한글소설집』)의 쪽수를 말함. 이하 「꿩 사냥」 인용 시에는 같은 방식으로 표기함.

『火山島』(1997)의 양준오와 매우 유사하다. 정기준과 양준오는 모두 미군정 통역이자 비밀 당원으로서 투쟁 의지를 내면에서 불태우는 인물인 데 비해, '양'은 제주에 근무하는 통역관으로서 미군 장교의 '림시 안내역'을 맡은 것으로 나와 있다. '양'의 경우 정기준이나 양준오처럼 비밀당원으로 활동했는지는 작품에서 드러나지 않는다. 다만 케러가 쏜 총에 여자가 쓰러진 직후 "통역관을 하면서 '양'은 이런 장면을 몇 번이나 겪어보기도 하였다"면서 "비록 자기가 손수 동포들에게 손을 댄 바는 없었다 할지언정 결국 그런 짓을 돕는 편에 서 왔음은 사실이다"(11/20쪽)라는 부분을 보면, 그가 미군정 시기부터 통역관으로 근무하면서 4·3항쟁의 와중에 미군과 그 추종세력의 학살을 여러 차례 목격해 왔음을 알 수 있다.

미군에 대해서는 매우 적대적으로 형상화했다. 꿩 사냥을 통해 인간 사냥의 만행을 그려내는 설정부터 그러함은 물론이요, 미군 장교인 캐플린 케러에 대해 "동물에 흔히 보이는 본능적인 잔인성"(9/19쪽)을 띠고 "승냥이 같은 모진 눈초리"(11/19쪽)를 지닌 인물로 그려냄으로써 노골적인 적개심을 드러낸다. 그래서 통역관 양은 케러에게서 "자기 주위에서 노상 목격한 바 그대로의 사람을 죽이는 순간의 표정"(9/19쪽)을 읽어낸다. 4·3항쟁의 주요 원인이 미국의 신제국주의 전략에 있음을 강조하는 김석범으로서는 당연한 인물 설정이라고 하겠다.

이 작품의 핵심은 미국에 의해 훼손되는 민족현실의 문제를 그려냈다는 데에 있다고 할 수 있다. '양'은 젊은 아낙네가 미군 장교의 총에 맞아 죽어가는 장면을 접하고는 "눈앞에서 선지피를 쏟으며 쓰러진 겨레의 몸부림치는 모습"(11/20쪽)으로 인식하면서 비통함을 금치 못한다. 어느 미군 장교 개인의 돌출적인 행동이라거나 일개 동족 여성이 우연히 맞닥뜨린 억울한 죽음에 그치는 문제가 결코 아니기 때문인 것이다. 그는 통역관으로서 4·3항쟁기에 분한 일들을 숱하게 겪으면서도 참아왔지만, 이제 더 이상은 도저히 묵과할 수 없는 극한의 상황에 도달했음이다. 미국의 영향력이 절대적인 현실에서 "이놈(미군장교 케러: 인용자)을 때려죽이는 대가가 필요"함을 너무나 잘 알기에 두렵기도 하지만, "비굴감을 항거에로 이끌려는 새로운 힘이 가슴속에 소용돌이 치고"(11/21쪽) 있음을 감지했기에, 이제 행동에 나서는 일만 남은 것이다.

> 그는 자기 고향의 산천을 앞두어, 죽음에 직면한 사람이 순식간에 일생을 한 폭의 그림으로 그려내듯, 자기의 걸어 온 반생을 살폈다.
> '양'은 눈을 뜨고 하늘을 우러러보았다. 뚫어지도록 우러러보았다. 넓디넓은 하늘은 38선 너머로 멀리 퍼지고 있을 것이다. 웬일인지 오늘 새삼스러이 북쪽 하늘을 쳐다보는 자기의 심정을 '양' 자신도 분간하지 못하였다. 다만 쓰러진 자기 안해를 껴안고 복수에 떨리는 젊은 나무'군의 분노가 타 번지는 표정만이 그의 머리속을 뒤흔들었다.(11/22쪽)

위의 인용문에서 확인되듯, '양'의 '항거'는 결국 반미를 넘어서 통일 독립의 의지로 수렴된다. '넓디넓은 하늘은 38선 너머로 멀리 퍼지고 있을 것'이라거나 '오늘 새삼스러이 북쪽 하늘을 쳐다보는 자기의 심정'이라는 언급은 분단 상황을 뛰어넘어 하나 되는 조국을 간절히 염원하고 있음을 알 수 있다. 4·3항쟁은 단선반대 통일

투쟁이자 미완의 혁명[13]이었다는 작가의 신념이 이 작품에서도 고스란히 드러난다는 것이다.

한편, 이 소설은 앞서 일부 언급한 대로 「까마귀의 죽음」이나 한글『화산도』, 대하『火山島』등과 연관성이 있는 작품임에도 주목할 필요가 있다. 통역관 '양'은 정기준의 면모를 거의 그대로 이어받고 있으며, 꿩 사냥 장면을 포함한 미군 장교에 대한 적개심 표출도 유사하고, 까마귀의 이미지[14]가 의미 있게 작용한다는 점 등에서 그러하다. 이런 점들에서 본다면 「꿩 사냥」은, 그것이 비록 수준 높은 소설은 아니어도, 무시하거나 가벼이 취급해버릴 작품이 아님을 알 수 있다.

2) 귀향할 수 없는 경계인의 면모: 「혼백」

「혼백」은 문예동에서 펴내던『문학예술(文學藝術)』[15] 제4호(1962년 10월)의 15~21쪽에 수록된 단편소설이다. 어머니의 죽음이라는

---

13) 김석범 소설을 통해 혁명으로서의 4·3의 의미를 탐색한 논문으로는 고명철의 「해방 공간의 섬의 혁명에 대한 김석범의 문학적 고투: 김석범의『화산도』연구(1)」(『영주어문』34, 영주어문학회, 2016, 183~217쪽)가 주목된다.

14) 케러는 아낙네를 쏘아 죽이고는 "이 섬에 꿩보다 까마귀가 많다보니 처분하는 덴 념려할 건 없다"(11/21쪽)라고 하는데, 여기서의 까마귀는 "한라산 '빨갱이'"(8/16쪽)로 읽힌다.

15) 1955년 5월 한덕수 의장을 중심으로 총련이 새롭게 출발하는데, 재일 조선인 스스로를 북한의 해외공민으로 인식하는 가운데 일본 공산당과의 관계를 청산하고 조직을 정비하였다. 이후 총련 산하 단체인 문예동이 1959년 6월 결성되면서 기관지『문학예술』이 창간되었다. 1960년 1월에 창간호를 낸『문학예술』은 1999년 6월 폐간될 때까지 통권 109호가 나왔다. 지명현, 앞의 논문. 48쪽: 이영미, 앞의 논문, 519쪽 참조.

주인공의 개인적 상황에다 귀국(북송)사업이라는 재일조선인을 둘러싼 현대사적 상황을 접목한 작품으로, 그 개요는 다음과 같다.

① 어머니를 여의고 화장장에서 유골을 수습할 때도 울지 않던 '나'가 눈물을 보였다.
② 생계 때문에 잘 봉양하지 못한 '나'로서는 어머니가 고향에 못 가보고 세상 떠나 안타깝다.
③ '나'는 고향 할머니의 귀국(북송) 축하 모임에 참석하기 위해 길을 나섰다.
④ 부지불식간에 어머니가 입원했던 병원에 찾아갔다가 '나'를 걱정하던 모습이 떠올라 울었다.
⑤ 고향 할머니에게 어머니의 혼백도 함께 데려가 달라고 부탁하려던 생각을 접었다.

이 작품의 시간적 배경은 "이럴 즈음. 드디어 귀국이 실현되었다."(18/28쪽)[16]라거나 "섣달 삭풍"(19/30쪽)이라는 부분을 보면, 재일조선인들의 북송사업(이른바 '귀국사업')이 시작된 1959년 12월로 볼 수 있을 것 같다. 공간적 배경은 일본의 오사카(大阪)로 추정된다.

1인칭 주인공 시점을 사용한 이 작품에는 김석범의 자전적 요소

---

16) ( ) 안의 앞은 『문학예술』 제4호의 쪽수. 뒤는 이 책(『김석범 한글소설집』)의 쪽수를 말함. 이하 「혼백」 인용 시에는 같은 방식으로 표기함.

가 적잖이 들어있는 것으로 판단된다. 김석범의 어머니는 1958년 10월에 72세로 세상을 떠났는바,[17] 어머니의 죽음과 연관되어 전개되는 작중 상황들의 상당 부분은 작가의 경험에 줄을 대고 있다. 주인공 '나'가 "삼십 줄에 들어선 사내대장부가 겨우 구한 일터"(17/27쪽)에서 일당 400엔, 월 1만 엔 남짓의 '마찌공장'에서 일한다고 설정된 상황도 1955년(30세)부터 약 4년 동안 오사카에서 공장 노동 등으로 생계를 이어간 작가의 전기적 사실과 관련이 있다.

김석범은 1959년에는 쓰루하시역 근처에서 닭꼬치 포장마차를 운영하기도 했는데, 이는 작품 속에서 "'야다이'[18] 장사는 옛날 내가 하던 일이었다."(17/27쪽)는 주인공의 회고로 나타난다. "요즘 모처럼 만에 나가기 시작한 총련 분회 일"(18/29쪽)이라는 부분 또한 작가의 실제 경험과 연결된다. 김석범은 1960년에 오사카 조선학교 교사로 일한 데 이어, 1961년 10월에는『조선신보』편집국으로 옮기는데, 이는 모두 총련과 연관되는 활동이었기에 총련 분회 일에 나간다는 소설 속의 상황과 무관하지 않다고 할 수 있는 것이다.

다만 주인공 '나'가 아직 결혼을 하지 않은 처지인 점은 실제와 다르게 설정되었다. 어머니가 세상 떠나기 1년여 전인 1957년 5월(32세)에 김석범이 구리 사다코(久利定子)와 결혼한 사실과 작품 속

---

17) 김석범의 전기적 사실에 관한 내용은 조수일의「김석범의 초기작품 연구: 폭력과 개인의 기억을 중심으로」(건국대학교 석사논문, 2010)의 부록에 수록된「김석범 연보」를 주로 참고하였다. 이 연보는『金石範作品集Ⅱ』(平凡社, 2005)의「詳細年譜」를 근간으로 삼아 조수일이 정리한 것이다.

18) やたい〔屋台〕.

상황은 다르다는 것이다. 이처럼 소설에서 미혼의 노총각을 내세웠음은 아들의 결혼도 못 보고 세상 떠나는 어머니의 한(恨)과 그에 따른 아들의 불효 감정을 극대화시키기 위한 의도로 판단된다.

이 작품의 핵심 제재인 어머니의 죽음과 귀국(북송)사업이 의미 있게 만나는 지점은 바로 고향이다. 그것이 국가 차원에서는 무리 없이 연결되는 것 같지만, 고향에 초점을 두었을 때는 문제가 달라진다. "남의 나라 구경이 아니요, 제 나라 제 고향 '구경'을 못하고 원한 깊은 일본 땅에서 한 줌의 재로 사라지다니"(17/27쪽)라는 '나'의 탄식에서 어머니의 고향은 구체화되기 시작한다.

어머니의 고향은 어디던가. 그것은 우선 어머니 고향의 언어, 즉 제주어(濟州語)로 표출된다. 생전의 어머니가 병원으로 찾아온 아들에게 구사하는 "아이구 무사[19] 왔니"(20/33쪽)라는 말도 그렇거니와, 특히 화장장에서 어머니의 친구인 고향 할머니가 제주어로 읊어대는 염불은 주목된다.

"아이구 잘덜 갑소, 죽어설랑 고향산천 찾어갑소, 아이구 한번 제 고향 구경도 못하구 불쌍한 할머니우다. 혼백이랑 어서 고향으로 찾어 갑소…"(16~17/26쪽)

이런 염불이 더욱 절절하게 느껴지는 까닭은 고향 할머니도 "어머니와 거의 같은 시기에 고향땅을, 한 동리를 등지고 일본에 나왔"(17/26쪽)기 때문이다. 고향이 제주인 어머니는 살아서는 그곳에

---

19) '왜'의 뜻을 지닌 제주어.

돌아갈 수 없는 형편이었다. 이렇게 어머니의 고향이 제주이며, 생전에는 귀향할 여건이 못 되었다는 사실이야말로 매우 중요한 맥락이다. 바로 4·3항쟁의 진실 문제로 연결되기 때문이다.

> 무리 죽음을 당한 고향 섬 사람들 중에는 전멸된 마을사람들과 더불어 씨멸족으로 종적을 감춘 어머니의 동생네 식구들이 들어 있었다. 그리운 자기 고향에 둥지를 틀고 나선 미국 놈과 끄나불에 대한 어머니의 미움은 옛 고장을 등지고 나온 옛 조선 사람의 심정이었다.(17/27쪽)

4·3항쟁과 관련해 일본으로 밀항할 수밖에 없었던 제주사람들의 상황이 파악된다. 집단 학살로 어머니의 동생네 식구들, 즉 이모네 시집 식구들은 씨 멸족(氏滅族)되고 말았다. 마을사람들이 거의 전멸된 경우도 있었다. 항쟁에 나서거나 동조했던 제주사람들의 일부는 살아남기 위해 바다 건너 일본으로 떠나야 했고, 그들이 떠난 제주 땅은 '미국 놈과 끄나풀'의 차지가 되고 말았다는 인식이다. 한을 안고 세상 떠난 어머니의 혼백이나마 조국으로 돌아가길 바라는 마음은 아들 된 도리로서 지극히 자연스러운 생각이다. 마침 총련의 귀국사업이 한창일 때였다. '나'로서는 직접 어머니의 혼백을 모시고 조국으로 갈 수도 있고, 아니면 때마침 귀국하는 고향 할머니에게 어머니의 혼백과 동행해 주기를 부탁할 수도 있다. 일단 '나'는 후자의 방법을 택하려고 한다.

> 나는 이렇게 혼자말을 계속하였다.
> "글쎄, 난 좀 더 일본에 남아야겠구… 미안하옵니다만 할머니여, 당신

혼자서 조국 '구경'을 마시구 우리 어머니도 함께 대려다 주세요."

그러나 금시 떠오른 이 생각은 그릇된 것 같았다. 나는 고개를 절래절래 흔들면서 호주머니 속의 담배곽을 불끈 힘들여 쥐었다.

나의 뇌리에는 시방 사람 좋은 분회장 령감과 그 할머니의 웃음꽃 피는 얼굴이 포개어졌다.

그리고 항상 미소를 띠우시던 어머니의 어진 얼굴이 속속들이 자리 잡아 마침내 들어앉았다.(21/34쪽)

하지만 '나'는 어머니의 혼백이나마 귀국시키려던 생각을 접었다. '나'는 일본에 남아야겠기에 어머니의 혼백을 직접 모시고 조국으로 갈 수 없다는 점, 귀국길의 고향 할머니에게 어머니 혼백을 데리고 함께 가 달라는 부탁도 하지 않게 된 점은 이 작품의 가장 핵심적인 맥락이다. 귀국사업으로 발 디딜 수 있는 곳은 한반도 북녘 지역에만 국한될 따름이지, 남녘 섬인 제주도는 아니었기 때문이다. 귀향을 못 하게 되는 한 그것은 온전한 귀국도 되지 못한다는 인식의 표출이다. 혁명과 항쟁의 좌절로 무리죽음을 피해 고향을 떠났는데 그곳으로 돌아가지 못한다면야 그 귀국이 도대체 무슨 의미가 있겠느냐는 문제 제기다.

결국 이는 북조선만으로는 온전한 조국이 성립될 수 없다는 생각의 반영이다. 4·3항쟁에서 추구했던 완전한 통일독립이 이루어지지 않는 상태에서는 남도 북도 선택할 수 없다는 의지의 표명이다. 총련 조직에 몸담고 있었어도 결코 맹종하지는 않는 작가정신을 보여주는 부분이다. '조선'적(籍)을 유지한 채 경계인으로 살아가기 위한 김석범의 의미심장한 다짐을 읽을 수 있는 작품이 아닐 수 없다. 그만큼 「혼백」은 김석범 문학의 저변에 깔린 고갱이를 묵직하게 보여준 소설로 평가될 수 있다는 것이다.

3) 민족화합과 평화세상의 가능성: 「어느 한 부두에서」

「어느 한 부두에서」는 앞서 살핀 「혼백」과 마찬가지로 문예동의 기관지인 『문학예술』에 약 2년의 시차를 두고 실렸다. 1964년 9월에 간행된 제10호의 15~28쪽에 수록된 이 소설은 재일조선인들이 일본에 드나드는 한국(남한) 배를 맞이하게 되면서 겪는 사건을 다루고 있다. 다른 두 작품과는 달리 의도적으로 네 곳에서 줄[行]비우기를 함으로써 5개의 장으로 구분된다고 하겠는데, 그것에 따라 개요를 작성하면 다음과 같다.

① 선옥은 부두에서 한국 배의 선원에게 가자미 11마리를 얻어 귀가했다가, 어머니 심부름을 깜빡 잊은 게 생각나 어머니를 찾아 나선다.

② 선옥은 하굣길에 한국 배를 만나 인사한 것을 계기로 배를 구경하고 한국 사정도 들은 후 가자미를 선물로 받은 것이다.

③ 길에서 주저하다가 어머니와 여선생을 만난 선옥이 자초지종을 얘기하니, 여선생이 한국 선원들을 만나려고 하는데 아버지는 그들을 집으로 초대키로 한다.

④ 선옥이네 집에 한국 선원 셋이 찾아오자 동네사람들이 모여들어 잔치가 벌어지고, 동네사람들끼리 가자미를 나눠가진다.

⑤ 선옥이 잠든 사이에 한국 배가 부산으로 떠났는데, 선원들은

라디오에서 한일회담 반대 시위 소식을 듣는다.

이 소설의 시간적 배경은 1964년의 초봄이며, 3월 15일과 16일
로 날짜를 특정할 수 있다. "영화에서 본 일이 있는 귀국선"(19/43
쪽)[20]이란 표현을 감안하면 적어도 1960년 이후가 될 수밖에 없는
데다, "이튿날 三월 一六일 아침"(28/61쪽)에 한국에서의 한일회담
반대운동 상황이 작품 말미에 언급되는 것에서 그것이 명백히 확인
된다.[21] 작품의 무대는 일본 시모노세키(下關) 인근의 소항구와 그
주변 마을이다.

이야기의 중심에는 선옥이라는 소녀와 그 가족이 있다. 선옥은
곧 소학교 4학년이 되는 주인공으로, 어린 나이지만 어머니 일을
도우면서 교사가 되려는 꿈을 안고 지낸다. 선옥의 어머니는 '내직
바느질'을 한다고 나와 있는데, 아마도 밖의 일감을 가져다가 집안
에서 바느질로 돈벌이하는 것을 그렇게 표현한 듯하다. 아버지는
나이가 마흔 안팎이다. 평소의 오후 늦은 시간에 "지부 사무소에
있거나 혹은 어느 동포 집을 방문하고 있을"(18/41쪽) 것임이 추측
되는 부분에서 알 수 있듯이, 지부(분회) 사무소에서 활동하는 인
물이다.

---

20) (   ) 안의 앞은 『문학예술』 제10호의 쪽수, 뒤는 이 책(『김석범 한글소설집』)의 쪽
수를 말함. 이하 「어느 한 부두에서」 인용 시에는 같은 방식으로 표기함.

21) 총련은 1961년 4월 19일 '한일회담 반대 배격 재일조선인대회', 1962년 9월 '한일회
담 반대 배격 전국통일행동', 1964~1965년 연두에 '한일회담 반대 배격, 매국노
박정희 도당 규탄 조선인대회' 등을 개최하면서 줄기차게 한일회담에 반대의 뜻을
표명하였다. 지명현, 앞의 논문, 34쪽.

'여선생'은 첫 담임으로 선옥이네를 맡게 된 소학교 교사이다. 흰 저고리, 검정 치마 차림인 것으로 보아 조선학교 교사로 짐작되는데, 정작 자신은 "가난한 가정에 자라 소학교 시절엔 민족교육을 받지 못"(24/53쪽)하였다. "사소한 일부터라도 실현해 나가는 것이 조국의 후대들을 맡아 키우는 자기의 의무"(25/54쪽)로 생각하는 여선생은 작가와 거리가 가까운 인물이라고 할 수 있다.

선옥이네 이웃으로는 조선식당 할머니가 주목된다. 이 할머니는 재일본대한민국거류민단(이하 '민단')의 구성원으로서 일단은 부정적인 인물로 그려진다. '심술기'(17/39쪽)가 있는 '말썽거리'(17/40쪽, 26/57쪽)라거나 "말투에 어딘가 모르게 비꼬는 기색이 완연"(24/52쪽)하다는 언급에서도 그런 점이 확인된다. 이러한 민단측 인물이 어떤 변화를 일으키는지도 독자의 관심사가 된다.

한국 배(200톤짜리 철선)의 기관장은 아버지 또래로서, 남한 사람이면서도 융통성 있는 인물로 나온다. 그는 선옥의 인사를 받고서 배를 돌려 부두에 대었으며, 맨 먼저 하선하여 선옥과 대화의 물꼬를 트고는 배의 구석구석을 구경시켜 준다. 초대를 받아 선옥네 집에 가서는 선옥을 자신의 무릎에 앉히고 대화의 장을 펼쳐간다.

이 작품에서는 반미에 기반을 둔 민족의식을 고취하는 방식으로 동포애를 강조한다. 이와 관련하여 여선생의 인식은 아주 중요한 맥락이다. 여선생의 가르침이야말로 어린 주인공에게 지대한 영향을 끼치게 되기 때문이다.

그는 부둣가에서 '한국선'이 지나가는 걸 보거들랑 뱃사람은 모두 다 같은 조선 아저씨이니 본 체 만 체 하지 말구 깍듯이 인사드려야 된다고 학생더러 타일러 왔다./ 남의 나라에 멋대로 도사리고 앉아 주인 행세 부리는 원쑤와 그놈의 끄나불을 내쫓기 위해서도 한 겨레인 조선 사람끼리 의좋게 당연하다면 너무나 당연하고 한편 안타까운 마음이 한시도 그의 가슴에서 떠난 일이 없었다.(24~25/54쪽)

미국과 그 끄나풀 세력에는 강한 적대감을 드러내면서도 조선 사람끼리는 의좋게 지내야 한다는 신념이 확인된다. 부둣가에서 한국 배가 보이면 깍듯이 인사하라는 여선생의 가르침을 선옥은 그대로 이행한다. 하굣길의 선옥은 '한국 기'를 달고 '조선 글자'가 적혀 있는 배가 보이자 "죽을힘을 내여 냅다 달리면서"(20/44쪽) 계속해서 큰 목소리로 인사하며 접촉을 시도한다. 결국 만남이 성사되고 배 안을 구경한 데 이어 '가재미(가자미)'까지 선물로 얻게 되니 스스로가 뿌듯하지 않을 수 없다. 선옥에게 한국 배는 마치 동화 세상의 그것처럼 포근하고 아름답게 느껴진다.

그의 눈길이 닿은 곳. 아래쪽 부둣가엔 검은 배가 한 척 멎어 있었다. 굴뚝 언저리에 연기가 서성거리는데 배는 쉬이 움지길 기색이 없다. (…)/ 봄 햇살 속에 뿌옇게 잠긴 뱃모습이 한동안 소녀에겐 오직 어린이들만 위해 시중하는 동화 세계의 배마냥 보이였다./ 햇빛 눈부신 하늘 아래, 배를 포근히 안아 보석 알 깔린 양 반짝거리는 바닷물결이 아름다왔다.(15/36쪽)

이처럼 소녀가 주인공이자 초점화자인 점은 작품 전반에 걸쳐 효과적으로 작용한다. 어린이가 지니는 천진난만함으로 인해 남쪽의 사람들에게 자연스럽게 다가설 수 있었으며 평화로움을 느끼는 데까지 이를 수 있었다. 선옥은 한국 선원들에게 가자미를 얻었고, 그로인해 한국 선원들은 재일조선인들에게 초대되었다. 선옥으로부터 시작된 연대의 노력은 재일조선인 사회의 화합으로도 이어졌다.

> 골목에 사는 동포들이 모두 반가이 여겨 제각기 술과 안주를 마련해 가지고 선옥이네 집에 모여 앉았다./ 민단에 소속한 말썽거리 할머니도 량손에 무언가 들고 털털거리며 들어왔다. 허기야 식당 할머니가 들어온 데는 그럴만한 리유가 없지는 않았다. 적어도 이 골목에 한국 사람들이 찾아왔는데 자기가 혹시 빼돌리는 형편이 되여선 체면이 못될 지경이였다./ 이럴 즈음, 어려워하는 선옥이 어머니를 타일러 녀선생이 어느 집보다 맨 먼저 찾아가서 청을 드렸다. 게다가 식당 할머니가 은근히 바라던 가재미를 나누어주었으며 그 식당에서 막걸리랑 오늘 저녁에 필요한 물건들도 좀 작만해 들인 까닭도 있었다.(26/57쪽)

총련 사람들[22]이 적잖은 노력을 기울인 결과이기는 했지만, 앞에서 부정적 인물로 그려지던 조선식당 할머니까지도 결국에는 화합에 동참한 것이다. "민단 사람하구 총련 사람의 꼬락서니가 다를게 머 있소. (…) 다 같은 조선 사람끼린데 머……"(28/59~60쪽)라는 할머니의 발언에서 이념을 뛰어넘는 민족애의 중요성이 다시 강조되고 있음이 확인된다.

---

22) 조선식당 할머니로 대변되는 민단측과는 달리 총련측은 긍정적으로 그려진다. 총련 분회 사무소의 역할에 대해 "거기에 있는 모든 것이 조선 사람에겐 포근하고 미더운 감을 안겨"(17/40쪽)준다는 식이다.

이렇게 화합으로 가는 과정에서 핵심적인 매개체로 작용하는 것은 바로 가자미다. 가자미는 한국 배에서 선옥에게 건네진 것이기에, 한국 사람들이 재일조선인들에게 전달한 선물이라고도 할 수 있다. 따라서 "가재미 몸뚱아리에 손이 닿았을 때, (…) 가슴은 불시에 뭉클해지며 사뭇 북받쳐 올랐"(25/54쪽)음은 결코 과장된 표현이 아닌 것이다. 나아가 가자미 11마리를 동네 사람들에게 모두 나눠주는 행위는 한국 사람에 대해서 같은 민족으로서의 정서적 공감대가 형성되었음을 의미하는 것이기도 하다.

물론 민족애가 강조되는 이 작품에서도 한국에 대한 부정적인 인식이 적잖이 드러난다. 다음은 한국 배의 선원들을 통해 한국의 비참한 현실을 제시한 부분이다.

옛날 고향에서 소학교 선생을 한 일이 있다던 그 선원은 남조선의 어린 형제들은 세상없이 불쌍하다고 말하였다./ "한국에서는, 소학교에 다니는 것도 운이 좋아야 한다" 하며 선원은 그 '운이 좋은' 소학생들의 어머니는 태반이 거지 행세를 하지 않을 수 없는 실정에 대해 이야기하였다.(22/48쪽)

한국 선원이 소학교(국민학교) 교사를 그만둔 이유는 사상(정치) 문제였을 가능성이 크다. "아이들이 모를 사정"이라며 "모르는 게 좋아"(22/49쪽)라고 하는 부분에서 짐작할 수 있다. 한국 선원들이 어쩔 수 없이 갖게 되는 정치적 긴장감도 드러난다.

함께 앉은 기관장과 나머지 두 사람의 선원은 가끔 가다가 벽에 붙인 김일성 원수의 초상을 힐끔 쳐다보며 아른 채를 아니했다. 고향 이야기며 남조선의 형편 이야기를 하다가도 직접 정치적 문제에 말이 언급되거나 하면 버릇처럼 얼른 사위를 살펴보며 말끝을 흐지부지하게 얼버무려버렸다.(27/58~59쪽)

선옥네 집에서 기분 좋은 회합이 이루어졌다고 해서 정치적 위험성이 해소된 것은 물론 아니었다. 이튿날 귀국길에 나선 한국 배에서 "선장이며 배에 남은 선원들 가운데는 총련 사람들 집에 간 사실이 드러나지나 않을가 하여 난처해하는 기색이 돌았다."(28/61쪽)는 데서 보듯, 그 긴장감은 계속 이어진다. 현실적인 차원에서는 문제 해결이 그다지 쉽지만은 않으리라는 인식을 작가는 넌지시 드러낸 것이다.

그럼에도 불구하고 한국 선원들과 재일조선인들의 만남은 무척이나 소중한 것이었다. 그것은 경사였으며 평화로 가는 길이었다. 다음에서 보듯이 선옥이가 한국 기관장의 무릎 위에서 포근히 잠든 장면은 민족적인 평화세상 구현의 가능성을 상징적으로 표현한다.

이리하여 모처럼 만에 경사를 만난 사람들처럼 골목길 한 구석에 베풀어진 이 자리를 쉬이 파하고 뜨려는 사람은 없었다. / 어지간히 시간이 간 모양으로 선옥이는 제 어머니 품에서 잠든 어린이처럼 기관장 무릎에 안긴 채 포근히 잠들었다.(28/60쪽)

남과 북의 화합을 통해 잠정적으로 구현된 평화세상이 오랫동안 지속되길 바라는 그들 모두의 염원을 느낄 수 있다. 이처럼 「어느 한 부두에서」는 진정한 민족의 교류와 화합이 무엇인지를 재일조선인 사회의 구체적인 실천을 통해 보여주었다는 데서 의미가 있는 작품이다. 그러면서도 낭만적 화해만을 추구하고 있지는 않음으로써 현실적인 무게감을 느끼게 한다.

4) 김석범 한글 단편의 의의

위에서 살핀 세 편의 단편소설은 김석범의 한글 창작이 점차 성과를 보였으며, 그것이 당시 그의 경험과도 밀접함을 보여준다. 김석범은 1962년 「관덕정(觀德亭)」 이후 1969년 「허몽담(虛夢譚)」까지 7년 동안 일본어 소설 쓰기를 중단하였다. 이 시기를 전후하여 그는 한글로 창작했는데 「꿩 사냥」(1961), 「혼백」(1962), 「어느 한 부두에서」(1964) 등은 바로 그 산물인 것이다.[23] 특히 김석범이 1960년에 오사카 조선학교 교사로 근무하였던 경험은 그의 한글 창작에 적잖은 영향을 끼쳤을 것으로 짐작된다. 그는 고학년의 문학 수업을 조선어로 가르쳤는데, 이는 한글 창작에 대한 자신감을 갖는 기회가 되었을 것이다. 아울러 그가 당시 일본어 수업에서 『김사량 작품집』을 부독본으로 사용한 점은 조선문학의 감수성을 깊이 수용하는 계기가 되었으리라고 본다. 조선학교 교사에 이어 김석범은 1961년 10월부터 『조선신보』 편집국에서 근무하고, 1964년 가을부터는 문예동의 『문학예술』로 옮겨 편집을 담당하였다. 이

---

23) 「꿩 사냥」은 「관덕정」 이전의 것이기에, 「혼백」과 「어느 한 부두에서」가 한글로만 창작할 때 발표된 소설인 셈인데, 작품 완성도는 뒤의 두 편이 높다고 볼 수 있다.

러한 일련의 경험[24]이 세 편의 한글 단편 창작 과정에서 긍정적으로 작용하게 되었고, 나아가 그것이 장편소설인 한글 『화산도』를 연재하는 기반이 되었던 것이다. 이는 또한 김석범이 문학 언어의 문제에 각별한 관심을 갖는 계기가 되었을 것임은 물론이다.

김석범 문학에서 초기작에 속하는 이 세 편의 한글 단편은 작가의 문학 세계가 구축되는 과정에서 결코 무시할 수 없는 작용을 하였다. 이 소설들이 김석범 문학에서 지니는 의의는 다음과 같이 짚어볼 수 있다.

첫째, 주목할 만한 4·3문학으로서의 위상을 지닌다는 것이다. 김석범은 일본에서 태어나고 자랐으면서도 제주도를 고향으로 인식한다. 그는 오사카의 이쿠노쿠(生野區)라는 조선인(특히 제주인) 집단거주 지역에서 일본어가 서툰 어머니(30대 후반에 도일)와 함께 어린 시절을 보냈으므로 어느 정도의 조선적인 분위기는 느끼며 자랐다. 그러다가 14세 되던 해에 부모의 고향인 제주도를 방문하여 수개월을 지낸 것을 계기로 그곳을 고향으로 인식하고 조선 독립을 꿈꾸게 되었다.[25] 바로 이런 점으로 인해 그는 혁명의 열정과

---

24) 물론 이런 경험에 앞서 해방 전의 제주 체험(1939년, 1943~1944년)과 해방 직후 서울의 국학전문대학에서 수학한 경험(1946년)이 매우 중요한 바탕이 되었을 것이다.

25) 김석범은 제주 방문에서 '한라산의 웅대한 자연에 혼이 밑바닥부터 흔들리는 감동'(金石範, 「詳細年譜」, 『金石範 作品集Ⅱ』, 平凡社, 2005, 604쪽)을 받았고, 그 이후 점차 '반일사상이 농후해지면서 조선의 독립을 열렬히 꿈꾸는 작은 민족주의자'(金石範, 『故國行』, 岩波書店, 1990, 179쪽)가 되었다고 한다. 김학동, 「재일의 친일문학과 민족문학의 생성 조건: 재일작가 장혁주, 김달수, 김석범의 청소년기 일본체험을 토대로」, 『일본학』 47(동국대학교 일본학연구소, 2018), 83쪽.

좌절의 아픔을 치열하게 맛본 제주의 4·3항쟁에 천착하는 작가가 되었던 것이다. 그는 먼저 일본어로 4·3항쟁을 다룬 「간수 박서방」(1957)과 「까마귀의 죽음」(1957)을 발표했는데,[26] 특히 대표작인 「까마귀의 죽음」에서는 고독감과 허무감을 짙게 드러낸다. 이는 일본 공산당을 탈퇴하고 센다이(仙台)에서 비밀 활동을 벌였으나 극도의 신경증 증상으로 그 일을 감당하지 못함에 따라 발생한 감정이었다. 반면에 한글 단편들에서 그런 면이 거의 드러나지 않음은 주목할 점이다. 이는 "조직으로부터 단절된 자가 느끼는 고독감과 불안감, 그리고 당과 혁명에 대한 환멸 등이 겹쳐지면서 그의 허무주의는 더욱 깊어졌"[27]던 1950년대 후반의 양상과는 달리, 한글 단편을 쓰던 1960년대 초반에는 총련 조직에 비교적 안정적으로 몸담고 있었던 데서 기인한다고 하겠다. 나름대로 의욕을 갖고 새로이 조직 활동을 전개하던 시기였기에,[28] 고독감과 허무감을 벗어난 4·3소설을 썼다는 것이다. '허물영감(부스럼 영감)', '박 서방' 같은 바보형 민중이 등장[29]하지 않는 것도 이전의 일본어 4·3소설과의 차별성이

---

26) 김석범은 1951년 『조선평론』(12월호)에 박통(朴通)이라는 필명으로 「1949년의 일지에서(一九四九頃の日誌から―「死の山の一節から」について)」를 발표하면서 4·3항쟁을 처음 다루었는데, 이는 습작의 성격이 강하다.

27) 서영인, 「김석범 문학과 경계인의 정체성」, 『한민족문화연구』 40(한민족문화학회, 2012), 225쪽.

28) 김석범이 1960년대에 총련 조직에 관계하게 되는 데에는 한국의 4·19혁명, 일본의 안보정국 등이 영향을 미쳤을 것이라는 견해가 있다. 정대성, 「작가 김석범의 인생역정, 작품세계, 사상과 행동: 서론적인 소묘로서」, 『한일민족문제연구』 9(한일민족문제학회, 2005), 68쪽.

29) 서영인, 앞의 논문, 229쪽.

다. 또한 세 편의 한글 단편이 한글『화산도』의 창작 기반으로 작용하였음도 짚어볼 사항이다. 제재 면에서는 「꿩 사냥」과 「혼백」이 한글『화산도』에 더 가까워 보이지만, 「어느 한 부두에서」도 맥락이 크게 다르지 않은 작품이라고 할 수 있다. 물론 통일독립 지향이라는 4·3항쟁에 대한 김석범의 신념은 초지일관 유지되고 있다.

둘째, 김석범의 창작은 북의 문예정책과 관련을 맺으면서도 신념에 기반한 나름대로의 독자성을 지니고 있었다는 것이다. 대체로 "총련 조직에 속하면서 창작 활동을 행하는 것은 단지 조선어로 창작을 한다는 것만이 아니라 총련과 평양의 문예정책에 따르는 것을 의미"[30]하며, 총련 산하 문예동의 문학 활동이 "기본적으로는 '국어(조선어)'에 의한 문학 창작활동을 해오고 있었고 그들의 문학 활동은 북조선의 해외공민으로서의 재일조선인 문화활동의 일환"[31]으로 볼 수 있다. 김석범 소설은 기본적으로는 이런 경향을 따르고 있었다고 해도 무방하다. 문예동 소설의 주제인 조국 통일에 대한 열망, 귀국 문제의 형상화, 한국사회의 현실 비판, 재일 현실의 고발[32] 등에도 대체로 부합된다고 할 수 있다. 북조선에서 먼저 사회주의의 기반을 굳히고 이를 민주기지로 삼아 전 조선에 확산한다는 '민주기지론'의 입장 또한 아직까지는 견지하고 있었던 상태였음이

---

30) 송혜원, 앞의 글, 562쪽.
31) 가와무라 미나토(川村 湊), 「植民地文學から在日文學へ–在日朝鮮人文學序說(1)」, 『靑丘』22(1995), 154쪽; 이재봉, 「국어와 일본어의 틈새, 재일 한인 문학의 자리」, 『한국문학논총』47(한국문학회, 2007), 182쪽에서 재인용.
32) 이영미, 앞의 논문.

분명해 보인다. 그러나 김석범은 총련에 속해 있으면서도 북의 노선을 절대적으로 추종하기보다는 성찰적 태도에 따른 민족의 궁극적인 지향점을 모색하였다는 점에서 그 결이 다른 것으로 판단된다. 「혼백」에서는 귀국사업에 동조하는 듯하면서도 끝내 귀향하지 못하는 상황을 보여줌으로써 그것의 모순점을 넌지시 제시하였으며, 「어느 한 부두에서」의 경우 남쪽 민중에 대한 근본적인 신뢰를 토대 삼아 민족화합의 가능성을 충분히 열어놓았다는 사실은 그것을 입증해 준다.

셋째, 재일조선인인 김석범이 경계인(境界人)으로서 자신의 위상을 확고히 굳혀가고 있음을 보여주었다는 것이다. 김석범 문학에서 말하는 경계인이란 "모호한 존재론적 경계인이 아니라 역사적 경계인이며 구체적 경계인"[33]이라고 할 수 있다. 난감한 상황에서 주저하는 태도를 취함으로써 경계인의 위치에 머물러 있는 것이 아니라 그 경계에 존재하는 자체가 그의 당당한 신념이라는 것이다. 이는 "남북을 총체적으로, 그리고 객관적으로 볼 수 있는 장소에 있기 때문에 그 독자성이 남북의 통일을 위해 긍정적으로 작동"[34]한다는 지적과 상통한다고 할 수 있다. 김석범은 "일본어로 쓰든 조선어로 쓰든 조선인으로서 소설을 쓴다"[35]는 의식에 입각하지

---

33) 서영인, 앞의 논문, 231쪽.

34) 金石範, 「「在日」とはなにか」, 『新編「在日」の思想』(講談社文藝文庫, 2001), 82쪽; 김학동, 「친일문학과 민족문학의 전개양상 및 사상적 배경: 재일작가 장혁주, 김달수, 김석범의 저작을 중심으로」, 『일본학보』120(한국일본학회, 2019), 114쪽에서 재인용.

않으면 안 된다고 말했다. 재일조선인으로서의 정체성을 강조했다는 것인데, 이는 경계인의 당당함을 떠받치는 자산이 된다. 바로 이 세 편의 단편에서는 경계인으로서의 재일조선인 문학의 정체성을 분명히 구축해가는 김석범 문학의 실상이 파악된다. "조선인 해방 혹은 일본의 패전은 재일조선인의 존재 상황을 근본적으로 바꾸어 버렸고, 재일조선인은 일본이라는 식민지 종주국에서 끊임없이 조선을 의식하면서 살아갈 수밖에 없는 존재였"기에 "그들은 애초부터 '피지배의 역사, 민족과 고국의 문제, 자이니치로 살아간다는 삶의 문제와 씨름할 운명'에 처했던 것"[36]인데, 김석범은 그것을 능동적으로 포용하며 극복해 갔다고 할 수 있다. 남과 북 사이에 끼인 존재로서가 아니라 그 경계 자체에서 당당히 존재감을 발휘하는 당위성과 신념을 김석범 한글 단편들(특히 「혼백」과 「어느 한 부두에서」)에서 확인할 수 있다는 것이다.

이처럼 4·3항쟁, 남북 분단, 경계인으로서의 재일조선인 문제가 서로 긴밀히 연결되어 있음을 김석범의 한글 단편 소설들은 보여준다. 이는 모두 식민주의 문제로 귀결되는 것이다. 결국 "재외 한국인(조선인)문학은 한국문학에 통합되는 것이 아니라 현재의 한국문학에 반성과 성찰을 촉발하는 하나의 열린 문"[37]임이 김석범의 한

---

35) 金石範, 『ことばの呪縛―「在日朝鮮人」と日本語』(筑摩書房, 1972), 161~167쪽; 이한정, 「김석범의 언어론」, 61~62쪽에서 재인용.

36) 이재봉, 「해방직후 재일조선인 문학의 자리 만들기」, 『한국문학논총』74(한국문학회, 2016), 472쪽.

37) 서영인, 앞의 논문, 237쪽.

글 단편소설에서도 여실히 입증된다고 할 수 있다.

3. 4·3소설로서의 한글 『화산도』

1) 서지적 검토와 상호텍스트성

한글『화산도』는 제3장까지 발표되었는데, 제1장·제2장·제3장 모두 각각 4개의 절로 이루어져 있다. 재일조선문학예술가동맹에서 펴낸『문학예술』1965년 5월의 제13호에 제1장 1절과 2절(제1회 연재), 7월의 제14호에 제1장 3절과 4절(제2회), 9월의 제15호에 제2장 1절과 2절의 앞부분(제3회), 11월의 제16호에 제2장 2절의 뒷부분과 3절(제4회), 1966년 1월의 제17호에 제2장 4절(제5회), 3월의 제18호에 제3장 1절(제6회), 5월의 제19호에 제3장 2절(제7회), 7월의 제20호에 제3장 3절(제8회), 1967년 6월의 제21호에 제3장 4절(제9회)이 각각 실려 있다. 이를 정리하면 다음과 같다.

장	제1장				제2장				제3장			
절	1	2	3	4	1	2	3	4	1	2	3	4
연재횟수	제1회		제2회		제3회		제4회		제5회	제6회	제7회	제8회	제9회
호수 (연월)	제13호 (1965.5)		제14호 ('65.7)		제15호 ('65.9)		제16호 ('65.11)		제17호 ('66.1)	제18호 ('66.3)	제19호 ('66.5)	제20호 ('66.7)	제21호 ('67.6)

〈표 1〉 한글 『화산도』의 구성과 연재 상황

격월간지인『문학예술』의 제20호와 제21호 사이의 간행 간격이

1년 가까이 되는 것은 그 간행이 잠정 중단되는 사정이 있었기 때문이다. 게다가 1967년 6월 제9회 연재 직후에는 김석범의 병환과 총련 조직 이탈 등의 사정이 이어지면서 소설 연재가 중단되고 말았다.

> 1967년 가을부터 겨울에 걸쳐 나는 위 절개 수술로 3개월 입원했는데 그것을 경계선으로 조직의 일에서 떠나게 되었다. 이미 그 당시는 내가 소속하고 있던 문학 관계 조직을 중심으로 어렵게 고조되었던 조선어 창작의 기운조차 억압하는 분위기가 되었다. 그리고 나도 병이 원인이기도 했지만 『문학예술』이란 기관지에 연재 중이던 장편을 400매(400자 원고지-인용자 주) 조금 넘게 쓰고 중단해 버렸다.[38]

나카무라 후쿠지는 "1967년에 이 소설의 연재를 중단한 것은 작가의 병이나 조총련에서의 이탈 등 외적 조건도 있었겠지만, 소설 세계 구상 자체가 막다른 곳에 도달했다는, 바꿔 말해 중편소설을 넘어서는 구상을 준비해 두지 못한 것이 커다란 이유 가운데 하나였을 것"[39]이라고 했으나, 작가의 준비 부족이라는 지적은 수긍하기 어려운 견해로 판단된다. 김석범은 처음에 400자 원고지 700~800장 정도의 분량으로 1949년 6월 빨치산 투쟁이 와해 상태에 이르는 시기까지를 다루는 장편을 구상하여 집필을 해나가다가 도중에 계획을 바꾸었는데, 5·10단선 반대 투쟁이 성과를 거두는 3

---

38) 金石範, 『口あるものは語れ』(筑摩書房, 1975), 221쪽: 나카무라 후쿠지, 앞의 책, 47쪽에서 재인용.
39) 나카무라 후쿠지, 앞의 책, 56쪽.

개월 동안에 대한 내용을 제1부로 마친 후, 일단 그것을 일본어로
고쳐 써서 발표함으로써 평가를 받아보겠다는 것이 1966년 초의
계획이었음이 확인되고 있다.[40] 변경되었던 당시의 계획은 즉시 이
행되지는 못했으나, 그 10년 후 연재가 시작된 대하『火山島』의
내용이나 구성, 집필 진행 과정에 대체로 부합된다고 할 수 있다.
따라서 중편소설을 넘어서는 구성을 준비하지 못해 미완이 되었다
는 지적은 설득력이 약하다는 것이다. 김석범에게 병환과 조직 이
탈 등의 사정이 없었다면 적어도 한글『화산도』의 제1부는 마무리
할 수 있었을 것으로 짐작된다.

한글『화산도』의 내용을 장과 절 별로 요약하면 다음과 같다. 마
치「까마귀의 죽음」을 이어서 쓰기라도 한 듯, 장명순(「까마귀의 죽
음」에선 장양순)이 학살현장에서 살아난 장면에서부터 소설이 시작
된다.

1-1. K봉 계곡의 집단학살현장 시체더미에서 기적적으로 살아
난 장명순은 밤이 깊어질 때까지 기다리면서 팔의 상처를
동여맨다.

1-2. 장용석이 성내 시장에서 기자 김동진을 우연히 만난 후 북
소학교 교사 양성규에게 전화를 걸어 그의 하숙집에서 만나
기로 약속한다.

---

40) 김석범,「금년도 계속「화산도」를 쓰겠다」,『문학신문』1966년 3월 11일 4면. 이
기사는「재일작가들의 금년도 창작 포부」라는 제목으로 기획된 것이었다. 여기에
김석범은 '문예동 기관지『문학예술』편집 책임자로 소개되어 있다.

1-3. 양성규를 만난 장용석은 소학교 때 성규가 퇴학당한 사건을 떠올리다가 동생 명순과 정기준 등이 함께 찍은 사진을 본다.

1-4. 장용석과 양성규는 정세와 임무, 투쟁 방향 등에 대해 대화하고 장명순을 구출할 계획을 세운다.

2-1. 마을 사람들과 죽창을 만들던 강씨는 삐라 소지 혐의로 체포된 딸 장명순의 처형 소문을 듣고 걱정이 크다.

2-2. 장명순이 최만철을 밀고자로 의심하면서 새벽에 귀가하자, 신 약국이 왕진을 다녀간다.

2-3. 이튿날 밤 장용석의 귀가로 세 식구가 함께한 자리에서 장명순은 학살 현장에 끌려갔던 자초지종을 말한다.

2-4. 장명순은 정기준을 한 번만 만나게 해달라고 부탁하고서 입덧을 한다.

3-1. 정기준이 주정공장에서 이병희 사장을 만나 그 아들의 영어 가정교사 부탁을 받은 후 공장 창고에서 담배 피우다가 제지당한다.

3-2. 정기준이 미군의 횡포와 미군정의 문제점들을 생각하다가 장명순을 그리워한다.

3-3. 장용석은 동생의 임신 사실을 알고서 충격을 받는 가운데 박 서방이 경찰의 권총을 강탈하는 사건이 발생한다.

3-4. 미군과 함께 권총강탈사건 조사를 나간 정기준은 강씨의 절규를 듣고는 장명순이 잘못되었을지 모른다고 생각한다.

4·3 봉기 직전의 상황이 정기준·장용석·양성규·장명순 등을 중심으로 급박하게 전개되고 있음을 알 수 있다. 선행연구들에서 이미 짚어낸 대로, 이 작품은 중편 「까마귀의 죽음」, 대하 『火山島』와 연관성이 적지 않음도 확인된다.

우선 공간적 배경의 경우, 관덕정과 제주도청(미군정청)을 비롯한 제주성내(城內)가 중심적인 공간으로 설정되는 가운데 학살 사건이 발생한 마을도 함께 나온다는 점에서는 세 작품이 동일하다. 그러나 「까마귀의 죽음」에 비해 한글 『화산도』는 주정공장, 제주항, 산천단, 관음사 등 더욱 다양하고 넓어진 제주의 공간이 그려진다. 대하 『火山島』는 앞의 두 소설의 공간을 포함하면서 서울, 목포, 일본 등지로 대폭 확장된 공간이 설정되며, 특히 바다에서 벌어지는 상황들을 역동적으로 그려냄으로써 4·3소설에서는 드물게 해양 문학적인 면모[41]를 보여주기도 하였다. 이러한 차이는 물론 중편소설과 장편소설, 대하소설이라는 양식의 특성과 관련되는 것이기도 하다.

한글 『화산도』의 시간적 배경은 "멀지 않아 춘삼월"(1-184/74쪽)[42], "해방이 된 지 벌써 이 년 반"(1-186/78쪽), "三월 초"(2-122/98쪽), "三월 一일부 포고문"(2-133/118쪽), "철은 바야흐로 삼월에 들어섰건만"(5-116/194쪽), "三월 중순"(6-123/195쪽), "냇가의 버들가

---

41) 김동윤, 「김석범 『화산도』에 구현된 4·3의 양상과 그 의미」, 『작은 섬, 큰 문학』(각, 2017), 70~74쪽.

42) ( )의 '/' 앞 숫자는 연재 횟수와 그 텍스트의 숫자이며, '/' 뒤는 이 책(『김석범 한글소설집』)의 쪽수를 말함. 이하 한글 『화산도』 인용 시에는 같은 방식으로 표기함.

지들은 벌써 봄단장"(6-137/218쪽) 등의 언급으로 보아 1948년 2월 말~3월이다. 「까마귀의 죽음」의 시간이 1949년 초의 겨울이고 대하『火山島』가 1948년 2월 말~1949년 6월이므로, 한글『화산도』와 「까마귀의 죽음」 간에는 1년 가까이 차이가 있고, 대하『火山島』는 한글『화산도』의 시간이 연장·확장된 것이라고 할 수 있다. 「까마귀의 죽음」의 마지막 상황을 이어가면서 한글『화산도』를 써내려가려는 의도가 계절상으로는 무리 없이 맞아떨어졌지만, 봉기 직전의 상황부터 서술하려다 보니 부득이하게 1년을 앞당기게 되었는데, 이것이 논란의 빌미가 되었다. 이는 1949년도 초반을 미군정기로 그렸던 「까마귀의 죽음」의 오류를 바로잡는 것이기는 했으나, 봉기 전의 시점에서 집단 학살의 상황을 그린 셈이 됨으로써 또다시 역사적 사실에 어긋난 설정을 초래하는 결과를 낳고 말았던 것이다.

  등장인물의 경우, 한글『화산도』에는 「까마귀의 죽음」이나 대하『火山島』와 유사한 인물들이 많이 나온다. 똑같은 이름들이 나오기도 하고, 비슷한 발음의 이름으로 설정된 경우도 있다. 「까마귀의 죽음」의 주요 인물들이 한글『화산도』에 거의 그대로 등장하고 있으며,[43] 한글『화산도』와 대하『火山島』 사이에도 인물의 유사성이 꽤 크다고 할 수 있다. 세 작품의 주요 인물들을 도표[44]로 정리해 보면 다음과 같다.

---

43) 장용석 동생의 이름이 살짝 바뀐 점, 장용석 어머니를 '강씨'로 구체화한 점, 허물(부스럼)영감이 등장하지 않는 점만 다르다.

44) 김학동, 앞의 책, 211~212쪽의 '주요 등장인물 비교'를 수정·보완하여 작성한 것이다.

인물 \ 작품	「까마귀의 죽음」	한글 『화산도』	대하 『火山島』
미군정 통역	정기준(23세, 주인공)	정기준(24세, 주인공)	양준오(27세)
조직 연락책	장용석(23세, 정기준 친구)	장용석(25세, 제2 주인공)	남승지(23세, 제2주인공)
주 인물의 여동생	장양순(장용석 동생)	장명순(22세, 장용석 동생)	이유원(22세, 이방근 동생)
주 인물의 어머니	노파(장용석 어머니)	강씨(50대, 장용석 어머니)	이방근 어머니(사망)
허무주의자 지식인	이상근	이상근(26세)	이방근(35세, 주인공)
성내지구 조직 책임자	-	양성규(28세, 소학교 교사)	유달현(33세, 중학교 교사)
제주의 부르주아	-	이병희(이상근 부친)	이태수(이방근 부친)
신문기자	-	김동진(제주신보)	김동진(한라신문)
트럭 운전수	-	무명의 청년	박산봉(남해자동차)
죽창 제작 주민	-	박 서방	손 서방
시골 약방 주인	-	신 약국	송진산
영감	허물(부스럼)영감	-	허물(부스럼)영감

〈표 2〉 주요 등장인물 대비표

위의 도표를 보면 우선 주인공의 다름이 확인된다. 「까마귀의 죽음」과 한글 『화산도』에서 는 미군정 통역이자 비밀당원으로서 투쟁의지를 내면에서 불태우는 인물(정기준)이 주인공인 반면, 대하 『火山島』의 경우는 조직(남로당 제주도당)에 속하지 않는 허무주의자 지식인인 이방근이 주인공으로 설정되어 있다. 이방근이 조직원이 아닌 점은 비교적 객관성을 확보한 위치에서 혁명에 대한 성찰적 태도를 견지할 수 있게 한다. 이는 대하 『火山島』의 가장 뚜렷한 차별성인바, 4·3항쟁과 혁명 투쟁에 대한 작가 김석범의 인식 변화와 관련이 깊은 것으로 판단된다.

주 인물 여동생의 설정도 주인공의 교체에 견인되는 양상이다.

「까마귀의 죽음」과 한글『화산도』에서는 빨치산과 읍내조직의 연락책인 제2주인공 장용석의 여동생으로서 투쟁에 나서는 인물로 나오는 데 비해, 대하『火山島』에서는 이방근의 여동생인 피아니스트 이유원으로 나온다. 이는 물론 인물의 역할이 확연히 달라졌기 때문이다. 「까마귀의 죽음」에서 이상근의 비중이 크지 않고 한글『화산도』의 경우 이상근이 별다른 역할이 없는 인물인 데 반해, 대하『火山島』의 이방근이야말로 주요 사건들을 바라보며 고민하고 행동하는 명실상부한 주인공이기에 그의 여동생인 이유원을 등장시켜야 했던 것이다.

성내지구 조직 책임자인 경우는 한글『화산도』와 대하『火山島』간의 차이가 적지 않다. 소설 속 현재의 신분과 역할에서는 성내학교의 교사로서 임무를 수행하고 있다는 점에서 매우 유사하지만, 과거의 행적에서 근본적인 차이가 있다. 한글『화산도』의 양성규는 일본을 모독한 '똥단지 사건'[45]으로 소학교에서 퇴학당한 항일투쟁 경력자이지만, 대하『火山島』의 유달현은 협화회(協和會) 회원으로서 내선일체, 일억총력전 운동의 열성분자로 경시청에서 표창까지 받았던 인물이다. 친일파였던 인물이 조직의 요직을 맡는 상황을 설정하는 것은 작가가 조직 활동을 하던 시기, 즉 한글『화산도』집필 시기에는 어려웠던 일이었을 것이다. 총련의 일원으로서 활동

---

45) 교실에서 일본군가를 부르면서 '닛뽕 단지(日本男兒)'라는 가사를 '일본 똥따안지(똥단지)'라고 바꿔 불러 문제가 된 사건이다. 대하『火山島』에서는 이 사건이 이방근 후배(이유원의 동기)의 소학교 시절 일화로 나온다.

하던 시기에 썼던 작품과, 조직에서 떠나 자유로워진 상황에서의 창작이라는 차이를 확연하게 보여주는 인물 설정이다.

성내의 부르주아 설정의 변화도 이와 비슷한 면이 있다. 한글『화산도』의 이병희는 전형적인 악인이라 해도 무방할 정도로 매우 부정적인 인물인 데 비해, 대하『火山島』의 이태수는 전적으로 부정적인 인물은 아니다. 이병희는 주정공장 사장으로서 제헌국회의원 선거에 관심을 가진 탐욕스러운 자본가의 전형으로 그려지고 있으나, 이태수는 제주식산은행과 남해자동차를 경영하는 자본가이긴 하여도 그다지 노골적인 탐욕을 드러내는 언행을 일삼지는 않는다. 김석범이 한글『화산도』를 연재할 때, 즉 조직에서 활동할 무렵에는 자본가를 도식적으로 그려내는 데에서 자유롭지 못했을 것임을 짐작할 수 있다.

이렇게 세 작품의 시간적·공간적 배경과 등장인물 등을 대비적으로 검토해 보면, 한글『화산도』는 「까마귀의 죽음」에서 대하『火山島』로 가는 중간단계의 작업임을 확실히 알 수 있다. 또한 한글『화산도』 집필 과정에서 있었던 조직 이탈 등의 외적인 상황과 더불어 작가의 인식 변화가 연재 중단의 주된 원인이었음도 충분히 짐작할 수 있다. 대하『火山島』에서 혁명에 대한 허무주의적 인식, 그러면서도 혁명은 필요했다는 인식이 비조직원인 이방근을 통해 나타났음은 상황과 인식 변화의 가장 뚜렷한 결과인 것이다.

2) 상황의 절박성과 혁명의 당위성

사실 한글『화산도』는 미완의 작품이면서 사건의 본격적인 전개가 진행되는 지점에서 연재가 중단되어버렸기 때문에 작품의 의미를 독자적으로 추출하기에는 어려움이 있다. 하지만 연재 분량이 200자 원고지 800장을 넘어서는 적지 않은 분량인 데다 작중인물들의 성격이나 갈등 양상이 어느 정도 드러난 상황이기에 그 독자성도 충분히 짚어낼 수 있다.

연재 중단 이후 9년 만에 새로 쓰기 시작했던 대하『火山島』[46]는 시공간적 배경이나 인물의 설정 등에서 한글『화산도』와 유사성이 많지만 차별적인 부분도 적지 않다. 앞서 살폈듯이 그것은 주인공이 정기준에서 이방근으로 달라졌다는 데서부터 확인된다. 따라서 정기준[47]에 주목한다면 한글『화산도』의 의미를 좀 더 확실히 파악할 수 있을 것이다.

정기준은 미군정 통역으로 일하면서 비밀리에 제주의 혁명에 참여하는 청년이다. 미군정청과 그 주변의 주요 정보들을 수집하여 장용석을 통해 조직에 전달하는 것이 그의 임무다. 그러기에 정기준의 시야에 포착되는 미군정청 중심의 제반 움직임들은 혁명의 과정에서 대단히 중요하다. 미군, 단독정부 추진 세력, 친일파, 서북청년회, 경찰, 향보단 등이 어떤 활동을 벌였고, 그것에 맞선 항

---

46) 1976년 일본의『문학계(文學界)』2월호에 연재를 시작할 때의 제목은『해소(海嘯)』였다.

47) 물론 대하『火山島』의 경우 처음에 남승지 중심에서 이야기가 전개되다가 점점 이방근 쪽으로 무게중심이 옮겨간 점을 감안하면 한글『화산도』의 주인공도 바뀌어갈 가능성이 전혀 없지는 않겠으나, 여타 인물의 설정이나 집필 당시 작가의 4·3 인식 등을 감안하면 그 가능성은 매우 희박하다.

쟁이 어떻게 전개되었는지 하는 문제가 초점화자인 정기준에 의해 입체적으로 드러날 수 있다는 것이다. 그만큼 그의 존재와 임무가 막중했기 때문에 가까운 이들에게도 그의 조직 활동은 전혀 알려지지 않는다. "장용석이야말로 조직과 정기준을 련결시키는 단 하나의 끈"(6-132/209쪽)이었다. 정기준에게는 자신의 아이를 임신한 사랑하는 여인이요, 장용석에게는 그런 절박한 상황의 여동생이자 조직원인 장명순에게조차 비정할 정도로 철저히 함구된다.

연재가 중단되는 바람에 정기준의 활동상이 충분히 그려지지는 못했지만, 미완의 텍스트에서도 그것을 상당 부분 다각도로 포착할 수 있다. 우선 정기준의 시야에 들어온 군정청의 상황부터 살펴보자.

성내 복판에는 어데서나 보라보이는 웅장한 관덕정 건물이 추녀 끝을 비조마냥 번쩍 들어 도사려 앉았었다. 관덕정 가까이 훨씬 키가 낮은 도청의 지붕마루에 자그마한 무슨 깃발 비슷한 것이 푸들푸들 떠도는 그것은 미국기였다. 항상 눈에 거슬리는 물건이기 때문에 부지중 거기에 눈이 쏠린 것이였다. 미군정청이 그 속에 있는 도청 옥상에서 펄럭거리는 성조기야말로 이 나라의 처지를 상징하여 남음이 있는 것이다. 빼앗긴 제 집 지붕에는 성조기가 꽂혔으며 자기는 도적 놈에게 빌붙어 곁방살이하는 도청의 신세가 바로 그렇단 말이다. 말하자면 이 나라 사람들은 바다를 건너 들어온 이 깃발 하나를 땅바닥에 끌어내리지 못한 탓으로 이 원통한 고생을 강요당하고 있는 것이다.(6-134/212쪽)

대통령 트루먼의 초상 밑에 성조기가 드리운 벽을 배경으로 한 법무관 퍼넬 대위의 책상은 화병의 붉게 핀 장미꽃으로 휘언 하였다. (…) 퍼넬 대위의 바라진 어깨에 가리워 창가의 기준은 잘 보이지 않은 성조기 옆의 조선 지도가 굵직한 붉은 줄로 三八선 한허리에서 동강이 난 채 눈에 들어왔다. 스팀이 통한 방안에 하리스 군조가 치는 타이프 소리가 단조로웠다.(7-65/224쪽)

미군정청이 자리 잡은 도청 건물의 옥상에 걸린 성조기는 정기준만이 아니라 섬사람들에게 언제나 보이는 '눈에 거슬리는 물건'이다. '이 깃발 하나를 땅바닥에 끌어내리지 못한 탓으로 이 원통한 고생을 강요당하고 있다'는 그의 인식에서 극도의 처절함이 느껴진다. 정기준이 출근하여 군정청 사무실에 들어서면 미국 대통령 트루먼(Harry S. Truman; 1884~1972)의 초상과 함께 성조기가 다시 시야에 들어온다. 그런데 이번에는 성조기만 눈에 거슬리는 게 아니다. 그 옆에 게시된 우리나라 지도가 비통한 상황을 보여준다. 38도선에 '굵직한 붉은 줄'이 그어짐으로써 허리가 동강나 있음은 더욱 간과할 수 없는 절박한 현실이다. 정기준의 근무 공간을 통해 미국의 한반도 점령과 그에 따른 분단 고착화의 양상이 뚜렷이 제시되고 있음을 알 수 있다.

법무국의 사무관리를 하는 그는 쌍프렌씨스코 출신의 서부 개척민의 후손이다. (…) 기준은 늘 침에 젖은 듯한 그 입술에 조선 녀성을 겁탈했다는 흔적을 새삼스레 확인하군 하였다./ (…) 하리스는 잠자리 외에는 늘 머리 우에 모시고 다니는 나막신을 꺼꾸로 한 모양의 모자 끝을 집어 당기면서 외설한 이야기를 좋아하였다. 남방에서의 경험이라든가 심지어는 이 섬 녀자를 겁탈한 이야기를 함부로 하군 하였다./ 캄프에 끌어들여 놓고, 나중에는 돼지 몰아내듯 궁둥이를 맨발로 돌려보냈다는 것도 그 중의 하나다. 여기저기서 일어난 이러한 사건의 범인은 비단 하리스 혼자만이 아니였으나 미군 캄프에 침입하여 절도질을 하는 조선 녀자를 발견했기 때문 그를 잡도리했을 뿐이다고 핑게 대였던 것이다./ (…)/ 유부녀인 그 녀성은 목을 달아매고 죽었다. 동내 사람은 들고 나섰고 남편은 칼을 품어 원쑤를 쫓았다. 그러나 그놈이 어느 놈인지 알 수도 없거니와 소위 법을 두고 말하면 모든 재판권은 미군 손에 있었다.(7-66~67/ 226~227쪽)

정기준과 함께 미군정청에서 근무하는 하리스라는 미국인 군조의 행태가 그려진 부분이다. 미국인이 제주 여성에게 강간 범죄를 저지르더라도 전혀 처벌받지 않고 있음이 확인된다. 게다가 그들은 죄의식조차 갖지 않을 뿐더러 무용담처럼 떠들어대기까지 한다. 카우보이모자를 즐겨 착용하는 '서부개척민의 후손'임을 드러내고 있음은 그들이 아메리카인디언을 야만시하면서 무차별 폭력을 행사했던 역사를 떠올리게 한다. 그것과 해방공간의 제주에서 벌어지고 있던 행태들이 다를 바 없다는 인식인 것이다. 그들은 새로이 개척하는 식민지에 진입한 제국의 일원일 따름임을 여실히 보여준다.

특히 제3장 4절에서 미군이 경찰관을 앞세워 마을에 진입하는 장면은 당시 미군과 경찰의 위상과 관계를 잘 보여준다. 서북청년회 소속의 경찰 지서장인 황균위 경위 등이 파카 중위가 이끄는 미군 일행(정기준도 동행함)을 맞아 사건과 마을의 상황을 보고하고, 총을 든 경찰관들이 마을 사람들을 끌어내는 모습이 나오는데, 다음은 그 한 부분이다.

신작로에 면한 기와집의 지서건물을 둘러쌓은 보루 앞에는 섬사람들이 검정개라고 부르는 무장경관이 부동자세로 대기하고 있었고 서북출신의 지서장 황 경위는 응원대가 접근해서야 안에서 뛰여나와 목을 빼고 선참으로 닥쳐오는 트럭의, 뜻밖에 요인들이 타있을지도 모를 트럭의 운전대와 스리커워타의 유리창 속을 주시했다./ 지서 앞 신작로 한옆에 멎은 트럭들 사이에 끼운 미군 차에서 우선 칠팔 명의 카빈총을 어깨에 걸친 장신의 미 군인이 무슨 알아먹을 수 없는 괴한 소리를 지르며 뛰여내렸고 경관들은 입을 다문 채 신통한 표정으로 뒤를 따랐다./ 젊은 미군장교 파카 중위는 차에서 내리자마자 항용 맥아더 장군이 그러한 것처럼 파이프가 아닌 권연담배 끝을 여는둥 마는둥 하는 입술에 꽂을 듯이 하여 물었다. (…) 경관들의 대렬을 일별했을 뿐 지서장이 어설피 내밀었던 악수에도 그럴 경우가 아니라는 듯 아랑곳하지 않았으며 오직 지서경관들의 경례에 가벼이 답례하여 성큼성큼 건물 쪽으로 들어갔다. (…) 당황한 집주인인 지서장은 선두에 서서 안내를 할 겨를을 얻지 못하였다. 지서장은 얼떨결에 뒤진 걸음을 다그칠 사이 없이 통역관의 뒤꽁무니에서 망서리다가 황급히 직속 부하들인 서너 명쯤 되는 경사를 불러놓고 상전 뒤를 쫓아갔다.(9-85~86/262~263쪽)

파카 중위가 거만하게 파이프를 물고 있는 모습이 맥아더(Douglas MacArthur: 1903~1964) 장군에 비유되고 있듯이, 여기서 작가가 그려놓고자 하는 것은 점령군으로서 미군의 실상이다. 마치 1945년 9월 8일 미군이 한반도에 들어오는 장면을 연상시킨다. 지서 경찰관들의 모습은 미국 눈치를 보느라 쩔쩔매면서 따라다니는 이승만과 조병옥 세력을 떠올리게 한다. 제주는 그 압축적 복사판의 공간이었음을 보여주는 장면인 셈이다.

이처럼 이 작품에서 정기준과 관계를 맺는 미군(미국인)들이 구체적인 인물로 등장하고 있음은 주목할 점이다. 위의 파카 중위, 하리스 군조뿐만 아니라 퍼넬 대위 등이 의미 있는 인물로서 설정되어 각자 사건 속에서 행동하고 있다. 이는 불특정 다수의 미군들만 등장하는 대하『火山島』와는 확연히 다르다. 미군들의 반인륜적이고 거만하며 부당한 행태를 생생하게 보여줌으로써 반미 투쟁으로서의 4·3의 의미를 뚜렷이 부각시키고 있는 것이다.

결국 정기준이야말로 군정청 중심의 각종 정보와 미군들의 행태를 통해 위태로운 조국의 상황을 눈앞에서 가장 확실하게 포착하고 있는 인물이다. 따라서 그는 "미군이 조선땅에 상륙한 후로 二년반—오늘 조선은 해방은커녕 그들이 이 나라에 상륙하기 전부터 꾸민 대로 완전한 미국의 식민지로 되어 가고 있는 것"(7-71/235쪽)임을 확신하게 된다. 그런 입장의 그는 자신의 아이를 임신한(정기준은 임신 사실을 아직은 몰랐음) 강명순이 체포되어 위험에 빠진 상황임을 뒤늦게 알게 되면서 새로운 국면에 접어든다. 그래서 소설 연재가 중단된 마지막 부분에 그는 "꼭 이 손으로 명순을 살려내야 한다."는 다짐 속에서 "놈들에 대한 증오의 불길이 이글이글 타오름을 가슴 뿌듯이 느끼"(9-98/284쪽)는 상황에 이른다. 본격적인 투쟁이 임박한 절체절명의 순간인 것이다.

작품의 앞부분에서는 제2 주인공이라고 할 만한 장용석의 눈을 통해 제주 성내 한복판에서 미군들의 모습이 포착된다. 정기준과 마찬가지의 인식임은 물론이다.

(…) 경찰 건물 주변에 트럭이 몇 대 운전대에 사람을 앉힌 채 멎어

있었다. 경찰 정문에서 어제 본 그놈과는 얼굴이 다르지만 그러나 같은 미군 장교가 나오고 있었다./ 경찰서 앞거리를 등짐을 지고 한 할머니가 걸어가고 있었다. 조선 땅에 그것도 최남단의 섬땅에 양코배기가 뻔뻔스래 둥지를 틀고 앉은 이 사실은 사람의 상식을 가지고 선뜻 믿어지지 못하는 일이었다. 그러나 상식이나마 통하는 세상은 이미 멀어졌다. 八· 一五 해방의 들끓던 기쁨도 놈들 때문에 오래 지탱하지 못했던 것이 다.(2-134/119쪽)

'최남단의 섬땅에 양코배기가 뻔뻔스래 둥지를 틀고 앉은' 건물의 앞쪽으로 등짐을 짊어진 할머니가 걸어가는 모습을 의미심장하게 제시하였다. 경찰은 미국을 호위할 따름이지 제주민중을 지켜주지 않으며 오히려 탄압한다는 것이다. 제국의 횡포 아래 비참한 처지로 전락한 제주의 상황을 상징적으로 보여주는 부분이다.

앞서 군정청 사무실의 한반도 지도에 붉은 38선이 선명하게 그어진 장면에서 보았듯이, 제국주의의 탐욕과 횡포는 분단의 문제로 연결된다. 이에 대해서는 장용석과 양성규의 대화에서 더욱 분명히 확인된다.

"(…) 우리 조선민족의 운명이 몇 만 리 떨어진 미국 지배계급의 머리 속에서 장난감 취급하듯 멋대로 결정돼 있단 말야. 이젠 영 우리 민족을 두 동강으로 잘라버리자는 속심을 털어놓지 않았나? 길잡이 이승만을 내세우고 남북 협상을 한사코 반대케 한 것도 놈들이 미리서부터 닦아 놓은 코스란 거야./ 우리는 미국 놈들의 본질을 똑똑히 알아야겠소. (…)"/ (…)/ "성규 동무, 정말 우리는 어수선한 시대에 살고 있소. 이대로 두다 간 三八선이 놈들 때문에 정말 막히고 말겠소. 이제 목숨을 바쳐 싸울

때가 도래한 것 같아… 정말로―"(2-124~125/100~102쪽)

미국의 분단 지배 책략의 '길잡이'로 지목된 이승만은 "단독선거가 이 이상 지연되지 않는 것으로 믿으며 수주일 이내에 정부가 수립될 것이라고 공언"하고, 미군정 경무부장 조병옥은 "닥쳐올 공산주의자와의 대결을 위해 미국의 원조 밑에 국방력을 강화해야 된다"(4-95/164쪽)고 역설한다. 분단을 공식화시키는 5·10 단독선거를 앞두고 제주의 조직원들은 '이제 목숨을 바쳐 싸울 때가 도래'했음을 감지한다. 4·3항쟁이 반제국주의(반미) 투쟁만이 아니라 통일운동이기도 했음을 이들 제주의 청년 지식인들을 통해 알 수 있다.

반면에 제주도 자본가들의 경우에는 반민족적이고 비도덕적인 행각을 일삼는 것으로 그려진다. 해방공간에서 이들은 사치와 방탕속에 눈앞의 이익만을 추구한다.

허기야 서울 종로 류행을 쫓느라고 눈이 뒤집힌 특수한 층도 없지 않아 있었다. 눈앞에서 사람이 굶주리고 죄없이 학살을 당하건 말건 제 상관 없노라는 층이 이런 사회에서는 사람의 그림자나 마찬가지로 따라다니는 법이다.(1-185/75쪽)

"아직 여덟신데 (…) 이맘쯤은 팔자 좋은 놈들이 료리집에서 지랄 발광 다하고 있는 시간이라네. 통행금지 시간이 되면 놈들은 이번엔 불야성을 이루기 시작하네. (…)"(2-126/105쪽)

이웃사람들이 어떻게 되든 상관없이 향락적 유행만 좇는 행태, 밤이 되면 요릿집에서 퇴폐적으로 흥청대는 행태 등 갖가지 추태들이 고발되고 있다. 이들 '있는 계급'은 권력에 빌붙으며 출세지향적인 삶을 영위한다. "애들을 중학교에 진학시킬 무렵에 와서는 (…) '장래를 위해서'라는 사대주의적 생각으로 본토의 중학교에, 되도록이면 서울 등지에 보내려고"(2-130/113쪽) 서로들 경쟁하다시피 하는 모습을 연출하기도 한다.

이 자본가들은 대부분 얼마 전까지 친일파였다가 해방이 되면서 재빨리 친미파로 변신한 이들이다. 제주주정공장[48]의 이병희 사장은 그 대표적인 인물이다.

일제시대 '동척' 관리 밑에, 강제 공출의 고구마로 군용 알콜 생산에 종사한 이 공장(주정공장: 인용자 주)은 해방 직후 인민위원회의 지도에 의하여 로동자들의 직장관리위원회에서 운영되었다. 그러나 몇 개월 못 가서 이번은 일제 대신 미군이 강제적으로 공장을 몰수해 버렸다. 미군정은 공장 관리위원회를 해산시킨 다음 적산 불하라는 명목을 붙이고 친미파 모리배들에게 물려줌으로써 장차 저들의 압잡이 노릇을 할 반동의 물질적 토대를 꾸리는 데 힘을 빌려준 것이다.(6-127/201쪽)

이병희는 적산 불하라는 명목으로 "一만여 평의 부지에 백여 명의 종업원을 거느리는"(6-127/200쪽) 제주주정공장을 차지하면서 엄청난 이득을 챙겼는데, 그것은 그가 '친미파 모리배'였기에 가능

---

48) 제주주정공장은 1934년 일제에 의해 제주읍 건입리(현재의 제주시 건입동)에 설립되었다. 이곳은 비교적 큰 가공공장이었기에 그에 따른 창고도 큰 규모였다. 주정공장의 창고는 4·3항쟁의 와중에 군경 토벌대에 의해 체포된 사람들을 가둬두는 수용소가 되기도 했다. 제주도·제주4·3연구소, 『제주4·3유적 I』(2003), 73~74쪽.

했다. 해방공간의 제주에서는 이들이야말로 새 조국 건설의 도정에서 청산되어야 할 적폐세력이었던 셈이다. 이들은 반공이라는 기치 아래 5·10단독선거를 입신의 기회로 여길 따름이다.

"(…) 문제는 선거. 선거가 큰 문제란 말이야. 대세는 우리나라에 국회를 구성하구 백성들에게는 민주주의를 베풀어준다는데 빨갱이들이 반대한다구 떠들어대는 판국이란 말일세. 자네 내가 말하는 참뜻을 알겠는가, 력사에 오래 빛날 이 위대한 사업의 진수를 국민들은 더 알아야 한다는 그 말일세.(…)"(6-129~130/205쪽)

이들이 단선에 적극 참여하는 명분은 빨갱이 소탕과 민주주의의 실천이라는 것이다. 미국이 내세우는 명분을 추종하고 있음이다. 최참봉 같은 시골 부자들의 경우엔 향보단 조직에 앞장서는 등의 행위로 미군정에 적극 협조한다. 최참봉의 아들 최만철은 장명순에게 구애하다가 여의치 않자 밀고자가 된다. 그러고는 고문자들 틈에 끼어서 명순에게 성추행을 해대는 비열함까지 보여준다.

이 작품에서 서북 세력들(서북청년회)은 경찰 조직의 요직과 말단에 두루 기용되면서 섬사람들을 괴롭히는 세력이었음을 도처에서 보여준다. 그들의 횡포가 미치지 않는 곳이 없을 정도다.

경무부장이란 경찰서의 담당부장을 두고 하는 말이었다. 그가 소위 '빨갱이' 목숨을 손아귀에 쥐락펴락하였는데 그의 상사가 경찰서장이 아니라 감찰관 벼슬을 하는 자였다. 더구나 이 고장에서는 례외로 제주 감찰청장을 달리 두지 않고 감찰관이 겸임했음으로 본토보다 같은 감찰관의 벼슬이 한층 높은 셈이었다. / 감찰관 하고 경찰 경무부장은 둘이 다 서북패 출신이며 단짝이었다. 따라서 경무부장의 엄지 손가락질은 단순한 금액의 표시가 아니라 자기의 상사인 감찰관까지 치올라 가야 한다는 뜻이었다.(2-128~129/109~110쪽)

해방공간에서 제주도의 감찰관과 경찰 경무부장을 모두 서북 출신들이 맡고 있다. 앞서 살핀 경찰 지서장인 황균위 경위도 서북 출신이었다. 이들은 제주도민들을 빨갱이로 몰아가면서 상호간의 짬짜미 속에서 목숨 값을 흥정하며 온갖 뇌물 챙기기 등의 행태를 주저하지 않는다.

후끈후끈한 열을 뿜는 스토브 옆에다가 서넛 놈이 몸부림치는 명순을 붙잡아 놓고 웃통부터 벗기려 덤볐다가, 가슴팍에 손을 쑤셔 밀고는 껄껄 대고들 했다. 한 가닥 높은 소리로 동물적인 비명 못지않게 쾌재를 부르짖던 놈이 그 억센 말투로 서북 출신이 분명한 사복 차림의 사내였다. 잇발로 손등을 물어 뜯기우면 대뜸 녀자의 따귀를 갈긴 다음 입을 틀어막고서 아슬아슬하게 굴기도 했다.(4-81/141쪽)

군정청 포고와 관제 삐라들이 여기저기 나붙어 있으며 언제나와같이 사복 차림의 어깨에 장총을 걸치고 서청패들이 소풍이나 하듯 거닐고 있었다(그것은 군대나 경관들—제복이 총을 쥐고 다니는 것보다 더 무시무시한 느낌을 주었다). 한 놈은 졸개들을 시켜 '시국강연회'를 ××중학교에서 한다느니, 빨갱이는 자기 조국 쏘련으로 돌아가라는 따위 벽보며 삐라를 전보대나 지어는 영화 광고판에서 아양을 떨고 있는 미인 얼굴우에다 사정없이 붙이고 다녔다.(6-125/197쪽)

장명순을 고문하며 성추행을 해대는 무리 속에도 서북청년이 끼어 있다. 서청의 횡포는 매우 악랄했으니, 주민들은 그들이 거리를 활보하는 것만 보더라도 공포감을 느낄 정도였다. 그들은 오로지 빨갱이 타도를 명분으로 미군정이 도모하는 단선 추진의 최일선에서 물불을 가리지 않는다.

한편, 학살현장에서 한 여성이 기적적으로 살아남은 상황의 설정은 현기영의 「순이 삼촌」(1978)과 유사하다. 무차별 학살의 양상을 보여주기 위함일 것이다. 도저히 참을 수 없을 만큼 처절한 상황, 즉 혁명의 필연성을 강조하기 위함이겠지만, 1948년 2월이란 시점에서의 이러한 집단학살 상황은 4·3의 사적(史的) 전개 과정에 들어맞지 않는다.[49] 4·3 연구가 제대로 축적되지 않은 상황에서[50] 봉기 결행의 당위성을 강조하려는 작가의 의욕이 앞선 데에서 기인한 것으로 보인다. 다만, 1948년 초에 집단학살은 없었어도 탄압이 극심했었음은 엄연한 사실이다.[51] 이미 대량폭력이 난무하기 시작

---

49) 나카무라 후쿠지와 김학동 등이 이 문제를 지적하였다.

50) 한글『화산도』의 연재가 시작되기 이전인 1963년에 이미 김봉현·김민주의『제주도 인민들의 '4·3' 무장투쟁사』(문우사)가 일본 오사카에서 출간되어 있었다. 김석범이 이 책을 제대로 접하지 못한 상태에서 연재를 했을 가능성은 거의 없다고 할 수 있는데, 의도적으로 역사적 사실과 달리 쓴 것인지, 의도하지 않은 실수인지 의문이다.

51) 제주 CIC는 1948년 1월 22일 "제주경찰이 신촌리에서 열린 남로당 조천지부 불법회의장을 급습, 106명을 검거하고 폭동지령 문건 등을 압수했다"고 보고했고, 1월 26일에는 추가로 116명이 체포되었으며, 2월 8일에는 함덕리에서 경찰이 청년 12명을 체포하였고, 2월 11일에는 제주경찰이 '2·7사건' 여파로 제주에서 3일 동안 290명을 체포했다고 발표했다. 이어 3월 들어서는 김용철, 양은하 고문치사 사건이 발생하는 등 상황은 매우 급박하게 돌아가고 있었다. 「제주 4·3 사건 일지」,『제주4·3사건 진상조사보고서』(제주4·3사건진상규명및희생자명예회복위원회, 2003), 548~549쪽 참조.

한 상황이었다는 것이다. 집단학살의 문제를 「순이 삼촌」과 견주어서 말해보자면, 「순이 삼촌」이 그러한 비극적 상황을 통해 4·3진상규명의 필요성을 강조하고자 했던 데 비해서, 한글 『화산도』는 그것이 혁명에 나설 수밖에 없는 여건의 하나로 설정되었다는 점이 다르다.

이상에서 살폈듯이 미국의 분할 점령 의도가 노골화하고, 이승만 세력이 단독정부 수립에 앞장서고, 자본가들의 적폐가 여전하고, 서청의 횡포가 만연한 해방공간의 제주는 너무나 처절하고 절망적인 상황이었음을 한글 『화산도』는 웅변하고 있다. 반미·통일운동이 필요한 상황, 따라서 혁명이 아닌 다른 출구는 없다는 게 작가의 인식이다. 4·3항쟁이 "왜 일어날 수밖에 없었나 하는 필연을 적출"[52]해낸, 모든 것들이 혁명의 당위성을 부르는 상황이라는 것이다. 특히 조직(당) 활동을 통한 혁명이 강조되고 있음은 이 작품의 가장 특징적인 면모라고 할 수 있다. 정기준, 장용석, 장명순, 양성규 등의 제주의 청년들은 각자 맡은 임무를 매우 충실히 수행하는 조직원들로서, 본격적인 혁명을 준비하고 있다. 이들이 주체가 된 혁명적 봉기가 4·3항쟁이었다는 인식이다.

따라서 우리는 한글 『화산도』가, 사태의 비극성이 아닌, 조직 활동을 중시한 혁명의 당위성 강조에 초점을 둔 작품임에 주목해야

---

52) 김석범·김시종(문경수 편, 이경원·오정은 역), 『왜 계속 써 왔는가 왜 침묵해 왔는가』 (제주대학교 출판부, 2007), 158쪽. 대하 『火山島』에 관한 김시종의 이 언급은 한글 『화산도』에도 똑같이 적용된다.

한다. 희생담론이 아닌 항쟁담론, 더 나아가 혁명담론이라는 것이다. 이는 국내에서 발표되는 대부분의 4·3소설들과 가장 뚜렷하게 차이를 보이는 부분이라고 할 수 있다.

3) 항쟁 전통과 공동체 의식

김석범은 한글 『화산도』에서 고려시대의 몽골 침략에 맞선 삼별초항쟁, 조선시대의 잦은 왜구 침략을 막아낸 항쟁들, 1898년의 방성칠란, 1901년의 신축제주항쟁(이재수란) 같은 제주의 항쟁 역사를 유의미하게 포착하고 있다. 이는 물론 그처럼 면면한 항쟁의 전통을 이어받아 발발한 것이 바로 4·3항쟁임을 강조하려는 의도와 연관되는 것이다. 특히 신축제주항쟁은 채 50년이 안 되는 머지 않은 기억으로서 작중인물에 의해 퍽 생생하게 전승된다.[53]

밤이 깊어가는 줄 모르고 무슨 생각에 잠기던 강씨는 죽창을 손에 들어 정겹게 어루만져 보다가 문득/ "옛 사람도 이렇게 손수 무기를 만들고 싸웠단다" 하고 입속말로 중얼거리듯 말을 꺼내었다./ "이제 어렴풋하게 생각이 난다. 내가 대여섯 살 먹던 해 일이지. 그땐 새파란 청년이던 우리 아버님하구 같은 젊은 분들이 집에 모이구 어둔 정주간에서 죽창을 만들었다. (…)/ 대정 마을에 이재수란 장수가 나타난 것도 바로 그럴 때 일이지. 그 분은 엄청나게 세금만 짜내는 량반 놈과, 서양 법국 나라 놈하구 붙어서 똑같은 짓을 하는 예수쟁이들을 내쫓아 백성을 구하기 위해서 란리를 일으키게 됐다는 거야. 섬사람이 온통 일어서는 바람에 란리는 점점

---

53) 대하 『火山島』의 5장 1절에도 비슷한 내용이 나온다.

커져 갔다. 백성들은 칼이랑, 낫, 괭이자루 그리고 죽창 할 것 없이 돌맹이까지 손에 쥐고 싸움에 나서지를 않았느냐……"(3-146/125~126쪽)

강씨가 체험하여 인지하고 있는 신축제주항쟁의 기억이다. 세폐(稅幣)와 교폐(敎弊)에 의해 촉발된 반봉건·반외세 항쟁으로서의 신축제주항쟁에 대해서는 그 발발 배경과 전개 과정, 결과와 의의에 이르기까지 전지적 작가의 추가적 서술로써 비교적 상세히 기술된다. "五○년 전의 옛일이 문뜩문뜩 꼬리를 물고 생각"(3-148/130쪽)난다는 것은 봉기 직전에 있는 1948년 초봄의 상황이 그것과 동일한 맥락임을 의미한다. 그런 만큼 강씨는 "죽창을 보니 예나 지금이나 때는 조금도 달라진 게 없는 것 같다"면서 젊은이들에게 "어서 너희들이 잘 싸워서 나라를 세워야 한다"(3-149/131쪽)고 당부한다. 항쟁기억과 관련된 이러한 강씨의 전언은 "원쑤를 노리고 죽창을 만드는 청년들의 마음을 더욱 설레이게"(3-147/127쪽)함으로써 항쟁의 결의를 다지는 중요한 계기로 작용했음은 물론이다. 제주섬 공동체의 항쟁 전통에 대한 기억투쟁이 "원쑤를 반대하는 싸움에 한결같이 나서고 있다는 련대의식"(3-151/135쪽)의 강조로 이어지는 양상인 것이다.

"(…) 할머님도 어머님도 이재수 등어리에 날개가 붙어서 기운이 장수구 지혜가 귀신 닮아서 곧 홍길동 같은 량반이라구 말씀하시더라. 그래서 관에서는 세상에 날개 돋은 날짐승 같은 사람이 나타난 건 나라가 망한 흉한 징조라 하구 서울에 데려다가 죽였다고 한다."/ "어디 사람 등어리에다 날개가 돋습니까?" 소년이 의아해서 반문을 한다./ "그러니까 옛말이라 하지, 이재수를 잡아서 옷을 벗겨 보니 두 날개가 붙어 있어서 칼로 베여 버렸다구 옛 어르신들은 말씀하시더라."/ "음, 보통 장수님이 아닌데 날개쯤은 가지고 있었을른지 모르잖아! 나도 어린 때는 이재수란 사람 이름을 잘 들었다네."/ 박 서방은 말허리를 꺾지 말고 조용히들 들으라는 듯이 손을 내저어 제지하였다.(3-147/127쪽)

인용문에서 보듯, 이재수와 장수전설을 연계시켜 놓은 점도 눈여겨봐야 한다. 일반적으로 제주도의 아기장수전설에서는, 한반도의 그것에서처럼 날개 달린 아기를 죽여서 왕통의 신성성과 절대성을 강조하는 것이 아니라, 날개만 잘라서 힘센 장사로 살아가게 함으로써 지배이데올로기에 대한 대응과 극복의 양상을 보여준다.[54] 그런데 이재수의 경우는 계속 날개를 지닌 채 성장하였고 날개 달린 장수로서 항쟁을 이끌었다는 이야기를 전하고 있다. 봉기에 임박한 시점에서 이재수와 같은 영웅 혹은 장두의 출현을 갈구하는 제주민중들의 염원이 강렬하게 표출된 부분이라고 할 수 있다.[55]

여기는 모든 것이 막혔다. 완충 지대를 마련하는 혼돈이 없으며 모든 것이 두 갈래로, 총칼로 억압하는 자와 무표정의 가면 아래서 가만히 억압을 참고 견디는 사람들로 갈라졌다. 진공 같은 정적이 대낮의 거리에 깔려

---

54) 현길언, 『제주도의 장수설화』(홍성사, 1981) 참조.

55) "역사적 사실인 신축제주항쟁은 민간에서 설화로 변용되어 전승되어오고 있다. 신축제주항쟁 관련 설화의 채록은 1950년대부터 1980년대까지 이어졌는데, 물론 채록 시기 이전에도 전승되고 있었으며 지금도 계속 전승되고 있는 것으로 믿어진다. 지금까지 채록된 신축제주항쟁 관련 설화는 13편으로 파악되었다." 김동윤, 「신축제주항쟁의 문학적 형상화 양상과 그 과제」, 『4·3의 진실과 문학』(각, 2003), 235쪽.

있었다.(6-125/198쪽)

　제주섬은 이제 극도로 악화된 상황에 직면했다. '총칼로 억압하
는 자'들의 횡포 속에 '무표정의 가면 아래서 가만히 억압을 참고
견디는 사람들'은 급기야 한계점에 도달했다. 더 이상 물러설 곳이
없다. 바야흐로 '진공 같은 정적'을 깨뜨려야만 할 때가 되었다. '탄
압이면 항쟁이다!'[56]라는 결기를 가다듬지 않을 수 없게 된 것이다.

　　망망한 고원지대에 그 산기슭을 떠받치여 아득이 솟은 한나산을 바라
　　다보면서 기준은 숨을 크게 몰아쉬었다./ 몇 천 도의 그 치열이 바윗돌
　　을 녹이고 대햇물을 끓이였으며, 터지는 그 불기둥이 하늘에 태운 화산,
　　천지개벽을 고하는 폭풍우와 산을 갈라내는 지동을 일으킨 화산의 후예
　　가 바로 한나산이다. 그 한나산이 지금 백설에 덮이여 잠잠코 서 있
　　다.(6-134/212쪽)

　정기준은 아주 오래 전 한라산을 탄생시킨 화산 폭발의 상황을
상상하고 있다. 한라산은 곧 제주섬 그 자체라고 해도 무방하다.
'화산의 후예'인 웅장한 한라산을 바라다본다는 것은 다시금 거대한
폭발을 꿈꾼다는 것, 세상을 뒤엎는 제주의 혁명을 도모한다는 것
이다. 면면한 전통을 되짚어보면서 결연히 항쟁을 시작할 절호의
시점이라는 것이다. 이렇게 제주사람들의 항쟁 전통을 강조했음은
역사적 필연으로서 4·3을 인식한다는 의미이다. 작품의 제목을 왜

---

56) 1948년 4월 3일 발표된 무장대 봉기문(호소문)의 첫 문장이다.

'화산도'로 삼았는지를 짐작할 수 있는 부분이기도 하다.

항쟁 전통은 공동체 의식과 연결되는 것이다. 이 작품에서는 제주의 민요와 풍속 등을 꽤나 풍성하게 접할 수 있는데, 이는 제주공동체를 부각시키는 기능을 한다. 특히 강씨가 부르는 「맷돌노래」와 「자장가」는 김석범이 기억하고 있었거나 1960년대 재일제주인들에게 전승되던 제주민요를 바탕으로 구사된 것이겠기에 주목된다.

이어 이어 이어도 하라/ 설은 어멍 날 무사 난고/ 어느 제면 이 가래 갈아/ 저녁 밥을 지어다 노리// 이어 이어 이어도 하라/ 울지 말젠 마음을 먹언/ 곰곰 앉아 생각을 하난/ 제절로도 눈물이 난다/ (…)// 이어 이어 이어도 하라/ 남도 지는 지계연마는/ 우리 어멍 날 지운 지계/ 남이 버린 뒷 지계러라/ 이어 이어 이어도 하라/ (…)(4-90/156쪽)

자랑 자랑 윙이 자랑/ 우리 아기 잘도 잔다// 우리 아기 자는 소리/ 가시 전답 재운 소리/ 남의 아기 자는 소리/ 환상 빛에 재운 소리/ 돌아오는 반달같이 고은 이 아기야/ 물 아래 옥돌 같은 큰 아기야/ 가마귀 잣날개 같은 이 아기야/ 우리 아기 잘도 잔다// 은자동아 금자동아/ 평풍뒤에 월시동아/ 동내어른 잠제동아/ 나라에는 충성동아// 무모님께 소심동아/ 일가방상 화목동아/ 만고문장 명필동아/ 자손창성 만당동아/ 비자낭엔 비자동아/ 옥저낭엔 옥저동아// 가시전답 물려주마/ 백진밭도 너 물리마/ 유기재물 너 물리마/ 방아귀도 너 물리마/ 앉은솟도 너 물리마/ 정든살애도 너 물리마/ 싱근물항도 너 물리마/ 자랑 자랑 윙이 자랑/ 할망 손지 잘도 잔다(9-91~92/272~273쪽)

이들 민요에는 제주인의 의식세계와 생활문화 등이 잘 반영되어 있다. 오늘날에 전승되는 민요와도 대동소이하다. 제주섬 공동체를 묶어주는 오래된 전통문화이자 삶의 방식으로서 민요가 작중인물의 구연을 통해 적절히 활용되고 있는 것이다. 대하『火山島』를 고찰하면서 고명철이 지적했듯이[57] 이러한 제주의 풍속이나 구술연행은 단지 소설의 다채로움과 풍성함을 채워 넣기 위해 작품의 후경(後景)으로 배치하거나 재일조선인으로서 조국의 전통적 풍속 문화를 향한 민족의 정감을 강조하기 위한 것이 아니다. 혁명의 해방구에서 보이는 혁명의 준비 과정과 필연적 민중항쟁으로서 역사적 지속성의 가치를 지역 공동체의 구체적 삶의 실감으로 확보하고 있는 것이다.

아울러 이 작품에는 제주어(濟州語)가 곳곳에서 비교적 자연스럽게 구사된다. '셍이(참새) 도채비'(1-183/71쪽), '그승개'(2-119/92쪽), '역부러'(3-144/121쪽), '대막댕이'(3-144/122쪽), '구덕(광주리)'(3-153/139쪽), '물허벅'(4-84/147쪽), '가래[58](맷돌)'(4-90/157쪽), '마스다'[59](7-68/229쪽), '상방(대청)'(8-171/242쪽), '갈중이'(8-172/243쪽) 등이 그것들이다. 이것들은 "참 쌀이 고읍수다, 정성 들여 가래(맷돌)를 잘 갈았습네다."와 같은 식의 대화에서만이 아니라 지문 서술에서도 구사되고 있음을 눈여겨볼 필요가 있다. "역부러 먼 곳의 대를 베여 오군 하는 판에 (…) 턱을 몇 번이고 끄덕이였던 것이다", "돌

---

57) 고명철, 「김석범의 '조선적인 것'의 문학적 진실과 정치적 상상력」, 『한민족문화연구』 57(한민족문화학회, 2017), 11쪽, 25쪽.

58) 'ᄀᆞ래'가 맞는 표기이나 'ㆍ'를 표기하지 못하여 불가피하게 '가래'로 적었을 것이다. 위에 인용된 「맷돌노래」의 사설에서도 똑같이 '가래'라고 표기되었다.

59) 'ᄆᆞ스다'가 맞는 표기임. '손이나 발 등 신체의 일부를 다치게 하다'는 뜻이다.

을 가지고 육체의 일부를 마스고 죽은 것이다" 등이 그것인데, '역부러' 같은 경우는 작가가 제주어임을 의식하지 못하고 구사했을 수도 있다. '절약'을 '절략'(1-187/79쪽)으로 쓴 것처럼 후두유성음이 유지되는 제주어의 특성을 보여주는 표기도 나타난다. 제주어가 어색하지 않게 작품 속에 녹아들어 있다는 것이다.

이는 제주어를 생활어로 구사하기도 했던 김석범의 언어습관이 창작 과정에서 부지불식간에 나타난 현상일 것이다. "어릴 때 모두, 어머니라든가, 제주도 말 이외에는 몰랐어. 일본어는 서툴러서 어릴 때 집에서는 조선어를 사용했고"[60]라는 언급에서 보면, 그가 일본 오사카에서 태어났어도, 어려서부터 제주어를 주로 사용했음을 알 수 있기 때문이다. 이러한 작가의 제주어는 한글『화산도』에서 리얼리티의 확보만이 아닌 공동체 의식의 형상화를 위해 유효적절하게 활용되었다.

이처럼 김석범의 한글『화산도』는 제주의 민요와 언어, 풍속 등을 비교적 잘 드러낸 작품이다.[61] 섬 공동체가 외세에 의해 무참히 파괴되고 있는 현실을 생생하게 보여주는 데 그친 것이 아니라 역사적으로 전개되었던 제주민중의 항쟁 전통과 공동체의 역동성을 선명히 부각시켜놓고 있다. 혁명의 필요성을 더욱 배가시키는 효과를 거뒀음은 물론이다.

---

60) 김석범·김시종, 앞의 책, 165쪽. 인용한 부분은 김석범의 발언이다.
61) 이는 1960년대 제주문학에서 주목해야 마땅한 소중한 자산이기도 하다. 제주문학으로서의 한글『화산도』에 대해서는 별도로 논의될 필요가 있다.

4. 마무리

　이상에서 살핀 1960년대 김석범의 한글소설들은 아직까지 본격적으로 논의한 적이 거의 없는 텍스트들이다. 따라서 무엇보다도 자세히 읽고 분석하는 작업에 역점을 두는 가운데 작가의 신념이나 전기적 사실과의 관련성을 검토하였다. 특히 한글『화산도』는 그 독자성을 인정하자는 전제 속에서 작가의 다른 작품들과 어떤 관련성을 갖는지, 4·3항쟁이 어떤 방식으로 형상화되었는지를 검토하였다. 나아가 이 작품들이 지닌 각각의 의의에 대해서도 짚어봄으로써 김석범 문학에서 한글소설들의 위상을 부각시켜 보고자 하였다. 그 결과를 요약·정리하면 다음과 같다.

　우선 한글 단편들을 정리해 본다면, 「꿩 사냥」은 4·3항쟁의 여파가 엄존한 한라산 기슭에서 꿩 대신 사람을 사냥하는 미군 장교의 횡포를 통해 그에 대한 적개심과 저항 의지를 다진 작품이다. 4·3항쟁이 단독정부 수립을 반대하는 통일독립 운동으로서 의미를 지닌다는 점이 강조되었다고 할 수 있다. 통역관을 내세운 점 등에서 그의 여타 4·3소설과의 연관성도 주목되는 작품이다.

　「혼백」은 어머니의 죽음이라는 주인공의 개인적 상황에다 귀국(북송)이라는 재일조선인의 현대사적 상황을 접목한 소설이다. 귀향하지 못하는 반쪽짜리 귀국사업의 문제점을 지적함으로써 완전한 통일독립이 이뤄지지 않는 한 남도 북도 선택할 수 없다는 의지를 표명하고 있는바, 이는 경계인(境界人)으로 살아가기 위한 김석범의 군건한 다짐으로 읽힌다.

「어느 한 부두에서」는 조선학교 소녀를 주인공으로 내세워 한국 배의 선원들과 재일조선인들의 만남을 이야기함으로써 잠정적인 평화세상을 구현해낸 작품이다. 진정한 민족의 교류와 화합이 무엇인지를 재일조선인 사회에서의 구체적인 실천을 통해 보여주면서도 낭만적인 화해만을 추구하고 있지는 않았다는 데에 의의가 있다고 할 수 있다.

세 편의 한글 단편소설의 의의는 그것들이 주목할 만한 4·3문학으로서의 위상을 지니면서, 민주기지론의 입장을 아직 견지하면서도 북의 문예정책을 맹종하지 않는 나름의 독자성을 보여주며, 경계인으로서의 위상을 확고히 굳혀가고 있는 김석범의 면모를 확인시켜 준다는 데 있다. 이는 모두 식민주의 문제로 귀결되는 것이기에 동아시아 문학에서도 그 위상이 충분하다고 본다.

다음으로 한글 『화산도』의 경우, 그 이전의 중편 「까마귀의 죽음」과 그 이후의 대하 『火山島』와 함께 시간적·공간적 배경과 주요 인물 등을 중심으로 대비적으로 검토해 보면, 「까마귀의 죽음」에서 대하 『火山島』로 가는 중간단계의 작업임을 확실히 알 수 있다. 또한 한글 『화산도』 집필 과정에서 있었던 총련 이탈 등의 외적인 상황과 더불어 작가의 인식 변화가 연재 중단의 주요 원인이었음도 추정할 수 있다. 대하 『火山島』에서 혁명에 대한 허무주의적 인식, 그러면서도 혁명은 반드시 필요했다는 인식이 비조직원인 이방근을 통해 나타났음은 상황과 인식 변화의 가장 뚜렷한 결과이다.

또한 한글 『화산도』는 미국의 분할 점령 의도가 노골화하고, 이승만 세력이 단독정부 수립에 앞장서고, 자본가들의 적폐가 여전하고, 서청의 횡포가 만연한 해방공간의 제주는 너무나 절박한 상황이었음을 잘 드러내었다. 그런 막다른 상황의 제시를 통해 반미 통일운동을 지향한 4·3항쟁이 일어날 수밖에 없었다는 필연적인 흐름을 탐색하면서, 혁명이 아닌 다른 출구는 없었음을 역설하고 있는 것이다. 특히 정기준·장용석·양성규 등 청년 지식인들의 조직활동을 통한 혁명이 강조되고 있음과 사태의 비극성이 아니라 혁명의 당위성 강조에 초점을 둔 작품임은 이 작품의 매우 특징적인 면모라고 할 수 있다.

한글『화산도』에서는 역사 속에서 전개된 제주사람들의 항쟁 전통을 강조하고 있는데, 이는 4·3항쟁을 역사적 필연으로서 인식한다는 의미이다. 아울러 이 작품에서는 제주의 민요와 언어, 풍속 등을 꽤나 풍성하게 접할 수 있는데, 이는 제주 공동체의 역사적 지속성을 강조하는 기능을 한다. 제주 공동체가 외세에 의해 무참히 파괴되고 있음을 보여줌으로써 그에 맞서는 제주민중의 항쟁 전통을 선명하게 부각시키는 효과를 거두고 있다는 것이다.

끝으로 덧붙이자면, 이 연구를 통해 김석범의 문학세계를 더욱 폭넓게 조명하는 계기가 되었으며, 우리문학의 범주 역시 좀 더 풍성해지게 되었다고 생각한다. 특히 이 소설들이 한글로 된 작품이라는 점은 제주문학으로서는 매우 소중한 텍스트로서의 의미를 갖는다. 1960년대 제주 소설의 희소성 때문이다. 당시 제주 출신 소설가들이 거의 없었고, 그나마 제주의 역사와 현실을 제재로 작품을 쓰는 경우는 더욱 찾기 어려웠다. 「꿩 사냥」, 「혼백」, 「어느 한 부두에서」, 한글 『화산도』가 비록 일본에서 발표되긴 했지만 주된 독자가 재일조선인이었음을 감안하면 제주문학의 범주에서 충분히 논의될 수 있고 그 가치도 충분하다고 본다.

참고문헌

기본자료

김석범, 「꿩 사냥」, 『조선신보』 1961년 12월 8/9/11일, 각 4면.

김석범, 「혼백」, 『문학예술』 제4호, 1962년 10월.

김석범, 「어느 한 부두에서」, 『문학예술』 제10호, 1964년 9월.

김석범, 「화산도」, 『문학예술』, 재일조선문학예술가동맹, 1965.5.~1967.6.

김석범(김석희 옮김), 『까마귀의 죽음』, 각, 2015.

김석범(김환기·김학동 옮김), 『화산도』 1~12, 보고사, 2015.

김석범, 「금년도 계속 「화산도」를 쓰겠다」, 『문학신문』 1966년 3월 11일 4면.

김석범·김시종(문경수 편, 이경원·오정은 옮김), 『왜 계속 써 왔는가 왜 침묵
　　해 왔는가』, 제주대학교 출판부, 2007.

논저

고명철, 「해방공간의 섬의 혁명에 대한 김석범의 문학적 고투: 김석범의 『화
　　산도』 연구(1)」, 『영주어문』 34, 영주어문학회, 2016.

고명철, 「김석범의 '조선적인 것'의 문학적 진실과 정치적 상상력」, 『한민족
　　문화연구』 57, 한민족문화학회, 2017.

고명철·김동윤·김동현, 『제주, 화산도를 말하다』, 보고사, 2017.

국제고려학회 일본지부 재일코리안사전 편집위원회(정희선·김인덕·신유원
　　옮김), 『재일코리안사전』, 선인, 2012.

김동윤, 「신축제주항쟁의 문학적 형상화 양상과 그 과제」, 『4·3의 진실과
　　문학』, 각, 2003.

김동윤, 「김석범 『화산도』에 구현된 4·3의 양상과 그 의미」, 『작은 섬, 큰
　　문학』, 각, 2017.

김동현, 「김석범 문학과 제주: 장소의 탄생과 기억(주체)의 발견」, 『영주어문』35, 영주어문학회, 2017.

김봉현·김민주, 『제주도 인민들의 '4·3' 무장투쟁사』, 문우사, 1963.

김학동, 「김석범의 한글『화산도』: 한글『화산도』의 집필배경과 「까마귀의 죽음」 및 『화산도』와의 관계를 중심으로」, 『재일조선인 문학과 민족』, 국학자료원, 2009.

김학동, 「재일의 친일문학과 민족문학의 생성 조건: 재일작가 장혁주, 김달수, 김석범의 청소년기 일본체험을 토대로」, 『일본학』47, 동국대학교 일본학연구소, 2018.

김학동, 「친일문학과 민족문학의 전개양상 및 사상적 배경: 재일작가 장혁주, 김달수, 김석범의 저작을 중심으로」, 『일본학보』120, 한국일본학회, 2019.

김학동, 『재일조선인 문학과 민족』, 국학자료원, 2009.

나카무라 후쿠지(中村福治), 『김석범『화산도』 읽기』, 삼인, 2001.

서영인, 「김석범 문학과 경계인의 정체성」, 『한민족문화연구』40, 한민족문화학회, 2012.

宋惠媛, 「金石範の朝鮮語作品について」, 金石範, 『金石範作品集Ⅰ·Ⅱ』, 平凡社, 2005.

아라리연구원 엮음, 『제주민중항쟁』Ⅱ, 소나무, 1988.

이영미, 「재일 조선문학 연구: 재일조선문학예술가동맹의 소설을 중심으로」, 『현대문학이론연구』33, 현대문학이론학회, 2008.

이재봉, 「국어와 일본어의 틈새, 재일 한인 문학의 자리:『漢陽』, 『三千里』, 『青丘』의 이중언어 관련 논의를 중심으로」, 『한국문학논총』47, 한국문학회, 2007.

이재봉, 「해방직후 재일조선인 문학의 자리 만들기」, 『한국문학논총』74, 한국문학회, 2016.

이한정, 「김석범의 언어론: '일본어'로 쓴다는 것」, 『일본학』42, 동국대학교 일본학연구소, 2016.

임성택, 「김석범의 한글 『화산도』에 관한 고찰」, 『일본어문학』 75, 한국일본
　　　어문학회, 2017.

정대성, 「작가 김석범의 인생역정, 작품세계, 사상과 행동: 서론적인 소묘로
　　　서」, 『한일민족문제연구』 9, 한일민족문제학회, 2005.

제주4·3사건진상규명및희생자명예회복위원회, 『제주4·3사건 진상조사보
　　　고서』, 2003.

제주도·제주4·3연구소, 『제주4·3유적 Ⅰ』, 2003.

조수일, 「김석범 초기작품 연구: 폭력과 개인의 기억을 중심으로」, 건국대학
　　　교 석사논문, 2010.

지명현, 「재일 한민족 한글소설 연구: 『문학예술』과 『한양』을 중심으로」,
　　　홍익대학교 박사논문, 2015.

현길언, 『제주도의 장수설화』, 홍성사, 1981.

지은이 김석범(金石範)

1925년 일본 오사카에서 태어났고, 교토대학을 졸업했다. 〈제주4·3〉을 테마로 한 대하소설 『화산도』를 집필하고, 일본에서 4·3진상규명과 평화인권운동에 젊음을 바쳤다. 1957년 『까마귀의 죽음』을 발표하여 최초로 국제사회에 제주4·3의 진상을 알렸다.

대하소설 『화산도』로 일본 아사히(朝日)신문의 〈오사라기지로(大佛次郎)상〉(1984), 〈마이니치(每日)예술상〉(1998), 제1회 〈제주4·3평화상〉(2015)을 수상했다. 1987년 〈제주4·3을 생각하는 모임 도쿄/오사카〉를 결성하여 4·3진상규명운동을 펼쳤다. 재일동포지문날인 철폐운동과 일본 과거사청산운동 등을 벌려 일본사회의 평화, 인권, 생명운동의 상징적인 인물로 추앙받고 있다. 주요 소설로서는 『까마귀의 죽음』, 『화산도』, 『만월』, 『말의 주박』, 『죽은 자는 지상으로』, 『과거로부터의 행진 상·하』 등이 있다.

엮은이 김동윤(金東潤)

1964년 제주 출생. 제주대학교 국어국문학과 교수. 문학평론가. 저서로 『문학으로 만나는 제주』(2019), 『작은 섬, 큰 문학』(2017), 『소통을 꿈꾸는 말들』(2010), 『제주문학론』(2008), 『기억의 현장과 재현의 언어』(2006), 『우리 소설의 통속성과 진지성』(2004), 『4·3의 진실과 문학』(2003), 『신문소설의 재조명』(2001), 『김석범×김시종: 4·3항쟁과 평화적 통일독립』(공저, 2021), 『제주, 화산도를 말하다』(공저, 2017) 등이 있음.

트리콘 세계문학 총서 **5**

김석범 한글소설집, 혼백

2021년 9월 30일 초판 1쇄 펴냄

엮은이 김동윤
펴낸이 김흥국
펴낸곳 도서출판 보고사

책임편집 황효은
표지디자인 손정자

등록 1990년 12월 13일 제6-0429호
주소 경기도 파주시 회동길 337-15
전화 031-955-9797(대표), 02-922-5120~1(편집), 02-922-2246(영업)
팩스 02-922-6990
메일 kanapub3@naver.com / bogosabooks@naver.com
http://www.bogosabooks.co.kr

ISBN 979-11-6587-217-5   94810
　　　979-11-5516-700-7   세트
ⓒ 김동윤, 2021

정가 21,000원